CAROLINE GRAHAM

Ein sicheres Versteck

Buch

Das ehemalige Pfarrhaus in Ferne Basset ist unter der Obhut von Lionel Lawrence zum Anlaufpunkt für gestrandete Jugendliche geworden. Finanziert wird Lionels Projekt von seiner Frau Ann, die ihren jugendlichen Gästen allerdings etwas skeptisch gegenübersteht. Bis es zu einem Unglück kommt: Nach einem Streit zwischen Ann und ihrer Ziehtochter Carlotta rennt das Mädchen aus dem Haus. Ann folgt ihr an ein nahe gelegenes Flussufer, wo es zu Handgreiflichkeiten kommt. Plötzlich stürzt Carlotta in den Fluss und ist verschwunden. Ein Unfall? Oder ein Mordversuch? Offensichtlich gab es einen Zeugen für diesen Streit, denn Ann wird fortan erpresst. Doch Carlottas Leiche bleibt unauffindbar. Stattdessen entdeckt man den Leichnam von Charlie Leathers in der Nähe des Flusses. Der Ermordete war zwar zu Lebzeiten nicht gerade beliebt, aber das allein ist noch kein Tatmotiv. Das meint auch Inspector Barnaby, der das ehemalige Pfarrhaus und seine zwielichtigen Bewohner nun ganz genau unter die Lupe nimmt. Und schon bald merkt er, dass hinter der sauberen Fassade ein düsteres Geheimnis lauert ...

Autorin

Caroline Graham wurde in den dreißiger Jahren in Warwickshire geboren. Nach ihrer Ausbildung war sie einige Zeit bei der englischen Marine, später arbeitete sie an einem Theater. 1970 begann sie mit dem Schreiben und arbeitete als Journalistin bei der BBC und dem Radio London. Ihr erster Roman erschien 1982, seither hat sie neben zahlreichen Kriminalromanen auch zwei Kinderbücher verfasst.

Von Caroline Graham außerdem bei Goldmann lieferbar:

Blutige Anfänger (44261)
Ein böses Ende (5983)
Die Rätsel von Badger's Drift (44676)
Treu bis in den Tod (44384)

Caroline Graham
Ein sicheres Versteck

Roman

Aus dem Englischen
von Ellen Schlootz

GOLDMANN

Die Originalausgabe erschien 1999 unter dem Titel
»A Place of Safety« bei Headline, London

Umwelthinweis:
Alle bedruckten Materialien dieses Taschenbuches
sind chlorfrei und umweltschonend.

Deutsche Erstausgabe Oktober 2000
Copyright © der Originalausgabe 1999 by Caroline Graham
Copyright © der deutschsprachigen Ausgabe 2000
by Wilhelm Goldmann Verlag, München,
in der Verlagsgruppe Bertelsmann GmbH
Umschlaggestaltung: Design Team München
Umschlagfoto: Wolf Huber
Satz: deutsch-türkischer fotosatz, Berlin
Druck: Elsnerdruck, Berlin
Verlagsnummer: 44698
Redaktion: Alexander Groß/RM
Herstellung: Heidrun Nawrot
Made in Germany
ISBN 3-442-44698-8
www.goldmann-verlag.de

1 3 5 7 9 10 8 6 4 2

*Für meine Freundin Patricia Houlihan,
ohne die das alles nicht geschehen wäre.*

1

Jeden Abend um exakt die gleiche Uhrzeit und bei jedem Wetter ging Charlie Leathers mit dem Hund spazieren. Wenn Mrs. Leathers das Tor von ihrem schlichten Reihenhaus zuklicken hörte, linste sie durch einen Spalt in den Netzgardinen, um sich zu vergewissern, dass er auch wirklich losging, und schaltete dann den Fernseher wieder ein.

Mr. Leathers blieb gewöhnlich etwa eine halbe Stunde fort, doch Mrs. Leathers stellte den Timer in der Küche auf zwanzig Minuten, um kein Risiko einzugehen. Einmal war er nämlich früher zurückgekommen, hatte misstrauisch auf den gerade ausgeschalteten Bildschirm gestarrt und den Handrücken an die Scheibe gehalten. Sie war noch warm gewesen. Hetty hatte sich eine endlose Predigt darüber anhören müssen, dass doch jeder vernünftige Mensch wisse, dass nach zehn Uhr abends nichts Lohnenswertes mehr im Fernsehen gezeigt werde und dass die Röhren bei Dunkelheit bekanntlich schneller verschleißen würden. Einmal hatte sie die Kühnheit besessen, ihn zu fragen, wer von ihnen denn die Fernsehgebühren bezahlte. Daraufhin hatte er drei Tage nicht mit ihr gesprochen.

Jedenfalls blieb er in dieser Nacht – oder in der fraglichen Nacht, wie die Polizei sie nannte, sobald man ihre Bedeutung erkannt hatte – länger fort als gewöhnlich. Hetty hätte die ganze Folge von *Absolutely Fabulous* sehen können. Es war zwar eine Wiederholung, aber immer noch ihre Lieblingsserie, weil sie so weit von ihrem trübseligen Alltag entfernt war, wie man sich das nur vorstellen konnte.

Helles Mondlicht überflutete den Dorfanger und beleuchtete das Schild mit dem laienhaft gemalten Wappen, das Ferne Basset als das gepflegteste Dorf des Jahres auswies. Das Wappen, das einen auf den Hinterbeinen stehenden Dachs, einige Weizengarben, zwei überkreuzte Kricketschläger und eine unnatürlich giftgrüne Chrysantheme zeigte, war frei erfunden und rein folkloristisch.

Charlie Leathers ging mit großen Schritten über den kurz geschorenen Rasen zum Bürgersteig auf der anderen Seite. Mit wütendem Blick starrte er auf die dunkle Masse von halb fertigen Häusern und auf das Baumaterial, das gleich neben dem Pub herumlag. Im Weitergehen trat er rasch gegen einen Stapel Ziegel. Er kam an mehreren viktorianischen Cottages vorbei und an einem bemerkenswert modernen Haus, das fast ausschließlich aus Glas bestand und über das sich das Mondlicht wie silberner Regen ergoss. Noch ein paar Meter weiter, dann betrat er den Friedhof, hinter dem Carter's Wood anfing. Er ging schnell und mit jener zornigen Energie, die all seine Bewegungen bestimmte. Charlie war niemals entspannt. Selbst beim Schlafen zuckte er und schlug manchmal mit geballten Fäusten in die Luft.

Die Jack-Russell-Hündin versuchte, so gut es ging, mit ihm Schritt zu halten und warf dabei immer mal wieder einen besorgten Blick nach oben. Müdigkeit oder harte Steine auf dem Weg waren keine Entschuldigung zu trödeln. Ein heftiger Ruck am Halsband oder ein noch schmerzhafterer Schlag mit der Leine auf ihre zarte Nase ließ sie gar nicht erst auf dumme Gedanken kommen. Nur eine winzige Pause war ihr gestattet, um das zu verrichten, weshalb sie eigentlich ausgeführt wurde. Auf drei Beinen hoppelnd brachte sie ihr Bächlein zustande. Und die vielen Aromen, die mit ihren wunderbaren Düften die Nachtluft erfüllten, blieben für immer unerforscht.

Nachdem sie ein längeres Stück durch Unterholz und dichtes Brombeergestrüpp gezerrt worden war, war Candy erleichtert, wieder weiches vermodertes Laub unter den Pfoten zu spüren. Doch schon stolperte sie, weil sie mit einem Ruck an der Leine herumgerissen wurde und sie den Heimweg antraten.

Das bedeutete, dass sie sich der Tall Trees Lane, wo Charlie wohnte, nun aus der entgegengesetzten Richtung näherten. Hier kamen sie an einigen Doppelhäusern vorbei, mehreren Sozialbauten, dem Dorfladen und der Kirche St. Timothy in Torment. Und dann, bevor es wieder reichlich nach Geld roch, kam der Fluss.

Der Misbourne war ein schnell fließendes Gewässer und sehr tief. Von einem flachen Wehr etwa hundert Meter stromabwärts kam ein Rauschen, das sich mit dem Rascheln der Blätter in der stillen Nachtluft vermischte. Über den Fluss führte eine steinerne Brücke mit einer Brüstung, die nur knapp einen Meter hoch war.

Charlie hatte die Brücke gerade überquert, als er lautes Geschrei hörte. Er blieb reglos stehen und lauschte. Nachts sind Geräusche schwer zu orten, und zuerst glaubte er, die schrillen, wütenden Stimmen kämen aus der Sozialsiedlung, wo es den Leuten völlig egal war, ob sie jemand lärmen hörte. Doch dann wurden die Stimmen plötzlich noch lauter – vielleicht weil irgendwo eine Tür geöffnet worden war –, und er erkannte, dass sie aus dem Gebäude neben der Kirche kamen, dem alten Pfarrhaus.

Charlie eilte rasch zum Kirchplatz hinüber, stellte sich auf die Zehenspitzen und starrte neugierig über die Eibenhecke. Er wand sich Candys Leine immer wieder um die Hand, bis das arme Tier fast erstickte. Das war die Warnung an sie, nur ja ruhig zu sein.

Aus der Diele drang Licht und ergoss sich über die Stufen vor dem Haus. Ein Mädchen kam herausgelaufen und rief etwas nach hinten, was in ihrem heftigen Schluchzen unterging.

Aus dem Haus war eine aufgeregte Stimme zu hören. »Carlotta, Carlotta! Warte!«

Während das Mädchen die Einfahrt hinunterhetzte, verschwand Charlie rasch um die Hecke. Nicht dass sie ihn überhaupt bemerkt hätte. Ihr Gesicht war tränenüberströmt, wie er sehen konnte, als sie nur wenige Schritte entfernt an ihm vorbeilief.

»Komm zurück!«

Erneut waren eilige Schritte auf dem Schotter zu hören. Eine zweite Frau, einige Jahre älter, aber nicht weniger verzweifelt, hastete an ihm vorbei.

»Lassen Sie mich in Ruhe.«

Das Mädchen hatte die Brücke erreicht und drehte sich um. Obwohl auf dem Weg hinter ihr nichts war, bildete Charlie sich ein, sie würde von einem wilden Tier gejagt.

»Ich hab doch nichts getan!«

»Ich weiß, Carlotta.« Die Frau näherte sich vorsichtig. »Ist ja gut. Du brauchst nicht ...«

»Das war meine letzte Chance als ich zu euch kam.«

»Es gibt keinen Grund, sich so aufzuregen.« Ihre Stimme klang sanft. »Jetzt beruhig dich doch bitte.«

Das Mädchen kletterte auf die Brüstung.

»Um Gottes willen ...«

»Die stecken mich ins Gefängnis.«

»Du musst doch nicht ...«

»Ich hab geglaubt, ich wär hier sicher.«

»Das warst du – bist du auch. Ich hab doch bloß gesagt ...«

»Wo soll ich denn sonst hin?« Erschöpft vom vielen Weinen ließ sie den Kopf hängen, schwankte gefährlich nach hinten und riss sich dann mit einem leisen Angstschrei wieder hoch. »Was wird bloß aus mir werden?«

»Sei doch nicht so töricht.« Die Frau ging einige Schritte auf das Mädchen zu. Ihr Gesicht und ihre Haare wirkten geisterhaft im Mondschein. »Dir wird nichts passieren.«

»Ich könnte genauso gut tot sein.« Das Mädchen auf der Brücke wurde immer erregter, hielt die Hände vors Gesicht und fing erneut an zu weinen. Dabei schwankte sie mehrfach vor und zurück.

In einem unbeobachteten Augenblick näherte sich die Frau rasch und leise dem Mädchen, bis sie auf einer Höhe mit ihr war, und schlang die Arme um ihre schlanken Beine.

»Komm runter, Carlotta. Ich halt dich an einer Hand fest.«
»Fassen Sie mich nicht an!«

Während dieser Szene hatte sich Charlie Leathers vorwärts bewegt. Er war so hingerissen von dem Drama, das da vor ihm ablief, dass es ihn nicht mehr kümmerte, ob man ihn sehen konnte.

Der Mond verschwand hinter einer Wolke. Nun waren keine Details mehr zu erkennen, doch das Licht reichte immer noch, um die Umrisse eines dunklen, erregt gestikulierenden Wesens hervorzuheben, das grotesk groß erschien, als ob eine Frau auf den Schultern der anderen hockte. Einige Sekunden lang rangen sie heftig keuchend miteinander.

Das Mädchen brüllte erneut. »Nicht ... nicht stoßen ...«

Es folgten ein furchtbarer Schrei und ein Platschen, als ob etwas Schweres ins Wasser fiel. Dann herrschte Stille.

Charlie trat in den Schutz der Hecke zurück. Er zitterte, und seine Nervenenden hüpften wie Flöhe auf einer heißen Herdplatte. Es dauerte eine ganze Weile, bis er in der Lage war, sich auf den Heimweg zu machen. Und als er es schließlich tat, wurde er von mehr als einer Person gesehen, denn allem Anschein zum Trotz schläft ein englisches Dorf nie wirklich.

So lieferten sich beispielsweise in dem schönen Glashaus Valentine Fainlight und seine Schwester Louise gerade eine erbitterte Schachpartie. Valentine spielte mit großer Leidenschaft und war fest entschlossen zu gewinnen. Immer wieder stieß er förmlich auf das Brett herab, schnappte sich eine Figur und schwenkte sie triumphierend durch die Luft. Louise, die besonnener, aber genauso entschlossen spielte, war sehr schweigsam. Nach einem erfolgreichen Zug öffnete sie die Lippen zu einem kühlen Lächeln, ließ sich aber bei einem Misserfolg weder Enttäuschung noch Verdruss anmerken.

»Schachmatt!« Das Brett wurde umgekippt, und die Figuren aus dunkelblauem Harz in Form von Fabeltieren und Kriegern fielen klappernd auf den Tisch. Louise stand abrupt auf und wandte sich ab.

»Nicht beleidigt sein, Lou. War doch alles ganz fair, oder nicht?«

»Soweit das bei dir überhaupt möglich ist.«

»Ich hätte nichts gegen einen kleinen Drink einzuwenden.«

Man konnte nicht bestreiten, dass es eigentlich ganz gut war, Louise hier zu haben. Zunächst war Valentine ein bisschen beunruhigt gewesen, als sie ihn gefragt hatte, ob sie bei ihm wohnen könnte. Natürlich tat sie ihm Leid. Das Scheitern ihrer Ehe hatte sie schwer getroffen. Zum ersten Mal in ihrem Leben hatte sie einen schmerzhaften Verlust erlitten, als sie ihn anderen zugefügt hatte. Doch alles hatte sich sehr positiv entwickelt. Im Großen und Ganzen.

Um seine Ängste zu zerstreuen und zu betonen, dass sie nur vorübergehend bei ihm einzog, hatte Louise nur zwei kleine Koffer mitgebracht. Einen Monat später holte sie den Rest ihrer Kleidungsstücke. Dann ihre Bücher und eine Kiste mit Sachen, die – wie man so schön sagt – nur von sentimentalem Wert waren. Diese Dinge einzupacken, hatte so weh getan (warum sagen die Leute bloß »nur«?), dass die Kiste ungeöffnet in der Garage stehen blieb.

»Ein Gläschen Casa Porta wäre nett.«

Louise fing an, die Vorhänge zuzuziehen. Sie waren ungeheuer lang und dicht und wogen trotzdem fast nichts, weil sie aus einem hauchdünnen Stoff waren, der mit blassen Sternen gemustert war. Zwischen dem oberen Stockwerk, das an

Stahltrossen von einer riesigen Empore herabhing, und der Außenwand war eine Lücke, durch die der Vorhang fiel, so dass er vom Dach bis zum Boden des Hauses über dreißig Meter lang war. Wenn Louise ihn hinter sich herzog, kam sie sich immer vor wie zu Beginn eines Theaterstücks. Auf halbem Weg blieb sie stehen.

»Da ist Charlie Leathers mit diesem armen kleinen Hund.«
»Ooh …«
»Warum musst du dich über alles lustig machen?«
»Nicht über alles.«

Nein, dachte Louise. Wenn's nur so wäre.

»Frau, du wirst allmählich zu einer richtigen Landpomeranze. Durch die Gardinen zu schielen. Als Nächstes trittst du dem Frauenkreis bei.«

Louise verharrte einen Augenblick und starrte auf die dunklen, schwankenden Silhouetten der Bäume. Und auf die Häuser, solide schwarze Klötze. Sie stellte sich vor, wie die Leute darin schliefen, träumten. Oder wach lagen, erfüllt von nächtlicher Angst vor Krankheit und dem letztlich unausweichlichen eigenen Verfall. Als sie schließlich weiterging – der weiche Vorhangstoff strich sanft über ihren Arm – rief ihr Bruder: »Moment noch.«

Louise blieb stehen. Sie wusste, was kommen würde, und versuchte, sich nicht aufzuregen. Es gab wirklich nichts mehr dazu zu sagen. Sie hatten alle Argumente ausgeschöpft. In gewisser Weise, da sie die gleichen Höllenqualen durchlitten hatte, hatte sie sogar Verständnis für ihn.

»Ist die blaue Tür offen?«
»Kann man nicht sehen. Es ist zu dunkel.«
»Ist denn Licht in der Wohnung?«

Das alte Pfarrhaus war hinter Bäumen verborgen, doch die Garage, auf die man die Wohnung gebaut hatte, war ein Stück vom Haus entfernt und deutlich zu erkennen. »Nein.«

»Lass uns noch mal gucken.«

»Val, da gibt es nichts zu sehen.«
»Komm schon, Darling.«
Sie standen nebeneinander und starrten in die Nacht. Louise konnte die sinnliche Begierde und die überschäumende Zärtlichkeit, die ihrem Bruder deutlich ins Gesicht geschrieben standen, nicht mit ansehen. Sie verharrten eine Weile, dann nahm sie Vals Hand und drückte sie betrübt gegen ihre Wange. In diesem Augenblick schossen die hellen Scheinwerfer eines Wagens die Dorfstraße entlang und bogen in die Einfahrt zum alten Pfarrhaus.

Ann Lawrence war noch auf. Doch als sie die Haustür zuschlagen und ihren Mann die Treppe hinaufsteigen hörte, sprang sie ins Bett, schloss die Augen und lag ganz still da und dankte Gott, dass sie in getrennten Räumen schliefen. Lionel öffnete die Tür zu ihrem Zimmer, rief ihren Namen, ohne die Stimme zu senken, wartete einen Augenblick und stieß die Tür mit einem verärgerten Seufzer wieder zu.

Ann stand wieder auf und begann erneut, auf und ab zu gehen. Mit leisen Schritten tapste sie über den ausgeblichenen gelben Aubussonteppich. Sie konnte keine Sekunde stillstehen. Und das seit jenem schrecklichen Augenblick auf der Brücke, als Carlotta ihr aus den Händen geglitten und ertrunken war. Denn inzwischen musste sie ganz bestimmt ertrunken sein.

Ann war laut rufend am Fluss entlanggelaufen, hatte immer wieder ihren Namen gebrüllt und in die dunkle, reißende Strömung gestarrt. Sie war gelaufen, bis sie völlig erschöpft war. Schließlich hatte sie das Wehr erreicht, ein schmaler, weißer Schaumstreifen, der im Mondschein zischte. Nichts. Nicht die geringste Spur von Leben, weder Mensch noch Tier.

Völlig aufgewühlt und elend vor Angst hatte sie sich ins Dorf zurückgeschleppt. Was sollte sie tun? Laut ihrer Uhr war seit dem Unfall fast eine halbe Stunde vergangen. Was hatte es jetzt noch für einen Sinn, jemanden zu alarmieren? Andererseits konnte sie es auch nicht für sich behalten. Mal angenommen, Carlotta war wie durch ein Wunder nicht ertrunken, sondern irgendwo hinter dem Wehr hängen geblieben. Vielleicht hatte sie es geschafft, sich an einen überhängenden Ast zu klammern, und hing jetzt klatschnass und verzweifelt in dem kalten Wasser und brauchte dringend Hilfe.

Ann erkannte, dass sie einen furchtbaren Fehler gemacht hatte, als sie suchend und rufend am Flussufer entlanggerannt war. Es war ganz instinktiv geschehen, ein natürlicher menschlicher Impuls. Sie hätte zum nächsten Telefon laufen und den Notruf wählen sollen. Die hätten bestimmt keine halbe Stunde gebraucht. Und sie wären ordentlich ausgerüstet gewesen, mit Lampen und Seilen. Und mit Tauchern.

Es gab eine Telefonzelle neben dem Red Lion, der bereits für die Nacht verrammelt war. Alle Kneipengäste waren gegangen. Ann drückte dreimal auf die Neun; der Hörer verrutschte immer wieder in ihrer verschwitzten Hand. Auf die Frage, wen sie sprechen wollte, zögerte sie und sagte dann die Polizei. Die würden, wenn nötig, ganz bestimmt den Krankenwagen rufen.

Leicht wirr beschrieb sie, was passiert war, machte jedoch irgendwie deutlich, dass jemand in den Fluss gefallen und von der Strömung fortgerissen worden war. Eine sofortige Suche wäre ergebnislos geblieben. Sie gab den genauen Ort des Geschehens an, doch als man sie fragte, wann der Unfall passiert wäre, starrte sie auf ihre Uhr und versuchte, die Zahlen auf dem Zifferblatt zu enträtseln. Sie sagte, sie wüsste es nicht. Vielleicht vor einer halben Stunde. Vielleicht auch weniger. Und dann wollte die Person am anderen Ende der Leitung ihren Namen wissen.

Ann ließ den Hörer fallen, der klappernd gegen die Glaswand der Zelle schlug. Es schnürte ihr die Kehle zu, als ob eine Hand sie fest umklammert hielt. Starr vor Entsetzen stand sie da. *Ihr Name.* Sie konnte doch unmöglich ihren Namen nennen. Ihre Gedanken rasten, und sie sah ihren Namen bereits in großen Lettern auf der Titelseite der Lokalzeitung – vielleicht sogar in den überregionalen Zeitungen. Sie malte sich die Konsequenzen aus. Den Kummer ihres Mannes und die möglichen Folgen für seinen Ruf. Seine schmerzliche Enttäuschung darüber, dass sie nicht nur versagt hatte, Carlotta das sichere Umfeld zu geben, das diese so dringend brauchte, sondern das Mädchen sogar aus dem Haus getrieben hatte. So würde es zumindest für ihn aussehen.

Ann verlor sich völlig in ihren quälenden Gedanken. Als sie einige Augenblicke später wieder daraus auftauchte, unglücklich und den Tränen nahe, stellte sie fest, dass sie den Hörer eingehängt hatte.

Zum Glück sah sie niemand auf dem Rückweg nach Hause. Ann war entsetzt, als sie sich im Flur im Spiegel sah. Ihr Gesicht war ganz schmutzig. Schuhe und Strümpfe klatschnass. Der Schweiß, der sich während ihrer wahnwitzigen Raserei den Fluss entlang auf ihrer Haut gebildet hatte, erkaltete nun, und sie fing an zu zittern.

Noch bevor sie ihren Mantel ausgezogen hatte, ließ sie sich bereits ein Bad ein. Sie entschied sich gegen das Badesalz ihres Mannes, das »Linderung von Schmerzen und Verspannungen sowie eine belebende Wirkung bei Müdigkeit« versprach, und griff stattdessen nach dem die Sinne anregenden Schaumbad von Molton Brown. Es war ein Weihnachtsgeschenk von Louise Fainlight, duftete phantastisch, gab einen wunderbaren Schaum und war sicher viel besser bei Verspannungen und Schmerzen. Müdigkeit war kein Problem. Im Gegenteil, sie hatte sich noch nie so hellwach gefühlt, fürchtete sogar, dass sie nie mehr würde schlafen können. Sie schraubte die Verschlusskappe ab und stellte ohne sonderliche Überraschung fest, dass die Flasche, die sie bisher erst einmal benutzt hatte, fast leer war.

Sie ließ ihre Sachen auf den Boden fallen, zog einen Bademantel über und ging nach unten, um sich einen Drink einzuschenken. Es gab nicht viel Auswahl. Harvey's Bristol Cream. Einen kleinen Rest Dubonnet, den ihr Mann immer in Soda ertränkte und dann tollkühn trank. Und Rose's Limonensaft.

Ann seufzte. In ihrem augenblicklichen Gemütszustand war sie stark versucht, das ganze Zeug in ein großes Glas zu kippen und sich sinnlos zu betrinken. Stattdessen öffnete sie eine Tür des großen, mit Schnitzereien verzierten Sideboards und entdeckte ganz hinten in der Ecke eine einsame Flasche Rotwein von Sainsbury. Als sie fünf Minuten später in dem duftenden Badewasser lag und das fruchtige Zeug in sich hineinschüttete, ließ sie die furchtbaren Ereignisse der letzten zwei Stunden noch einmal Bild für Bild vor sich ablaufen. Sie konnte immer noch nicht fassen, dass ihr der Boden so brutal unter den Füßen weggerissen worden war. Oder dass die Ereignisse so schnell außer Kontrolle geraten waren. Es musste doch irgendeinen Punkt gegeben haben, an dem sie es noch hätte vermeiden können, in dieses fürchterliche Chaos hineingezogen zu werden.

Begonnen hatte es damit, dass die Ohrringe ihrer Mutter verschwunden waren. Zarte erlesene Stücke mit rosaroten Diamanten und Smaragden auf Amethystklipsen. Ann hatte sie zu ihrem achtzehnten Geburtstag bekommen, zusammen mit einer Taschenuhr an einem glänzenden Seidenband, einer Kette aus Granaten und Türkisen sowie mehreren hübschen Ringen, die allerdings so eng waren, dass sie sie nur am kleinen Finger tragen konnte.

Sie hatte nach einem Taschentuch gesucht, als sie feststellte, dass das Seidentuch mit Schildpattmuster, unter dem sie ihr geschnitztes Schmuckkästchen aufbewahrte, anders lag als sonst. Sie öffnete das Kästchen. Die Ohrringe waren weg.

Ann trug den Schmuck nur selten. Das Leben, das sie führte, bot nur wenig Gelegenheit, solche schönen Dinge zu tragen – oder damit anzugeben, wie ihr Mann es ausdrücken würde. Wir dürfen unseren Reichtum nicht zur Schau stellen, pflegte er häufig in seiner ruhigen und äußerst unkritischen Art zu sagen. Ann stimmte ihm stets zu und wies nie darauf hin, dass es streng genommen ihr Reichtum war.

Mit zitternden Fingern ging sie die anderen Stücke in dem Kästchen durch. Sie zählte die Ringe, drückte die Kette kurz an ihre Brust und packte dann alles wieder weg. Sonst fehlte nichts. Sie starrte auf ihr blasses Gesicht im Spiegel, auf die rotblonden Wimpern, die vor Nervosität bereits anfingen zu flattern und zu blinzeln. Aber sie konnte, sie *würde* das nicht durchgehen lassen.

Dass sie wusste, wer die Ohrringe genommen hatte, machte die Sache eher noch schlimmer. Es bedeutete nämlich eine Konfrontation, etwas, das sie von ganzem Herzen verabscheute. Doch die einzige Alternative wäre, Lionel von der Sache zu erzählen, und das würde zu einem äußerst peinlichen Gespräch zu dritt führen. Sie würde sich bemühen, nicht anklagend zu wirken. Lionel würde vor Mitgefühl mit Carlotta zerfließen und versuchen, sie zu verstehen, ihre Handlung zu entschuldigen, und ihr schließlich vergeben. Carlotta würde vermutlich abstreiten, dass sie die Ohrringe genommen hatte. Und was sollten sie dann tun? Oder sie würde wieder ihren Trumpf mit der unglücklichen und entbehrungsreichen Kindheit ausspielen und heulend erklären, dass sie doch nichts Böses gewollt hätte. Sie hätte sie doch nur mal anprobieren wollen, da sie in ihrem armseligen und lieblosen jungen Leben noch nie etwas so Schönes und Kostbares besessen hätte.

Ann war sich ziemlich sicher, dass Carlotta ab und zu Sachen von ihr trug. Ihr war ein leicht säuerlicher Geruch an ein oder zwei Blusen und Kleidern aufgefallen. Und es waren auch vorher schon Sachen verschwunden. Eine ziemlich teure

Strumpfhose mit Rautenmuster. Ein Paar mit Fell gefütterte Handschuhe, die im Flur in der Manteltasche gewesen waren. Kleinere Beträge aus ihrem Portemonnaie. So ziemlich das, was sie von Lionels nimmer endender Schar verkrachter Existenzen zu erwarten gewohnt war.

Ann hob den Kopf und starrte nach oben in Richtung von Carlottas Zimmer, aus dem erbarmungslos Rockmusik dröhnte. Sie lief von dem Augenblick an, wo das Mädchen aufstand, bis elf Uhr nachts – eine Beschränkung, die Lionel ihr auferlegt hatte, als selbst seine Geduld langsam erschöpft war.

Sie würde äußerst behutsam vorgehen müssen. Carlotta war angeblich sehr labil. Als sie zu ihnen kam, hatte Lionel seine Frau zur Vorsicht angehalten und ihr erklärt, dass selbst die geringste Kritik oder auch schon der Druck, sich trivialen kleinbürgerlichen Einschränkungen zu unterwerfen, Carlotta in eine tiefe Krise stürzen könnte. Bisher hatte Ann kaum Anzeichen dafür gesehen. Allmählich hatte sie sogar eher den Verdacht, dass genau das Gegenteil der Fall sein könnte.

Sie hatte ein schwummriges Gefühl wie immer, wenn es darum ging, Aggressivität zu demonstrieren. Aggression zu empfinden war kein Problem. Doch wenn sie welche zeigen sollte, verschob sie das lieber auf morgen. Aber vielleicht – Ann ging ein paar Schritte zurück – war es ja gar nicht nötig. Sollte sie sich nicht lieber noch mal vergewissern, ob der Schmuck wirklich fehlte?

Erleichtert über diesen Aufschub, zog Ann die oberste Schublade heraus, kippte den gesamten Inhalt aufs Bett und fing an, ihre Unterwäsche und Strumpfhosen sorgfältig durchzusehen. Keine Ohrringe. Dann untersuchte sie die beiden anderen Schubladen mit dem gleichen Ergebnis.

Sie erinnerte sich genau daran, wann sie die Ohrringe zum letzten Mal getragen hatte. Es war am Todestag ihrer Mutter gewesen. Ann hatte frische Blumen zum Grab gebracht.

Während ihr erwachsenes Ich Wasser in die steinerne Vase goss und die gelben Rosen arrangierte, deren Blüten wie die Flammen einer Kerze aussahen, hatte ihr sechsjähriges Ich, niedergedrückt vom Schmerz über den Verlust, sich sehnlichst gewünscht, dass ihre Mutter erscheinen würde, wenn auch nur für einen Augenblick. Gerade lange genug, um zu sehen, dass sie die Ohrringe trug. Dass sie nicht vergessen hatte. Dass sie nie vergessen würde.

Die Musik wurde plötzlich noch lauter. Ob es an diesem unangenehmen Lärm lag, der in ihre schmerzlichen Überlegungen drang, oder daran, dass sie erneut davon überzeugt war, das Mädchen hätte eines ihrer kostbarsten Besitztümer gestohlen, jedenfalls fand Ann plötzlich den Mut zu handeln. Mit raschen Schritten durchquerte sie den Flur, lief stolpernd die Treppe zur Mansarde hinauf und hämmerte gegen die Tür.

Die Lautstärke steigerte sich bis zum Unerträglichen. Die dröhnenden Bässe schlugen auf ihr Trommelfell ein, stießen hindurch und drangen mitten in ihren Kopf. Die Latten in der Tür und die Dielen unter ihren Füßen vibrierten. Außer sich vor Zorn – *das ist mein Haus, mein Haus!* – donnerte Ann mit den Fäusten gegen die Tür, bis die Knöchel aufgeschürft waren.

Die Musik verstummte. Einige Sekunden später erschien Carlotta, wie üblich in schmuddeligen schwarzen Jeans und T-Shirt, breitbeinig in der Tür. An den Füßen trug sie verschlissene Turnschuhe. Um ihre langen ungepflegten Haare hatte sie ein lilanes gekraustes Haarband geschlungen. Sie hatte den Gesichtsausdruck aufgesetzt, den sie häufig zeigte, wenn sie beide allein waren. Ein Ausdruck amüsierter Verachtung. Dann duckte sie sich unter dem »Vorsicht Kopf«-Schild, überquerte die Schwelle und stellte sich Ann in den Weg.

»Haben Sie ein Problem, Mrs. Lawrence?«
»Ich fürchte ja.«

Ann ging kühn einen Schritt vor, und von dieser plötzlichen Bewegung überrascht trat Carlotta zur Seite. Sie folgte Ann nicht ins Zimmer, das sehr unordentlich war und nach Zigarettenqualm stank.

»Was denn?«

»Ich kann die Ohrringe von meiner Mutter nicht finden.«

»Und?«

Ann holte tief Luft. »Ich hab mich gefragt, ob du …«

»Ob ich sie geklaut hab?«

»Vielleicht ausgeliehen.«

»Ich trag keinen Altweiberkram. Trotzdem vielen Dank.«

»Vor ein paar Tagen waren sie noch in meinem Schmuckkästchen …«

»Wollen Sie behaupten, dass ich lüge?« Speichel spritzte, als die Worte über die dünnen dunkelroten Lippen kamen.

»Natürlich nicht, Carlotta.«

»Durchsuchen Sie doch die Bude. Na los.«

Sie weiß, dass ich das nie tun würde, dachte Ann. Vor allem dann nicht, wenn sie danebensteht und zusieht. Dennoch dachte sie daran, Carlotta beim Wort zu nehmen, hätte jedoch die Demütigung nicht ertragen, wenn sie die Ohrringe nicht fände. Oder die furchtbare Szene, die folgen würde, wenn sie sie fand.

Sie fragte sich, ob der Schmuck bereits verpfändet oder verkauft worden war, und ihr wurde ganz übel bei dem Gedanken. Sie stellte sich vor, wie ihre kleinen Kostbarkeiten durch sachkundige schmutzige Finger gingen; wie Geld, nur ein Bruchteil von dem, was sie wirklich wert waren, die Hände wechselte. Das veranlasste sie wohl zu den sich als fatal erweisenden unüberlegten Worten.

»Wenn du also irgendwas darüber weißt, hätte ich sie gern bis morgen zurück. Andernfalls muss ich es wohl meinem Mann …«

In dem Augenblick stürzte das Mädchen los, stieß Ann so

heftig weg, dass sie fast hingefallen wäre. Carlotta tobte durch das Zimmer, zog Schubladen heraus und kippte den Inhalt aufs Bett – Make-up, Strumpfhosen, Unterwäsche, Haarspray. Eine Puderdose zersprang und gelbbrauner Staub flog überall herum. Carlotta riss Poster von den Wänden, zerrte alte Klamotten aus dem Kleiderschrank und Kissen von den Stühlen, blätterte Zeitschriften auf und riss wütend an den Seiten.

»Hier sind sie anscheinend nicht, was? Oder hier? Hier verdammte Scheiße auch nicht!«

»Nein! Carlotta – *bitte!*« Es war ein Entsetzensschrei. Ann merkte, dass Carlotta weinte, während sie blind durch das Zimmer stolperte. »Hör mal, es spielt keine Rolle. Ich muss mich geirrt haben.«

»Sie werden es ihm aber trotzdem sagen, ich kenn Sie. Sie nutzen doch jede Chance, um mich loszuwerden.«

»Das ist nicht wahr.« Ann protestierte zu heftig, weil sie sich ertappt fühlte.

»Sie wissen ja nicht, wie es da draußen ist. Sie verwöhnte Zicke. Sie haben ja keinen verdammten Schimmer.«

Ann ließ den Kopf hängen. Was konnte sie schon sagen? Es stimmte. Sie wusste wirklich nicht, wie es da draußen war. Sie hatte keine Ahnung. Das wütende Gekeife ging weiter.

»Können Sie sich vorstellen, was das hier für mich bedeutet? Da wo ich herkomm, da wollen die Leute einem weh tun, wussten Sie das?« Sie fuhr mit dem Ärmel heftig über ihr Gesicht, das vom Weinen völlig verquollen war. »Die wollen einem schaden. Jetzt wird er mich dorthin zurückschicken!«

Im gleichen Augenblick rannte sie davon. Gerade noch hatte sie Ann ins Gesicht gebrüllt und mit Büchern um sich geschmissen; dann war sie fort. Die Treppe hinunter. Durch den Flur. In die Nacht hinaus.

An dieser Stelle versuchte Ann, die mittlerweile in fast kaltem Wasser lag, die schmerzlichen Erinnerungen zu ersticken.

Sie hüllte sich in ihren Bademantel und nahm den Rotwein und das Glas mit ins Schlafzimmer. Sie trank noch ein bisschen Wein, doch ihr wurde schlecht davon, deshalb legte sie sich einfach aufs Bett und betete um Vergessen. Kurz bevor der Morgen graute, schlief sie endlich ein.

2

Am nächsten Tag gab es im Dorf und in der Umgebung einiges Gerede darüber, dass möglicherweise jemand bei Swan Myrren in den Fluss gefallen war. Der Milchmann von Wren Davis, dessen Vetter näher am Ort des Geschehens wohnte, sagte, die Polizei wäre gegen Mitternacht dort gewesen. Und ein Krankenwagen. Er, seine Frau und die Nachbarn wären rausgegangen, um zu gucken, was los war, doch die Polizisten seien nicht sehr entgegenkommend gewesen. Sie hätten ein paar Fragen gestellt, aber selber kaum Antworten gegeben. Dann hätten sie den Fluss weiter stromabwärts abgesucht. Mehr hatte der Vetter des Milchmanns nicht mitbekommen.

Doch obwohl die ganze Aufregung fast schon wieder vorbei war, bevor sie so richtig begonnen hatte, hinderte das die Einwohner von Ferne Basset nicht, die Sache genüsslich auszuschlachten. Es hatte sich dort nämlich wenig Dramatisches ereignet seit jenem Kirchfest, bei dem das Schwein, dessen Gewicht die Leute raten sollten, aus seinem Verschlag ausgebrochen und Amok gelaufen war. Es hatte mehrere Stände verwüstet und im Getränkezelt ein ziemliches Chaos angerichtet.

In der Schlange vor dem Rentenschalter bei der Post war man sich am Montag allgemein einig, wo Rauch ist, da ist auch Feuer. Die Polizei würde nicht wegen nichts ausrücken und hatte sicher ihre Gründe, weshalb sie den wahren Sachverhalt verschwieg. Früher oder später würde alles in *Crime Watch* ans

Tageslicht kommen. Die Enttäuschung darüber, dass im Dorf offenbar niemand verschwunden war, wurde gut kaschiert.

Die Gespräche in Brian's Emporium, dem einzigen winzigen Selbstbedienungsladen, hatten eine härtere Note. Blinder Alarm war Brians Meinung. Irgend so ein Spinner, der nichts Besseres zu tun hatte, als der Polizei mit dämlichen Anrufen die Zeit zu stehlen. Wenn er den in die Finger kriegte. In der Schlange vor dem Lottoschalter meinte dagegen jemand, es könnte sich um die alte Frau handeln, die in der Nähe der Penfold's Mill lebte und manchmal gesehen wurde, wie sie Gedichte rezitierend durch die Gegend lief. Die Gedichte gaben den Ausschlag. Die Leute gingen ihrer Wege und warteten auf die Nachricht, dass man die Frau gefunden hatte, wie sie auf nichts mehr als ein paar Reime gestützt stromabwärts trieb.

Um die Mittagszeit im Red Lion waren die Äußerungen noch deftiger, ja sogar herzlos. Einige Gäste nannten Namen von bekannten Persönlichkeiten, auf die man gut verzichten könnte und denen ein feuchtes Grab durchaus zu wünschen wäre. Es fielen die Namen von Politikern, Sportlern und Prominenten aus dem Fernsehen. Dann geriet das Gespräch auf eine persönlichere Ebene, und mehrere Verwandte, Nachbarn, das eine oder andere Ehegespons und – ganz unvermeidlich – die Schwiegermutter von irgendwem wurden in die Debatte geworfen.

Louise Fainlight erfuhr das Gerücht von ihrem Briefträger. Sie schlenderte zu der großen Garage aus Stahl hinüber, wo Val seine täglichen zwanzig Meilen abstrampelte, heute auf einem glitzernden Chaz-Butler-Rad. Das Fahrrad stand auf Rollen, die ein lautes Summen erzeugten, wie ein riesiger Bienenschwarm. Die Geschwindigkeit verwandelte die Räder in blitzende, verschwommene Lichtflecke.

Louise sah ihrem Bruder gern beim Training zu, obwohl sie wusste, dass er das nicht sonderlich mochte. Val trat wie ein Besessener in die Pedale. Sein Gesicht war durch die Anstrengung und Konzentration zu einer Grimasse verzerrt, die Augen verschwanden hinter zusammengekniffenen Lidern, die Lippen waren fest verschlossen über zusammengebissenen Zähnen. Schweiß spritzte in glitzernden Tropfen von seinem Körper. Ab und zu, wenn seine Beine einfach nicht schneller wollten, nicht mehr *konnten,* stieß er teils phantasievolle, teils recht derbe Flüche aus.

Wenn er das tat, musste Louise unweigerlich über den Kontrast zwischen diesem dämonischen Gehabe und der ironisch distanzierten Persönlichkeit lachen, als die Val sich gern im Alltag präsentierte.

Sie hörte, wie sich der am Rahmen befestigte Computer ausschaltete. Das Summen wurde allmählich leiser, und man konnte die Umrisse der Räder wieder erkennen. Dann die Speichen. Die Naben. Die feingliedrige, aber ungeheuer starke Kette. Und schließlich stand das Fahrrad still. Val stieg ab. Die kräftigen Muskeln in seinen Beinen und Schultern bebten noch. Louise reichte ihm ein Handtuch.

»Bald bist du fit für die Tour de France.«

»Zu alt«, brummte Valentine und wischte sich das schweißüberströmte Gesicht trocken. Dann nahm er das Rad von den Rollen und stellte es vorsichtig an die Rückwand der Garage, wo fast ein Dutzend weiterer Fahrräder standen. »Hast du die Kaffeemaschine angeschmissen?«

»Natürlich.«

»Gut.« Sie gingen über einen überdachten Weg, der zur Veranda auf der Rückseite des Hauses führte. »Irgendwelche Post?«

»Nur Reklame. Und ein bisschen Tratsch von Pat, dem Briefträger.«

»Man hatte mir doch die Korrekturfahnen von *Barley Roscoe and the Hopscotch Kid* für heute versprochen.«

»Willst du's denn nicht wissen?«

»Was wissen?«

»Den neuesten Tratsch.«
»Um Himmels willen, Frau!«
»Unten am Wehr ist jemand in den Fluss gesprungen.«
»Ist doch Lavazza, der Kaffee – oder?«
»Ja.«
»Das ist gut. Ich mochte dieses seltsam nach Schokolade schmeckende Zeug nicht, das wir letzte Woche hatten.«

Es war der furchtbarste Tag, den man sich vorstellen konnte, um von Qualen und Reue erfüllt aufzuwachen. Ann lag eng zusammengerollt da, die Arme wie eine Zwangsjacke um sich geschlungen, und spürte furchtbare Schmerzen in sämtlichen Gliedmaßen. Mit blinzelnden Augen betrachtete sie das hübsche Muster, das die hin und her huschenden Schatten von Blättern an ihrer Schlafzimmerdecke bildeten. Durch das Fenster konnte sie ein Rechteck strahlendblauen Himmels sehen. Das ganze Zimmer war vom Licht der Herbstsonne durchflutet.

Schon jetzt litt sie Höllenqualen. Die furchtbaren Ereignisse des vergangenen Abends gingen ihr in lebhaften Bildern und mit außergewöhnlicher Klarheit wie auf einer Kinoleinwand immer wieder durch den Kopf. Wie sie nervös die Treppe zur Mansarde hinaufgestiegen war. Wie Carlotta laut schreiend Bücher und Kleidung im Zimmer herumgeschmissen hatte, wie sie in die Nacht verschwunden war. Die schnelle Strömung des Flusses.

Heute würde Ann es Lionel sagen müssen. Sie *musste* es ihm einfach sagen. Er würde wissen wollen, wo Carlotta war. Doch ohne zu wissen, warum, war Ann klar, dass sie ihm nicht die ganze Wahrheit sagen konnte.

Nicht, dass er nicht ein ungeheuer verständnisvoller Mann gewesen wäre. Und alles zu verstehen bedeutete, wie sie sich schon so oft hatte anhören müssen, alles zu verzeihen. Er fand endlose und, wie sie meinte, manchmal ziemlich unsinnige

Entschuldigungen für das Verhalten der jungen Leute, die er vorübergehend unter seine Fittiche nahm. Leute, denen die Gesellschaft nur grausame Gleichgültigkeit entgegengebracht hatte. Die Verzweifelten und Verlassenen, die Kriminellen und Fastkriminellen. Sie hatte (mit einer Ausnahme) immer versucht, sie in ihrem Haus willkommen zu heißen.

Ann zögerte, weil sie wusste, dass Lionel bitter enttäuscht von ihr sein würde. Sich sogar für sie schämen würde. Und das mit Recht. Was für eine Entschuldigung konnte es dafür geben, dass eine Frau von Ende Dreißig, die aus geordneten Familienverhältnissen stammte, der es finanziell gut ging und die in einem großen, schönen Haus lebte, auf ein armes Geschöpf losging, das bei ihr Zuflucht gefunden hatte, und es in die Nacht hinaustrieb? Bloß wegen einem Paar Ohrringe, von dem noch nicht mal sicher war, dass das Mädchen es entwendet hatte. Da gab es keine Entschuldigung.

Ann stand auf und versuchte ihre schmerzenden Glieder zu lockern. Sie schlüpfte in ihre rosanen Brokatpantoffeln, streckte die Arme zur Decke und senkte sie dann mit zuckenden Mundwinkeln auf die Zehenspitzen.

Lionel würde noch eine Weile schlafen. Er war letzte Nacht ziemlich spät nach Hause gekommen. Ann beschloss, sich einen Tee zu machen und sich damit in die Bibliothek zu setzen, um sich genau zu überlegen, was sie ihm sagen würde.

Sie zog gerade ihren Morgenrock über, als sie hörte, wie die Eingangstür aufging und ihre Haushaltshilfe rief: »Mrs. Lawrence? Hallo? Schöner Tag heute.«

Ann eilte auf den Treppenabsatz, zwang sich zu lächeln und einen Anklang von Wärme in ihre Stimme zu legen. Sie beugte sich über das Geländer und erwiderte den Gruß. »Guten Morgen. Hetty.«

Evadne Pleat aus dem Mulberry Cottage am Dorfanger hatte gerade ihre wichtigste Aufgabe des Tages beendet, nämlich die liebevolle Pflege ihrer sechs Pekinesen. Bürsten, baden, trimmen, füttern, entwurmen und Gassi gehen. Man hatte ihre Temperatur gemessen, die Halsbänder auf Sauberkeit und bequemen Sitz geprüft und ihr schönes cremefarbenes Fell genau untersucht, ob sich womöglich irgendeine unbefugte Kreatur darin niedergelassen hatte.

Nachdem diese ausgedehnte Prozedur beendet war, nahm Evadne ihr Frühstück ein (meist ein Schälchen Porridge und etwas geräucherten Schellfisch), dann stellte sie eine weiße Geranie in ihr Küchenfenster. Damit signalisierte sie, dass sie »zu Hause« war, und von da an war ihr Tag so vollgepackt mit Ereignissen, dass sie kaum Zeit fand, Luft zu schöpfen. Der Grund für ihre Beliebtheit war ganz einfach. Evadne war eine erstaunlich gute Zuhörerin.

Man trifft selten einen Menschen, der sich mehr für andere interessiert als für sich selbst, und die Einwohner von Ferne Basset hatten Evadnes bemerkenswerte Eigenschaft rasch erkannt. Sie schien immer Zeit zu haben, den Leuten ihre absolute Aufmerksamkeit zu schenken. Nie schweifte ihr Blick zum Zifferblatt ihrer hübschen Standuhr, nie wurde sie durch deren melodisches Schlagen abgelenkt. Egal worum es ging, sie zeigte sich stets mitfühlend. Und sie war absolut diskret.

In schwierigen Lebenslagen fanden die Leute unweigerlich zu ihr. Ständig saß irgendein bekümmertes oder aufgeregtes Geschöpf auf dem bequemsten Sessel in dem kleinen überladenen Wohnzimmer und redete sich alles von der Seele, während Evadne mit Butterkeksen und Earl Grey für das leibliche Wohl sorgte. Oder nach sechs Uhr mit Noilly-Prat-Wermut und Käsebällchen.

Evadne gab nie einen Rat, was ihre Besucher, wenn sie je darüber nachgedacht hätten, sicherlich verwundert hätte, denn beim Abschied fühlten sie sich immer getröstet. Manche gingen sogar so weit zu sagen, jetzt sähen sie endlich klar, was zu tun sei. Gelegentlich betrachteten sie sogar die Leute, über die sie sich bitterlich beschwert hatten, hinterher in einem völlig anderen Licht.

Am heutigen Tag redeten die Besucher natürlich über nichts anderes als über das, was angeblich am Fluss passiert war. Der Mangel an handfesten Informationen hielt sie nicht davon ab, sich in schauerlichen Szenarien zu ergehen. Selbstverständlich gäbe es dafür keinerlei Beweise. Eine ganz vage Geschichte, meine Liebe. Offenbar hatte kein einziger auch nur irgendwas *gehört*. Trotzdem – wo Rauch ist, da ist auch Feuer. Als Evadnes Mittagspause näher rückte, bedauerte sie, dass sie kein Talent zum Schreiben hatte, denn sie hatte bereits genügend Stoff, um eine Soap Opera für die nächsten zehn Jahre am Laufen zu halten.

Am Mittag stellte sie ihre Geranie weg und rief Piers, den ältesten und verständigsten der Pekinesen, zu sich. Sie gab ihm einen Korb mit einem Zettel drin und etwas Geld in einem Umschlag und schickte ihn zu Brian's Emporium, um die *Times*, Hundefutter und ein paar glasierte Köstlichkeiten zu holen. Zwar hatte sie auch kein Tonicwater mehr, doch sie hielt es nicht für richtig, von einem Hund zu erwarten, dass er sich mit schweren Flaschen abschleppte.

Als Piers mit dem falschen Wechselgeld zurückkam (und das nicht zum ersten Mal), verriegelte Evadne das Yale-Schloss und begann, ihr Mittagessen zu kochen. Sie dünstete zwei Schalotten und etwas klein geschnittenen Sellerie in ungesalzener Butter an, gab ein Lorbeerblatt hinzu, goss das Ganze mit frischer Hühnerbrühe auf und ließ es vor sich hin köcheln. Dann schenkte sie sich ein kleines Glas Holunderwein ein und deckte den Tisch. Ihr schönes Silberbesteck – ein Abschiedsgeschenk von den Kolleginnen aus der Bibliothek in Swiss Cottage –, ein Sträußchen Mimosen und warme Vollkornbrötchen.

Während sie in ihrer Suppe rührte und an ihrem hausgemachten Elixier nippte, schweiften Evadnes Gedanken unwillkürlich zu der Angelegenheit, die ihre Morgenbesucher so sehr beschäftigt hatte. Sie fragte sich, ob tatsächlich jemand in den Fluss gefallen war. Und wenn ja, wo war derjenige jetzt? Konnte er bereits meilenweit abgetrieben worden sein? Oder irgendwo im Gestrüpp festhängen? Vielleicht war er in dem schlammigen Flussbett stecken geblieben.

Evadnes Hand zitterte, als sie nach einem Tütchen mit Kardamomkörnern griff und ihren Mörser mit dem Stößel herunternahm. Ihr ging das Herz über vor Mitleid mit dieser möglicherweise gar nicht existierenden Person. Ertrinken war das Einzige, wovor Evadne Angst hatte. In der Schule hatte sie mal aus *Richard III* vorlesen müssen, und zwar die Szene, in der der Tod von Clarence beschrieben wird, und sie war vor Entsetzen fast erstickt. Plötzlich war ihr nicht mehr nach exotischen Gewürzen zumute, deshalb stellte sie das Kardamom zurück ins Regal und füllte die Suppe, so wie sie war, in einen Teller. Sie wollte gerade essen, hatte sogar den Löffel schon fast bis an den Mund geführt, da erinnerte sie sich plötzlich an etwas, das letzte Nacht passiert war. Sie war in ihrem Schlafzimmer unter dem Dachvorsprung gewesen und hatte sich für die Nacht zurechtgemacht. Nachdem sie ein langes Flanellnachthemd angezogen und sich das Gesicht mit Regenwasser und Pears-Seife gewaschen hatte, so wie sie es von Kindesbeinen an gewohnt war, sprach Evadne ihre Gebete. Wie immer legte sie Gott diverse Personen ans Herz, schlug sogar vor, was in dem einen oder anderen Fall getan werden könnte, während sie gleichzeitig einräumte, dass letztlich natürlich Er zu entscheiden habe. Dann legte sie sich ins Bett.

Evadne schlief immer auf dem Rücken, die Hände über der Brust gefaltet, wie eine Grabplastik in einer alten Dorfkirche. Ihr gefiel die Vorstellung, in dieser ehrfürchtigen Haltung gefunden zu werden, sollte ihre Seele sich entschließen, sie im Schlaf zu verlassen. Normalerweise fiel sie, nachdem sie sich so hingelegt hatte, sofort in einen ruhigen, traumlosen Schlaf.

Doch letzte Nacht, als sie kurz vor dem Einschlummern war, war sie von einem merkwürdigen Schrei aufgeschreckt worden, laut und angsterfüllt, fast schon ein Kreischen. Zu dem Zeitpunkt hatte sie angenommen, dass es eine Füchsin war oder ein kleines Tier, das von irgendeinem Räuber erwischt worden war. Doch nun, als sie in ihrer gemütlichen, sonnendurchfluteten Küche saß und in ihre rasch abkühlende Suppe starrte, war Evadne sich nicht mehr so sicher.

Sie schüttelte den Kopf und redete sich energisch ein, dass da keinerlei Zusammenhang bestand, selbst wenn sich herausstellen sollte, dass die Schreie von einem Menschen gestammt hatten. Wenn tatsächlich jemand in den Misbourne gefallen war, dann war das doch, wie alle sagten, bei Swan Myrren passiert. Und die Geräusche, die sie gehört hatte, waren näher gewesen. Dennoch ...

Evadne aß rasch ihre Suppe auf, stellte das Geschirr ins Spülbecken und die Geranie wieder ins Fenster. Als fast unmittelbar darauf der Klopfer betätigt wurde, eilte sie zur Tür. Denn dies war eine der seltenen Gelegenheiten, wo Evadne menschliche Gesellschaft genauso dringend brauchte, wie sie von ihren Mitmenschen gebraucht wurde.

Am gleichen Nachmittag gegen vier Uhr machte Louise Fainlight einen Besuch bei Ann Lawrence. Sie hatten sich lose angefreundet, obwohl sie außer der Liebe zur Gartenarbeit wenig gemeinsam hatten. Louise war durchaus bewusst, dass diese Freundschaft nie zustande gekommen wäre, wenn sie noch in London wohnen und arbeiten würde. Dann wären sie wie zwei Schiffe gewesen, die nachts aneinander vorbeifuhren und sich kaum erkannten, geschweige denn die Existenz des anderen wirklich zur Kenntnis nahmen.

Doch in einem kleinen Dorf gibt es wenig Auswahl, und wenn man jemanden findet, mit dem man sich zumindest halbwegs versteht, bemüht man sich fast immer um ihn. Und auf merkwürdige Weise waren die beiden Frauen voneinander fasziniert. Keine konnte nämlich verstehen, wie die andere nur so leben konnte, wie sie lebte.

Ann bewunderte Louise und ließ sich ein wenig einschüchtern von ihrer glamourösen Ausstrahlung, ihrer knallharten und ironischen Einstellung zum Leben und der lockeren, scheinbar distanzierten Beziehung, die sie zu ihrem Bruder hatte. Der starke Wille der jüngeren Frau, sich ihren Platz im Leben zu erkämpfen, erfüllte Ann mit Neid. In manchen Situationen, denen Louise als Analystin in der Abteilung für Aktien und Wertpapiere bei der Handelsbank, bei der sie bis vor kurzem gearbeitet hatte, ausgesetzt gewesen war, wäre Ann in panischer Angst zur nächsten Toilette gelaufen.

Louise hingegen konnte einfach nicht fassen, wie eine potentiell äußerst attraktive Frau in Anns Alter und von ihrer Intelligenz Tag für Tag, Monat für Monat, Jahr für Jahr damit verbringen konnte, nichts zu tun. Oder zumindest was Louise als nichts erachtete. So eintönige Dinge wie im Gewächshaus herumwerkeln, den Vorsitz beim Frauenkreis führen, das Gemeindeblättchen herausgeben und drucken sowie Pläne erstellen, wer jeweils für das Putzen der Kirche und den Blumenschmuck verantwortlich war. Unglaublich.

Die Neugier, warum ihre Freundin so einen Stockfisch von Mann geheiratet hatte, war rasch befriedigt, denn jeder im Dorf kannte die Geschichte. Ann hatte bei ihrem Vater, dem früheren Pfarrer von Ferne Basset, gelebt, der bei ihrer Geburt bereits fünfzig Jahre alt war, bis dieser etwa zweiundzwanzig Jahre später gestorben war. Sein Hilfspfarrer Lionel Lawrence, ein schüchterner, freundlicher Mann, der damals um die Vierzig war, hatte immer mehr von Reverend Byfords geistlichen Pflichten übernommen und, als dieser alt und krank war, Ann bei seiner Pflege unterstützt.

Als er nach dem Tod des Vaters dem unglücklichen Mädchen vorschlug, ob sie nicht weiter füreinander sorgen sollten, hatte Ann, die extrem scheu war und nichts außer dem Leben in einem Dorfpfarrhaus kannte, zugestimmt. Nachdem sie einige Jahre verheiratet waren, gab Lionel, obwohl er ordiniert blieb, sein Pfarramt auf. Er begründete seinen Schritt damit, dass er nun mehr Zeit haben würde, die Werke des Herrn dort zu verrichten, wo sie am dringendsten gebraucht wurden. Zum Glück blieb ihnen das Haus erhalten, denn es hatte Anns Mutter gehört und nicht der Diözese. Gottesdienste wurden von da an jeden dritten Sonntag von einem Pfarrer abgehalten, der noch zwei weitere Dörfer betreute. Bei der einzigen Gelegenheit, bei der Louise Ann auf ihre Ehe ansprach, hatte diese nur gesagt: »Es schien die einfachste Lösung«, und rasch das Thema gewechselt.

Louise fand diese Situation sehr traurig. Sie war überzeugt, dass Ann unglücklich war – wer wäre das nicht, wenn man mit so einem langweiligen alten Waschlappen verheiratet war? Und dann noch diese straffällig gewordenen Nichtstuer, die er ständig ins Haus brachte. Am Anfang ihrer Freundschaft hatte Louise den Fehler gemacht, Ann zu raten, ein Machtwort zu sprechen. Zu ihrer Verblüffung stellte sie fest, dass Ann sich keineswegs über diese Invasion ärgerte, sondern im Gegenteil ein schlechtes Gewissen hatte, weil sie nicht in der Lage war, diese »bedauernswerten jungen Leute« wirklich von ganzem Herzen willkommen zu heißen und sich um sie zu kümmern. Sie hatte das Gefühl, ihrem Mann gegenüber unsolidarisch zu sein.

Nachdem Louise sich von ihrer Überraschung erholt hatte, hatte sie Ann gut zugeredet und versucht, ihr klarzumachen, dass sie die Dinge wohl ziemlich schief sähe. Dass nämlich die meisten Leute es überaus tolerant finden würden, dass sie eine solche Situation überhaupt akzeptierte. Und um sich mit Leib und Seele in so etwas hineinzustürzen, müsse man schon, gelinde gesagt, ein paar Schrauben locker haben.

Es war reine Zeitverschwendung gewesen. Ann hatte sich

zwar bemüht zuzuhören, doch schon bald merkte man ihr an, dass sie sich ziemlich unwohl fühlte. Louise gab es auf. Doch ein positives Ergebnis hatte dieses Gespräch zumindest. Nicht lange danach kam nämlich ein junger Mann zum alten Pfarrhaus. In dem Augenblick, als Ann ihn sah, spürte sie, wie sie eine Gänsehaut bekam und Kälte durch ihren Körper kroch. Obwohl er geduldig in der Tür stand und seine Stimme leise und höflich war, strahlte er für Ann eine ungeheure Gemeinheit aus. Er sah sie nur einmal an, doch dieser Blick war ihr wie ein Messer vorgekommen, das nach einem Punkt suchte, an dem es zustechen konnte.

In ihrer Angst war sie zu ihrem Mann gegangen und hatte ihm erklärt, sie wolle diesen Menschen nicht im Haus haben. Lionel war natürlich verärgert gewesen, zumal sie keinen plausiblen Grund für diese Einschätzung nennen konnte, doch da ihn die Heftigkeit ihrer Worte beunruhigte, gab er schließlich nach.

Louise hatte sie hinterher gelobt, weil sie standhaft geblieben war, doch Ann meinte, da gäbe es nichts zu loben; sie hatte einfach nicht anders gekonnt. Damals hatte Louise das alles ein bisschen pathetisch gefunden. Doch jetzt verstand sie es. Jetzt, wo es zu spät war.

Der Neuankömmling wurde in der Wohnung über der Garage untergebracht, die eine telefonische Verbindung zum Haus hatte. Er bot an, sich um den uralten Humber Hawk zu kümmern und ihn zu fahren. Ann hatte den Wagen von ihrem Vater geerbt, und allein seine Wartung kostete mehr, als sie sich eigentlich leisten konnte. Lionel, der nicht fahren konnte, war hocherfreut und nahm das freundliche Angebot als erstes Zeichen dafür, dass sich langfristig alles zum Guten entwickeln würde.

Das Auto stand in der Einfahrt, als Louise auf das Haus zuging. Vom Chauffeur war zum Glück nichts zu sehen. Als sie an den hohen Esszimmerfenstern vorbeikam, sah sie Lionel drinnen telefonieren. Er schien erregt, sein grau-weißes Haar stand nach allen Seiten ab wie beim Struwwelpeter, und er fuchtelte mit seinem freien Arm in der Luft herum.

Louise wollte gerade die Eingangsstufen hinaufgehen, als sie Ann erblickte. Sie saß absolut reglos in einem Liegestuhl neben der großen Zeder mitten auf dem Rasen. Louise ging zu ihr.

»Hi. Ich hab dir ein paar Veilchensämlinge mitgebracht. Weiße.« Sie legte das feuchte Päckchen auf den Rasen und setzte sich hin. »Ann?«

Louise merkte plötzlich, dass Ann keineswegs reglos dasaß. Sie zitterte am ganzen Körper. Ihre bebenden Lippen öffneten und schlossen sich immer wieder. Sie hatte die Augen zusammengekniffen und blinzelte.

»Was um Himmels willen ist denn los?«

»Ach, Louise ... Ich hab etwas so ... Schreckliches getan ... ich kann es dir gar nicht sagen.« Und dann brach sie in Tränen aus. Louise legte einen Arm um die schmalen Schultern ihrer Freundin, und Ann weinte und weinte und spürte dabei immer mehr, wie sehr sie das nötig gehabt hatte.

»Erzähl's mir.«

»Es ist zu furchtbar.«

Louise überlegte, dass zwischen den Dingen, die Ann und die sie selbst als furchtbar empfinden würden, Welten lagen. »Du hast doch wohl nicht schon wieder die alte Craven beim Blumendienst in der Kirche übergangen?«

»Ich hatte einen ... Streit. Mit Carlotta.«

»Wie schön für dich.«

»Sie ist fortgelaufen.«

»Kann ich mir gut vorstellen.« Louise hatte ihre eigene Meinung über Carlotta.

»Lionel kann sie nicht finden. Er hat es schon überall versucht.«

»Ist das alles?«

Nach einer langen Pause flüsterte Ann: »Ja.« Sie hatte aufgehört zu zittern, war aber ganz blass geworden. Ihre Augen irrten umher, glitten über Louises Schulter, blickten in die Luft, auf den Boden.

Louise hielt Ann für die schlechteste Lügnerin, die ihr je begegnet war. Der Anfang war ja noch überzeugend gewesen. Schon möglich, dass Ann sich mit Carlotta gestritten hatte. Und auch, dass das Mädchen fortgelaufen war. Aber das war noch nicht alles. Bei weitem nicht alles.

»Wann war das?«

»Letzte Nacht.«

»Hast du die Polizei verständigt?«

»Nein!« Ein leiser Aufschrei.

»Schon gut, meine Liebe.« Louise strich Ann übers Haar, langsam und beruhigend. »Ist ja schon gut ...«

»Entschuldige.« Ann zog ein zusammengeknülltes Kleenex aus ihrer Rocktasche und putzte sich die Nase. »Lionel hat gesagt, sie wär dann sauer. Wenn wir die ... die Bullen mit reinziehen.«

Ach ja, die Bullen. Louise hatte für so was nichts übrig. Wenn Lionel glaubte, er brauche nur die jungen Leute nachzuäffen, um dazuzugehören, dann war er auf dem falschen Dampfer. Als Nächstes würde er mit einer Baseballkappe rumrennen, verkehrt herum getragen, dazu ein Radiohead-T-Shirt.

»Ich lass dich nicht hier draußen sitzen.« Sie stand auf, nahm Anns Hand und zog sie aus dem Stuhl. »Komm mit rüber zu mir, wir trinken einen Tee.«

»Ich kann nicht.«

»Natürlich kannst du.« Sie klemmte Anns Arm unter ihren und führte sie die Einfahrt hinunter. »Ich hab einen wunderbaren Mokkakuchen von Marks & Spencer da.«

»Ich sollte Lionel Bescheid ...«

»Unsinn. Der merkt doch gar nicht, wenn du weg bist.«

»Das stimmt«, sagte Ann traurig. »Vermutlich merkt er's noch nicht mal.«

Candy hatte sich immer als Mrs. Leathers Hund betrachtet und wusste, dass Mrs. Leathers genauso empfand. Keiner von beiden machte viel Aufhebens davon, besonders wenn Charlie da war. An diesem Abend war er in dem vorderen Zimmer, in dem sie normalerweise aßen und fernsahen. Er war schon so lange dort und war so still, dass Mrs. Leathers glaubte, er wäre eingeschlafen. Also klopfte sie ermunternd auf ihren Schoß. Candy zögerte, warf einen besorgten Blick auf die verschlossene Verbindungstür und sprang dann hinauf.

Mrs. Leathers streichelte Candys goldbraune Ohren, die an kleine dreieckige warme Toastscheiben erinnerten. Dann kraulte sie den Hund am Bauch, und Candy quiekte verzückt. Mrs. Leathers fragte sich, was ihr Mann wohl da drinnen machte.

Er war vor fast einer Stunde mit der gestrigen Ausgabe von *People*, einer Schere und einer Tube Klebstoff verschwunden.

»Wir sollten uns nicht beklagen, was?«, sagte Mrs. Leathers zu Candy, und sie lächelten sich an, wie sie beide urgemütlich in dem schäbigen alten Schaukelstuhl neben dem Kohlenfeuer saßen. Doch als nach weiteren zwanzig Minuten noch immer kein Laut aus dem Nebenzimmer zu hören war, setzte Mrs. Leathers den Hund widerwillig in den billigen Waschkorb aus Plastik und ging nachsehen, ob alles in Ordnung war.

Charlie saß an dem wackligen Klapptisch. Er hatte die Gummihandschuhe seiner Frau übergezogen und schnitt große Stücke aus der Zeitung aus. Alte Totoscheine und Lotterielose, die keinen Gewinn gebracht hatten, waren beiseite geschoben worden, um mehr Platz zu haben.

Charlie schnitt die Stücke kleiner. Und noch kleiner. Wählte einen Abschnitt aus, einen Satz, schließlich ein Wort und einen Buchstaben. Rasselnd stieß er einen zufriedenen Seufzer aus. Das war nicht allzu schwierig gewesen. Nur sieben Worte waren nötig, und die waren alle ganz gängig.

Charlie zog die Handschuhe aus und griff nach seinen Blättchen, um sich eine Zigarette zu drehen. Er zupfte etwas penetrant nach Ingwer riechenden Samson-Tabak auseinander, rollte ihn ein und fuhr mit seiner runzligen grauen Zungenspitze an dem Blättchen entlang. Dann zündete er die Zigarette an.

Plötzlich klickte das Schloss, und seine Frau stand in der Tür. Charlie sprang auf. Sein Gesicht wurde knallrot vor Zorn.
»Raus hier!«
»Ich wollt ja nur mal gucken, ob du …«
»Kann man denn nicht mal in Ruhe die Zeitung lesen?«
»Entschuldige.«
Charlie Leathers starrte wütend hinter seiner Frau her, während sie hinausschlich. Ihre mickrige magere Gestalt, das wirre graue Haar und die sorgenvoll gebeugten Schultern. Gott, was für eine jämmerliche Nervensäge. Normalerweise wär er ihr in die Küche gefolgt und hätte ihr ordentlich eins draufgegeben.

Aber heute Abend nicht. Denn heute war für Charlie alles andere als ein normaler Abend. Man könnte sagen, heute Abend hatte seine Stunde geschlagen. Vor ihm lagen sieben die Brieftasche füllende Hieroglyphen, die die Freiheit bedeuten könnten. Er sah sich in dem winzigen Zimmer um und gönnte sich ein genüssliches Kichern über die genarbte Sitzgruppe aus Vinyl, das billige furnierte Sideboard und die altmodische Fernsehtruhe. Denn schon bald würde er all dem Lebewohl sagen. Dann läge er in einem schönen, mit Fell bezogenen Sessel, hatte eine Flasche Scotch mit Eis und eine Schachtel Players High Tar griffbereit und etwas Junges, Blondes und Schmusiges auf dem Schoß.

Denn wenn man Geld hatte, konnte man alles kaufen. Und er würde das nötige Geld haben. O ja. Zum ersten Mal in seinem Leben würde er Geld haben. Zunächst nur einen bescheidenen Betrag. Immer schön vernünftig sein. Es hatte keinen Sinn, die Leute unnötig zu erschrecken. Aber aus dieser Quelle würde noch mehr zu holen sein. Sehr viel mehr. Genug, damit er den Rest seines Lebens herrlich und in Freuden verbringen könnte.

Als in den Lokalnachrichten um neun Uhr nichts mehr über den Zwischenfall am Misbourne-Wehr gesagt wurde, kamen die Gäste des Red Lion zu dem Schluss, dass alles nur ein Scherz gewesen war, und wandten ihre Aufmerksamkeit wieder wichtigeren Dingen zu. Zum Beispiel der Entdeckung von sechs Fasanen im Klohäuschen des alten Gordon Cherry. Und der skandalösen Geschichte, dass das Teeservice von Ada Lucas' Großmutter, während es noch bei ihr im Wohnzimmerschrank stand, von einem fliegenden Händler auf fünfzig Pfund geschätzt worden war, wo doch jeder wusste, dass es den Stempel von Rockingham trug und gut und gerne hundert wert war.

Bis zur Sperrstunde war die Angelegenheit am Fluss praktisch vergessen. Die Leute, die im Mondschein nach Hause gingen oder fuhren, hatten bereits ganz andere Dinge im Kopf. Wie der Wirt zu seiner Frau sagte, während diese das Tropfblech ablaufen ließ: »Ich glaube, wir haben für dieses Jahr unseren Teil an Aufregung gehabt.«

Was nur zeigt, wie kolossal der Mensch sich irren kann.

3

Ann Lawrence kontrollierte das Frühstückstablett ihres Mannes. Schwacher chinesischer Tee, ein Vier-Minuten-Ei, frischer Toast, ein Apfel, etwas Margarine und Cooper's-Oxford-

Orangenmarmelade. Dann steckte sie noch einen Zweig Wiesenfrauenmantel in eine kleine geblümte Vase.

»Würde es Ihnen was ausmachen, das nach oben zu bringen, Hetty?«

Ann hatte Mrs. Leathers von Kindesbeinen an Hetty genannt, und Mrs. Leathers hatte sie immer mit Annie oder Pickle oder einem ihrer anderen Kosenamen angeredet. Doch am Tag ihrer Hochzeit war Ann auf mysteriöse Weise Mrs. Lawrence geworden, und keinerlei Zureden, ob im Spaß oder Ernst, konnte Hetty dazu bringen, sie anders anzureden. Das wäre einfach nicht richtig gewesen.

»Natürlich nicht«, antwortete Mrs. Leathers und fragte sich sofort, wohin sie sich bloß verkriechen sollte, wenn der Pfarrer (wie sie ihn für sich immer noch nannte) die Tür im Nachthemd öffnen würde. Oder noch schlimmer.

»Klopfen Sie einfach an und lassen Sie es dann vor seinem Zimmer stehen.«

Ann schenkte sich ihre dritte Tasse Kaffee ein und nahm sie mit in die Bibliothek. Es war schon fast zehn Uhr, aber sie hatte es für das Beste gehalten, Lionel schlafen zu lassen. Er war gestern Abend lange unterwegs gewesen, hatte sich in diversen Obdachlosenasylen, Heimen und öffentlichen Unterkünften erkundigt und seine Kontaktpersonen bei der Bewährungshilfe mit Fragen gelöchert. Schließlich hatte die Sorge um Carlotta seine Befürchtungen besiegt, sie zu verärgern, und er hatte bei der Polizei in Causton angerufen und das Mädchen als vermisst gemeldet. Als er nach Hause kam, hatte er sich weitschweifig und empört über deren »absolut unmenschliches Desinteresse« ausgelassen.

Ann hatte todunglücklich und von Schuldgefühlen geplagt zugehört. Wie gerne hätte sie die Uhr zurückgestellt und wieder so gelassen und sorgenfrei wie früher gelebt. Wie langweilig ihr das manchmal erschienen war. Jetzt sehnte sie sich danach, dahin zurückzukehren.

Der Postwagen fuhr gerade los. Ann ging in den Flur und leerte den großen Drahtkorb, der innen an der Tür befestigt war. Sie bekamen immer viel Post. Lionel hielt es für wichtig, den Kontakt zu Leuten aufrechtzuhalten. Manchmal hatte Ann den Eindruck, dass er das mit jedem Menschen versuchte, den er je im Leben kennen gelernt hatte. Zum Glück hatten sehr viele dieser Leute offenbar nicht den Wunsch, mit ihm in Kontakt zu bleiben. Eine häufige Klage beim Frühstück war, dass der und der immer noch nicht auf Lionels zweiten (oder dritten) Brief geantwortet hätte.

Kirchenangelegenheiten spielten schon lange keine große Rolle mehr, aber es kamen ständig irgendwelche Schreiben im Zusammenhang mit den wohltätigen Organisationen, für die Lionel sich einsetzte, außerdem Zeitschriften (heute der *New Statesman*) und Bittbriefe. Zwei Briefe waren für sie. Einer kam, wie sie sofort sah, von einer betagten Großtante aus Northumberland, die immer im August schrieb, um Ann daran zu erinnern, dass bald der Geburtstag ihrer Mutter sei und sie nicht vergessen dürfe, für sie zu beten. Auf dem anderen stand lediglich ihr Name. Keine Adresse. Irgendwer musste ihn durch die Tür geschoben haben. Das taten die Leute oft, besonders am Abend, wenn sie nicht mehr stören wollten. Ann nahm den Brief mit zum Platz am Fenster im Wohnzimmer und öffnete ihn.

An diesen Augenblick sollte sie sich für den Rest ihres Lebens erinnern: an das Leuchten der dunkellila Malven, die sich an das Fenster schmiegten, an den Staubkranz auf dem Boden neben ihrem Pantoffel und daran, wie der mit Petit point bestickte Bezug des Sitzes an ihren Beinen kratzte, während sie dasaß und das dünne, leicht angeschmutzte Blatt Papier auseinanderfaltete.

Für den Bruchteil einer Sekunde starrte sie lediglich verwundert auf die seltsamen ausgeschnittenen Worte, die ziemlich unordentlich aufgeklebt waren. War das eine neue Form von Wurfsendung? Eine neue Art der Werbung? Erst dann las sie die Worte hintereinander, um zu sehen, ob sie einen Sinn ergaben.

In ihrem Kopf fing es an zu dröhnen. Ihr Herz setzte mehrere Schläge aus, als ob es von einer kräftigen Faust getroffen worden wäre. Sie schnappte nach Luft. Dann las sie die Worte noch einmal. »Hab gesehen wie Sie sie gestoßen haben.«

Ann spürte auf einmal eine ungeheure Kälte. Eine saure Flüssigkeit schoss ihr in den Mund. Um sich nicht zu übergeben oder ohnmächtig zu werden, legte sie den Kopf auf die Knie. Während sie zusammengekauert und zitternd dasaß, fiel ein Schatten auf den Teppich.

»Ist Ihnen nicht gut, Mrs. Lawrence?«

»Was?« Ann hob den Kopf. Dann sprang sie auf. Das Blatt fiel mit der Vorderseite nach oben auf den Teppich. »Was wollen Sie hier?«

Ein Mann stand in der Tür, eine Hand lässig gegen den Rahmen gelehnt. Es war ein äußerst gut aussehender junger Mann mit kurzem welligem Haar von einem so hellen Blond, dass es fast weiß war, und betörend blauen Augen. Auf seinem Unterarm hatte er eine erstaunlich feine Tätowierung, eine Libelle mit azurblauen und leuchtend grünen Flügeln, der Körper ein schwarzes Ausrufezeichen. Er nahm seine verbeulte Jeanskappe ab. Selbst diese scheinbar höfliche Geste hatte etwas Beleidigendes.

»Lionel wollte den Wagen um elf Uhr haben, aber er springt nicht an. Liegt wohl am Vergaser.«

»Sie sollen doch telefonisch Bescheid sagen.« Ihre Stimme überschlug sich. Das hatte er noch nie getan. Er war noch nie ins Haus gekommen. Und nun ausgerechnet heute.

»Das Telefon ist im Arsch.« Er lächelte, als Anns Wangen sich rot verfärbten. »Ich bin in die Küche gegangen, um Mrs. L Bescheid zu sagen, aber sie war nicht da.«

Nachdem er seine Erklärung abgegeben hatte, machte der

junge Mann keinerlei Anstalten zu gehen. Er schob beide Daumen in den Bund seiner Jeans und starrte Ann mit gespieltem Respekt an. Das Zimmer schien plötzlich viel kleiner zu sein, und es lag eine Spannung in der Luft, die sie nicht wahrnehmen wollte.

»Ich werde es meinem Mann ausrichten.«

»Yeah. In Ordnung.« Er rührte sich immer noch nicht.

Ann sah keine Möglichkeit, wie sie das Zimmer verlassen konnte. Auf keinen Fall würde sie an dieser schlanken Gestalt vorbeihuschen, die so leger im Türrahmen lehnte. Sie zwang sich, ihn anzusehen, die Unverschämtheit, ja den Hass in diesen strahlenden Augen wahrzunehmen, dann schob sie alles auf ihren gegenwärtigen Gemütszustand.

»Sie haben Ihren Brief fallen lassen.«

Sie hob ihn hastig auf und knüllte ihn zusammen. Hatte er gesehen, was darin stand? Unmöglich auf diese Entfernung. Sie stopfte das Blatt in die Tasche ihres Morgenmantels und meinte dann mit gequälter Stimme:

»Sie können jetzt gehen ... äh ... Jax.«

»Ich weiß, Mrs. Lawrence. Das brauchen Sie mir nicht extra zu sagen.«

Ann trat ein paar Schritte zurück, tastete hinter sich nach dem Fenstersitz und ließ sich langsam darauf sinken. Was sollte sie jetzt tun? Sie war vor Unentschlossenheit und Angst wie gelähmt. Das Auftauchen von Hetty Leathers befreite sie aus dieser Situation.

»Entschuldigen Sie.« Mrs. Leathers, die einen Plastikeimer voller Putzmittel und Lappen in der Hand hatte, schob sich energisch an dem Chauffeur vorbei. »Manche Leute müssen auch arbeiten.«

Er blinzelte einmal mit den Augen und war geschmeidig wie ein Iltis verschwunden. Für Mrs. Leathers war nicht zu übersehen, dass es Ann sehr schlecht ging.

»Regen Sie sich doch nicht über dieses Stück Dreck auf.«

Es war Mrs. Leathers ein Rätsel, wie der Reverend seine Frau solchem Gesindel aussetzen konnte. Sie nahm die abgenutzte Spitzendecke vom Tisch und faltete sie zusammen. »Je eher der Leine zieht, desto besser.«

»Es ist nicht nur wegen ihm.« Ann nahm all ihren Mut zusammen. »Carlotta ist weggelaufen.«

»Die fällt wieder auf die Füße. Das tun solche Leute immer.« Normalerweise war Mrs. Leathers nicht so direkt. Sie bemühte sich, dem Reverend genauso treu ergeben zu sein wie seiner Frau, aber heute musste sie einfach ihre Meinung sagen. Ann sah wirklich elend aus. »Ich bin mit der Küche fertig. Machen Sie sich doch eine schöne Tasse Tee, das hilft immer.«

Ann rannte fast aus dem Zimmer. Sie ging allerdings nicht in die Küche, sondern hastete blindlings durch das Haus, ohne zu wissen, wo sie hinwollte. Schließlich fand sie sich in der Wäschekammer wieder, wo sie verständnislos auf die Lattenbretter mit den Stapeln gefalteter Laken starrte, die den Duft getrockneter Zitronenmelisse verströmten.

Sie nahm den Brief aus der Tasche und strich ihn glatt. Ihre Hand zitterte so sehr, dass die aufgeklebten Worte auf und ab hüpften, als führten sie einen verrückten Tanz auf. Sie hatte das Gefühl, als hielte sie etwas Obszönes in der Hand. Etwas Schmutziges, in dem es von ekligen, unsichtbaren Lebewesen wimmelte.

Sie lief ins Bad und riss den Brief in tausend Stücke; dann tat sie das gleiche mit dem Briefumschlag. Die Fetzen warf sie in die Toilette und zog immer wieder ab, bis auch der letzte Schnipsel verschwunden war.

Dann zog sie sich aus, stellte sich unter die Dusche und schrubbte sich kräftig von oben bis unten mit dem Waschhandschuh ab. Selbst Ohren und Nase sowie der Zwischenraum unter ihren Fingernägeln wurden einer Reinigung unterzogen. Sie wusch sich die Haare und spülte sie immer wieder aus. Als sie mit allem fertig war, faltete sie ihren Morgenrock und alles, was sie sonst noch angehabt hatte, als sie den Brief öffnete, zusammen, stopfte es in einen Müllsack und warf es weg.

Im Nachhinein war Ann überrascht, dass sie den nächsten Schritt des anonymen Schreibers nicht vorhergesehen hatte. Schließlich hatte sie genug Thriller gesehen und reichlich Krimis gelesen. Trotzdem war der Anruf für sie ein absoluter Schock. Fast so schlimm wie der Brief selbst.

Er schien durch einen Klumpen Watte zu sprechen. Es war ein akzentfreies, halb ersticktes Gemurmel. Er wollte Geld. Eintausend Pfund, oder er würde zur Polizei gehen. Er erklärte ihr genau, wann und wo sie es deponieren sollte. Ann protestierte zaghaft, wandte ein, er würde ihr nicht genügend Zeit geben, doch er knallte den Hörer auf.

Sie dachte keinen Augenblick daran, nicht zu zahlen, und das nicht nur aus Angst vor Entdeckung. Von Schuldgefühlen verzehrt kam Ann zu dem Schluss, dass sie und nur sie allein für diese ganze Tragödie verantwortlich war. Sie hatte Carlotta aus dem Haus gejagt, das Mädchen bis an den Fluss verfolgt und trotz aller Bemühungen nicht daran hindern können hineinzuspringen.

Ann hatte sogar angefangen, sich zu fragen, wie ernsthaft diese Bemühungen überhaupt gewesen waren. Sie erinnerte sich, wie Carlotta ihr weinend vorwarf: »Sie haben mich nie hier haben wollen, Sie sind doch nur froh, wenn Sie mich los sind«, und wusste, das war die Wahrheit. Carlottas Verzweiflung und ihre Entschlossenheit zu springen hatten ihr große Kraft verliehen, aber wenn Ann sich nur ein bisschen mehr bemüht hätte ... Und dann dieser Schrei: »Nicht stoßen ...« Sie hatte Carlotta nicht gestoßen. *Oder etwa doch?*

Doch egal, was genau geschehen war, es führte kein Weg daran vorbei, dass sie an der ganzen Sache schuld war. Also war es nur richtig, dass sie zahlen sollte. Das wäre der erste

Schritt, um ihr Gewissen zu entlasten. Sie brauchte nur zur Bank zu gehen, um diesen Betrag abzuheben. Dort kannte man sie, und sie hatte genug auf ihrem Girokonto. Und wenn noch weitere Forderungen kämen, könnte sie den restlichen Schmuck ihrer Mutter verkaufen. Wäre das nicht zumindest ein wenig ausgleichende Gerechtigkeit? Über diese deprimierende Schlussfolgerung hätte sie am liebsten geweint.

In jener Nacht nahm Ann eine Taschenlampe mit, um sich den Weg durch den Carter's Wood zu leuchten. Es gab dort einen kleinen Picknickplatz mit Holzbänken und zwei langen Tischen. Der Anrufer hatte ihr gesagt, sie solle das Geld in einem verschlossenen Umschlag und in eine Plastiktüte gepackt dort in die Abfalltonne werfen.

Sie hatte mehr Angst, etwas falsch zu machen, als aufgrund der Tatsache, dass sie allein zwischen den dunklen rauschenden Bäumen war. Eigentlich hatte sie keine Angst um ihre eigene Sicherheit. Denn der Erpresser würde doch kaum der Gans, die die goldenen Eier legt, etwas antun wollen. Und da er bestimmt nicht gesehen werden wollte, würde er auch nicht plötzlich auftauchen.

Es gab zwei Abfalltonnen. Eine war leer, und Ann ließ das Päckchen hineinfallen. Mit einem leisen Geräusch landete es auf dem Boden, und Ann fragte sich, ob er nahe genug war, um das zu hören. Ein kleines Tier schrie auf, als sie davonrannte.

4

Als ihr Mann nicht zur gewohnten Zeit von seinem Abendspaziergang mit dem Hund zurückkam, ging Mrs. Leathers ins Bett. So etwas kam gelegentlich schon mal vor. Dann kehrte er noch im Red Lion ein, wo die Sperrstunde ziemlich flexibel gehandhabt wurde, um ein bisschen Dart zu spielen und ein Bier oder eine Zigarette zu schnorren. Manchmal glaubte sie, er würde dort übernachten, wenn sie ihn ließen. Also schlief sie mit dem angenehmen Gefühl ein, dass der Platz neben ihr leer war.

Als sie aufwachte, war es im Zimmer ganz hell. Mrs. Leathers setzte sich blinzelnd auf und sah sich um. Dann griff sie nach dem Wecker. Zehn nach acht!

Mrs. Leathers stöhnte erschrocken auf und verließ eiligst das Bett. Charlie hatte noch nie vergessen, den Wecker zu stellen. Immer auf Punkt halb sieben. Und er stand auch nie auf, bevor er seinen Tee getrunken hatte.

Eher verwundert als besorgt zog Mrs. Leathers einen schäbigen Morgenmantel aus Plüsch über. Bevor sie das Zimmer verließ, warf sie noch einen Blick zurück, als ob ihr Mann durch die Bettritze gerutscht sein könnte. Das Bett wirkte riesig. Ihr war nie so richtig bewusst gewesen, wieviel Platz es einnahm.

Sie ging die schmale, gewundene Treppe hinunter in die Küche, wo der Gestank von Charlies Zigaretten die Luft verpestete und den Duft des Brotteigs überdeckte, der über Nacht in einer Schüssel auf dem noch leicht warmen Kohlenofen gehen sollte. Ganz automatisch füllte Mrs. Leathers Wasser in den Kessel und tat zwei Teebeutel in die Kanne.

Sie hatte sich nie für sonderlich phantasievoll gehalten, doch nun begannen ihre Gedanken wie wild zu rasen. Das kam von diesen vielen dummen Seifenopern, hätte Charlie gesagt. Die verdrehen dir den Kopf, Frau. Und es stimmte, die aufregenden Verwicklungen und Wendungen dieser Geschichten faszinierten sie immer wieder aufs Neue. Wenn das hier Fernsehen wäre, wäre ihr Mann mit einer anderen Frau abgehauen. Mrs. Leathers Herz, das bei der bloßen Vorstellung einen kleinen Hüpfer in ihrer flachen Brust getan hatte, kehrte rasch in die Realität zurück und schlug wieder an seinem normalen Platz. Denn wir wollen doch mal ehrlich sein, seufzte sie laut, welche Frau, wenn sie auch nur einigermaßen bei klarem Verstand ist, würde Charlie schon wollen?

Vielleicht war er heimlich in ein Verbrechen verwickelt und hatte verschwinden müssen? Das war zwar ein wenig wahrscheinlicher, andererseits war er so dumm, dass er vermutlich erst merken würde, dass es Zeit wurde zu verschwinden, wenn es zu spät war. Und mit wem sollte er unter einer Decke stecken? Mit einer Handvoll Saufkumpanen im Pub? Er hatte nämlich keinen einzigen richtigen Freund auf der Welt.

Der Kessel kochte über. Mrs. Leathers füllte die Kanne und rief: »Frühstück, Candy.«

Doch der Hund kam nicht aus seinem Körbchen. Mrs. Leathers bückte sich leicht ächzend und sah unter den Tisch. Candy war nicht da. Das hieß, dass beide die ganze Nacht weggeblieben waren.

Weit mehr noch besorgt über die Abwesenheit des kleinen Hundes als die ihres Mannes nahm Mrs. Leathers den Eisenschlüssel, der hinter der Tür hing, und ging in den Vorgarten.

Sie blieb am Tor unter einem wunderschönen Hibiskus (einem Muttertagsgeschenk von ihrer Tochter Pauline vor über zwanzig Jahren) stehen, aber seine Schönheit – wie überhaupt die Schönheit dieses Morgens – blieb ihr verborgen. Sie konnte an nichts anderes denken als daran, wo Candy stecken mochte.

Am anderen Ende der Gasse tauchte das rote Postauto auf. Die Leathers bekamen selten Post und wenn, dann waren das meist an den »Besitzer« adressierte Schreiben, die ihn von der Notwendigkeit eines Buchhaltungskurses oder dem Bau eines doppelt verglasten Wintergartens überzeugen sollten. Und heute war es nicht anders. Das Postauto kam nicht bis zu ihnen herunter.

Mrs. Leathers lief auf die Straße, um den Postboten anzuhalten, und erwischte ihn gerade noch. Er starrte sie entgeistert an, so wüst sah sie aus. Die grauen Haare standen nach allen Seiten ab, im Saum ihres Morgenrocks hatten sich Brombeerzweige verhakt, und ihre Pantoffeln waren klatschnass.

»Morgen, Mrs. Leathers. Alles in Ordnung?«

»Sie haben nicht zufällig meinen kleinen Jack-Russell-Terrier gesehen?« Als der Postbote zögerte, fügte sie hinzu: »Sie ist hellbraun mit ein paar schwarzen Flecken und weißen Pfoten.«

»Ich werde darauf achten«, versprach er durch das Fenster des Wagens. »Kopf hoch. Hunde – die laufen doch ständig weg.«

Nicht meine Candy. Mrs. Leathers zog sich irgendwelche Kleidungsstücke über, dazu noch falsch geknöpft, schlüpfte in ihre Gartenclogs und rannte los. Das Tor ließ sie angelehnt, nur für den Fall.

Sie lief zum Dorfanger und starrte mit vor Sorgen verkniffenem Gesicht in die Ferne und dann fast auf ihre Füße, als ob sie versehentlich über den Hund stolpern könnte. Ein paar Leute, darunter Evadne Pleat, waren mit ihren eigenen Hunden unterwegs, und alle waren voller Mitgefühl. Sie fragten, ob sie an bestimmten Stellen suchen sollten, und versprachen, bei ihren Nachbarn nachzufragen, sobald sie nach Hause kämen. Evadne bot an, ein paar bunte Plakate zu malen und sie an Bäumen und am Informationsbrett der Gemeinde aufzuhängen.

Mrs. Leathers konnte nur vermuten, wo genau ihr Mann am vergangenen Abend entlanggegangen war. Doch ganz gleich, ob er am oberen Ende der Tall Trees Lane nach links oder rechts abgebogen war, er hätte in jedem Fall mehr oder weniger die gleiche Strecke zurückgelegt, da er bei seinen Spaziergängen stets einen Kreis beschrieb und so aus der entgegengesetzten Richtung zurückkam als der in die er gegangen war.

Als sie den Friedhof erreichte, beschloss sie, ihn zu überqueren und bis zu The Pingles zu gehen. Das war eine schmale Gasse, die hinter etwa einem Dutzend Häuser entlanglief und sehr beliebt war bei Liebespaaren und bei Jugendlichen, die diverse illegale Substanzen snifften, schluckten oder spritzten.

Mrs. Leathers rief im Gehen immer wieder nach Candy. Wenn sie an einem Gartenschuppen vorbeikam, klopfte sie an die Wände und rief: »Candy?« Sie wusste, dass normalerweise nur Katzen in Schuppen gerieten und nicht mehr rauskamen, aber man musste es immerhin versuchen.

The Pingles führte fast direkt in ein Wäldchen, das auf der anderen Seite von Weizen- und Gerstenfeldern begrenzt wurde. Die waren mittlerweile abgeerntet, und die Halme waren als Wintervorrat zu riesigen Rädern zusammengerollt.

Mrs. Leathers betrat den Wald und machte mit der Zunge jenes leise schnalzende Geräusch, von dem sie wusste, dass der Hund es erkennen würde. Dann blieb sie ganz still stehen und lauschte angespannt. Der Fluss rauschte plätschernd über Steine. Ein Mauersegler huschte an einem verängstigten Tier vorbei. Zweige knackten, und Blätter wisperten. Plötzlich stob ein Schwarm Tauben mit lautem Flügelschlag in die Luft, flog ein Stück geradeaus und drehte dann ab wie Flugzeuge in Formation.

Mrs. Leathers fragte sich, ob sie sich noch tiefer in das Wäldchen vorwagen sollte. Zwar hielt sie es für unwahrscheinlich, dass ihr Mann im Dunkeln dort herumgelaufen sein sollte, aber sie hätte den Gedanken nicht ertragen können, selbst an einem völlig unwahrscheinlichen Ort nicht nachgesehen zu haben. Sie ging ein paar Schritte weiter, das Geräusch wurde von der dicken Laubschicht fast völlig verschluckt. Sie rief erneut und wartete.

Dann hörte sie es, ein zartes, beinahe zerbrechlich wirkendes Geräusch. Fast unhörbar. Man hätte es noch nicht mal als Winseln bezeichnen können. Mrs. Leathers wäre am liebsten wie eine Wahnsinnige losgerannt, um weiter zu suchen, zu rufen und zu suchen. Als ihr jedoch klar wurde, dass sie auf den

Hund treten konnte, zwang sie sich, still stehen zu bleiben und ganz ruhig zu sein.

Dann ging sie, sanfte beruhigende Worte murmelnd, auf Zehenspitzen hin und her, teilte Nesseln und vertrockneten Wiesenkerbel und hob vorsichtig abgestorbene Zweige und die eine oder andere Getränkedose hoch. Sie fand Candy hinter dem abgebrochenen Ast einer Eiche. Der Ast war lang und sehr schwer, und Mrs. Leathers kam nicht an den Hund ran, ohne ihn beiseite zu ziehen. Das Vernünftigste wäre gewesen, Hilfe zu holen, aber sie konnte es nicht ertragen, Candy auch nur eine Sekunde allein zu lassen. Also mühte sie sich mit dem Ast ab, zerrte daran herum und versuchte, ihn hochzuheben. Splitter gerieten unter ihre Fingernägel und drangen in ihre Handflächen, bis sie vor Anspannung und Schmerz anfing zu weinen.

Schließlich schaffte sie es, den Ast so weit beiseite zu bewegen, um sich durch das Unterholz zwängen zu können. Bis sie Candy richtig sehen konnte, sich hinunterbeugen und den kleinen Hund in ihre Arme nehmen konnte. Und dann weinte sie erst richtig.

Da es an diesem Morgen trocken, wolkenlos und sonnig war, hatte Valentine Fainlight seine zwanzig Meilen im Freien absolviert. Er fuhr gerade wieder nach Ferne Basset hinein und verlangsamte sein Tempo, als eine Frau zwischen den Häusern herausschoss und direkt auf die Straße rannte. Er wich aus, bremste heftig und wollte sie gerade anbrüllen, als er erkannte, dass es die Putzfrau der Lawrences war. Sie hatte irgendwas im Arm und drückte es an ihre Brust, die bereits voller roter Flecken war.

»Mrs. Leathers? Was um alles in der Welt ...« Er kam näher. »Oh, Gott.«

»Es ist mein ... ich muss zum ... Tierarzt ... ganz schnell ... muss ...

»Warten Sie hier. Ich hol das Auto. Zwei Minuten – in Ordnung?«

Aber sie kam bereits auf das Haus zu, als er mit dem Alvis zurücksetzte, zweifellos in der Hoffnung, wertvolle Sekunden einsparen zu können. Er hatte eine Reisedecke mitgebracht, denn sie zitterte vor Kälte und Elend, und legte sie über ihre Knie.

»Meine Schwester ruft an und sagt, dass es sich um einen Notfall handelt.«

Er trat aufs Gaspedal, das Auto machte einen Satz und schoss aus dem Dorf. Bis Causton waren es zwölf Meilen, und die schaffte er in weniger als zehn Minuten.

Mrs. Leathers rührte sich während der ganzen Fahrt kein einziges Mal. Sie sprach auch nicht, sondern flüsterte dem übel zugerichteten Bündel in ihren Armen beruhigende Laute zu.

Valentine fragte sich, ob das Tierchen noch lebte. Schließlich war es nicht ungewöhnlich, dass Hinterbliebene weiter mit ihren gerade verstorbenen Lieben redeten, obwohl die sie nicht mehr hören konnten. Vermutlich war der Hund überfahren worden. Aber weshalb war sie dann aus dieser Gasse herausgekommen, wo gar keine Autos fuhren?

Eine Frau mit einer Schildpattkatze trat bereitwillig ihren Termin ab, nachdem man ihr gesagt hatte, was passiert war. Sie saß in stillem Mitgefühl neben Mrs. Leathers und nahm irgendwann sogar deren Hand. Val, der nie ein Haustier besessen hatte, kam sich ziemlich fehl am Platz vor.

Zehn Minuten später kam der Tierarzt, der mit seiner langen Nase, den stark behaarten Händen und den dunkelbraunen intelligenten Augen selbst etwas Tierhaftes an sich hatte, aus dem Behandlungsraum. Mrs. Leathers sprang auf und lief auf ihn zu.

»Nun ja, Mrs. Leathers«, sagte der Tierarzt. »Sie weilt immer noch unter uns.«

»Ohh ... Danke, Mr. Bailey. *Vielen Dank.*«

»Sie brauchen mir nicht zu danken. Bisher habe ich noch nichts gemacht.«

»Ich dachte nur ... das ganze Blut.«

»Sie haben sie so gefunden?«

Mrs. Leathers nickte. »In einem Wäldchen nicht weit von unserem Haus.«

»Ist Wasser in der Nähe?«

»Ja, ein Fluss. Was ist mit Candy geschehen, Mr. Bailey?«

Sie hatte einen heftigen Schlag auf den Kopf bekommen sowie einen brutalen Tritt erhalten, der ihr sämtliche Rippen beschädigt und ein Hinterbein gebrochen hatte. Dann war sie in den Fluss geworfen worden mit der Absicht, sie zu ertränken. Das war mit Candy geschehen.

»Ich werde sie genauer untersuchen, wenn sie sich genug ausgeruht hat. Sie hat keine Schmerzen. Machen Sie sich keine Sorgen – wir kümmern uns um Ihre Candy.«

»Wann werden Sie ...?«

»Rufen Sie morgen früh an. Das wäre am besten.«

Als sie ins Auto stiegen, fragte Hetty Leathers: »Was ist heute für ein Tag, Mr. Fainlight?«

»Mittwoch.«

»Dann hätte ich ja eigentlich zur Arbeit gehen müssen. Ich muss Mrs. Lawrence Bescheid sagen, was passiert ist.« Sie zögerte, dann fügte sie hinzu: »Er klang sehr optimistisch, fanden Sie nicht? Der Tierarzt?«

»Äußerst optimistisch«, log Valentine und prüfte, ob sie angeschnallt war, bevor er auf den Fahrersitz stieg. »Sie müssen sehr erleichtert sein. Und Ihr Mann sicherlich auch.«

Ann hatte nicht erwartet, schlafen zu können, nachdem sie das Erpressungsgeld abgeliefert hatte. Sie war wie eine Wahnsinnige aus dem Carter's Wood gerannt, um das Haus herum und dann durch den Wintergarten direkt in ihr Zimmer.

Nachdem sie Mantel und Schuhe von sich geworfen hatte, hatte sie sich voll bekleidet aufs Bett fallen lassen, das Federbett über den Kopf gezogen und das Gesicht im Kissen vergraben, überwältigt von Angst und dem Gefühl, irgendwelchen unbekannten Schrecknissen nur knapp entkommen zu sein. Wie sie am nächsten Morgen verblüfft feststellte, war sie sofort in einen tiefen, traumlosen Schlaf gefallen.

Es war fast acht Uhr, als sie wieder zu sich kam, sich im Bett aufsetzte und auf Arme starrte, die in einem grünen Pullover steckten, und auf einen zerknitterten Tweedrock. Sofort fiel ihr alles wieder ein. Jedes Gefühl, jede Bewegung, jeder von Furcht erfüllte Atemzug.

Ann stand eilig auf, wusch sich und zog eine saubere Leinenbluse, Jeans und eine ziemlich verfilzte Fair-Island-Strickjacke an. Dann ging sie hinunter in die Küche. Der Herd gab eine wunderbare Wärme ab. Ein Keramikkrug mit Nachtkerzen zierte den Tisch, und auf der Anrichte stand, was von dem Teeservice mit dem chinesischen Weidenmotiv, das ihre Eltern immer benutzt hatten, noch übrig geblieben war. Beinahe alles in dem Raum vermittelte ein tröstliches Gefühl von Kontinuität bis hin zu der altmodischen Wanduhr mit den römischen Ziffern, die ihr Vater gekauft hatte, als die Dorfschule geschlossen wurde.

Normalerweise war ihr das die liebste Zeit des Tages. Lionel war noch oben, und Hetty war auch noch nicht da. Zugleich war der Tag schon so weit fortgeschritten, um die Ängste zu zerstreuen, die sie während der Nacht gequält hatten, aber noch nicht so hektisch, dass sie das Gefühl für sich als Individuum mit eigenen Interessen und Träumen und mit einem eigenen Willen verlor. Manchmal wurde dieses kostbare Selbstwertgefühl von den Wünschen und Bedürfnissen der anderen so stark zerstückelt, dass Ann fürchtete, es nie wieder zusammensetzen zu können.

Aber an diesem Morgen war alles anders. Heute fand sie keinen Frieden in der Küche. Vielleicht würde sie dort nie wieder Frieden finden. Sie ging ans Fenster und starrte zu der Zeder hinüber. Die frühen Sonnenstrahlen fielen auf die Herbstkrokusse, die um den dicken Stamm blühten. In den Zweigen der mächtigen Krone hingen noch silbrige Nebelfäden. Als kleines Mädchen hatte sie geglaubt, dieser riesige Baum würde immer weiter wachsen und irgendwann im Himmel verschwinden.

Plötzlich sehnte sie sich stark zurück in ihre Kindheit. Die Jahre, als ihre Mutter noch lebte, schienen Ann jetzt eine glückselige Zeit, in der alles ganz einfach war. Die Tränen über den Tod eines Haustiers wurden liebevoll getrocknet, und dann folgte eine überzeugende Geschichte, wie dieses Tier nun für immer glücklich in einer besseren Welt lebte. Streitereien mit Freundinnen wurden ohne Schuldzuweisung oder Strafe geregelt.

Wo gab es heute einen Menschen, der ihr helfen konnte? Wer konnte das Böse durch einen simplen Kuss wieder gutmachen? Niemand natürlich. Im Gegenteil, wenn die Erinnerung an die Predigten ihres Vaters sie nicht trog, dann gedieh das Böse genauso prächtig wie der grüne Lorbeerbaum. Sie hatte sich noch nie so einsam gefühlt.

»Guten Morgen, meine Liebe.«

»Huch!« Ann wirbelte herum. »Ich hab dich gar nicht gehört.«

»Wo ist mein Tee?«

»Entschuldige.« Sie sah auf die Uhr. Es war fast halb neun. »Du meine Güte. Wo Hetty nur bleibt?«

Da Lionel keine Antwort darauf wusste, blieb er einfach schweigend mit seinem karierten Morgenmantel und den Pantoffeln in der Tür stehen und guckte erwartungsvoll.

»Tee, ja sofort.« Ann füllte den Elektrokessel. »Möchtest du ihn hier unten trinken?« Sie hoffte, dass er nein sagen würde. Denn wie das Licht auf die schneeweißen Stoppeln fiel, hatten seine unrasierten Wangen etwas zutiefst Deprimierendes an sich – und dazu noch die zerzausten weißlichen Haare ... Irgendwie sah er in seinem Morgenmantel immer älter aus.

»Nein. Ich hab keine Zeit, hier rumzusitzen und zu plaudern«, sagte Lionel und hielt seine rechte Hand mit gnädiger Strenge hoch. Er sah aus wie ein Vatikanbeamter, der Horden von aufgeregten Bittstellern zurückhielt. »Bring mir den Tee rauf, dann kann ich ihn trinken, während ich mich anziehe. Es gibt viel zu tun. Wir müssen gleich nach dem Frühstück mit der Suche fortfahren.«

Ann starrte ihn an. Was für eine Suche?

»Ich möchte heute nur Speck mit Eiern und dazu ein bisschen Toast und Tomate.« Er wandte sich bereits zum Gehen. Dann drehte er noch einmal den Kopf und sagte: »Und ein paar von den Pilzen, die neben der Kirche wachsen, wenn sie nicht schon wieder irgendwer geklaut hat.«

Ann lag es auf der Zunge, ihren Mann darauf hinzuweisen, dass er, da er schon länger nichts mehr mit der Kirche zu tun hatte, auch kein göttliches Anrecht auf die Pilze hatte. Aber wie so vieles, das sie ständig auf der Zunge hatte, wurde auch das heruntergeschluckt und blieb auf ewig ungesagt.

Sie ging an den Kühlschrank und nahm einen Tupperware Behälter mit Speck und zwei Eier heraus. Als sie zum Tisch zurückkehrte, bemerkte sie draußen das rote Postauto, Die Vorstellung von Briefen, die in den Drahtkorb fielen, löste bei ihr eine Übelkeit aus, gegen die sie kaum ankam. Das ist doch lächerlich, ermahnte sie sich. Reiß dich zusammmen. Das abscheuliche Ding, das du bekommen hast, wurde doch persönlich abgegeben. Und außerdem hast du getan, was er wollte. Warum sollte er dir noch einmal schreiben?

Sie beobachtete, wie der Postbote aus dem Wagen stieg, und im selben Augenblick bog Jax, der gerade vom Joggen zurückkam, ins Tor. Er blieb stehen und nahm die Post an sich. Dann lief er die Einfahrt hinauf, schob die Briefe durch die Klappe und lief weiter zu seiner Wohnung.

Ann zwang sich, mit dem Frühstück weiterzumachen. Es würde nichts für sie dabei sein. Es war nur ganz selten was für sie dabei. Lionel würde die Post holen und sie mit gewichtiger Miene lesen, während er seinen Toast aß und überall fettige Krümel verteilte. Dann würde er die Briefe mit zum Schreibtisch nehmen und weiter mit gewichtiger Miene darin herumlesen.

Das war schon in Ordnung so. Ann tat die Eier in kochendes Wasser, stellte den Timer auf vier Minuten und schob den Speck unter den Grill. Wenn Lionel herunterkam, würde sich alles klären.

Sie stellte sich vor, wie er überrascht aus dem Flur rief: »Heute ist was für dich dabei, Ann.« Und wenn das passierte, wenn tatsächlich wieder so ein Brief da war, was könnte sie ihm vorspielen? Sie würde sich unweigerlich verraten. Wäre es da nicht viel vernünftiger, einer solchen Situation zuvorzukommen und selbst nach der Post zu sehen?

Nun schien es Ann bereits unvorstellbar, überhaupt je etwas anderes in Erwägung gezogen zu haben. Rasch, bevor ihr Mann wieder die Treppe herunterkam, lief sie in den Flur.

Obwohl sie auf einen Blick sah, dass nichts dabei war, weswegen sie sich Sorgen machen müsste – alle Umschläge trugen irgendein Firmenlogo oder sahen sonstwie geschäftlich aus, und alle waren frankiert –, drehte sie sie ein-, zweimal mit zitternden Händen hin und her, untersuchte sogar jede Lasche, ob sie nicht geöffnet und wieder verschlossen worden war, nachdem etwas, das ganz und gar nicht da reingehörte, hineingeschoben worden war.

Aber es war alles in Ordnung. Obwohl sie gar nicht gemerkt hatte, dass sie die Luft anhielt, atmete Ann jetzt langsam und gleichmäßig aus. Dann lehnte sie sich entspannt gegen die Tür. Dieser friedliche Augenblick wurde von einem wütenden Schrei aus der Küche unterbrochen. Außerdem breitete sich ein merkwürdiger Geruch aus, der eindeutig von verbranntem Speck stammte. Bereits eine Entschuldigung auf den Lippen, eilte Ann in die Küche.

»Ich mache Ihnen aber schrecklich viel Mühe.«

»Überhaupt nicht. Ich hatte heute Morgen eh nichts Besonderes vor.«

Es entsprach allerdings eher der Wahrheit, dass Valentine die Situation genoss. Es gab doch kaum etwas Befriedigenderes, sinnierte er, als als Nichtbetroffener am Unglück anderer teilzuhaben. Das kostete einen nichts, und man erlebte jede Menge interessanter Dinge. Da konnte er sogar die Sorte emotionsgeladener Gespräche genießen, die er unter normalen Bedingungen wie die Pest meiden würde.

Er wünschte nur, er hätte eine Kamera gehabt, um Mrs. Leathers Reaktion auf seine Bemerkung über ihren Mann festzuhalten. Trotz seines Talents, andere nachzuahmen, würde er diesen wunderbaren Ausdruck von Schuldbewusstsein niemals hinkriegen. Sie sagte doch tatsächlich: »Ich wusste doch, da war noch was.« Wie er eine ernsthafte Miene gewahrt hatte, würde ihm ewig ein Rätsel bleiben.

Da sie ohnehin schon in Causton waren, beschlossen sie, dass es das Vernünftigste wäre, zur Polizei zu gehen und Charlie als vermisst zu melden. Vorsichtshalber riefen sie erst noch mal zu Hause an, um sich zu vergewissern, ob er nicht inzwischen zurückgekehrt war.

Val hatte erwartet, man würde sie in einen besonderen Raum führen, doch der Constable am Empfang schob einfach ein gelbes Formular über die Theke, das Mrs. Leathers ausfüllen sollte. Wenn sie irgendwelche Hilfe brauchte, sollte sie ihn fragen.

»Da sind aber eine Menge komischer Fragen dabei«, bemerkte Mrs. Leathers, während sie brav schrieb. »Narben, Stottern und so was. Ethnische Merkmale. Das würde Charlie aber gar nicht gefallen.«

Val betrachtete die Plakate an den Wänden, die alle nicht

sonderlich aufheiternd waren. Das Gesicht eines jungen Mädchens, voller Schnittwunden und Narben: Kein Alkohol am Steuer. Ein goldbrauner Labrador hechelnd hinter einem geschlossenen Autofenster: Wenn Sie zurückkommen, könnte er schon tot sein. Eine zerbrochene Spritze. darunter eine Hotline-Nummer. Er war gerade dabei, mehr über den Kartoffelkäfer zu erfahren, als er eigentlich wissen wollte, da merkte er, dass Mrs. Leathers ihn etwas fragte.

»Was soll das denn heißen, Eigentümlichkeiten?«

»Na ja, Sie wissen schon. In einem Ballettröckchen oder einem Nerztanga zum Abendgottesdienst gehen. So was in der Art.«

Das war ein Fehler gewesen. Mrs. Leathers rückte ein Stück von ihm ab und würdigte ihn keines Blickes mehr. Sie schrieb noch fast zehn Minuten lang, dann reichte sie das Formular über die Theke.

»Abschnitt vier, Madam«, sagte der Constable und schob es zurück. »Informant?«

»Ach ja. Entschuldigung.« Mrs. Leathers fügte ihren Namen, Adresse und Telefonnummer hinzu. »Soll ich Ihnen Bescheid sagen, wenn er wieder auftaucht?«

»Das wäre nett.«

»Er wollte doch nur einen Spaziergang machen.«

Der Constable lächelte. Falls er jedesmal, wenn er diesen Satz hörte, einen Fünfer bekäme, würde er jetzt in der Karibik herumschnorcheln und Pina Colada schlurfen. Trotzdem tat ihm die komische Alte Leid. Offenbar hatte sie tüchtig geweint, bevor sie sich aufraffen konnte herzukommen.

Er nahm das Formular wieder an sich, reichte es einem zivilen Angestellten, der nonstop Anrufe entgegennahm, und wollte sich gerade wieder an die Arbeit machen, als sich der Typ, der die alte Frau begleitete, zu Wort meldete.

»Entschuldigen Sie.«

»Sir?«

Doch Valentine redete nicht mit dem Polizisten. Er hatte Mrs. Leathers am Arm gefasst und zog sie behutsam zur Theke zurück. »Erzählen Sie ihnen das mit dem Hund«, sagte er.

Das änderte die Situation schlagartig, wie Mrs. Leathers Evadne erklärte, kurz nachdem sie nach Hause gebracht worden war. Evadne, die nicht wusste, dass Candy gefunden worden war, war vorbeigekommen, um sich nach Mrs. Leathers Telefonnummer zu erkundigen, damit sie sie auf ihre Zettel schreiben konnte.

Da schon fast Mittag war, bot Mrs. Leathers ihr eine Tasse Suppe und Toast an. Evadne, die genau wissen wollte, was passiert war, nahm das Angebot an. Sie war zwar etwas besorgt, als Mrs. Leathers eine Dose nahm, dachte aber, eine Tasse könne wohl nichts schaden. Die Suppe war von einem leuchtenden Orangerot, hatte ein samtige Konsistenz und schmeckt sehr süß. Sie erinnerte an kein Gemüse, das Evadne je in ihrem Leben gegessen hatte.

Doch Evadnes Neugier über die Herkunft ihres Mittagessens verschwand, sobald Mrs. Leathers anfing zu erzählen, was Candy Furchtbares zugestoßen war. Während sie entsetzt und voller Mitgefühl zuhörte, fragte sie sich, wie sie das nur überstehen würde, wenn das einem ihrer geliebten Pekinesen passiert wäre.

»Sie wird sich wieder erholen, Hetty. Sie ist ein tapferer Hund mit einem großen Herzen.«

»Ja«, sagte Mrs. Leathers und brach in Tränen aus.

Evadne ließ ihr exotisches Mittagessen stehen, ging um den Tisch herum und nahm Mrs. Leathers in die Arme. Sie wiegte sie hin und her und murmelte: »Ist ja schon gut«, ganz so, wie sie es immer mit Piers machte, wenn er melancholisch wurde, weil ihn das Elend dieser Welt überwältigte.

»Du musst mir Bescheid sagen, wann sie nach Hause kann. Dann fahr ich dich nach Causton.«

»Danke.«

»Und bist du ...? Verzeih mir, aber diese Dinge können ... Ich meine Nachbehandlung, Medikamente. Ich hoffe ... irgendwelche Probleme ... äh ...«

»Das ist sehr nett von dir, Evadne, aber ich habe eine Versicherung für sie.« Und was für einen Kampf mit Charlie sie das gekostet hatte.

»Ausgezeichnet.«

Mrs. Leathers atmete tief durch, wischte sich die Wangen trocken und sagte: »Oje, deine Suppe ist ganz kalt geworden.«

»Das macht nichts. Was war das übrigens?«

»Tomate.«

»Du lieber Himmel«, sagte Evadne. »Meinst du, du kommst jetzt alleine klar? Möchtest du, dass ich noch ein bisschen bleibe? Oder reicht es, wenn ich wiederkomme, nachdem ich die Jungs ausgeführt habe?«

»Eigentlich sollte meine Tochter bald kommen. Aus Great Missenden.« Mrs. Leathers hatte sich inzwischen daran gewöhnt, dass Evadne von ihren Hunden als den Jungs sprach, obwohl einer ein Mädchen war. Evadne hatte ihr erklärt, dass Mazeppa sehr sensibel sei und es nicht mögen würde, wenn man sie ausschloss. »Pauline versucht nur noch, jemanden für die Kinder zu finden.«

Es klopfte an der Tür, und Mrs. Leathers sagte: »Das wird entweder sie sein oder die Polizei.«

»Ach du meine Güte.« Evadne war fasziniert. »Was um alles in der Welt wollen die denn?«

»Ich soll ihnen zeigen, wo genau ich Candy gefunden habe.«

»Ich muss schon sagen«, meinte Evadne, »das ist äußerst ermutigend. Soviel Mühe wegen eines kleinen Hundes.«

»Charlie ist auch verschwunden«, erklärte Mrs. Leathers und überprüfte ihr verweintes Gesicht in einem kleinen Spiegel, bevor sie die Tür öffnete.

»Ach ja?« Evadne hatte gesehen, wie Mr. Leathers Candy wütend über den Dorfanger zerrte, und wünschte von ganzem Herzen, er würde verschwunden bleiben.

Ein uniformierter Sergeant und eine junge Polizistin standen auf der Eingangsstufe. Mrs. Leathers bat sie zu warten, während sie ihren Mantel anzog. Evadne verstrickte die beiden in ein Gespräch, um ihnen die Befangenheit zu nehmen. Als Mrs. Leathers zurückkam, schien die Polizistin einen Hustenanfall zu haben.

»Ich komme mit dir«, erklärte Evadne mit entschiedener Stimme. Und als Mrs. Leathers zögerte, fügte sie hinzu: »Wenn Pauline hier wäre, würde sie das auch tun.«

Mrs. Leathers musste dem zustimmen und sagte, dass sie froh über Evadnes Begleitung sei. Das Polizeiauto war am oberen Ende der Gasse geparkt, und zwei Frauen mit Kinderwagen standen bereits neugierig starrend daneben.

Als die vier das Grundstück durch das Tor verließen, stolperte Mrs. Leathers über ein Grasbüschel, und der Sergeant fasste sie am Arm. Sofort war sie davon überzeugt, dass alle glaubten, sie würde verhaftet, und wurde knallrot. Evadne hingegen schritt schwungvoll aus und winkte jedem Vorbeigehenden zu. Allen voran führte sie die Gruppe in den Carter's Wood.

Im Wald übernahm dann Mrs. Leathers die Führung. Doch je näher sie zu der Stelle kam, an der sie Candy gefunden hatte, um so zögernder wurden ihre Schritte. Auf dem letzten Stück musste sie sogar nach Evadnes Hand greifen. Nachdem sie die genaue Stelle gezeigt hatte, erklärte die Polizistin zu ihrer Überraschung, sie könne nach Hause gehen.

Evadne war ziemlich enttäuscht, dass das Abenteuer bereits zu Ende zu sein schien, noch bevor es so richtig begonnen hatte. Eine Gruppe von Leuten hatte sich bei der Baustelle neben dem Pub eingefunden und starrte mit der unbeschwerten Neugier von absolut Außenstehenden um sich. Als

Mrs. Leathers sich durch das Gedränge schob, stellten einige ihr Fragen.

Doch Mrs. Leathers sah, dass das Auto ihrer Tochter am Dorfanger parkte, und eilte ins Haus. Evadne ging ebenfalls rasch nach Hause, wo sie sich sogleich eine Kanne Lapsang-Souchong-Tee kochte, um den seltsamen Geschmack ihres Mittagsimbisses herunterzuspülen. Dann machte sie einen ausgedehnten Spaziergang mit den Pekinesen. Alle paar Meter musste sie wieder an Candy denken. Dann blieb sie stehen, nahm einen ihrer Lieben hoch und drückte ihn erleichtert an ihre Brust. Die Hunde waren zwar überrascht, aber – höflich wie immer – protestierten sie nicht.

Auf dem Rückweg bemerkte sie mehrere Polizeiwagen und ein oder zwei Zivilfahrzeuge. Die Menschenmenge war inzwischen viel größer geworden, wurde aber durch ein flatterndes blauweißes Absperrband gezwungen, Abstand zu halten.

Charlie Leathers lag in einer mit Blättern gefüllten Vertiefung etwa fünfzig Meter von der Stelle entfernt, an der Candy gefunden worden war. Das Video-Team und der Fotograf waren bereits wieder gegangen. Und Polizeiarzt George Bullard, der Pathologe, hatte seine Aufgabe ebenfalls beendet. Zwei Angestellte des Leichenschauhauses saßen in der Nähe auf einem Baumstamm, rauchten, rissen Witze und spekulierten über die beste Methode, einen Lottogewinn zu erzielen.

Detective Chief Inspector Tom Barnaby, der bereits einen kurzen Blick auf die Leiche geworfen hatte, hatte nicht das Bedürfnis, noch einmal hinzusehen.

»Manchmal, George, verstehe ich nicht, wie du es schaffst, dein Essen drinnen zu behalten.«

»Das ist ein Trick.«

»Was ist mit seinem Gesicht passiert?«, fragte Sergeant Troy, Taschenträger und Dauerquälgeist des DCI. »Mit dem, was davon übrig geblieben ist.«

»Festschmaus zu mitternächtlicher Stunde«, sagte Dr. Bullard. »Irgendein Tier, nehme ich an.«

»Mein Gott, ich hoffe, es *ist* ein verdammtes Viech gewesen.« Barnaby schien kurz vorm Explodieren. »Ein Fall von Kannibalismus hätte uns gerade noch gefehlt.«

»Okay, Jungs.« Dr. Bullard streifte seine Handschuhe ab und warf sie in einen Abfallbeutel. »Ihr könnt ihn wegbringen.«

»Was meinst du, wie lange er schon da liegt?«, fragte Barnaby.

»Ach ... vermutlich seit letzter Nacht. Ganz bestimmt nicht länger als vierundzwanzig Stunden. Das sind die Freuden der Garrotte. Sofortiges Ersticken hilft die Todeszeit genauer zu bestimmen.« Er stand auf und rieb sich vertrocknetes Laub von der Hose. »Also, ich bin jetzt weg. Schöne Grüße an Joyce. Wie geht's der Tochter?«

»Prächtig, danke.«

»Morgen früh solltest du schon was auf deinem Schreibtisch haben.«

Barnaby beobachtete, wie der Arzt mit großen Schritten davonstapfte, den Kopf in den Nacken gelegt in den Himmel starrte und dabei mit offensichtlichem Vergnügen die modrige Herbstluft einatmete.

»Das wäre ein guter Titel für die Autobiographie, an der er bestimmt längst heimlich schreibt.«

»Was denn?« Sergeant Troy war ein Stück zur Seite getreten, um die Leichenträger durchzulassen.

»Die Freuden der Garrotte. Kommen Sie, fahren wir zurück aufs Revier.«

»Es ist Mittagszeit, Chef. Wie wär's mit 'nem Pub? Ich würde ganz gern ein paar Würstchen mit Ei und Fritten vernichten.«

»Sie müssen einen Magen aus Eisen haben.«

Die Nachricht verbreitete sich wie ein Lauffeuer in Ferne Basset. Die Leute von der Spurensicherung rückten an, und nachdem sie allerlei interessantes Zubehör aus ihrem Wagen geladen hatten, zogen sie Plastikoveralls, Handschuhe und Stiefel über und verschwanden zwischen den Bäumen.

Der Sergeant und die junge Polizistin, die schon einmal bei Mrs. Leathers gewesen waren, klingelten erneut. Diesmal wurde die Tür von einem korpulenten, dunkelhaarigen Mädchen geöffnet, das wie sechzehn aussah, sich aber als Mrs. Leathers dreiundzwanzigjährige Tochter herausstellte.

»Was ist denn nun schon wieder?«, fragte sie, die Arme in die Hüften gestemmt.

»Könnten wir kurz mit Ihrer Mutter reden?«, fragte die Polizistin. Sie war noch in der Phase, wo ihre Stimme einen speziellen Tonfall annahm, wenn sie eine schlechte Nachricht zu überbringen hatte. Freundlich, sanft und ein wenig ernst. Absolut verräterisch, dachte der Sergeant, aber man musste eben Zugeständnisse machen. Das würde sich schon noch auswachsen.

»Ich finde, sie hat für einen Tag genug Aufregung gehabt, meinen Sie nicht?«

»Ist schon gut, Pauline«, rief Mrs. Leathers aus der Küche.

Sie gingen alle in das vordere Zimmer, wo der Sergeant den angebotenen Tee ablehnte. Ist auch gut so, dachte Pauline, ich hätt eh keinen gemacht.

»Sie haben heute Vormittag Ihren Mann als vermisst gemeldet, Mrs. Leathers. Wir wollten fragen, ob Sie ein Foto von ihm haben.«

»Kein neueres, fürchte ich.« Sie sah den Sergeant nervös an. Dann ging sie zum Sideboard und nahm ein Album heraus. »Wozu brauchen sie das?«

»Es würde uns bei den Ermittlungen helfen, Mrs. Leathers.«

»Hat das was mit den ganzen Autos drüben am Dorfanger zu tun?«, fragte Pauline.

»Das ist das Neueste.« Mrs. Leathers reichte dem Sergeant ein Foto von einem cholerisch aussehenden kleinen Mann, der finster in die Kamera blickte. Er hatte eine Schrotflinte in der Hand, und zu seinen Füßen lagen mehrere tote Vögel. »Ist ungefähr acht Jahre her.«

»Danke.« Der Sergeant steckte das Foto in seine Brieftasche.

»Ich hab Sie was gefragt«, sagte Pauline.

»Ja, das hat damit zu tun.« Es hatte keinen Sinn, es zu leugnen. Vermutlich hatte das halbe Dorf gesehen, wie die Bahre aus dem Wald getragen wurde. Die nächsten Worte wählte der Sergeant mit Bedacht. »Wir haben nämlich im Wald die Leiche eines Mannes gefunden. Wer er ist und wie er gestorben ist, können wir im Augenblick noch nicht sagen.«

Mrs. Leathers versuchte zu sprechen, doch ihre Lippen waren plötzlich ganz starr. Sie bekam kein Wort heraus. Sie starrte Pauline an, die nach ihrer Hand griff und sie fest drückte.

»Ich bring sie zur Tür, Mum. Bin gleich zurück.« Im Eingang sagte sie: »Er ist's doch, oder?«

»Wir sind uns noch nicht ganz …«

»Dann sollten wir uns also nicht zu früh freuen, was? Nur mal die Daumen drücken.«

»Wie bitte?«, sagte die Polizistin.

»So wie der Scheißkerl ihr das Leben zur Hölle gemacht hat. Ehrlich gesagt, ich hätt es selbst schon vor Jahren getan, wenn ich geglaubt hätte, ungeschoren davonzukommen.«

Valentine und Louise aßen auf der oberen Etage ihres Kristallpalastes zu Abend. Das Haus war äußerst flexibel, es war fast überall möglich, zu speisen oder zu schlafen.

Betten gab es in allen Räumen, schmale Diwane mit bunten

Tagesdecken aus Seide oder Fell. Die Küche war im Erdgeschoss auf einer Ebene mit der Garage. Manchmal aßen sie dort. Doch häufiger benutzten sie den Speiseaufzug, ein eleganter beheizter Kubus aus Edelstahl, der an schwarzen Gummikabeln hing. Dieser glitt geschmeidig in einem durchsichtigen Schacht auf und ab, der wie ein mächtiger Obelisk im Zentrum des Hauses emporragte.

An den meisten Tagen kochten sie gemeinsam, doch heute hatte Valentine soviel Zeit damit verbracht, sich um Mrs. Leathers zu kümmern, dass Louise eingekauft und das Essen vorbereitet hatte. Es gab Perlhuhn in Weißwein mit Kroketten und Kressesalat. Als Nachtisch gebratene Pfirsiche mit Amaretto und selbst gebackenen Löffelbiskuits. Der Wein war ein Riesling von Kesselstatt.

Normalerweise plätscherte die Unterhaltung locker dahin, man plauderte über Bücher, Musik und Theater. Manchmal wurde ein wenig über abwesende Freunde gelästert. Früher, bevor beide durch das eigene Unglück etwas nachsichtiger gestimmt worden waren, wurden solche Freunde gnadenlos niedergemacht.

Manchmal redete Val über seine Arbeit, doch das kam recht selten vor. Barley Roscoe, der Junge, mit dem Val sein Vermögen gemacht hatte, war erst sieben, und folglich waren seine täglichen Erlebnisse, obwohl viel phantastischer und abenteuerlicher als die eines durchschnittlichen Kindes in diesem Alter, kein Thema für eine längere Unterhaltung unter Erwachsenen.

Doch an diesem Abend ließen sich Val und Louise wie alle anderen im Dorf (außer den Lawrences) über den grausigen Fund im Carter's Wood aus. Und wie alle anderen waren auch sie davon überzeugt, dass es sich bei dem Toten um Charlie Leathers handelte.

»Erstens wird er vermisst.« Valentine zählte die einzelnen Punkte an den Fingern ab. »Zweitens wurde sein Hund übel zugerichtet ganz in der Nähe gefunden. Und drittens kann ihn absolut niemand leiden.«

»Jemanden nicht leiden können ist doch kein Grund ...«

»So was Lästiges. Jetzt müssen wir auch noch jemand anderen für den Garten finden.«

»Er kommt – kam doch nur ein paar Stunden pro Woche. Das kann ich auch noch schaffen. Im Pfarrhaus werden sie es viel stärker spüren. Da fällt mir ein ...« Sie erzählte Valentine von ihrer gestrigen Begegnung mit Ann, wo sie über Carlottas Verschwinden gesprochen hatten.

»Völlig undenkbar, dass sie bloß wegen eines Streits so fertig war. Sie schlotterte am ganzen Leib – und konnte kaum sprechen.«

»Vielleicht hat sie Charlie abgemurkst.«

»Das ist nicht besonders lustig, Val.«

»Mord soll ja auch nicht lustig sein.«

»Sondern wohl eher ...«

Louise verstummte, merkte aber sofort, dass es zu spät war. Sie hätte nachdenken sollen, bevor sie die Worte aussprach. Und dabei war sie die ganze Zeit so vorsichtig gewesen. Hatte jedes Wort auf die Goldwaage gelegt. Seit jenem Abend vor einigen Monaten, als sie zum ersten Mal zu dem fraglichen Thema ihre Meinung gesagt und Val dann mit seiner Meinung gekontert hatte und offenkundig wurde, dass sie sich in diesem Punkt niemals würden einigen können. Sie hatte ihren Bruder noch nie so erlebt wie in jenem Augenblick. Er führte sich auf wie ein Besessener. Was er natürlich auch war. »Sondern wohl eher?«

Die Worte trafen sie wie Peitschenhiebe mitten ins Herz. »Es tut mir Leid, Val.«

»Ein einziger Fehler, und dafür soll er den Rest seines Lebens büßen, ist es das?« Er stand auf, nahm seine Lederjacke von der Stuhllehne, fuhr mit einem Arm hinein und warf sich die Jacke über die andere Schulter.

»Tu's nicht!« Sie lief um den Tisch. Nachdem der Schaden einmal angerichtet war, achtete sie nicht mehr darauf, was sie sagte. »Geh nicht da rüber. *Bitte.* «

»Ich gehe, wohin *ich* will.« Er lief die gewundene gläserne Treppe hinunter. Unten drehte er sich noch einmal um und starrte zu ihr hinauf. Sein Gesicht war ziemlich ausdruckslos, doch die Augen glühten. »Wenn du nichts weiter kannst als den einzigen Menschen zu kritisieren, der mir das Leben lebenswert macht, dann schlage ich vor, du solltest dir dafür einen anderen Ort suchen.«

Natürlich hatte jemand im alten Pfarrhaus angerufen. Die Anruferin schien zu glauben, dass Lionel Lawrence, den sie penetrant mit »Ehrwürden« anredete, in seiner Rolle als »Vertreter unseres Herrn, der Trost und Kraft spendet« doch sicher Mrs. Leathers besuchen wolle.

Überhaupt war zu Lionels großem Verdruss die allgemeine Meinung im Dorf offenbar, einmal Geistlicher, immer Geistlicher. Er wurde immer noch häufig als Pfarrer angesprochen und von Zeit zu Zeit um Hilfe in schwierigen Situationen gebeten, mit denen er seiner Meinung nach absolut nichts zu tun hatte. Er lehnte das stets ab, doch die Leute konnten sehr, manchmal sogar unangenehm hartnäckig sein. Im vorliegenden Fall fühlte sich Lionel nach ein paar vorsichtigen Fragen geradezu verpflichtet abzulehnen. Anscheinend war die Leiche noch nicht mal eindeutig identifiziert worden. Lionel war nicht leicht in Verlegenheit zu bringen, doch einer Witwe Trost zu spenden, deren Mann jeden Augenblick den Kopf durch die Tür stecken könnte, das war selbst ihm zuviel.

Seine Hauptsorge galt im Augenblick seiner Frau. Als er ihr von dem Vorfall erzählte, hatte Ann zutiefst verstört reagiert. Sie sprang auf, packte ihn am Arm und fragte immer wieder, wo der Tote gefunden worden sei und wann genau das alles passiert wäre. Sie geriet in einen fiebrigen Zustand, starrte wild um sich, und ihre Haut fühlte sich so heiß an, dass er vorschlug, den Arzt zu rufen. Daraufhin hatte sie sich etwas beruhigt. Oder zumindest so getan. Er sah, wie sie sich bemühte, ruhiger zu wirken, doch ihr angsterfüllter Blick irrte nervös durch den Raum.

Schließlich konnte er sie überreden, ins Bett zu gehen. Darauf begab er sich in sein Arbeitszimmer, legte sorgsam einige Apfelholzscheite auf das Feuer und vertiefte sich in die Briefe des Paulus. Doch seine Gedanken schweiften schon bald wieder zu dem, was er den ganzen Tag über gemacht hatte, und er fragte sich zum tausendsten Mal, wo Carlotta jetzt sein mochte und was sie wohl tat. Hatte sie sich nach London abgesetzt und war dort unter die Räuber gefallen? Hatte sie zu trampen versucht und war an einen Mann geraten, der junge Mädchen missbrauchte? Lag sie in diesem Moment etwa leblos irgendwo im Gebüsch, die Kleider zerrissen, den Rock über den Kopf ...

Lionel stöhnte entsetzt auf über die lebhafte Vorstellung, die diese Überlegung auslöste, und drehte seinen knallroten Kopf vom Feuer weg. Dann wandte er sich sichererem Terrain zu und dachte über die Zeit nach, die das Mädchen in seinem Haus verbracht hatte. Über die Gespräche, die sie während ihrer Spaziergänge im Garten geführt hatten oder in dem absoluten Chaos ihres Zimmers. Er hatte seiner väterlichen Besorgnis freien Lauf gelassen, und die nach Zuwendung lechzende Carlotta hatte sein Mitgefühl gierig wie ein Schwamm aufgesogen. All you need is love – diese naive Hymne aus seiner Jugend – war nichts als die reine Wahrheit. Und er hatte so viel zu geben.

All diese quälenden Gedanken schlugen ihm auf den Magen. Lionel ging in die Küche und machte sich ein wenig Milch warm. Nachdem er wieder in seinem Ohrensessel Platz genommen und betrübt festgestellt hatte, dass seine Frau über ihm immer noch auf und ab ging, wandte er sich wieder den keuschen und schmucklosen Betrachtungen des Paulus zu.

Die Liebe ist langmütig, die Liebe ist gütig ...

Die Liebe hört niemals auf ...

Für jetzt bleiben Glaube, Hoffnung, Liebe, diese drei; doch am größten unter ihnen ist die Liebe.

Es war doch gut zu wissen, dass man auf dem richtigen Weg war.

Evadne Pleat bereitete sich ebenfalls zur Nachtruhe vor. Sie hatte die Hunde ein letztes Mal draußen herumtollen lassen, den ein oder anderen ernsten Gruß mit Dorfbewohnern getauscht, die noch unterwegs waren, und dann die Pekinesen zur Ruhe gebettet. Sie schliefen in diversen Bettchen und Körben in der Küche. Der Versuch, sie in ihrem Schlafzimmer schlafen zu lassen, war leider gescheitert. Sie waren zu eifersüchtig aufeinander. Alle wollten gleichzeitig unter die Bettdecke. Und dort ging dann das Gerangel um eine gute Position los. Nachdem man sich mehr oder weniger mürrisch darüber geeinigt hatte, fing einer von ihnen an, sich zu putzen, ein anderer stand auf, um einen Schluck Wasser zu trinken. Es war schlimmer als vor der Jury auf Crufts Hundeausstellung in London.

Nachdem sie ihre Gebete gesprochen hatte, in die sie diesmal Hetty und ihren kleinen Hund einschloss, ließ sich Evadne in ihre Kissen sinken und kuschelte sich unter die schöne selbst gemachte Steppdecke. (Eine Daunendecke wäre für sie nicht in Frage gekommen. Das war für sie lediglich eine schicke Bezeichnung für einen unnützen Sack, in den man Federn gestopft hatte.)

Ausnahmsweise konnte sie nicht gleich einschlafen. Der Gedanke an die im Wald gefundene Leiche ließ ihr keine Ruhe. Noch mehr quälte sie, in welch schrecklichem Zustand Candy ganz in der Nähe aufgefunden worden war – mehr tot als lebendig. Außerdem beschämte es Evadne, dass sie sich offenbar in Mr. Fainlight geirrt hatte, den sie immer für einen äußerst zynischen Mann gehalten hatte. Er war in der Stunde der Not ja so freundlich zu Hetty gewesen.

Mondlicht durchflutete das Zimmer. Obwohl der kalte weiße Lichtschein Evadnes Nippsachen und ihre Bilder sehr schön hervorhob, fühlte sie sich dennoch ein wenig gestört und stand auf, um die Vorhänge zuzuziehen.

Auf der anderen Seite der kleinen Straße lag der Garten des alten Pfarrhauses in hellem Licht da. Irgendein herumstreunendes Tier musste die Halogenlampe ausgelöst haben. Das kam häufig vor. Ann Lawrence hatte, wie Evadne sich erinnerte, mal davon gesprochen, dass das ziemlich lästig sei, sie es aber um der Sicherheit willen in Kauf nähmen.

Evadne kniff die Augen zusammen, um besser sehen zu können. Immer häufiger war während der letzten Wochen nachts ein Mann gekommen und hatte sich unter die Zeder gestellt. Jetzt war er wieder da. Selbst aus der Entfernung konnte sie erkennen, wie angespannt sein Körper war. Straff wie eine Bogensehne. Sie fragte sich, wie lange er wohl diesmal warten würde. Plötzlich ging ein Fenster auf, nicht das von Carlotta, wie Evadne erwartet hatte, sondern eines in der Wohnung über der Garage. Der junge Mann, der dort wohnte, lehnte sich hinaus. Evadne hörte Gelächter, und kurz darauf wurde die dunkelblaue Tür aufgeschoben. Zu ihrer Verblüffung rannte die Gestalt unter dem Baum fast über die Einfahrt und ging hinein. Als der Mann sich umdrehte, um die Tür zu schließen, fiel das Licht auf sein Gesicht, und sie erkannte Valentine Fainlight.

Evadne schloss das Fenster, schlenderte zu dem kleinen mit Samt bezogenen Stuhl neben ihrem Bett und setzte sich hin. Sie hatte ein unbehagliches Gefühl, ohne dass sie so richtig hätte erklären können, warum. Sie hatte mit dem Mann, der Lionel Lawrence chauffierte, kaum gesprochen, doch sie wusste, dass er im Haus unerwünscht war, und konnte nicht glauben, dass Ann Lawrence so etwas ohne guten Grund anordnen würde. Und Hetty Leathers, die gütigste Seele überhaupt, hatte tatsächlich gesagt, dass sie ihn hasste.

Schließlich legte sich Evadne wieder ins Bett, fand aber keine Ruhe. Es war, als hätte sich ein dunkler Schatten auf ihr Gemüt gelegt. Sie wünschte, sie hätte diesen eiligen Sprint über den Rasen nicht beobachtet.

Der Barraum des Red Lion war zum Bersten voll, aber man konnte die Atmosphäre nicht gerade als ausgelassen bezeichnen. Statt aufgeregten Klatsch und lärmende Spekulationen auszulösen, schienen die Ereignisse des Tages die Stimmung der Pubgäste eher gedämpft zu haben. Die Leute unterhielten sich flüsternd.

Valentine Fainlight hatte zwar Recht gehabt, als er sagte, dass niemand Charlie Leathers sonderlich gemocht hatte. Trotzdem ging sein mutmaßlicher Tod allen irgendwie nahe. Plötzliche Todesfälle betrafen doch, wie jeder wusste, immer nur die anderen. Aber nun war es einer aus ihrer Mitte. Da sie immer noch nicht so richtig wussten, wie es passiert war, fühlten sich die Leute äußerst unbehaglich.

Der Wirt schlug vor, dass man für die Witwe sammeln sollte, was sehr positiv aufgenommen wurde, denn die Leute mochten Hetty und hatten Mitleid mit ihr. Er stellte eine große Glasflasche auf die Theke, und am Ende des Abends war sie halb voll. Es schien sogar, wie er leicht säuerlich dachte, mehr darin zu sein als in seiner Kasse. Die Gäste verließen nüchtern und leise die Bar. Sie gingen in kleinen Gruppen rasch nach Hause. Niemand ging allein.

5

Diesmal hielt George Bullard Wort. Als Barnaby am nächsten Morgen zu seinem Schreibtisch kam, lag der Autopsiebericht bereits vor. Auch Sergeant Troy war schon da, ganz in die Lektüre des Berichts vertieft.

»Was ist denn los?«

»Sir?«

»Sie waren noch nie als Erster hier.«

»Ich weiß. Deshalb reiten Sie doch immer auf mir rum. Da hab ich mir gedacht, ich geb mir heute mal besondere Mühe.«

»Ich schätze Beständigkeit bei meinen Mitarbeitern, Troy. Fangen Sie bloß nicht an, mich durcheinander zu bringen!«

»Jawohl, Chef.«

»Okay. Wie lautet das Ergebnis?«

»Erdrosselt, aber das wussten wir bereits. Hier steht bloß was von einem ›sehr dünnen Draht‹. Die Spurensicherung hat bestimmt mehr Details. Ein starker Raucher. Als er gestern Nachmittag um halb fünf gefunden wurde, war er etwa sechzehn Stunden tot.«

»Also am Dienstag gegen Mitternacht.«

»Hatte am frühen Abend ein kräftiges Mahl zu sich genommen. Fleisch, Gemüse und Reis, letzterer vermutlich als Pudding.

Dann kamen noch Bier und Chips mit Schweinefleischgeschmack …«

»Darf ich mal? Ich bin nämlich noch dabei, mein Frühstück zu verdauen.« Barnaby griff nach dem Bericht und blätterte eine Seite um. Er las noch eine Weile, dann legte er den Bericht zur Seite und öffnete einen großen Umschlag, der an einem silbernen Rahmen mit einem Foto seiner Frau und seiner Tochter gelehnt hatte. Daraus nahm er mehrere große Schwarzweißabzüge und breitete sie auf dem Schreibtisch aus.

»Das hier gefällt mir überhaupt nicht, Troy.«

Wem würde das schon, dachte Sergeant Troy, während er auf die vorstehenden, von Panik erfüllten Augen starrte, auf das, was von den angefressenen Wangen übrig geblieben war, und auf die herausgestreckte schwarze Zunge, die ebenfalls ganz schön angeknabbert war. Das erinnerte ihn an diese gruseligen Wasserspeier, die man an alten Kirchen sah. Und an Maureens Mutter.

»Offensichtlich«, Barnaby klopfte auf den Autopsiebericht, »gab es keine weiteren Verletzungen. Und keine Hautfetzen, Haare oder Fasern unter den Nägeln.«

»Also hat er sich nicht gewehrt.«

»Jeder wehrt sich, wenn er die Chance dazu hat. Doch mit dem Draht um den Hals hatte dieser Mann keine Chance mehr.«

»Donnerwetter. Da hat einer aber ganz schön gezogen.«

»Ja. Leathers war Anfang Sechzig. Nicht mehr jung, aber auch noch nicht alt und gebrechlich. Jemanden auf diese Art zu erdrosseln erfordert sehr viel Muskelkraft. Und gewisse Kenntnisse, würde ich meinen.«

»Sie meinen, der hat so was schon mal gemacht, Chef?«

»Soweit würde ich nicht unbedingt gehen. Aber es ist gewiss keine Methode, die man in einem ganz gewöhnlichen Handbuch findet.«

»Vielleicht hat er an einer Melone geübt.«

»Was?«

»Wie der Mörder im *Schakal*.«

Barnaby schloss kurz die Augen, presste zwei Finger seiner linken Hand gegen die Stirn und atmete tief durch. Dann packte er die Fotos zusammen.

»Hängen Sie die in der Einsatzzentrale auf. Die wird gerade in 419 im Erdgeschoss eingerichtet. Erste Besprechung ist um halb drei. Bis dahin sollten wir was von der Spurensicherung haben.«

»Sir.«

»Und bringen Sie mir einen Marsriegel mit, wenn Sie einmal unterwegs sind.«

Als DCI Barnabys Team sich zur Einsatzbesprechung traf, war Dr. Jim Mahoney, der Hausarzt von Charlie Leathers, bereits in der pathologischen Abteilung im Krankenhaus von Stoke Mandeville gewesen und hatte die Leiche seines Patienten eindeutig identifiziert Die Spurensicherung hatte zudem ihre vorläufigen Ergebnisse bekanntgegeben.

Zu Barnabys Team gehörten acht Kriminalbeamte, darunter die attraktive Sergeant Brierley, nach der Troy sich hoffnungslos verzehrte, seit er sie zum ersten Mal gesehen hatte – und das war nunmehr sieben Jahre her. Dazu kamen noch zwölf uniformierte Polizisten. Insgesamt weniger als die Hälfte der Mannschaft, die der DCI gern gehabt hätte, aber das war nichts Neues.

»Der Bericht der Spurensicherung«, Barnaby wedelte damit in der Luft herum. »Kopien sind vorhanden. Machen Sie sich damit vertraut. Leathers wurde mit einem Stück Draht getötet, das möglicherweise bereits zu einer Schlaufe gebogen war. Es wurde ihm von hinten über den Kopf gestülpt und dann stramm gezogen. Durch die dicke Laubschicht auf dem Boden haben wir keine Fußabdrücke, die uns weiterhelfen könnten, selbst wenn keine Tiere dort herumgestöbert hätten. Einige Schritte von der Leiche entfernt wurde eine Taschenlampe mit Leathers Fingerabdrücken gefunden.«

»Liegt uns schon irgendwas über ihn vor?«, fragte Detective Inspector »Happy« Carson, ein schwermütiger Mann, der gerade befördert worden war und unbedingt glänzen wollte.

»Bisher nicht viel. Er scheint ein ziemlich unangenehmer Zeitgenosse gewesen zu sein. Hat seine Frau tyrannisiert. Laut Protokoll hat seine Tochter gesagt, sie hätt's selber gemacht, wenn sie nur halbwegs eine Chance dazu gehabt hätte.«

»Und ist seinem Hund nicht auch was passiert?«, fragte Sergeant Brierley. »Ich hab so was in der Kantine gehört.«

»Das stimmt. Wurde übel zusammengetreten und in den Fluss geworfen.«

»So ein Dreckskerl«, sagte Sergeant Troy, der Hunde liebte. Mehrere der Anwesenden murmelten zustimmend. »War das der Mörder?«

»Vermutlich.«

»Deutet das nicht darauf hin, dass es jemand aus der näheren Umgebung ist?«, fragte Carson. »Dass es jemand ist, den der Hund erkennen würde. Auf den er reagieren würde.«

»Ein wichtiger Punkt.« DCI Barnaby spornte Schnelldenker gerne an. Im Gegensatz zu vielen höheren Beamten unterstellte er nicht, dass jeder, der einen niedrigeren Rang bekleidete als er, automatisch weniger intelligent war.

»Warum ist der Hund nicht einfach weggelaufen?«, fragte ein junger uniformierter Constable. Mehrere ungläubige Gesichter drehten sich in seine Richtung.

»Du hast aber nicht viel Ahnung von Hunden, was, Phillips?« Sergeant Troy sprach mit eisiger Stimme. Constable Phillips wurde rot.

»Aus der Autopsie können wir ersehen, dass er in der Nacht, in der er starb, vermutlich einige Zeit in einem Pub verbracht hat. Drücken wir die Daumen, dass es sein Stammlokal war. Das würde uns einige Rennerei ersparen. Zwei von Ihnen könnten dort mit der Von-Haus-zu-Haus-Befragung beginnen. Glücklicherweise ist es kein großer Ort. Ich möchte, dass Sie versuchen, möglichst viel Klatsch aufzuschnappen. Alles, was die Leute über Charlie Leathers wissen oder zu wissen glauben. Beruf, Lebensweg – soweit zurück, wie Sie können –, Hobbys, Familie. Wer ihn in der Nacht, in der er starb, gesehen hat. Irgendwelches merkwürdige Verhalten in den vergangenen Tagen. Nichts, aber auch gar nichts ist zu trivial. Mit seiner Witwe werde ich persönlich reden. Die nächste Besprechung ist morgen früh um neun, und ich meine Punkt neun. Also dann mal los.«

Die Zeitungen hatten bereits durch ihr tägliches Herumschnüffeln in der Pressestelle der Polizei mitgekriegt, dass im Wald bei Ferne Basset eine Leiche gefunden worden war. Als am nächsten Tag der Name des Mannes und die Art, wie er zu Tode gekommen war, bekannt wurden, strömten wahre Scharen herbei.

Zeitungsreporter und Kameramänner lieferten sich einen Wettstreit mit Reportern und Kameramännern von den lokalen Fernsehnachrichten. Alle stellten die gleichen Fragen und erhielten die gleichen Antworten und waren sich im Grunde nur gegenseitig im Weg.

Alle Fernsehinterviews fanden vor dem ungewöhnlichen Haus der Fainlights statt. Nicht dass dieses, soweit bekannt, irgendwas mit dem Verbrechen zu tun hätte. Aber es war einfach zu spektakulär, um es nicht zu benutzen. Der zweitschönste Hintergrund war der Vorplatz des Red Lion, der Lieblingskneipe des Verstorbenen. Der Wirt und mehrere Stammgäste standen um Kübel mit herunterhängenden Stiefmütterchen herum in der Hoffnung, um ihre Meinung gebeten zu werden. Diejenigen, die sich tatsächlich äußern durften, mussten zutiefst enttäuscht feststellen, dass sie entweder gar nicht in den lokalen Abendnachrichten vorkamen oder dass man ihren Auftritt auf wenige unschmeichelhafte Sekunden zusammengeschnitten hatte. Leider waren Gespräche mit den wirklich wichtigen Leuten, den unmittelbaren Angehörigen des Opfers, nicht möglich.

Kaum war diese spezielle Karawane abgezogen, rückte die Polizei zu den Von-Haus-zu-Haus-Befragungen an, und die Fragerei ging wieder von vorne los. Doch nur wenige Leute störte das wirklich. Die hatten bereits die Presse ignoriert und sich den anderen überlegen gefühlt, indem sie beklagten, wie traurig es doch sei, dass manche Leute alles tun würden, um auf sich aufmerksam zu machen.

Detective Chief Inspector Barnaby und Sergeant Troy hatten einen kleinen Vorsprung vor ihrem Team. Zivile Kleidung und ein nicht gekennzeichnetes Fahrzeug (der Vauxhall Astra vom Chef) ermöglichten es ihnen, unbehelligt bis ans Ende der Tall Trees Lane zu fahren und dort zu parken. Barnaby blieb kurz stehen, um den herrlichen roten Hibiskus zu bewundern, dann ging er forsch auf das Haus der Leathers zu und klopfte an die Tür. Sie wurde sofort aufgerissen.

»Ich hab's euch Arschlöchern doch schon zigmal gesagt. Sie redet mit niemandem. Jetzt verpisst euch, oder ich hol die Polizei.«

»Sie müssen die Tochter von Mrs. Leathers sein.« Barnaby zückte seinen Dienstausweis. »Detective Chief Inspector Barnaby. Und das ist Sergeant Troy.«

Troy wedelte ebenfalls mit seinem Ausweis und lächelte beruhigend.

»Entschuldigung. Den ganzen Morgen haben uns Reporter die Bude eingerannt.« Sie trat zurück, um die beiden hereinzulassen. »Wie soll sie da zur Ruhe kommen?«

»Ich fürchte, wir müssen Ihre Mutter stören, Miss Leathers.«

»Mrs. Grantham. Pauline. Das macht ihr bestimmt nichts aus. Schließlich müssen Sie ja Ihren Job erledigen.«

Pauline führte sie in die gemütliche Küche. Mrs. Leathers saß in einem Schaukelstuhl neben dem Kohlenfeuer und trank eine Tasse Tee. Sie hatte die Füße hochgelegt und eine Stola um ihre Schultern drapiert.

»Es ist die Polizei, Mum.«

»Ohh ...«

»Bitte bleiben Sie sitzen, Mrs. Leathers. Darf ich ...?« Barnaby zeigte auf einen schäbigen Kaminsessel und zog ihn ein bisschen mehr ins Warme.

»Ja, natürlich. Machen Sie es sich bequem.«

Sergeant Troy setzte sich an den Tisch, halb mit dem Rücken zu den beiden am Kamin. Dann holte er unauffällig seinen Kuli und ein Notizbuch hervor und legte beides auf die grün-weiße Leinendecke.

»Ich fürchte, ich habe schlechte Nachrichten, Mrs. Leathers«, begann Barnaby. »Dr. Mahoney hat den Mann, der gestern tot im Carter's Wood gefunden wurde, eindeutig als Ihren Ehemann identifiziert.«

»Damit haben wir irgendwie gerechnet, nicht wahr, Mum?« Pauline hatte sich einen Basthocker herangezogen und saß nun direkt neben ihrer Mutter und hielt ihre Hand.

»Ja. Wir haben uns schon ein bisschen mit dem Gedanken vertraut gemacht«, sagte Mrs. Leathers. Dann fragte sie hastig: »Möchten Sie eine Tasse Tee?«

»Nein danke, im Augenblick nicht.«

»Wie genau ist mein Dad gestorben?«

»Ich fürchte, er wurde vorsätzlich getötet, Mrs. Grantham. Wir ermitteln wegen Mordes.«

»Das haben die auf dem Dorfanger auch erzählt«, sagte Pauline zu ihrer Mutter. »Ich konnte es gar nicht glauben.«

»Haben Sie eine Ahnung, wer das getan haben könnte?«

Barnaby richtete diese Frage an beide Frauen. Er blickte von einer zur anderen, um eine stärkere Zusammengehörigkeit zwischen ihnen herzustellen. Seine Stimme war ruhig und leise. Er wirkte und klang mitfühlend und aufrichtig interessiert. Um diese Fähigkeit, auf die der DCI zu jeder Zeit und an jedem Ort zurückgreifen konnte, beneidete Sergeant Troy ihn am meisten. Troy versuchte manchmal, Barnabys Verhalten nachzuahmen, doch die Leute durchschauten ihn sofort und reagierten nie so wie bei Barnaby. Er spürte, dass man ihm nicht vertraute.

»Es kann niemand gewesen sein, den Charlie kannte«, betonte Mrs. Leathers.

Troy fand dies kaum notierenswert, denn nach allem, was er über den elenden Kerl gehört hatte, war es mit größter Wahrscheinlichkeit jemand gewesen, den er gekannt hatte. Praktisch jeder, den er gekannt hatte, kam in Frage. Doch dies war kaum der richtige Zeitpunkt, um darauf hinzuweisen, und der Chef tat es natürlich auch nicht.

»Aber warum sollte ihn ein völlig Fremder überfallen?«, fragte Pauline ihre Mutter. »Er hatte ja wohl kaum viel Geld dabei. Und was hatte er überhaupt da im Wald verloren?«

»Er ging mit Candy spazieren«, sagte Mrs. Leathers.

»Im Stockfinstern? Um diese Uhrzeit?«

»Hat er gesagt, warum er soviel später seine Runde machte als gewöhnlich, Mrs. Leathers?«

»Es war gar nicht soviel später. Gegen zehn statt um halb zehn. Als er nicht wiederkam, hab ich angenommen, er wär im Red Lion eingekehrt.«

»Na klar«, sagte Pauline verbittert. »Um das Haushaltsgeld auszugeben, das du nie von ihm bekommen hast.«

»Hat er gesagt, er wolle sich eventuell mit jemandem treffen?« Als Mrs. Leathers den Kopf schüttelte, fuhr er fort: »Oder hat er sich in den Tagen vor seinem Tod irgendwie anders als sonst verhalten? Hat er irgendwas Außergewöhnliches gemacht?«

»Nein.« Sie zögerte einen Augenblick, dann fügte sie hinzu: »Er ist ganz normal zur Arbeit gegangen.«

»Wo hat er gearbeitet?«

»Hauptsächlich im alten Pfarrhaus, da arbeite ich selber auch. Und ein, zwei Stunden bei den Fainlights gegenüber.«

Sie hatte dem nichts mehr hinzuzufügen, und nachdem die Polizisten festgestellt hatten, wo die Fainlights wohnten, machten sie sich zum Aufbruch bereit. Barnaby sagte noch einmal, wie Leid es ihm tue, dass er eine so traurige Nachricht überbringen musste. Sergeant Troy blieb an der Tür stehen.

»Wie geht's dem Hund, Mrs. Leathers?«

»Mehr schlecht als recht.« Mrs. Leathers Gesicht war jetzt stark von Kummer gezeichnet, ganz im Gegensatz zu vorher, als sie über ihren Mann gesprochen hatten. »Mr. Bailey meint, es wär noch ein bisschen früh, um was Endgültiges zu sagen.«

Troy wusste, was das bedeutete. Genau das hatte der Tierarzt zu ihm gesagt, als sein Schäferhund ein Stück vergiftetes Fleisch gefressen hatte, das jemand für die Ratten ausgelegt hatte. »Das tut mir wirklich Leid«, sagte er.

Als die Polizisten fort waren, fragte Pauline ihre Mutter, was sie ihnen verschwiegen hatte.

»Wie kommst du denn darauf?« Mrs. Leathers klang ziemlich empört.

»Du wolltest was sagen, als sie gefragt haben, ob Dad irgendwas Merkwürdiges getan hat, bevor er starb. Dann hast du's doch nicht gesagt.«

»Du hältst dich wohl für besonders schlau.«

»Na komm schon, Mum.«

»Es war nichts Wichtiges.« Mrs. Leathers zögerte, als ihr einfiel, wie ihr Mann sie mit vor Zorn rotem Gesicht angebrüllt hatte, als sie in das vordere Zimmer hereingeplatzt war. »Sie hätten bloß gelacht.«

»Na sag schon.«

»Er legte eine Art ... Sammelalbum an.«

»Ein *Sammelalbum? Dad?*«

Beim Anblick des alten Pfarrhauses war Barnaby sogleich ganz hingerissen, denn es war ein wirklich schönes und harmonisches Gebäude. Kleine schmale Fenster, die Schnapprouleaus halb heruntergelassen, über der Haustür ein formschönes Oberlicht und ein eleganter Fries. Allerdings war das Haus nicht in gutem Zustand. Das warme rötliche Mauerwerk, das von rankendem wildem Wein bewachsen war, war angenagt und porös und musste dringend neu verfugt werden. Der Anstrich war schmutzig und schon reichlich abgeblättert. Die Regenrinne war an mehreren Stellen gebrochen, das hübsche schmiedeeiserne Doppeltor stark verrostet.

Troy fühlte sich an die Kulisse von einer der Fernsehserien in historischem Gewand erinnert, auf die seine Mutter so versessen war. Er sah förmlich vor sich, wie ein zweirädriger Einspänner die Einfahrt entlangrollte, gelenkt von einem Kutscher mit Zylinder, glänzenden Stiefeln und engen Hosen. Gleich würde ein Diener aus dem Haus gelaufen kommen und die Tür der kleinen Kutsche öffnen. Dann würde ein hübsches Mädchen mit koketten Löckchen und fliegenden Haarbändern in einem Kleid, das bis zu den Knöcheln herabfiel, aber dennoch viel Bein …

»Wollen Sie denn den ganzen Tag hier dumm rumstehen?«

»Entschuldigung, Sir.«

Troy zerrte an dem Klingelzug, der die Form eines Greifenkopfs hatte. Es war eins von diesen altmodischen Dingern, die an einem Draht hingen. Als er losließ, überlegte er flüchtig, was passieren würde, wenn er festhalten würde. Würde der Draht immer weiter herauskommen? Könnte er weggehen und ihn sich immer weiter um den Arm wickeln? Würde dann das Haus zusammenbrechen? Bei dieser verrückten Vorstellung musste er in sich hinein kichern.

»Und hören Sie auf zu grinsen.«

»Sir.«

»Keiner da«, sagte der DCI, der nicht gerade geduldig war.

»Doch«, sagte Sergeant Troy. »Die warten darauf, dass wir hinten rumgehen.«

»Was?«

»Durch den Lieferanteneingang.« Troy kräuselte die Lippen, wie er das immer tat, wenn er über die Bourgeoisie herzog. »Ja, Sir, bitte sehr, Sir, nein, Sir. Drei schwere Beutel voll.«

»Unsinn. Das ist doch nur der ehemalige Pfarrer, Lionel Lawrence.«

»Sie kennen ihn also?«

»Ich weiß ein bisschen was über ihn. Er hat vor etwa zwanzig Jahren den Chief Constable verehelicht.«

»Na so was«, sagte Sergeant Troy. »Das hat man aber hübsch unterm Teppich gehalten.« Er hob den Arm, um den Türklopfer ordentlich knallen zu lassen, doch Barnaby hielt ihn zurück.

»Da kommt jemand.«

Ann Lawrence öffnete die Tür. Barnaby registrierte die verschossenen blaugrünen Sachen und die grauen Haare, die so ungeschickt hochgesteckt waren, dass sie schon wieder herunterfielen. Ihre Haut wirkte fast durchsichtig, und die Augen waren so blass, dass man ihre Farbe nicht erkennen konnte. Der Chief Inspector glaubte, er habe noch nie jemanden gesehen, der so ausgelaugt aussah. Er fragte sich, ob sie krank war. Vielleicht litt sie an Anämie.

»Mrs. Lawrence?«

»Ja.« Sie machte den Eindruck, als erwartete sie, dass jeden Augenblick etwas Furchtbares passieren würde. Sie schien fast die Luft anzuhalten. Ihr Blick huschte besorgt zwischen den beiden Männern hin und her. »Wer sind Sie?«

»Detective Chief Inspector Barnaby. Kriminalpolizei Causton. Und das ist Sergeant Troy.« Als Barnaby seinen Ausweis hochhielt, entfuhr Ann Lawrence ein leiser Ton, dann hielt sie sich die Hand vor den Mund. Das bisschen Farbe, das sie noch hatte, wich aus ihrem Gesicht.

»Dürften wir Sie einen Augenblick sprechen? Und auch Ihren Mann, wenn er da ist.«

»Worüber? Was wollen Sie?« Sie war sichtlich bemüht, sich zu fassen. Wahrscheinlich war ihr bewusst, wie merkwürdig ihr Verhalten wirken musste. »Entschuldigen Sie. Kommen Sie bitte herein.« Sie trat zurück und hielt die schwere Tür weit auf. »Lionel ist in seinem Arbeitszimmer. Ich bringe Sie zu ihm.«

Der Weg führte durch eine schwarzweiß gefliese Diele.

Eine große sternförmige Lampe hing an einer schweren Kette über der Treppe. Auf einem ovalen Tisch stand ein Kupferkrug, vollgestopft mit Buchenzweigen, Schafgarbe und getrocknetem Rainfarn. Daneben lag ein kleiner Stapel Post, die verschickt werden sollte.

Das Arbeitszimmer war ein stiller, friedlicher Raum, dessen Fenster nach hinten hinausgingen. Die Vorhänge aus bernsteinfarbener Seide waren so alt, dass sie schon fast fadenscheinig wirkten. Es standen mehrere Schalen mit Hyazinthen herum, und überall lagen Bücher und Zeitschriften. Im Kamin knisterte ein Feuer, das den süßlichen Geruch von Äpfeln verströmte.

Als sie hereingeführt wurden, sprang Lionel Lawrence beflissen auf und kam eilig hinter seinem Schreibtisch hervor, um Barnaby die Hand zu schütteln.

»Mein lieber Chief Inspector! Wir sind uns, glaube ich, schon mal begegnet.

»Ein- oder zweimal«, stimmte Barnaby zu. »Beim Schiedsgericht, glaub ich.«

»Kommen Sie wegen Carlotta?«

»Carlotta?«

»Ein junges Mädchen, das wir bei uns aufgenommen hatten. Es kam zu einer Unstimmigkeit – ein Streit mit meiner Frau –, und sie ist fortgelaufen. Wir machen uns beide große Sorgen.«

»Leider nein.« Barnaby fragte sich, ob das der Grund war, weshalb Mrs. Lawrence so außer sich gewesen war, als er mit Troy auftauchte. Es schien ein bisschen übertrieben. Die meisten jungen Leute, selbst aus geordneten Verhältnissen, verdrückten sich halt ab und zu mal. Schmuggelten sich nach einem Krach zu Hause vielleicht über Nacht in das Haus eines Freundes ein und pennten seelenruhig, während ihre aufgelösten Eltern jede mögliche Telefonnummer ausprobierten oder rufend und suchend durch die Straßen liefen. Ihm fiel auf, dass Mrs. Lawrence jetzt sehr viel ruhiger wirkte.

»Nehmen Sie doch bitte Platz.«

Ann Lawrence deutete auf ein olivgrünes Knole-Sofa und setzte sich selbst ihnen gegenüber. Als ein Sonnenstrahl auf sie fiel, stellte Barnaby fest, dass ihr Haar gar nicht grau war, sondern von einem feinen Aschblond. Sie trug einen schlecht geschnittenen grünen Tweedrock und einen handgestrickten Pullover. Angenehm überrascht stellte er fest, dass sie absolut schöne Beine hatte, die allerdings in einer tabakbraunen Wollstrumpfhose steckten. Nun, wo die nervöse Anspannung verschwunden war, wirkte ihre Haut glatt und relativ faltenlos. Sie konnte durchaus noch in den Dreißigern sein.

»Ich nehme an, Sie wissen bereits, dass Charlie Leathers tot aufgefunden wurde.«

»Ja.« Ann Lawrence schauderte. »Das ist furchtbar.«

»Bist du schon bei Hetty gewesen?«, fragte Lionel.

»Natürlich war ich bei ihr.« Ann sprach mit schneidender Stimme. »Ihre Tochter ist da. Sie sagen mir Bescheid, wenn ich gebraucht werde.«

»Wer auch immer das getan hat, muss gefunden werden«, sagte Lionel in autoritärem Ton zu Barnaby. »So ein Mensch braucht dringend Hilfe.«

Sergeant Troy starrte mit offenem Mund den großen älteren Mann mit den schulterlangen, wallenden grauen Haaren an, der jetzt begonnen hatte, auf und ab zu gehen. Spitze Knöchel guckten unter einer zerknitterten Tweedhose hervor und verschwanden in Stiefeln mit elastischem Seiteneinsatz. Seine langen Storchenbeine gingen präzise wie eine Schere auseinander und wieder zusammen. In quälender Hilflosigkeit rang er die Hände.

»Was kann ich denn bloß tun?«, rief er, als er endlich neben einem hübschen Schreibpult mit Einlegearbeiten ruckartig stehen blieb. »Es muss doch irgendwas geben.«

»Im Augenblick reicht es, wenn Sie unsere Fragen beantworten.« Barnabys Tonfall war scharf. Er hatte nicht die Absicht, auf so ein Verhalten einzugehen. »Soweit ich weiß, hat Mr. Leathers bei Ihnen gearbeitet.«

»Ja. Er hat geholfen, den Garten in Ordnung zu halten. Außerdem hat er verschiedene kleinere Arbeiten erledigt.«

»War er schon lange hier beschäftigt?«

»Ich glaube seit über dreißig Jahren.«

»Was war er für ein Mensch?«

»Du lieber Himmel, das weiß ich doch nicht. Ich hatte sehr wenig mit ihm zu tun. Ann könnte Ihnen vermutlich ...« Er wandte sich fragend an seine Frau.

»Wir haben nicht viel miteinander geredet. Nur über die Arbeit.«

»Dann wissen Sie also nichts über sein Privatleben?«

»Ich fürchte nein.« Ann war nicht bereit zu verraten, was Hetty ihr über ihr trauriges Dasein anvertraut hatte.

»Aber Sie hätten doch gewusst, wenn er in Schwierigkeiten steckte, Sir?« Sergeant Troy hörte die Aggression in seinen Worten mitschwingen, konnte sich aber nicht bremsen. Er wich dem Blick seines Chefs aus. »Ich meine, Sie hätten das doch gespürt. Und er hätte mit Ihnen reden wollen. Wo doch bekannt ist, wie gerne Sie Leuten helfen.«

»Vermutlich.« Ironie, selbst wenn sie so plump daherkam wie bei Troy, ging an Lionel völlig vorbei. Er nickte und öffnete seine dünnen Lippen zu einem selbstgefälligen Lächeln.

»Könnte er Geldsorgen gehabt haben?«, fragte Barnaby. »Hat er mal um eine Lohnerhöhung gebeten? Oder vielleicht um einen Kredit?«

»Er hat jedes Jahr eine Lohnerhöhung bekommen«, sagte Ann. »Hetty ebenfalls. Und er hat nie etwas von Geldsorgen erwähnt.«

»Hat mal irgendwer – ein Fremder – hier nach ihm gefragt? Oder vielleicht für ihn angerufen?«

»Nein, niemand.« Lionel Lawrence wurde allmählich gereizt. »Hören Sie, diese Fragen sind sinnlos und reine Zeitverschwendung. Leathers wurde ganz klar von einer armen verwirrten Seele überfallen, von jemandem, der sich durchaus gezwungen fühlen könnte, weiteren Unfug anzurichten, wenn Sie nicht sofort von hier verschwinden und ihn suchen.«

Vielleicht spürte sie die wachsende Verärgerung der beiden Polizisten. Jedenfalls stand Mrs. Lawrence in diesem Augenblick auf, bewegte sich etwas unbeholfen seitlich auf die Tür zu und deutete mit einer zarten Bewegung ihrer schmalen Hand an, dass sie ihr folgen sollten. Kurz darauf fanden Barnaby und Troy sich auf der Eingangstreppe wieder und starrten auf den wilden Wein.

»Unfug!«, sagte Troy. »Herrgott noch mal. Wie kann man nur ... au!« Ein stählerner Griff hatte sich um seinen Unterarm gelegt.

»Tun Sie das bloß *nie* wieder.«

»Diese verdammten Wohltätigkeitsapostel. Die sind doch einfach zum Kotzen.«

»Unsere Gefühle während einer Befragung sind völlig irrelevant. Wenn man die Leute gegen sich aufbringt, erzählen sie einem nichts mehr – vergessen Sie das nie.«

»Wir sollten ihm ein paar Fotos von dem Opfer zeigen.« Troy befreite mühsam seinen Arm. »Oder ihn mehrmals durch das Leichenschauhaus jagen.«

Er konnte sich gut vorstellen, wie die Kollegen auf die Einstellung des Expfarrers reagieren würden. Sie befürworteten fast einhellig die Todesstrafe und palaverten häufig in der Kantine darüber. Eines der Lieblingsspielchen war es, in sehnsüchtiger Erwartung, dass diese segensreiche Praxis endlich wieder eingeführt würde, eine Top-Five-Liste von Kandidaten zu erstellen. Letzte Woche hatte irgendein Witzbold Lord Longford darauf gesetzt, und es hatte einer langen und recht ernsthaften Diskussion bedurft, bis er widerwillig wieder gestrichen wurde.

Als Barnaby, gefolgt von einem schmollenden Troy, sich auf

den Weg zur Straße machte, bemerkte er, dass sich bei der Garage etwas bewegte. Ein Mann wusch den Humber. Er war nicht auf die Idee gekommen, die Lawrences zu fragen, ob sie noch weiteres Personal hätten. Und interessanterweise hatten sie ihm auch nichts davon erzählt.

»Ein Chauffeur«, sagte Troy mit tiefer Verachtung. »Und ich hab geglaubt, dass Geistliche einfach und bescheiden leben.«

»Ich hab Ihnen doch schon erklärt, dass Lawrence kein Geistlicher ist. Er hat sein Amt schon vor Jahren aufgegeben.«

»Wie bequem«, murmelte Troy. »Glauben Sie, dass Mrs. L Geld hat?«

»Nach dem Zustand des Hauses zu urteilen wohl kaum.«

Der Wagen war fast ein Museumsstück. Ein Humber Hawk mit einem Nummernschild aus vier Zahlen und drei Buchstaben. Fast vierzig Jahre alt, schwer, schwarz wie eine Bibel und mit abgenutzter rötlichbrauner Lederausstattung und dunkelbraunen Cordsitzen. Er entsprach so genau dem Typ von Wagen, in dem man sich einen ältlichen Dorfpfarrer vorstellen konnte, dass Barnaby lächeln musste. Es gab sogar mehrere kleine silberne Blumenvasen, die wie Eistüten geformt waren.

Obwohl der Mann sie kommen gehört haben musste, blickte er nicht auf, sondern wischte mit einem Tuch weiter in gleichmäßigen kreisförmigen Bewegungen über die Motorhaube. Dann sprühte er noch mit einer Spraydose darüber. Er trug ein enges weißes ärmelloses Trikothemd und eine noch engere Jeans, die wirklich verschlissen aussah und nicht nur modisch auf alt getrimmt. Er wirkte absolut fit und war äußerst attraktiv. Sergeant Troy, der ohnehin schon schlecht gelaunt war, starrte ihn wütend an.

»Guten Tag«, sagte Barnaby und stellte sich vor. Der Mann sah Barnaby direkt in die Augen. Die Wärme in seinem Blick wirkte künstlich. Dann zeigte er ein breites Lächeln und streckte seine Hand aus.

Scheinbar ohne die Hand zu bemerken, steckte Barnaby

seinen Ausweis wieder ein. Seine Nase witterte den zarten Geruch von Heuchelei. Von diesem Mann hätte er nicht mal eine Tüte Fritten, geschweige denn ein Schellfischfilet gekauft.

»Tag, die Herren.« Während das Lächeln noch breiter wurde, verschwand die Wärme aus seinen Augen. Offenbar besaß er nicht genügend schauspielerisches Talent, um beides am Kochen zu halten. »Was kann ich für Sie tun?«

»Name?«, sagte Sergeant Troy.

»Jax.«

Troy schrieb artig »Jacks«.

»Vorname?«

»Hab keinen. Schreibt sich übrigens J-A-X.«

»Tatsächlich?«, fragte Troy.

»Wir stellen Ermittlungen über den Tod von Charlie Leathers an«, sagte Barnaby. »Ich nehme an, Sie haben ihn gekannt.«

»Oh, ja. Armer alter Kerl. Ich hab mich prima mit Charlie verstanden.«

»Da waren Sie aber wohl der Einzige«, sagte Sergeant Troy.

»War er Ihnen gegenüber offen?«, fragte Barnaby.

»Mehr oder weniger. Er war völlig fertig, kann ich Ihnen sagen.«

»Weswegen?«

»Irgendwelche Wetten. Hat ein bisschen sein Glück versucht und sich übernommen.«

»Was für Wetten? Pferde?«

»Hat er nicht gesagt. Aber er war echt fertig mit den Nerven.«

»Wie zeigte sich das?«, fragte Troy.

»Letzte Woche schwor er eines Abends, er hätt da drüben 'nen Typen rumstehen sehen.« Jax deutete mit dem Kopf auf eine dunkle Gruppe von Bäumen. »Also bin ich nachsehen gegangen. Aber da war keiner.«

»Sie glauben also, dass er sich Sachen einbildete?«

»Hab ich bis heute geglaubt. Jetzt bin ich mir nicht mehr so sicher.«

»Hat er mit Ihnen noch über was anderes geredet? Pläne, die er hatte? Über seine Familie? Irgendwelche Freunde?«

»Charlie hatte keine Freunde.«

»Aber mit Ihnen ist er prima ausgekommen?« Sergeant Troy war die Ungläubigkeit in Person.

»So bin ich halt.« Jax warf einen letzten kritischen Blick auf die Motorhaube, dann fing er an, seine Reinigungsutensilien – Fensterleder, Spraydose und Lappen – in eine durchsichtige Reißverschlusstasche zu packen.

»Wo waren Sie vorletzte Nacht zwischen zehn und zwölf, Jax?«

»Fragen Sie das jeden?« Der Mann starrte Barnaby durchdringend an. »Oder bin ich speziell auserwählt worden?«

»Beantworten Sie die Frage«, sagte Troy.

»Im Apartment.« Er wies mit dem Daumen auf das Garagendach. »Da wohn ich.«

»Wir müssen vielleicht noch mal mit Ihnen reden«, sagte Barnaby. »Fahren Sie nicht weg, ohne uns Bescheid zu sagen.«

Der Mann nahm seine Tasche und schickte sich an zu gehen. Dann zögerte er und drehte sich noch einmal um. »Tja, Sie werden's ja eh rausfinden. Ich bin mal ein bisschen in Schwierigkeiten geraten, aber Lionel hat mir eine zweite Chance gegeben. Ich kann hier noch mal von vorn anfangen. Und das werd ich mir auf keinen Fall vermasseln.«

»Das hören wir gern«, sagte der Chief Inspector.

Danach mussten nur noch die Fainlights befragt werden. Barnaby erwartete nicht allzuviel davon. Laut Hetty Leathers hatte Charlie nur zwei Stunden die Woche dort gearbeitet, und angesichts seiner schweigsamen Natur war es eher unwahrscheinlich, dass er viel von dieser Zeit damit verbracht hatte, sich über sein Seelenleben auszulassen.

»Donnerwetter«, sagte Sergeant Troy, als sie auf den eindrucksvollen Glasbau zugingen. »Wie mögen die dafür nur die Baugenehmigung gekriegt haben?«

Das fragte sich Barnaby auch. Er fand das Haus atemberaubend schön. Es war mittlerweile fast dunkel, und beinahe jedes Zimmer war erleuchtet. Nicht alle der hellen, leicht grünlichen Glasplatten, aus denen das Haus gebaut war, waren durchsichtig. Einige waren nur semitransparent, und durch die drang der Schimmer von zahlreichen Steh- und Deckenlampen wie das Licht verschwommener Sterne.

Auf den ersten Blick schien die Haustür ebenfalls aus Glas zu sein, doch nachdem Barnaby das riesige, breit geriffelte Rechteck genauer betrachtet hatte, kam er zu dem Schluss, dass es sich vermutlich um einen sehr harten Kunststoff handelte. Es gab keinen Briefkasten. Anscheinend auch keine Klingel. Und keinen Namen, obwohl er später erfuhr, dass das Haus einfach nach seinen Bewohnern Fainlights hieß.

»Dann müssen wir wohl klopfen, Chef.« Troy konnte es gar nicht erwarten, das Haus von innen zu sehen.

»Moment mal.« Barnaby betrachtete den Türrahmen und stellte fest, dass dort ein schmaler glänzender Metallstreifen eingelassen war. Er drückte darauf und wartete. Aus dem Haus war kein Klingelton zu hören gewesen.

»Das ist keine Türklingel«, sagte Sergeant Troy. »Das ist der Knopf, um den Dobermann freizulassen.«

Drinnen im Haus ignorierte Louise, die unglücklich in Gedanken dem gestrigen Abend nachhing, das Klingeln. Sie starrte, ohne etwas wahrzunehmen, auf die Literaturbeilage des *Guardian*. Diese lehnte an einer Tasse bitteren schwarzen Kaffees und einer kleinen glasierten blauen Schüssel mit reifen Aprikosen.

Als Val am vergangenen Abend mit so grimmiger Entschlossenheit das Haus verlassen hatte, war sie ihm zwanghaft gefolgt. Sie wusste, wohin er ging und dass sie nichts Neues erfahren würde. Und dass sie nichts tun konnte, um ihn daran zu hindern. Sie wusste außerdem, dass er noch wütender werden würde, als er ohnehin schon war, wenn er sie sähe. Trotzdem hatte Louise nicht anders gekonnt.

Als sie ihn in den Garten des alten Pfarrhauses gehen sah, hatte sie gewartet, ohne zu wissen, was sie tun würde, falls er sie entdeckte. Nachdem die Tür zur Wohnung über der Garage aufgegangen war, hatte sie schweren Herzens kehrtgemacht und war nach Hause gegangen.

Val war ungefähr eine Stunde später zurückgekommen. Louise hatte ihn durch eine Lücke zwischen den Teppichen auf ihrem Fußboden beobachtet. Er hatte eine Zeitlang reglos dagesessen, den Kopf in die Hände gestützt, dann war er leise nach oben ins Bett gegangen.

Sie hatte kaum geschlafen und war mit einem äußerst beklommenen Gefühl aufgewacht. Zum ersten Mal seit sie sich erinnern konnte, hatte sie Angst, ihrem Bruder gegenüberzutreten. Trotzdem bereitete sie, sobald sie ihn herumgehen hörte, eine Kanne Assam-Orange-Pekoe-Tee zu, den er immer gern nach dem Aufstehen trank, und ging damit zu seinem Zimmer.

Sie klopfte, und als sie keine Antwort erhielt, drückte sie sanft die Klinke herunter. Valentine war in seinem Badezimmer. Offenbar war er gerade aus der Dusche gekommen; er stand, ein Handtuch um die Hüfte geschlungen, vor dem Spiegel und rasierte sich. Die Tür war halb offen. Sie wollte gerade seinen Namen rufen, da beugte er sich herab, um sich Wasser ins Gesicht zu spritzen. In dem Augenblick sah sie ein furchtbares Mal, blaurot mit beinahe schwarzen Rändern, auf seinem Nacken.

Louise bewegte sich unbeholfen in den Flur zurück. Alles auf ihrem Tablett klapperte fürchterlich. Der Deckel auf der Teekanne, die zierliche Tasse auf dem Untersetzer. Die Oberfläche der Milch geriet in Aufruhr. Behutsam stellte sie das Tablett auf den Boden und richtete sich langsam auf. Sie drückte die zitternden Hände an ihren Körper, atmete tief durch und versuchte, sich zu beruhigen.

Sie wusste, wer für diese Verunstaltung verantwortlich war, und sagte sich, dass es vielleicht gar nicht so schlimm war, wie es aussah, obwohl sie wusste, dass es noch viel schlimmer war. Ihr kam der Ausdruck »Knutschfleck« in den Sinn, und sie erinnerte sich, wie damals im Schulbus die anderen Mädchen neidisch wurden, wenn man eins dieser unschuldigen, von Leidenschaft sprechenden Male vorweisen konnte.

Doch das hier war etwas anderes. Dieser Knutschfleck zeugte nicht von Liebe. Er zeugte von Hass. War eine Wunde. Sie fragte sich, ob die Stelle zu Anfang geblutet hatte, ob Valentine sie, als er nach Hause kam, mühevoll auswaschen und trocknen musste. Ob sie ihm weh getan hatte, als er sich hinlegte.

Als ihr Bruder eine halbe Stunde später mit dem Teetablett in die Küche kam, brachte sie es kaum über sich, ihn anzusehen. Nicht wegen ihres Streits, der ihr jetzt völlig banal vorkam, sondern aus Angst davor, was sie in seinem Gesicht lesen könnte.

Er bewegte sich ganz ruhig, fast wie im Traum – stellte Tasse und Unterteller in die Spülmaschine, schälte sich eine Orange. Dann setzte er sich an den Tisch, teilte die Frucht und ordnete die Stücke sorgfältig auf einem Teller an, machte jedoch keinerlei Anstalten, sie zu essen.

Louise trat aus Valentines Blickfeld heraus, damit sie ihn ungeniert betrachten konnte. Doch dann merkte sie, dass das völlig überflüssig war, da er ganz offensichtlich vergessen hatte, dass sie da war. Er starrte mit ruhigem, klarem, wissendem Blick aus dem Fenster. Alles an ihm signalisierte Resignation. Seine Hände ruhten traurig auf den Knien, sein Rücken war unter einer unsichtbaren Last gebeugt.

Eine weitere Erinnerung kam ihr in den Sinn, diesmal aus der frühen Kindheit. Sie saß mit ihrem Großvater zusammen und sah ein Fotoalbum durch. Es enthielt auch Postkarten, einige davon aus dem Ersten Weltkrieg. Der Engel von Mons blickte traurig auf einen Soldaten herab, der vor einem Kreuz kniete. Der Soldat blickte tapfer zurück. Er kannte sein Schicksal und bereitete sich darauf vor, ihm mutig zu begegnen. Genauso blickte Valentine.

Ein weiteres Klingeln holte sie schließlich in die Gegenwart zurück. Louise wuchtete sich seufzend hoch und schob die Zeitung beiseite. Eine stämmige Gestalt zeichnete sich verzerrt in der schweren geriffelten Tür ab. Gleich dahinter eine schmalere.

»Mrs. Fainlight?«

»Mrs. Forbes. Valentine Fainlight ist mein Bruder. Wer sind Sie?«

Während er seinen Ausweis herausnahm, betrachtete Barnaby bewundernd die Frau vor ihm. Einen größeren Kontrast zu Ann Lawrence hätte man sich kaum vorstellen können. Ein breiter Mund mit schmalen Lippen, die perfekt zinnoberrot geschminkt waren. Hohe Wangenknochen, leicht schräge hellbraune Augen mit sehr langen Wimpern. Der Teint hatte die Farbe und Beschaffenheit von Schlagsahne. Sie erinnerte ihn an Lauren Bacall aus der Zeit, als Bogie noch Boogie tanzen konnte.

»Dürfen wir reinkommen?«

»Warum?« Trotz der unverblümten Antwort hatte ihre kehlige Stimme etwas Liebenswürdiges.

»Ein paar Fragen über Charlie Leathers. Soweit ich weiß, hat er für Sie gearbeitet.«

»Nur stundenweise.«

Trotzdem trat sie zur Seite, um die beiden Polizisten hereinzulassen. Barnaby ging ins Haus und blieb abwartend stehen. Wie fast überall schien er sich gleich wie zu Hause zu fühlen. Troy hingegen starrte staunend um sich. Auf die wunderbar fallenden Vorhänge, die todschicke Lampe in der Mitte, die

Hängelampen wie aus Tausendundeiner Nacht und die gemusterten Wandbehänge aus Seide. Auf die ganze ausgeklügelte, märchenhafte Ausstattung.

Sie führte sie hinter eine geschwungene Trennwand aus Leinen, hinter der sich zwei ausladende rötlichbraune Ledersofas und ein schwarzer niedriger Glastisch mit exotischen Schachfiguren verbargen.

»Also.« Louise schlug die Beine übereinander und starrte die beiden Polizisten ziemlich aggressiv an. »Was wollen Sie denn wissen?«

»Wie lange hat Mr. Leathers bei Ihnen gearbeitet?«

Bevor sie antworten konnte, hörten sie rasche Schritte über ihnen, die dann die Treppe herunterkamen.

»Louise? War da jemand an der Tür?«

Hinter der Frage steckte mehr als bloße Neugier. Barnaby hörte eine Dringlichkeit heraus, vielleicht sogar Erregung. Valentine Fainlight kam um die Trennwand herum und blieb beim Anblick der beiden Polizisten abrupt stehen.

Man wäre nie darauf gekommen, dass die beiden Geschwister waren. Valentine hatte dickes glattes Haar, das die Farbe von Butter hatte, ein leicht kantiges Gesicht, blassgrüne Augen und eine große Nase. Er war kleiner als Louise und ein bisschen untersetzt.

»Es geht um Charlie Leathers.«

»Ach ja?« Er setzte sich neben seine Schwester, nahm eine Schachtel Karelias heraus und zündete sich eine an. »Ich glaube kaum, dass wir da viel weiterhelfen können.«

Troys Nasenlöcher zuckten. Anfang des Jahres hatte er seiner kleinen Tochter Talisa Leanne zuliebe, die jetzt vier Jahre alt war, das Rauchen aufgegeben. Davor hatte er einige Monate nur im Bad geraucht und den Qualm aus dem Fenster geblasen. Maureen hatte gemeint, wenn er nur noch unter der Dusche rauchte, würde er sich's vielleicht abgewöhnen. So war sie halt. Sehr sarkastisch.

»Was können Sie mir über Mr. Leathers erzählen?«, fragte der Chief Inspector.

»So gut wie nichts«, erwiderte Valentine. »Wir haben ihm gesagt, was er tun soll, und er hat's gemacht. Einmal im Monat haben wir ihn bezahlt. Das ist alles.«

»Hat er im Haus gearbeitet?«

»Nein. Nur im Garten.«

Barnaby war der Garten, der hinter dem Haus lag, bereits aufgefallen. Eine ruhige, extrem formale Anlage aus goldfarbenem Kies, der spiralförmig arrangiert war. Mehrere große Amphoren aus Ton waren sorgfältig platziert worden. Außerdem gab es einen langen rechteckigen Teich, der von schwarzen Fliesen eingefasst war und auf dem einige weiße Seerosen schwammen. Das Ganze war von einer Mauer mit zahlreichen Nischen umgeben, in denen Statuen in extrem strengen und steifen Positionen standen, selbst für Statuen.

Dem Chief Inspector, der ein begeisterter Gärtner war, hätte es überhaupt keinen Spaß gemacht, dort zu arbeiten. Eine blutleere, ja sogar ein wenig unheimliche Anlage, dachte er und fühlte sich an einen Film erinnert, den er in den sechziger Jahren gesehen hatte, als er sich gerade um Joyce bemühte. Letztes Jahr in Irgendwas oder so.

Da er merkte, dass sein Boss einen Augenblick abgelenkt war, und in Anbetracht der leeren Seiten in seinem Notizbuch sprang Troy in die Bresche.

»Also kein morgendlicher Plausch bei einem gemütlichen Tässchen Tee.«

Sie starrten ihn an, dann sahen sie sich gegenseitig an und prusteten vor Lachen. Troy wurde leicht rosa. Er konnte ja so tun, als habe er nur einen Scherz gemacht (natürlich würden sie sich nicht mit dem Personal verbrüdern), aber er wusste, er würde das nicht selbstbewusst genug hinkriegen. Die Flecken auf seinen Wangen wurden dunkler. Er beschloss, dass er rotznasige Klugscheißer fast so hasste wie Wohltätigkeitsapostel.

»Sie haben also keine Ahnung, wer ein Interesse daran gehabt haben könnte, ihn umzubringen?«

»Ganz genau.« Louise, die sich ziemlich gemein vorkam, schenkte Troy ein freundliches Lächeln. »Ich glaube nicht, dass es Ihnen weiterhilft, aber ich habe ihn tatsächlich in der Nacht gesehen, in der er umgebracht wurde.«

»Vielleicht doch«, sagte Barnaby. »Um wieviel Uhr war das?«

»So gegen halb elf. Er war wohl auf dem Weg zum Red Lion und zerrte diesen armen kleinen Hund hinter sich her.«

»Ah ja. Sie waren doch, soweit ich weiß, auch an der Rettung des Tieres beteiligt, Mr. Fainlight.«

Valentine zuckte mit den Achseln. »Ich hab bloß die Frau mit dem Hund zum Tierarzt gefahren.«

Vernünftigerweise hätte die Befragung hier enden sollen. Es war offenkundig, dass sie mit Leathers kaum etwas zu tun gehabt hatten und nichts über ihn wussten. Doch Barnaby zögerte aufzustehen. Das lag nicht nur an der außergewöhnlichen Umgebung. Oder an dem immer noch starken Vergnügen, Louise Fainlight zu betrachten. Es war das Gefühl, dass es hier etwas gab, das die jargonüberfrachteten Sozialwissenschaften als verborgene Agenda bezeichnen würden. Was sich dort unter der Oberfläche abspielte, musste natürlich keine Bedeutung für die laufenden Ermittlungen haben. Das war sogar mehr als wahrscheinlich. Aber man konnte ja nie wissen.

Barnaby wägte seinen nächsten Schritt ab. Eine Verbindung zu Charlieboy wäre nicht schlecht gewesen, aber Hauptsache, er konnte die Leute aus der Reserve locken.

»Arbeitet Mrs. Leathers auch hier?«

»Nein«, sagte Louise, noch bevor er richtig zu Ende gesprochen hatte. »Wir nehmen eine Agentur in Aylesbury in Anspruch.«

»Die sind sehr nützlich.« Barnaby war nicht entgangen, wie

überstürzt sie seine Frage verneint hatte. Wovon wollte sie ihn ablenken? Über Hetty Leathers zu reden? Bestimmt nicht. Hetty Leathers' Arbeit? Vielleicht. »Ich nehme an, sie hat genug im alten Pfarrhaus zu tun.«

In diesem Augenblick wurde etwas im Raum spürbar. Etwas Düsteres machte sich breit und entlarvte das, was vorausgegangen war, als bloße Chimäre. Also, dachte Barnaby und lehnte sich gemütlich gegen das rötlichbraune Lederpolster, was auch immer es sein mag, es hat was mit da drüben zu tun.

»Die redet ja wie ein Wasserfall, diese Frau«, sagte Troy, als sie auf dem Weg zu ihrem Auto erneut an dem Schild mit den Weizengarben, den Kricketschlägern und dem kecken Dachs vorbeikamen. »Wenn sie erst mal losgelegt hat.«

»Ja. Nur schade, dass sie nichts erzählt hat, was für unsere Ermittlungen relevant ist.«

»Das können wir nicht wissen, Sir. Man sollte immer für alles offen sein.« Obwohl Troy es sorgsam vermied, Genugtuung in seiner Stimme mitschwingen zu lassen, spürte er doch den scharfen Blick des Chefs zwischen seinen Schulterblättern. Das war es jedoch wert gewesen. Er hatte diesen weisen Spruch während der letzten zehn Jahre etwa zwölfmal am Tag gehört, und nun war es ihm zum ersten Mal in der Geschichte des Universums gelungen, ihn als erster in ein Gespräch einzuwerfen, Ho, ho, ho.

Louise hatte über ihre Jahre im Bankgeschäft gesprochen. Über die Probleme, in London Immobilien zu kaufen und zu verkaufen. Sie hatte sich über den Bau von Fainlights ausgelassen und beschrieben, wie der Widerstand der konservativen Baubehörde von Causton in snobistischen Stolz umgeschlagen war, als man darauf hinwies, dass der verantwortliche Architekt mit zahlreichen Preisen ausgezeichnet worden war und hohes Ansehen genoss. Sie hatte ihre eigene Kindheit und die ihres Bruders in Hongkong beschrieben und kurz angedeutet, wie es dazu kam, dass sie zur Zeit bei ihm wohnte. Die Erschaffung von Barley Roscoe wurde erwähnt, seine wachsende Berühmtheit und die Bearbeitung der Bücher fürs Fernsehen.

Autoren. Sergeant Troy rümpfte die Nase und verdammte eine weitere Subspezies in seine ganz persönliche Vorhölle. Einen kurzen Augenblick bewunderte er den Chef für die Geduld, mit der er diesen ganzen irrelevanten Kram über sich ergehen ließ, dann wurde ihm klar, dass Barnaby gar nicht gezwungenermaßen zuhörte, sondern weil er es wollte. Doch als er schließlich genug hatte – mitten in der Geschichte von Louises Kampf, von Goshawk Freres als Dank für ihr zwölfjähriges Engagement als Analystin eine hohe Abfindung zu ergattern –, verabschiedete er sich unter irgendeinem Vorwand und ging.

Als Barnaby und sein Taschenträger am Auto waren, sagte Troy: »Sehr knackig, diese Ms. Fainlight.«

»Das ist sie in der Tat.«

»Was sollte das eigentlich alles?«

Barnaby stieg auf den Beifahrersitz, lehnte sich zurück und schloss die Augen. Das war zwar eine gute Frage, aber im Augenblick nicht zu beantworten. Ihm war nur aufgefallen, dass Valentine Fainlight in dem Moment, als seine Schwester anfing zu reden, hinausgegangen war um einen Anruf entgegenzunehmen, obwohl Barnaby kein Telefon hatte klingeln hören. Genauso wenig wie Fainlight, vermutete er. Und dann hatte Louise einfach geredet. Und geredet. Er selber war – wie sagte man doch gleich? Abgelenkt gewesen? Zerstreut? Nein, er war einer Verschleppungstaktik aufgesessen. War blockiert gewesen, noch bevor er den Versuch gemacht hatte, ernsthafte oder relevante Fragen zu stellen, wenn er gewusst hätte, welche.

In diesem Stadium spielte das jedoch keine Rolle. Er könnte sich jeden einzeln oder beide zusammen jederzeit noch einmal vornehmen. Doch was war der Zweck dieses ausgiebigen und wirkungsvollen Ablenkungsmanövers gewesen? Bestimmt nicht, da war sich der Chief Inspector sicher, um nicht weiter über Charlie Leathers reden zu müssen. Und warum hatte sie dieses ganze Zeug über ihren finanziellen Hintergrund zum Besten gegeben? Sie schien ihm eigentlich eher diskret. Sollte das ihn davon ablenken, Fragen über ihren Bruder zu stellen? Einen Mann, der ganz gewiss in der Lage wäre, eine Garrotte stramm zu ziehen. Bei diesen enorm muskulösen Armen und Schultern schaffte der das vermutlich sogar noch mit einer Hand auf den Rücken gebunden. Was auch immer der Grund für ihr Verhalten sein mochte, Barnaby war neugierig geworden.

Troy löste die Handbremse, legte den ersten Gang ein und fuhr holpernd vom Parkplatz des Red Lion.

»Versuchen Sie doch bitte, nicht gegen diesen Campingbus zu fahren.«

Troy kniff angesichts dieser Ungerechtigkeit die Lippen zusammen. Er war ein guter Fahrer, erstklassig. So was passierte nur, wenn er mit dem Chef zusammen war. Dessen Kritik machte ihn nervös. Es war das Gleiche wie mit Maureen. Und mit seiner Mutter. Und letztlich auch mit seinem Vater. Eigentlich fuhr er nur so richtig gut, wenn er allein war. Aber das konnte man den Leuten ja nicht erklären. Das glaubten die einem nie.

Ein wunderbarer Geruch begrüßte den Chief Inspector, als er Arbury Crescent Nummer 17 betrat. Was bedeutete, dass seine geliebte Frau Joyce nicht kochte. Wer könnte es dann sein? Vermutlich Mr. Marks und Mr. Spencer. Oder wenn er ganz großes Glück hatte ...

»Cully!«

»Hallo, Dad.« Sie gab ihm unbefangen einen dicken Kuss

und wandte sich wieder dem Kochtopf zu. »Du hast abgenommen.«

»Tatsächlich?« Barnaby sagte das ganz beiläufig, war insgeheim jedoch erfreut. Bei der letzten Untersuchung hatte George Bullard ihm erklärt, dass etwa dreißig Pfund runter müssten. Zu Hause weniger zu essen war kein Problem, aber er neigte dazu, das Darben zu Hause dadurch auszugleichen, dass er in der Kantine ordentlich zulangte. »Ich hab eine Kohlsuppendiät gemacht.«

»Igitt!« Cully schauderte theatralisch. »Und wie läuft der neue Fall so?«

»So lala. Ich hab heute Nachmittag mit einer berühmten Persönlichkeit gesprochen.«

»Mit wem denn?«

»Mit Valentine Fainlight. Er schreibt ...«

»Ich weiß. Ich hab ihn mal kennen gelernt.«

»Tatsächlich?«

»Bei einer Premierenparty vor drei oder vier Jahren. Er kam mit Bruno Magellan.«

»Mit wem?«

»Ein wunderbarer Bühnenbildner. Ich glaube, sie waren eine ganze Weile zusammen.«

»Er lebt jetzt mit seiner Schwester zusammen.«

»Ja, Bruno ist an Aids gestorben. Das war sehr traurig.«

Barnaby ging in den Flur, um Wein zu holen. Er kam mit einer Flasche 96er Montzinger Dindarello zurück, öffnete sie und schenkte ein.

»Hast du irgendwas von diesem Werbespot gehört?«

»Nein. Ich warte immer noch. Lass mir immer noch nicht die Haare schneiden. Aber Nico soll am Samstag beim National Theatre vorsprechen.«

»Wie schön für Nicolas.« Sie stießen mit den Gläsern an. »Wo ist er überhaupt?«

»Mit Mum unterwegs, ›das Geschenk‹ kaufen.« Cullys

Stimme hatte einen sarkastischen Unterton, und sie malte ironische Anführungszeichen in die Luft. Ihre Eltern hatten in weniger als einem Monat silberne Hochzeit.

»Ich dachte immer, Geschenke sollten eine Überraschung sein.«

»Sind sie auch. Es geht um dein Geschenk von Mum. Du kaufst eins für sie ...«

»Ich weiß, ich weiß. Übrigens danke für deine Hilfe.«

Cully hatte ihren Vater mit einem Freund aus ihrer Studentenzeit bekannt gemacht, Dodie McIntosh, der mittlerweile ein erfolgreicher Silberschmied war, und Barnaby hatte einen ovalen silbernen Handspiegel für seine Frau in Auftrag gegeben. Es war ein sehr schönes Design. Joyces Initialen waren ineinander verschlungen in ein Herz graviert, das von einer Girlande aus Maiglöckchen, ihren Lieblingsblumen, umschlossen war. Die sorgfältig bis ins Detail ausgearbeiteten Blüten rankten sich weiter um den Griff des Spiegels.

»Und Nicolas und ich holen eins für euch beide.«

»Du meine Güte.«

»Ich find das alles ganz wunderbar«, Cully schnupperte, rührte, probierte, »besonders, dass wir wieder in euer spezielles Lokal gehen. Damit schließt sich irgendwie ein Kreis.«

Sie hatten sich einige Abende zuvor über Verlobungen unterhalten. Nicolas hielt die ganze Sache für passé. Cully hatte ziemlich bissig erklärt, wie man denn nur Geld für – wie sie es nannte – »irgendeinen mickrigen Diamantsplitter« rausschmeißen könnte, wenn man sich stattdessen vierzehn Tage lang mit seiner Liebsten in der Karibik tummeln konnte – für das gleiche Geld.

Joyce hingegen trug immer noch ihren mickrigen Splitter, den sich Barnaby gerade von seinem Gehalt als junger Constable hatte leisten können. Er hatte ihr den Ring in einem billigen Lederkästchen bei einem Essen in einem kleinen französischen Bistro in London geschenkt. Sie hatten Boeuf bourguignon und Tarte framboise gegessen und das Ganze mit dem roten Hauswein runtergespült. Angesichts des bedeutsamen Anlasses hatte der Patron ihnen erlaubt, die Speisekarte mitzunehmen.

Als sich ihre Finanzen besserten, hatte Barnaby angeboten, den winzigen Brillanten durch einen größeren zu ersetzen, aber Joyce wollte nichts davon wissen. Sie trug ihn mit ihrem goldenen Ehering und dem schönen Memoire-Smaragdring, den sie zur Geburt von Cully bekommen hatte, und bestand darauf, dies bis ans Ende ihres Lebens zu tun.

Nicolas hatte darauf hingewiesen, dass das Bistro von damals, Mon Plaisir, immer noch in der Monmouth Street existierte. Darauf hatte Cully gesagt, dass sie dort unbedingt die Silberhochzeit feiern müssten. Barnaby hatte sofort zugestimmt, weil ihm der Gedanke gefiel, die Vergangenheit wieder aufleben zu lassen. Nur Joyce hatte gezögert. Sie war sich nicht sicher, ob es gut war, an einen Ort zurückzukehren, an den man so wunderbare Erinnerungen hatte.

»Was ist das hier?« Barnaby nahm Cully den Holzlöffel aus der Hand und rührte in der Kasserolle.

»Lamm, neue Kartoffeln, Zwiebeln und kleine Rübchen. Die Erbsen kommen erst ganz zum Schluss rein.«

»Könntest du nicht immer große Mengen von allem kochen, wenn du kommst, und es einfrieren?«

»Nein. Wie, meinst du, würde sich Mum dabei fühlen?«

»Ich weiß, wie ich mich dabei fühlen würde.«

Sie lachten beide. Barnaby hörte ein Auto in der Einfahrt und ging ins Wohnzimmer, um aus dem Fenster zu sehen. Ein Lieferwagen vom Gartencenter bog in die Einfahrt, dicht gefolgt von Joyces Punto. Sie und Nicolas stiegen aus und verhandelten mit dem Fahrer des Lieferwagens. Dann zogen zwei Männer etwas Schweres, in einer Kiste Verpacktes hinten aus dem Fahrzeug und trugen es zur Garage. Barnaby starrte verblüfft durch das Fenster und ging dann in die Küche zurück.

»Hast du das gesehen?« Joyce kam herein, gab ihrem Mann einen Kuss und nahm sich ein Glas.

»Natürlich hab ich das gesehen.« Barnaby schenkte ihr ein.

»Das war ja riesig.«

»Ist jedenfalls nicht für dich, falls du dich das gefragt hast.« Joyce trank einen Schluck Wein und befand ihn für köstlich. Dann schlenderte sie zur ihre Tochter hinüber und legte einen Arm um ihre Taille. »Ist das nach einem Rezept von Elizabeth David?«

»Mhm. Das ist ihr Navarin Printanier.«

»Das hab ich mir doch gedacht.« Sie probierte die Soße.

»Wunderbar. Du machst echt Fortschritte, Darling.«

»Danke Mum.«

Barnaby ging noch einmal zum Wohnzimmerfenster.

Die riesige Kiste war abgestellt worden, während Nico die Garagentür öffnete. Der Chief Inspector, der ganz sicher war, dass es sich um sein Geschenk handelte, zermarterte sich das Hirn. Es gab nur eines, was er wirklich für den Garten brauchte. Doch selbst in diesen stilbewussten und genusssüchtigen Zeiten stellte gewiss niemand silberne Rasenmäher her.

6

Vor der Einsatzbesprechung am Freitagmorgen um neun überflog Barnaby rasch die ersten Berichte über die Von-Haus-zu-Haus-Befragungen. Sie waren enttäuschend. Abgesehen von der Aussage des Wirts vom Red Lion, dass Charlie Leathers bis nach elf Uhr im Rauchersalon gewesen war, war nichts wirklich Hilfreiches dabei. Die Bestätigung, dass Charlie ein elender alter Dreckskerl war, den es wenig scherte, wo seine Fäuste landeten, kam aus mehreren Quellen.

Außerdem hatte er an dem fraglichen Abend offenbar damit geprahlt, dass er demnächst zu Geld käme und was er damit machen würde. Doch da er sich ständig darüber ausließ, wie er seine Gewinne im Lotto oder Toto ausgeben würde, hatte das niemanden sonderlich interessiert. Dass er außerdem noch spielte oder wettete, wurde nirgends erwähnt.

Barnaby schob verärgert die Berichte beiseite und schickte ein kurzes Gebet an die Götter von Ursache und Wirkung, dass es sich nicht um ein zufälliges Verbrechen handeln möge. Ein Fremder, der einen Fremden umbringt, das war der Horror jedes Ermittlungsbeamten. Da gab es kein Motiv, das irgendein normaler Mensch verstehen konnte, obwohl der Mörder, falls man ihn erwischte, oft leidenschaftlich die Gründe verteidigte, die ihn dazu getrieben hatten. Natürlich wurden, wenn es keinerlei Anhaltspunkte gab, um eine Suche einzuleiten, solche Täter häufig gar nicht gefasst, und es wurde sehr viel Zeit und Geld verschwendet – ohne jedes Ergebnis.

Um seine negativen Gedanken loszuwerden, sprang der Chief Inspector auf, stieß seinen Stuhl zurück und brüllte nach Kaffee. Als keine Antwort kam, fiel ihm ein, dass Troy gerade eine Computerrecherche über den Kerl durchführte, der sich nur mit Jax vorgestellt hatte. Es wäre doch interessant festzustellen, in was für »kleinen Schwierigkeiten« der Mann gesteckt hatte.

Barnaby schlenderte ins Hauptbüro hinüber, schenkte sich eine Tasse starken Kaffee ein und schaute sich nach seinem Mitarbeiter um. Er entdeckte Troy am anderen Ende des Raums, ein Auge auf dem Bildschirm, das andere auf einer hübschen Telefonistin. Der Chief Inspector schlich auf leisen Sohlen hinüber und schlug Troy fest auf den Rücken.

»Verdammt noch mal!«
»Wie läuft's?«
»Ich wünschte, Sie würden das lassen, Sir.« Troy zog heftig

an den leicht gepolsterten Schultern seiner Cero-Cerruti-Jacke herum. »Ehrlich gesagt nicht so gut.«

»Was haben Sie probiert?«

»Jax, nur für alle Fälle. Dann Jacks mit CK. Und Jacklin. Jetzt arbeite ich mich gerade durch die Jackmans. Zu denen scheint ungefähr die halbe Gefängnisbevölkerung zu gehören.«

Barnaby beobachtete über die Schulter seines Sergeants, wie ein Gesicht nach dem anderen auf dem Bildschirm auftauchte. Gesichter von unvergleichlicher Bösartigkeit sowie schnuckelig aussehende kleine Kerle, die man sogar mit nach Hause zu Mutter hätte nehmen können. Schwarze und weiße und alle Schattierungen von Braun. Tätowierte und Typen mit Ringen in der Nase oder glatte Babygesichter mit runden Augen. Hässliche rasierte Köpfe voller Beulen und Stoppeln neben gepflegter grauer Haarpracht.

»Meine Güte, sehn Sie sich den mal an.« Sergeant Troy drückte eine Taste, und sie betrachteten beide das Verbrecherfoto. Ein verkommeneres Subjekt konnte man sich nur schwer vorstellen. Ein kugelrunder Kopf, der halslos auf bulligen Schultern saß. Eine ausufernde Nase mit riesigen Poren, dünne Lippen über wütend gefletschten Zähnen voller Lücken, zottelige Haare – und das ganze charmante Ensemble gekrönt von einem lüsternen Schielen voll purer Habgier.

»Was hat er getan?«

»Korrupter Anwalt.«

Kurz darauf kamen sie ans Ende der Jackmans.

»Vielleicht«, gab Troy zu bedenken, »ist unser Mann ja völlig von seinem richtigen Namen abgewichen. Etwa Saunders oder Greenfield?«

»Das möcht ich bezweifeln. Zum Glück haben solche Typen nicht viel Phantasie, was Decknamen betrifft. Versuchen Sie's mit Jackson.«

Natürlich gab es auch viele Jacksons, aber schließlich fanden sie den Gesuchten. Zwar war er dunkelhaarig zu der Zeit, als sein unvergleichliches Profil aufgenommen wurde, und trug einen dichten Schnurrbart, aber er war es eindeutig.

»Erwischt!«, sagte Barnaby. »Also, worin bestanden denn seine ›kleinen Schwierigkeiten‹?«

Troy klimperte noch ein bisschen herum. Beide Männer betrachteten den Bildschirm, dann sahen sie sich gegenseitig einigermaßen verblüfft an.

»Ich kann es nicht fassen«, sagte Sergeant Troy.

»Ich schon.« Barnaby erinnerte sich, wie sich ihm beim Anblick des Chauffeurs die Nackenhaare gesträubt hatten. Der Widerwille, den er bei der Vorstellung empfunden hatte, die ausgestreckte Hand des Mannes zu nehmen, wurde noch größer, als er die Liste seiner Vergehen las. »Was ich nicht verstehen kann, ist, dass dieser Idiot von Lawrence einen solchen Dreckskerl auch nur in die Nähe seiner Familie lässt.«

»Vielleicht weiß er es nicht.«

»Natürlich. Er sitzt nämlich im Rehabilitierungsausschuss.«

Die Fahrt nach Ferne Basset war angenehm. Die warme Herbstsonne schien auf die Hecken und warf helle Flecken auf die Straße, die von einem Regenschauer noch feucht war. Die Felder wurden bereits gepflügt. Die Pflugschar hinterließ glänzende Furchen fruchtbarer brauner Erde, die anschließend von einer Schar schreiender Möwen mit den Schnäbeln durchforstet wurden.

Das Dorf bot fast wieder sein gewohntes Bild. Die Polizei war abgezogen, die Angehörigen des vierten Standes ebenfalls. Eine Gruppe von Kindern alberte am Rand des Carter's Wood herum, dort, wo das Verbrechen passiert war. Sie rannten zwischen den Bäumen hin und her, machten unheimliche Geräusche, taten so, als würden sie sich gegenseitig erwürgen, und stolzierten mit steifen Armen und Beinen umher wie Frankensteins Monster.

Es war fast ein Uhr, als sie beim alten Pfarrhaus vorfuhren. Troy, der sich an die lange zurückliegende Verbindung zwischen Lionel Lawrence und dem Chief Constable erinnerte, hatte irgendwie erwartet, dass sie zuerst im Haus selber einen Höflichkeitsbesuch abstatten würden, um zu erklären, was sie vorhatten. Doch Barnaby bedeutete ihm, gleich am anderen Ende der Einfahrt zu parken, so nah an der Wohnung des Chauffeurs wie möglich. Als sie ausstiegen, entdeckte Troy den Humber Hawk, der unübersehbar in der Garage stand, und sagte: »Sieht so aus, als ob er da wär, Sir.«

Barnaby klopfte laut an die dunkelblaue Tür. Sie war von stark riechendem herbstlichen Geißblatt umrankt, und auf den Stufen standen Kübel mit cremefarbenen Petunien und Salvien. Über ihnen ging ein Fenster auf.

»Was wollen *Sie* denn?«

»Mit Ihnen reden, Mr. Jackson«, rief Troy nach oben.

Dass sie seinen Namen kannten, traf ihn wie ein Schlag. Das konnte Troy sehen. Aber der Kerl musste doch damit gerechnet haben, dass sie ihn überprüfen würden?

»Das haben Sie aber schnell rausgekriegt.«

»Hier oder auf der Wache, ganz wie Sie wollen«, sagte Barnaby. »Und setzen Sie sich gefälligst in Bewegung. Ich steh nicht gern auf Treppen rum.«

Das Fenster ging zu, doch es dauerte noch eine ganze Weile, bis die Tür geöffnet wurde. Troy empfand dieses Wartenlassen als Dreistigkeit, so nach dem Motto: »Ihr könnt mich mal.« Barnaby fürchtete eher, dass Jackson die Zeit nutzte, um irgendwas wegzuräumen. Jetzt wünschte er, er wäre mit einem Durchsuchungsbefehl gekommen, doch die Umstände schienen das kaum zu rechtfertigen. Sie hatten nichts in der Hand, um Jackson mit dem Tod von Charlie Leathers in Verbindung zu bringen. Außer, dass er ein Mensch war, dessen Vorgeschichte auf einen mörderischen Mangel an Selbstbeherrschung hindeutete.

Sie folgten ihm über eine mit flauschigem Teppichboden ausgelegte Treppe in ein langes L-förmiges Wohnschlafzimmer. Es war gemütlich ausgestattet mit – wie Barnaby nicht übersehen konnte – sehr viel neueren Möbeln als das Pfarrhaus. Da war ein beigefarbener Teppich, hübsche Blumendrucke an den Wänden und cremefarbene, mit roten Mohnblumen gemusterte Gardinen. An einer Wand waren mehrere Paar Gewichtscheiben gestapelt. Von dem Zimmer gingen zwei Türen ab, vermutlich eine in die Küche und eine ins Bad.

Sergeant Troy starrte um sich. Zornesröte stieg ihm ins Gesicht. Er musste an Bettler denken, die bei Wind und Wetter in Hauseingängen lagen und mit denen vorbeigehende Schlägertypen ihr Spielchen trieben. An Jugendliche, die nachts in feuchten Pappkartons pennten. An seine eigenen Großeltern, die von einer staatlichen Rente lebten, jeden Penny dreimal umdrehten und stolz waren, dass sie nie Schulden gehabt hatten. Während dieser Schweinehund das Glück hatte ...

»Sergeant?«

»Sir.« Troy riss sich zusammen, holte sein Notizbuch heraus und setzte sich auf einen bequemen Kaminsessel mit orangenen Kissen. Barnaby nahm auf dem gegenüber liegenden Sessel Platz. Jackson stand gegen die Tür gelehnt.

»Machen Sie's sich ruhig bequem.«

»Sie scheinen ja wieder auf die Füße gefallen zu sein, Terry.«

»Für Sie Mr. Jackson.«

»Nun zu dem Abend, an dem Charlie Leathers starb.«

»Das haben wir doch schon alles durchgekaut.«

»Dann gehn wir's halt noch mal durch.« Sergeant Troy stieß die Worte zwischen zusammengebissenen Zähnen hervor.

»Ich war gegen sieben hier. Hab die Seifenopern in der Glotze geguckt.« Er deutete mit dem Kopf auf einen tragbaren Sony-Fernseher. »Hab 'n paar Bier getrunken und mir 'n Nudel-Fertiggericht warm gemacht. John Peel im Radio gehört. Ins Bett gegangen.«

Barnaby nickte. Er würde Jackson nicht von dieser Version abbringen können und wusste ganz genau, dass sie keinerlei Beweise hatten, dass er am Tatort gewesen war, sonst säße er nämlich schon längst in Causton im Knast. Also ging der Chief Inspector zu allgemeineren Fragen über.

»Diese Wetterei, von der Charlie Ihnen erzählt hat. Wie hat er seine Wetten abgeschlossen?«

»Per Telefon.«

»Welcher Buchmacher?«, fragte Sergeant Troy.

»Keine Ahnung.«

»Aber die waren hinter ihm her, und er hatte Angst?«

»Genau.«

»Komisch, dass anscheinend niemand sonst davon wusste«, sagte Troy. »Nicht mal seine Frau.«

»Diese miese alte Zicke?« Jackson lachte. »Charlie hat doch immer nur von schicken Miezen geträumt. Verstehen Sie, was ich meine?«

»Oder seine Kumpane im Red Lion.«

Jackson zuckte mit den Achseln.

»Ich glaube, Sie haben sich das alles nur ausgedacht.«

»Die Gedanken sind frei.«

»Wusste er über Ihre Vergangenheit Bescheid, Terry?«, fragte der Chief Inspector.

»Ich fange hier ganz von vorne an. Das hab ich Ihnen doch schon erklärt.«

»Das muss sehr schön sein. Die Vergangenheit einfach so ausradieren zu können.«

»Yeah.« Jackson wirkte argwöhnisch, als wüsste er nicht genau, ob ihm das Gespräch gefallen sollte. Er setzte ein gewinnendes Lächeln auf. Seine Schneidezähne, die so spitz waren, als wären sie gefeilt worden, glänzten und blitzten.

»Nicht gerade eine ruhmreiche Vergangenheit, meinen Sie nicht?«, fuhr Barnaby fort.

»Ich hab meine Zeit abgesessen.«

»Sie haben kaum etwas anderes getan. Von einem Jugendgericht zum anderen. Stehlen, Lügen, Botengänge für die großen Jungs. Schmiere stehen für Drogendealer. Schwere Körperverletzung. Sie haben einen Rentner zusammengeschlagen und ihn mehr tot als lebendig liegen gelassen. Eine Messerstecherei...«

»Ich wurde von den anderen angestachelt. Wir waren ein ganzer Haufen.«

»Sie hatten das Messer in der Hand.«

»Na und? Jeder hat eine zweite Chance verdient.«

Das war kein Gejammer, das war eine reine Feststellung. Barnaby fragte sich, ob der Rentner nicht vielleicht auch gern eine zweite Chance gehabt hätte. Oder der Mann, der mit zerstochener Lunge in der Gosse gelegen hatte. Er sagte: »Wenn Sie bekämen, was Sie verdient haben, Jackson, wäre die Welt vielleicht ein angenehmerer Ort.«

Unten ging die Tür zur Wohnung auf und wieder zu. Barnaby beobachtete voller Staunen, was daraufhin mit Terry Jackson passierte. Ein starker, herzloser Mann verwandelte sich vor seinen Augen in eine verfolgte und gejagte Kreatur, die von einem grausamen Schicksal bis an den Rand der Verzweiflung getrieben wurde. Alle Härte löste sich von seiner muskulösen Gestalt, die jetzt so schlaff und rückgratlos wirkte, als könnte sie ihm keinen Halt mehr geben. Seine Beine knickten ein. Er kauerte sich auf den Fußboden, drückte seine Knie an die Brust und verbarg sein Gesicht.

»Was um alles in der Welt ist hier los, Jax?«

Der Junge hob langsam den Kopf und sah völlig aufgewühlt Reverend Lawrence an. Beide Polizisten starrten fassungslos auf das blasse, verängstigte Gesicht, auf die aufgerissenen Augen, in denen Tränen standen, und die bebenden Lippen.

»Die sind einfach hier reingeplatzt und haben mich mit Fragen bombardiert. Ich hab nichts getan, Lionel.«

»Das weiß ich Jax. Ist ja schon gut.«

»Ich hab dir doch versprochen, dass ich dich nie enttäuschen würde.«

Lionel Lawrence wandte sich an Barnaby. Er wirkte verärgert und vermittelte deutlich den Eindruck, wenn ihn jemand enttäuscht hätte, dann die Polizei ihrer Majestät.

»Warum verfolgen Sie diesen jungen Mann?«

»Von Verfolgen kann überhaupt keine Rede sein, Sir. Wir gehen lediglich unseren Ermittlungen über den Tod von Mr. Leathers nach.«

»Man sollte doch meinen, dass Sie ein Interesse haben, dass wir gründlich vorgehen«, erklärte Sergeant Troy. »Wo er doch bei Ihnen beschäftigt war.«

»Das hier ist mein Eigentum. Wenn Sie noch einmal mit Jax reden müssen, melden Sie sich zuerst im Pfarrhaus. Ich komme dann mit Ihnen hierher. Der Junge wird nicht mehr unter Druck gesetzt. Darauf hat er ein Recht.«

»Eigentlich nicht.« Barnaby nickte verärgert seinem Sergeant zu, der darauf sein Notizbuch einpackte und aufstand, um zu gehen. Der Chief Inspector folgte ihm, drehte sich aber noch einmal um.

Lionel Lawrence stand über Jackson gebeugt und half ihm auf die Füße. Jackson klammerte sich an den Arm des älteren Mannes. Sein verheultes Gesicht leuchtete vor frommer Dankbarkeit, als hätte er einen Segen empfangen.

Barnaby knallte angewidert die Tür zu und lief die Treppe hinunter.

»Schwul wie die Nacht, der alte Knacker.« Sergeant Troy ging mit großen Schritten zum Auto und ließ seinen Gefühlen freien Lauf, indem er wütend in den Schotter trat.

»Das glaub ich nicht.«

»Was dann? Wozu macht er das denn?«

Ja, wozu machte Lionel Lawrence das? Über diese Frage

dachte Barnaby nach, während Troy den Schotter in der Einfahrt aufwirbelnd auf die Hauptstraße schoss.

Im Gegensatz zu vielen seiner Kollegen warf der Chief Inspector nicht automatisch alle »Wohltätigkeitsapostel« in einen Topf oder hatte für den ganzen Haufen nichts als Verachtung übrig. Er hatte während seiner langen Laufbahn als Polizist zu viele von ihnen kennen gelernt, sowohl professionelle Helfer als auch Amateure, um nicht die unterschiedlichen Typen zu erkennen und die unterschiedlichen Einstellungen, mit denen sie an die Sache herangingen. Man traf immer auf einige, die glattweg abstritten, überhaupt irgendwelche Gründe für ihr Tun zu haben. Und weitaus mehr hatten äußerst konfuse Gründe, warum sie so handelten.

Viele taten es, weil es ihnen Macht gab, die Möglichkeit, Beziehungen zu schaffen, in denen sie die Oberhand hatten. Das waren Leute, bei denen es aufgrund ihrer Persönlichkeit und Begabung äußerst unwahrscheinlich war, dass sie unter normalen Umständen je Autorität über irgendetwas charismatischeres haben würden als die Katze im Büro. Bei ihnen war Mitleid bloß kaschierte Herablassung.

Die gleiche Erklärung galt für gesellschaftliche Nieten. Da sie meist selbst keine glücklichen und stabilen Beziehungen hatten, spielten diese emotionalen Versager den riesigen Vorteil aus, in psychischen Dingen bestens Bescheid zu wissen. Oft war es das erste Mal in ihrem Leben, dass jemand sie brauchte.

Dann gab es welche, die Gewalt mit einer romantischen Aura umgaben und sich dazu hingezogen fühlten. Leute, die selber nie Opfer von Gewalt gewesen waren, wurden manchmal zu leidenschaftlichen Gefängnisbesuchern. Stets mit einem Wärter in der Nähe verbrachten sie eine wunderbare Zeit in Gegenwart einiger der, wie sie meinten, wildesten und gefährlichsten menschlichen Individuen. Unter solchen Besuchern hatte Barnaby mal einen Quäker kennen gelernt, einen

Pazifisten, der am liebsten mit Mördern zu tun hatte. Als er ihn auf dieses Paradox aufmerksam machte, sah der Mann absolut nichts Merkwürdiges darin.

Hinzufügen könnte man noch die Frührentner mit ihren verschwommenen Gefühlen, die sie nirgends sonst loswerden konnten, und die kleine Anzahl von Wohlhabenden, die immer noch ein soziales Gewissen hatten. Dann blieben die äußerst wenigen bemerkenswerten Menschen übrig, die ohne jeden Hintergedanken ihre Mitmenschen einfach liebten. Barnaby hatte viele getroffen, die sich in dieser Rolle sahen. Tatsächlich hatte er jedoch in über dreißig Jahren nur zwei erlebt, die wirklich so waren.

Und zu welcher Gruppe gehörte Lionel Lawrence? Der Chief Inspector beschloss, dass er mehr über den Mann herausfinden musste. Zum Beispiel, ob die Lawrences Kinder hatten. Wenn nicht, könnte das der Grund sein, weshalb er so aufopfernd jungen Leuten Zuflucht gewährte. (War nicht auch die Rede davon gewesen, dass ein Mädchen fortgelaufen war?) War er immer bei der Kirche gewesen? War das seine erste Ehe? Wenn ja, wie hatte er vorher gelebt? Und schwappte diese exzessive Gefühlswärme, in der er sich nun sonnte, jemals auf die Unattraktiven, die Mittelalten oder Alten beiderlei Geschlechts über? Und wenn nicht, warum nicht?

Der DCI wurde unsanft aus seinen Überlegungen gerissen, als Sergeant Troy wütend anfing zu hupen und einem Mann mit einem roten Setter heftig zunickte. Beide hatten geduldig am Straßenrand gewartet, bis sie die Straße überqueren konnten, was sie nun verständlicherweise eiligst taten, während Sergeant Troy, der immer noch wegen der widerwärtigen Szene, die sie gerade erlebt hatten, vor Wut kochte, laut den Motor aufheulen ließ.

Als die beiden Polizisten aus dem Dorf fuhren, passierten sie das Morris-Minor-Coupé von Evadne Pleat, das gerade in die

Tall Trees Lane einbog. Sie holperte im Schritttempo die schmale Gasse hinunter, fuhr Disteln und Nesseln platt, und alles mögliche klebrige Zeug und diverse Pilze blieben an ihren Rädern hängen. Sie versuchte, überhaupt nicht daran zu denken, wieder zurückzusetzen.

Man hätte es für den Gipfel der Torheit halten können, dass sie überhaupt in die Gasse gefahren war, doch Evadne hatte eine kostbare Ladung an Bord, die nicht anders sicher transportiert werden konnte. Auf dem Rücksitz saßen nämlich Hetty Leathers und Candy. Hetty hielt den Hund in den Armen. Sie konnte nicht ertragen, Candy in eine Box oder einen Korb zu sperren, nach allem, was sie durchgemacht hatte. Und sie, wie vorsichtig auch immer, die Gasse entlang zu tragen, beinhaltete immer noch das Risiko, zu stolpern oder zu stürzen und ihre kostbare Last fallen zu lassen.

Evadne parkte direkt vor dem Cottage, und Hetty reichte ihr den Schlüssel. Als die Haustür offen war, stieg sie sehr, sehr vorsichtig aus dem Auto.

Dann standen beide Frauen in der Küche und lächelten sich an. Hetty wollte den Hund überhaupt nicht mehr loslassen und setzte sich schließlich mit Candy auf dem Schoß an den Kohlenofen, während Evadne Tee kochte.

»Glaubst du, sie kann allein in ihr Körbchen klettern?«

»Nicht so gut«, antwortete Evadne. »Es wäre wohl einfacher, fürs erste ein Kissen auf den Boden zu legen.«

Beide betrachteten die Hündin, die unbeholfen auf dem Rücken lag und zu Hetty hinaufschaute. Ihr Hinterbein war in Gips und ragte kerzengerade in die Luft. Die Wunde am Kopf und das zerfetzte Ohr waren mit vielen Stichen genäht worden, und sie trug einen steifen weißen Kragen, damit sie sich nicht kratzte. Ihre Rippen waren fest mit einem elastischen Verband umwickelt. Hetty fand, dass sie auf seltsame Weise komisch aussah, irgendwie wie der Hund Toby aus dem Kasperletheater. Jetzt, wo sie wusste, dass Candy überleben würde, konnte sich Hetty so einen frivolen Gedanken erlauben.

»Ist ... ähm ...« Evadne steckte ihre Nase in eine Dose, die zur Feier der silbernen Hochzeit von Queen Elizabeth und Prinz Philip hergestellt worden war. Sie enthielt tiefschwarze, durchdringend riechende staubige Brösel. Sie schnupperte vorsichtig und schreckte dann ungläubig zurück. »Ist das ...?«

»Ganz recht«, sagte Hetty fröhlich. »Einen pro Tasse und einen für die Kanne.«

»Mach ich.« Evadne goss kochendes Wasser darauf, nahm zwei Becher mit dem Tower of London vom Haken und sah sich nach einem Sieb um.

»Du musst ihn gut ziehen lassen, Evadne. Mindestens fünf Minuten.«

»Für mich ist er gut so.«

Evadne goß sich einen halben Becher ein, wartete, bis Hetty nickte, und schenkte dann ihrer Freundin Tee ein. Eine tintenschwarze Brühe mit viel Milch und zwei großen Löffeln Zucker.

»Ist das wirklich richtig?«

»Wunderbar.« Hetty trank einen großen Schluck. »Tee, über den man eine Maus laufen lassen kann, wie mein Vater immer sagte.«

Evadne stellte sich belustigt vor, wie eine Maus auf Hettys Tee Schlittschuh lief, die Arme lässig auf dem Rücken verschränkt. Dann setzte sie sich hin und versuchte, Candy zu streicheln. Doch der kleine Hund war so sehr eingepackt, dass sie ihm nur vorsichtig die Nase tätscheln konnte.

»Kommt ihr jetzt allein zurecht?« Hetty nahm befriedigt zur Kenntnis, dass Evadne sie beide meinte.

»Tun wir. Du warst ja so hilfsbereit.«

»Unsinn.« Evadne wies barsch den Gedanken zurück, hilfsbereit zu sein, wie das wahrhaft hilfsbereite Menschen immer tun.« »Nun, dann sollte ich jetzt wohl lieber zu meiner Familie zurückkehren.«

Hetty wollte Evadne bis ans Tor bringen. Doch sie war kaum außerhalb von Candys Sichtweite, als der Hund leise anfing zu jaulen. Es war ein fürchterliches Wimmern, das beiden Frauen das Herz zerriss. Hetty drehte sich um.

»Sie hat Angst«, sagte Evadne. »Du kannst sie bestimmt eine ganze Weile nicht allein lassen. Wirst du das schaffen?«

»Ja. Pauline kann mir mit dem Einkaufen helfen.«

»Ich komm morgen mal vorbei.«

Doch die Tür ging bereits zu. Evadne betrachtete verzweifelt ihren Mini. Er schien zwischen zwei Hecken festzustecken, so fest wie ein Korken in einer Flasche. Sie konnte sich gar nicht mehr vorstellen, wie sie überhaupt hier reingefahren war, und es war undenkbar, dass sie rückwärts wieder rauskam. Sie brauchte Hilfe.

Mühsam quetschte sie sich an dem Auto vorbei und ging dann auf die Dorfstraße zu. Dabei pflückte sie Labkraut von ihrer hellgrünen, weiten Leinenhose. Sie dachte daran, beim Red Lion vorbeizuschauen. Dort ging's immer recht fröhlich zu. Die Leute waren sehr freundlich und machten immer eine lustige Bemerkung, wenn sie mit den Pekinesen vorbeiging.

Andererseits könnte erst mal eine Diskussion darüber entbrennen, wer noch in der Lage war zu fahren und wer nicht. Oder wer überhaupt Zeit hätte. Und wer geradezu ideal dafür wäre, wenn er nicht ausgerechnet heute drüben in Aylesbury bei seiner Mutter wäre. Mit anderen Worten, Verzögerung.

Evadne wollte die Sache aber rasch hinter sich bringen, damit sie nach Hause fahren und den Pekinesen ihr Mittagessen zubereiten konnte. Mazeppa brauchte mittags unbedingt ihr warmes Gelee vom Markknochen auf einem schönen Stück frischen Toast, sonst kam ihre Verdauung, die ohnehin schon heikel war, völlig durcheinander.

Da fiel Evadne Valentine Fainlight ein. Wie nett er doch gewesen war, als er Hetty mit ihrem verletzten Bündel hatte umherstolpern sehen. Er würde bestimmt helfen. Vermutlich wäre er sogar froh über diese Gelegenheit, bei Hetty vorbeizuschauen und zu sehen, wie es Candy ging.

Valentine tat nur so, als würde er arbeiten. In Wirklichkeit hatte er den ganzen Morgen herumgetrödelt – Pinsel gereinigt, Illustrationen für Szenen angefangen, die noch gar nicht geschrieben waren und höchstwahrscheinlich auch ungeschrieben bleiben würden. Und als das Türgeläut auf mysteriöse Weise durch den Glaspalast hallte, war sein Hirn so voller erotischer Vorstellungen, dass er nichts hörte. Vor Spannung knisternde Bilder, Geräusche, Gefühle und Gerüche aus der vergangenen Nacht schwirrten ihm ständig im Kopf herum.

Unter diese erregenden Gedanken mischten sich Erinnerungen an das erste Mal, als Jax ihn in die Wohnung gelassen hatte. Das war vor fast vier Monaten gewesen. Bis zu jenem Abend hatten sie kaum miteinander gesprochen, und wenn, dann nur banale Höflichkeitsfloskeln ausgetauscht. Aber sie hatten Blicke gewechselt, die Valentine, der verzückt von der Schönheit des Mannes war, qualvolle Berechnungen hatten anstellen lassen, wann und wo und wie es zu einer solchen Begegnung kommen könnte.

Als es dann soweit war, als die blaue Tür schließlich offen gelassen wurde, da hatte er vorsichtig einen Fuß auf die Treppe gesetzt. Die angespannte Erwartung von Wochen lastete auf ihm. Er konnte es immer noch nicht ganz glauben und rechnete halb damit, dass die Tür drinnen verschlossen sein würde.

Das war sie nicht. Er war in den Raum getreten und dann zögernd und zitternd vor Erregung stehen geblieben. Als er leise »Hallo« rief, spürte er eine Bewegung hinter sich. Ein starker, glatter Arm schlang sich um seine Brust, drückte ihn heftig und zog ihn nach hinten. Warme Lippen drückten sich brennend auf seinen Nacken, eine Zunge kreiste um sein Ohr und glitt dann wie die einer Schlange tief hinein. Ganz langsam wurde sein Hemd aus der Hose gezogen und aufgeknöpft.

Valentine, der plötzlich von Glücksgefühlen überwältigt war, versuchte sich umzudrehen. Um das feste schwitzende Fleisch des anderen zu umarmen, um mit ihm zu reden, doch der nackte Arm drückte noch fester, und er konnte sich nicht bewegen. Wollte sich nicht mehr bewegen.

Jax begann zu flüstern, ergoss einen Strom von Unflätigkeiten in das Ohr seines Gefangenen, dann drang er plötzlich und brutal in ihn ein. Valentine, der keuchend und schluchzend um Atem rang, versank in einen Albtraum von Erregung und Schmerz.

Wie war er überhaupt auf die Idee gekommen, es könnte liebevoll zugehen? Während er beobachtete, wie Jax ins Badezimmer schlenderte, auf das Rauschen der Dusche lauschte und sich langsam wieder anzog, stellte Valentine sich diese Frage und schalt sich dann einen Schwächling. Was hatte er denn erwartet? Es war eine aufregende Erfahrung gewesen, beglückend und beunruhigend zugleich – jeder, der auf ein sexuelles Abenteuer aus war, sollte sich glücklich schätzen, so etwas zu erleben.

Jax kam im Bademantel zurück, das Lächeln eines Eroberers auf den Lippen. Er sei müde und müsse sich ausruhen, also möge Val ihn entschuldigen. Valentine, der seine Enttäuschung darüber verbarg, dass postkoitale Zigaretten offenbar nicht vorgesehen waren, zögerte. Er hatte Geld mitgebracht, obwohl er hoffte, dass es sich als unnötig erweisen würde. Nicht weil er geizig war, sondern weil er etwas suchte, das man nicht mit Geld kaufen konnte. Aber er musste dafür sorgen, dass er wieder willkommen sein würde.

»Ich weiß nicht ...« Er öffnete seine Jacke. Die Umrisse seines gut gefüllten Geldbeutels in der Innentasche waren deutlich zu erkennen. »Ich meine ...«

»Sehr freundlich von dir, Val.«
»Ich möchte ja nicht …«
»Ehrlich gesagt, Geld ist im Augenblick so knapp, dass ich gar nicht drüber reden mag.«
»Vielleicht kann ich …«
»Das Girokonto läuft dir nicht weg.«

Val nahm einfach einige Banknoten aus der Brieftasche und legte sie behutsam auf den Couchtisch. Jax, der ruhig und entspannt wirkte, würdigte das Geld keines Blickes. Er sagte zwar gute Nacht, aber er sagte nicht danke.

Knapp vierundzwanzig Stunden später hatte Val bereits wieder den verzweifelten Wunsch verspürt, in die Wohnung über der Garage zurückzukehren. Und so war es immer weitergegangen.

Valentine hatte sich nie für masochistisch gehalten. Hatte nie Schmerz gesucht oder genossen. Doch bald erkannte er mit einem wonnigen Schauder, dass dieser Mann alles mit ihm machen konnte, alles, was er wollte, und er würde sich nicht wehren. Er würde sogar alles, was sich zwischen ihnen noch entwickeln sollte, ausdrücklich begrüßen.

Schließlich durchdrang das Geräusch der Klingel doch diesen dichten Nebel der Erinnerung. Louise konnte es nicht sein. Sie hatte einen Schlüssel. *Er* musste das sein! Valentine sprang vom Schreibtisch auf, raste die zierliche Wendeltreppe hinunter und riss die Haustür auf.

Die Frau mit den Hunden vom Mulberry Cottage stand vor ihm. Sie war ziemlich abenteuerlich gekleidet, und ihre Haare waren voller Blütenstaub, Blätter und Samenkörner. Sogar ein paar Brombeeren hatten sich darin verfangen.

Valentine brauchte einen Augenblick, um sich zu fassen, und einen weiteren Moment, um zu begreifen, was sie sagte. Irgendeine verworrene Geschichte über ein Auto, dass sich nicht zurücksetzen ließ, über einen verletzten Hund und über jemanden namens Piers, der Punkt zwölf herausgelassen werden musste, um seine natürliche Position als Gruppenführer zu behaupten.

Valentine ging seine Jacke holen. Was auch immer für ein Drama sich da abgespielt hatte, es zu entwirren würde ihm helfen, die Zeit bis zum Abend totzuschlagen – bis es dunkel wurde und er sich erneut vor der blauen Tür präsentieren konnte.

Eine Einladung zum Kaffee ins alte Pfarrhaus war zwar nicht unbedingt ein seltenes Ereignis, kam aber auch nicht allzu häufig vor. Als Ann gestern Abend anrief und es vorschlug, hatte Louise sofort ja gesagt, obwohl sie eigentlich vorgehabt hatte, am Morgen nach Causton in die Bibliothek zu fahren. Aber das konnte sie ja auch noch später tun. Betroffen stellte sie jedoch fest, dass sie es als eine Art »Tagesfüller« ansah. Die Notwendigkeit, Zeit totzuschlagen, war eine unangenehme neue Erfahrung. Als sie noch berufstätig gewesen war, hatte sie häufig darum gebetet, dass der Tag doch achtundvierzig Stunden haben möge.

Bevor sie sich auf den Weg machte, versuchte sie, sich eine ehrliche Einschätzung ihrer Beziehung zu Ann Lawrence zu geben. Fast so, als wollte sie diese Beziehung auf ihre Stärke hin testen. Natürlich war sie mit Ann noch nicht sehr lange befreundet, und was sie sich gegenseitig anvertraut hatten, würde aus Sicht mancher Frauen nicht gerade als intim gelten. Doch Louise hatte bei diesen Gesprächen eine echte Wärme gespürt, und außerdem hatte sie das Gefühl, dass Ann sich sowohl diskret als auch loyal verhalten würde.

Im Grunde ging es darum, dass sie das Bedürfnis hatte, ihre Sorge um Valentine mit einem mitfühlenden Menschen zu teilen. Zwar gab es noch andere Freundinnen, mit denen sie hätte reden könne, aber keine von ihnen war in der Nähe und keine war je dem Individuum begegnet, das der Auslöser des Problems war. Sie wusste, dass Ann Jax verabscheute, obwohl das nie ausgesprochen worden war, und sie vermutete außerdem, dass Ann Angst vor ihm hatte.

Eine Weile hatte Louise, wenn sie nachts schlaflos im Bett lag, mit dem Gedanken gespielt, sich an die Telefonseelsorge zu wenden. Diese Gespräche waren streng vertraulich, und vielleicht wäre es einfacher, mit einem freundlichen, anonymen Zuhörer zu reden, besonders am Telefon.

Aber Louise hatte die Nummer noch nicht ganz zu Ende gewählt, da kamen ihr Zweifel. Was sollte sie denn sagen? Mein Bruder ist homosexuell und trifft sich mit einem Mann, den ich für äußerst gewalttätig halte. Was würden sie antworten? Sind Sie sich Ihrer Sache ganz sicher? Nein. Wie gut kennen Sie diesen Mann? Überhaupt nicht. Wie alt ist Ihr Bruder? Dreiundvierzig. Haben Sie versucht, mit ihm darüber zu reden? Einmal. Und das hat einen derartigen Riss in unserer Beziehung erzeugt, dass ich mir geschworen habe, es nie wieder zu versuchen. Glauben Sie, man könnte ihn dazu bringen, selbst mit uns zu reden? Auf gar keinen Fall.

Ende der Geschichte.

Jetzt sah sie auf die Uhr. Es war fast elf. Louise machte sich halbherzig ausgehbereit. Sie hatte keine Lust, sich zu schminken, und steckte ihr Haar nur lose auf dem Kopf fest. Sie zog ein locker sitzendes apricotfarbenes Leinenkleid mit langen Ärmeln an und setzte eine dunkle Brille auf. Eigentlich war es dafür gar nicht sonnig genug, doch durch den wenigen Schlaf hatte sie dunkle Ränder unter den Augen.

Als vorne am alten Pfarrhaus niemand öffnete, ging Louise um das Haus herum und stellte erleichtert fest, dass das Garagentor weit aufstand und das Auto nicht da war.

Zum hinteren Eingang kam man durch einen Wintergarten. Er war sehr groß und sehr alt und enthielt allerlei Krimskrams für den eigentlichen Garten. Gummistiefel, alte Jacken, ein paar Strohhüte und Dutzende von blühenden Pflanzen. Ein uralter Weinstock, dick und kräftig wie ein Männerarm, der direkt im Boden eingepflanzt war, rankte sich mit blassen, brüchigen Zweigen über das Glasdach. Hier herrschte ein starker erdiger Geruch, der sehr angenehm war. Louise verweilte einen Augenblick und genoss die ungeheure, fast bedrückende Stille, die nur durch das Fauchen und Plätschern eines Wasserschlauchs unterbrochen wurde.

Sie stieß die Hintertür auf und rief: »Hallo?« Keine Antwort. Louise fragte sich, ob Ann einfach die Einladung vergessen hatte und ausgegangen war, ohne die Tür abzuschließen. Das tat sie häufiger, was Louise als Stadtmensch unbegreiflich war.

Obwohl Ann dann doch in der Küche war, war offenkundig, dass sie die Einladung tatsächlich vergessen hatte. Als Louise den Kopf durch die Tür steckte, starrte Ann sie ausdruckslos an, als wäre sie jemand völlig Fremdes. Das dauerte zwar nur den Bruchteil einer Sekunde, doch es reichte, um Louise klarzumachen, dass dies nicht die geeignete Person war, der sie ihr Herz ausschütten konnte. In ihrem Bedürfnis, sich jemandem mitzuteilen, war anscheinend die Phantasie mit ihr durchgegangen, und sie hatte eine, wie sie jetzt sah, durchaus angenehme Bekannte mit Qualitäten ausgestattet, die sie nicht besaß. Obwohl sie wusste, wie unfair das Ann gegenüber war, musste Louise überrascht feststellen, dass sie enttäuscht war.

»Louise! Oh, das tut mir Leid. Ich war ganz ... oje ...«
»Das macht doch nichts.«
»Natürlich tut es das. Setz dich doch bitte.«

Louise fand, dass Ann sich mehr aufregte, als es die Situation rechtfertigte. Sie fing nämlich an, hektisch hin und her zu laufen, nahm die Cafetiere, spülte den Satz aus und stellte drei knallgelbe Frühstücksbecher auf den Tisch. Und das alles mit unglücklicher Miene und einer nervösen Entschlossenheit, die noch mehr zu unterstreichen schien, wie wenig willkommen ihr die Unterbrechung war.

»Hör mal«, sagte Louise, die sich immer noch nicht gesetzt hatte, »wir können das auch ein andermal machen.«

»Nein, nein. Bleib doch bitte.«

»Dann lass uns doch einfach Tee trinken?« Sie nahm sich einen Stuhl mit lederner Rückenlehne. »Jeder einen Teebeutel.«

Ann hörte sofort mit den Kaffeevorbereitungen auf und schaltete den elektrischen Kessel ein, der sich sogleich wieder ausschaltete. Sie starrte Louise an. »Ich weiß nicht. Heute Morgen scheint irgendwie alles …« Sie bekam den Satz nicht zu Ende.

»Lass mich das machen.« Louise stand auf und füllte den Kessel. Im Spülbecken stand schmutziges Geschirr. Sie suchte nach Teebeuteln und machte für beide einen Becher, während sie gleichzeitig Ann im Auge behielt, die jetzt mit bleichem Gesicht am Tisch saß und von Kopf bis Fuß leicht zitterte.

Louise brachte den Tee, setzte sich hin und nahm Anns Hand. Sie war kalt und trocken. Eine ganze Weile saßen sie schweigend da. Zunächst war das ganz entspannend, doch irgendwann wurde Louise dieses anhaltende Schweigen unangenehm.

»Was ist los, Ann? Bist du krank?«

»Nein.«

»Du zitterst.«

»Ja.« Ann begann sich zu widersprechen. »Ich glaub, ich hab Grippe. Eine Erkältung. Irgend so was.«

Was immer es sein mochte, das war es jedenfalls nicht. Louise fragte sich, ob irgendwas in der Familie passiert war. Ein Todesfall vielleicht. Doch dann erinnerte sie sich, dass Ann keine nahen Verwandten mehr hatte. Auch keine Freunde außerhalb des Dorfes. Könnte es eine verspätete Reaktion auf den Mord an Charlie Leathers sein? Eher unwahrscheinlich. Wie alle anderen hatte auch sie den Mann nicht gemocht.

»Möchtest du darüber reden?« Sie ließ ihre Hand los.

Ann hob den Kopf und sah Louise an. Dann starrte sie mit

leerem Blick auf die Teebecher, die vertrockneten Toastkrümel, auf eine Vase mit lilafarbener Berberitze. Wollte sie darüber reden? O, Gott, ja. Manchmal hatte sie ein so verzweifeltes Verlangen, darüber zu reden, dass sie fürchtete, sich nicht beherrschen zu können. Dass sie sich wie eine dieser armen umherschweifenden Kreaturen aus der Nervenklinik auf der Straße einen völlig Fremden schnappen und ihm ihr furchtbares Geheimnis aufzwingen würde.

Aber konnte sie Louise vertrauen? Wie gut kannte sie sie wirklich? Ann dachte, dass sie wahrscheinlich bei irgendeinem Passanten besser aufgehoben wäre. Der würde einfach annehmen, dass sie verrückt war, und damit wäre die Sache erledigt.

Folgendes war passiert: An diesem Morgen, genau gesagt kurz vor halb elf, hatte Ann einen zweiten Brief in dem Drahtkorb innen an der Haustür gefunden. Obwohl sie immer noch unter dem Schock litt, den der erste Brief bei ihr ausgelöst hatte, erkannte sie merkwürdigerweise nicht sofort, um was es sich handelte.

Die eigentliche Post war eine halbe Stunde vorher zugestellt worden und hatte sich als so langweilig und harmlos wie immer erwiesen. Das meiste war Reklame, und Ann warf es in den Müll. Lionel, der herumlief und seine Papiere und Gedanken für das bevorstehende Arbeitsessen mit dem Treuhandausschuss der Caritas sammelte, packte den Rest in seine Aktentasche.

Nach dem Frühstück half Ann Lionel in den Mantel, suchte ihm einen leichten Paisleyschal heraus, damit er sich nicht erkältete, und ließ ihn dann weiter über seinen Papieren brüten, während sie sich auf den Weg machte, um zu sehen, wie es Mrs. Leathers und Candy ging. Auf dem Rückweg kaufte sie bei Brian's Emporium frisches Brot und Apfelsinen und besorgte bei der Post Briefmarken. Insgesamt war sie vielleicht eine halbe Stunde unterwegs.

Während dieser Zeit hätte jeder im Dorf sie gesehen haben

können, und etliche hatten das vermutlich auch. Die Vorstellung, dass einer von ihnen sie beobachtet und gewartet hatte, bis das Haus leer war und sie in Hettys Gasse eingebogen war oder in der Schlange beim Postamt stand, und dann die anonyme Nachricht in ihren Briefkasten geschoben hatte, war milde gesagt beunruhigend.

Ihr Name stand vollständig in Druckschrift auf dem Briefumschlag. Die Worte im Inneren, die wiederum ausgeschnitten und aufgeklebt waren, sahen anders aus. Diesmal stammten sie alle aus Zeitungsüberschriften. Ann starrte auf die bedrohlichen schwarzen Großbuchstaben. »DIESMAL FÜNF RIESEN MÖRDERIN MORGEN GLEICHER ORT GLEICHE ZEIT«.

Sie war in die Küche gelaufen, hatte den Brief samt Umschlag in den Herd geworfen und sich dann kerzengerade an den Tisch gesetzt. Wo sollte sie innerhalb der nächsten vierundzwanzig Stunden fünftausend Pfund herkriegen? Selbst wenn sie den gesamten Schmuck ihrer Mutter verkaufte, so teuer er ihr war, könnte sie diese Summe nicht aufbringen.

Natürlich gehörte ihr das Haus. Verglichen mit dem, was das alte Pfarrhaus selbst in seinem schäbigen Zustand wert war, waren ein paar Tausend ein Klacks. Sie hatte keinen Zweifel, dass die Bank ihr gegen diese Sicherheit Geld leihen würde. Aber was dann? Es würden sofort Zinsen anfallen. Diese müsste sie zusammen mit dem Kredit zurückzahlen, was nur möglich war, wenn sie einige ihrer Wertpapiere verkaufte, wodurch das einzige Einkommen, das sie hatte, noch geringer würde. Es reichte ohnehin kaum für zwei Personen. Und wenn noch eine weitere Forderung käme?

An diesem Punkt war sie gerade in ihren verzweifelten Überlegungen angekommen, als Louise auftauchte. Sie war besorgt, kümmerte sich um sie. Machte Tee. Und jetzt fragte sie, ob sie, Ann, darüber reden wollte.

Die Versuchung war entsetzlich. Ann konnte spüren, wie ihr die Worte auf der Zunge brannten. Erklärungen, Entschuldigungen. Wie die ganze furchtbare Geschichte mit Carlotta sich hochgeschaukelt hatte und völlig außer Kontrolle geraten war. Sie wollte gerade sagen: »Es war nicht meine Schuld«, da klingelte das Telefon, und die Worte erstarben auf ihren Lippen.

Es war nur eine Nachricht für Lionel, doch im Nachhinein schien es Ann, als sei der Anruf wie durch ein Wunder genau zur richtigen Zeit gekommen. Wie hatte sie so töricht sein können, auch nur daran zu denken, Louise ins Vertrauen zu ziehen? Wie gut kannte sie die Frau überhaupt? Das Haus der Fainlights war fast direkt gegenüber vom Pfarrhaus. Louise könnte genau sehen, wann sie das Haus verließ, die Luft also rein war. Wie leicht wäre es für sie hinüberzulaufen, den Brief einzuwerfen und zu warten, bis das Opfer zurückkam, um dann rüberzugehen und sich an dessen Unglück zu weiden. Wenn man daran dachte, wie sie sich vorhin ins Haus geschlichen hatte, ohne überhaupt zu klingeln ...

Ann starrte misstrauisch über den Tisch. Dass sie Louise selber eingeladen hatte, hatte sie völlig vergessen. Nun machte Louise Anstalten zu gehen. Auch gut. In Zukunft würde Ann ihre Zunge streng im Zaum halten. Und absolut niemandem trauen.

Die Besprechung um neun Uhr war kurz. Und genauso entmutigend, wie Barnaby befürchtet hatte. Es gab keinerlei Anhaltspunkte. Die Von-Haus-zu-Haus-Befragungen, die mittlerweile abgeschlossen waren, hatten praktisch nichts ergeben, was sie nicht bereits wussten. In Charlie Leathers Vergangenheit schien es keine düsteren Geheimnisse zu geben. Er war im Dorf geboren und aufgewachsen, und jeder wusste alles über ihn. Sein Leben war ein offenes, wenn auch kein sehr erfreuliches Buch.

Der DCI verließ den Einsatzraum mit den vielen widerlichen Vergrößerungen an der Wand und begab sich in das sehr viel angenehmere Pressebüro, wo er für das Fernsehen einen

Appell an die Bevölkerung richten sollte, alle zweckdienlichen Hinweise an die Polizei weiterzugeben. Dieser sollte um halb elf am Ende der lokalen Nachrichten gezeigt werden.

Stoisch ließ er sich das Gesicht pudern, damit es nicht glänzte – eine Prozedur, die er hasste –, und fragte sich dabei, wie Nicolas es nur aushielt, sich diesen ganzen Dreck an zwei Nachmittagen und sechs Abenden pro Woche ins Gesicht zu schmieren. Nachdem er seinen Sermon erzählt hatte, wusch er sich das Gesicht und wollte gerade gehen, als Sergeant Troy den Kopf durch die Tür steckte, um ihm zu sagen, dass jemand am Empfang auf ihn warte.

»Es tut mir wirklich sehr Leid, dass ich so spät komme.« Es war die Tochter von Hetty Leathers. »Ich hatte ehrlich gesagt schon befürchtet, Sie wären weg.«

»Kein Problem, Mrs. Grantham.« Barnaby führte sie zu zwei verschlissenen Ledersesseln am anderen Ende der Halle.

»Es dauert keine Minute.«

Pauline war jetzt in einer deutlich anderen Verfassung als zu dem Zeitpunkt, als sie von ihrer Mutter von Charlies »Sammelalbum« erfahren hatte. Da dies so kurz nach der Entdeckung der Leiche geschehen war, war es ihr zunächst äußerst wichtig erschienen. Dann war die mögliche Bedeutung allmählich in den Hintergrund getreten, und jetzt saß sie da mit ihrer Tragetasche voller zerschnittener Zeitungsblätter und kam sich ein bisschen blöde vor. Beinahe hätte sie sogar das ganze Zeug wieder in den Müll geworfen und die Sache vergessen.

Das alles erklärte sie Barnaby hastig und entschuldigte sich nervös dafür, dass sie ihm die Zeit stehle. Doch er schien dankbar, dass sie gekommen war. Statt die Tasche mit einem kurzen Danke entgegenzunehmen, erkundigte er sich genau, wie es zu dieser Entdeckung gekommen war.

»Nun ja, das war, als Sie fragten, ob Dad in den letzten Tagen irgendwas Außergewöhnliches gemacht hätte.«

»Ich erinnere mich.«

»Offenbar ist er in der Nacht, bevor er ... es passiert ist, mit der Zeitung und einer Schere ins vordere Zimmer gegangen und eine Ewigkeit dort geblieben. Als Mum fragen ging, ob er vielleicht einen Tee wollte, ist er ihr fast ins Gesicht gesprungen.«

»Und was brachte ihre Mutter zu der Vermutung, dass er ein Sammelalbum anlegte?«

»Er schnitt Sachen aus. Und außerdem stand ein Topf Kleber auf dem Tisch. Und was noch komisch ist«, fuhr Pauline hastig fort, als Barnaby gerade etwas sagen wollte, »er hat hinter sich aufgeräumt. Und das war nicht nur das allererste Mal, das war ein verdammtes Wunder.«

»Und diese Seiten sind das, was übrig geblieben ist?«

»Ja ... bis auf den letzten Schnipsel. Er hat es in die Mülltonne geworfen. Zum Glück war Dienstag und nicht Montag, sonst hätten's die Müllmänner schon abgeholt.«

In seinem Büro zog Barnaby einige zerschnipselte Seiten von *People* aus der Kwik-Save-Plastiktüte. Die Titelseite – »Massaker an den Unschuldigen« – war auf Sonntag, den 16. August datiert. Troy, der noch geblieben war, um Überstunden zu schinden, nahm die Blätter verblüfft in die Hand.

»Ich kapier nicht, wieso jemand wegen einem Sammelalbum abgemurkst wird.«

»Er hat kein Sammelalbum angelegt.«

»Was denn?«

»Strengen Sie mal Ihren Grips an.«

Troy spielte für einen Augenblick den Nachdenklichen, indem er die Stirn ernsthaft in Falten legte und ganz angestrengt guckte. Er wollte gerade aufgeben, da kam ihm eine Idee.

»Was auch immer Leathers ausgeschnitten hat, er hatte was damit vor. Also werden wir die fehlenden Stücke nicht hier drin finden.«

»Aber in einer unbeschädigten Ausgabe der Zeitung. Bringen Sie das in den Einsatzraum, bevor Sie nach Hause gehen, und sagen Sie jemandem von der Nachtschicht, er soll sich darum kümmern. Dann können wir vergleichen.«

»Echt gut, Chef.«

Es schien so offenkundig, wenn man erst mal darauf hingewiesen worden war. Warum bloß konnte er, Troy, nicht mal auf was Überraschendes, Kluges und Originelles kommen? Eine Verbindung entdecken, die alle anderen übersehen hatten. Ein Beweisstück genau an der richtigen Stelle des Puzzles platzieren, so dass es Licht auf den ganzen Fall warf und ihn zu einem erfolgreichen Abschluss brachte. Nur ein einziges Mal, mehr verlangte er ja gar nicht. Die Chance, einmal fixer als der DCI zu sein, bevor der in Rente ging. Träum weiter, mein Lieber. Träum weiter.

7

Als Barnaby am folgenden Morgen mit dem Aufzug zum Einsatzraum hinunterfuhr, drückte er symbolisch die Daumen, dass sie endlich einen Durchbruch erzielen würden. Nur wenige Dinge sind nämlich frustrierender als ein absolut statischer Fall ohne eine einzige offenkundige Schwachstelle, die man so lange beackern konnte, bis Licht in die Sache kam. Vielleicht würde sich Charlies »Sammelalbum« als diese Schwachstelle erweisen. Wenn ja, würde das Barnabys Laune deutlich bessern, die seit einem Streit mit Joyce beim Frühstück ziemlich im Keller war.

»Du gehst doch wohl heute nicht zur Arbeit, Tom.« Er war vom Tisch aufgestanden, hatte sich seine Jacke genommen und bewegte sich lässig zur Tür.

»Tom!«

»Äh, ja?«

»Du hast heute frei.«

»Als ich gestern ging, war gerade ein sehr wichtiger Hinweis aufgetaucht.«

»Und?«

»Ich hab gedacht, ich kümmer mich lieber heute darum, statt die halbe Nacht rumzurotieren.«

»Kann sich denn niemand anders darum kümmern und telefonisch Bescheid sagen?«

»Ich möcht es lieber selbst ...«

»Wenn du dich einmal in was verbissen hast, bist du wie ein Hund mit einem Knochen. Hast eine Heidenangst, dass dir einer was wegnehmen könnte.«

»Unsinn.« Während Barnaby in der Tasche nach seinem Autoschlüssel wühlte, fragte er sich, ob das stimmte. »Morgen bin ich jedenfalls den ganzen Tag zu Hause.«

»Du weißt doch, dass die Gavestons heute Abend zum Essen kommen?«

Das hatte er ganz vergessen. »Ja.«

»Halb sieben, spätestens.«

»Ja!«, brüllte Barnaby, dann tat es ihm Leid, und er wollte es mit einem Versöhnungskuss wiedergutmachen.

Doch Joyce drehte die Wange weg und knallte die Küchentür zu. Barnaby knallte die Haustür zu. Dann stieg er in seinen Astra, knallte die Tür zu und fuhr aggressiv zur Wache, was ihm gar nicht ähnlich sah. Auf der Wache ging er mit wütenden Schritten erst zum Aufzug, dann in sein Büro, wo er, um das Maß voll zu machen, ebenfalls die Tür zuknallte.

Er hoffte, dieser Streit würde nicht dazu führen, dass seine Frau und seine Tochter sich mal wieder gegen ihn verbündeten und ihm zusetzten, vorzeitig in Rente zu gehen. Nicht dass er sich nicht selbst gelegentlich nach einem unbeschwerteren Leben gesehnt hätte. Trotz des Teamgeistes und der mit reichlich Alkohol zelebrierten Kameradschaft nach Feierabend, der manchmal symbiotisch engen Beziehungen und der Bereitwilligkeit, sich gegenseitig den Rücken zu decken, war es eine unstrittige Tatsache, dass die Polizei, zumindest in den höheren Rängen, ein Haifischbecken war. Große mächtige Tiere schwammen darin herum, mit schnappenden Mäulern und um sich schlagenden Schwänzen. Egoistische, äußerst ehrgeizige Individuen, die entschlossen waren voranzukommen. Zu teilen und zu herrschen.

Und alte Haie sollten sich lieber in Acht nehmen. Kein Wunder, dass so viele von diesen traurigen, erschöpften Kreaturen lange vor ihrer Pensionierung und gut abgeschirmt vom alltäglichen Kampf hinter einem Schreibtisch im Präsidium landeten. Aber dieses Exemplar hier nicht. Die vielen Jahre in vorderster Front ließen DCI Barnaby einen solch bequemen Posten ohne jede Aufregung unerträglich langweilig erscheinen.

Als er aus dem Lift trat, traf der Chief Inspector auf seinen Sergeant, der gerade aus der Herrentoilette kam und nach stark teerhaltigem Nikotin stank.

»Testen Sie immer noch Ihre Widerstandskraft, Troy?«

»Sie haben gut reden, Sir. Eine Sucht kann wirklich …«

»Zur Sucht werden?«

»Yeah. Und keiner lobt einen.«

»Wie bitte?«

»Nun ja, Leute, die nie geraucht haben. Maureen zum Beispiel. Die wissen gar nicht, wie das ist.«

Barnaby war für so ein Gejammer nicht in der richtigen Stimmung. Er ging mit energischen Schritten in den Einsatzraum, knallte einen fast leeren Ordner mit Notizen auf seinen Schreibtisch und starrte auf sein deprimiert wirkendes Team. Dieses war nicht nur deprimiert, sondern irgendwie auch dezimiert. Er sah sich wütend im Raum um.

»Wo ist WPC Mitchell?«

»Auf dem Weg«, sagte Inspector Carter. »Sie hat die ganze Nacht …«

»Sie sollte nicht auf dem Weg sein, verdammt noch mal! Sie sollte hier sein. Sie«, er zeigte mit dem Finger auf einen Constable, der auf einem Tisch hockte, »gehen und ...«

Doch in diesem Augenblick kam Katie Mitchell hereingeeilt. Strahlend und ganz aufgeregt.

»Sir! Ich habe ...«

»Sie sind spät dran.«

»Der Kurier hat die entsprechende Ausgabe von *People* erst heute Morgen um halb sechs gebracht. Und es waren so viele kleine Stücke und Schnipsel, dass allein das Zusammensetzen ewig gedauert hat.«

»Aha«, sagte Barnaby, »ich verstehe.«

»Und dann waren es am Ende nur sieben Wörter.«

Barnaby streckte die Hand aus. WPC Mitchell trat zu ihm und reichte ihm ein DIN-A4-Blatt.

»Ich hab sie in der einzigen Reihenfolge aufgeklebt, die einen Sinn ergibt, Sir.«

»In der Tat«, sagte Barnaby, der besonders das »einzige Reihenfolge« zur Kenntnis genommen hatte. Sein Herz jubilierte.

»Hab gesehen wie Sie sie gestoßen haben.«

Barnaby sprach die Worte noch einmal laut in die Stille. Er konnte förmlich sehen und spüren, wie sich im ganzen Raum plötzlich ein lebhaftes Interesse regte. In diesem Augenblick der Erkenntnis waren Lethargie und Enttäuschung wie weggefegt. Der anonyme Anruf war offenbar doch kein dummer Streich gewesen. Mit großer Wahrscheinlichkeit war also tatsächlich jemand kurz vor 22 Uhr 32 am Sonntag, den 16. August, in den Misbourne gefallen oder gestoßen worden.

»Hat jemand eine Idee«, fragte Barnaby, »wie uns dieser Erfolg rasch weiterbringen könnte?«

Sergeant Troy zögerte nicht. Obwohl er selten nach seiner Meinung gefragt wurde, versuchte er doch, sich geistig fit zu halten. Er konnte es nämlich nicht ertragen, für unzulänglich befunden zu werden.

»Leathers hat gesehen, wie jemand in den Fluss geschubst wurde, und hat versucht, ein bisschen Geld daraus zu schlagen. Doch statt zu zahlen, hat derjenige, wer auch immer es war, ihm einen hübschen Kragen aus Draht verpasst. Da außerdem etwa um die gleiche Zeit eins von Lionel Lawrences Schäfchen verschwunden ist, würde ich sagen, dass die beiden Vorfälle eindeutig miteinander zusammenhängen.« Plötzlich kam sich Troy sehr exponiert vor. Er hielt inne und starrte auf den nächsten Computermonitor. Die Analyse schien ihm ziemlich stichhaltig, doch er kannte den Boss. Barnaby hatte so eine Art, eine Argumentation auseinander zu pflücken, den Schwachpunkt zu finden und einem diesen dann gnadenlos unter die Nase zu reiben ...

»Gut.«

»Sir.« Troy nahm das Lob mit einer gewissen Vorsicht entgegen. Er hatte das schon zu oft erlebt. Erst was Nettes, dann ein heimtückischer Seitenhieb. Zum Beispiel: gut – für jemanden, der über drei Prozent der einzelnen Gehirnzelle einer toten Amöbe verfügt.

»Obwohl ...«

Da geht's schon los.

»Der Gedanke, dass das hier«, Barnaby wedelte mit dem Blatt Papier, »der erste Schritt zu einer Erpressung ist, so wahrscheinlich das auch aussieht, muss in diesem Stadium eine reine Mutmaßung bleiben.«

Er lächelte seine Beamten zufrieden an; von seiner Niedergeschlagenheit war nichts mehr zu spüren. »Noch jemand? Ja, Inspector Carter.«

»Dieser Notruf, Sir. Vielleicht war das derjenige, der das Opfer ins Wasser gestoßen hat. Ist möglicherweise in Panik geraten. Hat Gewissensbisse bekommen.«

»Eine Rettung würde aber doch kaum in seinem Sinne sein«, meinte Sergeant Brierley. »Das könnte zu einer Anklage wegen Körperverletzung oder Schlimmerem führen.«

»Vielleicht war das Ganze ja ein Unfall«, schlug Troy vor. »Während eines Streits, zum Beispiel.«

»Das wäre kein Druckmittel für eine Erpressung.«

»Oh, yeah. Verstanden.« Ich sag während dieser Besprechung kein Wort mehr. Kein einziges Wort.

»Na schön«, sagte Barnaby. »Jetzt brauch ich von der Zentrale das Band mit diesem anonymen Anruf. Einer von Ihnen sollte das mit Kidlington regeln. Außerdem eine Kopie von dem Bericht des Suchtrupps, der zum Fluss geschickt wurde. Dann werden wir eine weitere Von-Haus-zu-Haus-Befragung in Ferne Basset durchführen – das alte Pfarrhaus übernehme ich persönlich – sowie in den beiden anderen Dörfern in dem Dreieck, Swan Myrren und Martyr Bunting. Erkundigen Sie sich, ob irgendwelche ungewöhnlichen Geräusche zwischen etwa neun Uhr und Mitternacht gehört wurden – nicht notwendigerweise am Fluss oder in dessen Nähe. Ein hitziges Wortgefecht ist weithin zu hören.

Und Wasserleichen können weit forttreiben. Also müssen wir nicht nur sämtliche unserer Polizeistationen anfaxen, sondern auch die angrenzenden Grafschaften – Oxford, Wiltshire. Und die Flussbehörde benachrichtigen. Wenn wir Glück haben, leiten die sogar eine Suche ein. Und ich will, dass das Flussufer bis zum Wehr untersucht wird. Dort hat nämlich Leathers seinen Hund ausgeführt, und ich könnte mir denken, dass er gesehen hat, wie sie hineingestoßen wurde. Fragen Sie außerdem bei allen Krankenhäusern und Leichenschauhäusern in der Gegend nach, ob es in den letzten sechs Tagen Ertrinkungsopfer gab. Überprüfen Sie auch die Listen der ambulanten Patienten. Es könnte durchaus sein, dass sie allein rausgeklettert ist oder rausgefischt wurde, ärztliche Behandlung in Anspruch genommen hat und dann nach Hause geschickt wurde. Wo immer das auch sein mag.«

»Sollen wir uns ausdrücklich nach einer jungen Frau erkundigen, Sir?«, fragte Constable Phillips.

»Nein. Ich möchte die Sache in diesem Stadium noch nicht so weit einengen. Das sind schließlich alles nur Mutmaßungen.« Barnaby wedelte kurz das DIN-A4-Blatt mit der Nachricht aus sieben Worten durch die Luft, dann legte er es auf seinen Schreibtisch. »Ich möchte Kopien davon am Anschlagbrett. Und würde bitte jemand die Fingerabdrücke von Mrs. Pauline Grantham besorgen, um sie ausschließen zu können, und die von Leathers zur Bestätigung. Außerdem will ich, dass die Telefonzelle in Ferne Basset auf Abdrücke untersucht wird. Ich fürchte allerdings, dass das nach sechs Tagen nicht viel bringt.«

Während alle den Raum verließen, lehnte sich Barnaby in seinem Sessel zurück und schloss einige Sekunden die Augen, um zu rekapitulieren. Er beschloss, einen Durchsuchungsbefehl zu beantragen. Es wäre vielleicht sinnvoll, sich mal im Zimmer des Mädchens umzusehen, und er konnte sich gut vorstellen, wie Lawrence reagieren würde, sollte er ohne amtliche Befugnis dort auftauchen. Derweil ...

»Troy.«

»Sir.« Sergeant Troy rappelte sich rasch auf.

»Marsriegel.«

Hetty Leathers wollte unbedingt wieder arbeiten. Nachdem Pauline zu Mann und Kindern zurückgekehrt war, war sie überrascht, wie sehr sie Gesellschaft vermisste. Obwohl Hetty die Letzte gewesen wäre, die behauptet hätte, eine unglückliche Ehe sei besser als gar keine, gewöhnte man sich doch zweifellos daran, ein anderes menschliches Wesen um sich zu haben. Pauline rief zwar jeden Abend an und würde am Wochenende mit der ganzen Familie zu Besuch kommen, aber das war nicht ganz dasselbe.

Der zweite Grund war das Geld. Hetty befand sich in der zutiefst peinlichen Situation, nicht für das Begräbnis ihres Mannes zahlen zu können. Mit Entsetzen hatte sie festgestellt, wie viel das kosten würde. Ihre einzigen Ersparnisse beliefen sich auf etwas über zweihundert Pfund, die sie über die Jahre vom Haushaltsgeld abgezwackt hatte. Gelegentlich waren am Ende der Woche ein oder zwei Pfund übrig gewesen, die meiste Zeit jedoch nichts.

Candy reagierte immer noch sehr kläglich, wenn Hetty auch nur den Raum verließ. Deshalb schlug Ann Lawrence vor, dass sie den Hund mit zur Arbeit bringen sollte. Ann fuhr bis ans Ende der Gasse, Hetty trug den Hund in eine Decke gewickelt ins Auto, und Candy verbrachte dann den ganzen Tag in einem alten Sessel am Herd.

Dort lag sie auch, fest schlafend, als Barnaby und Troy erschienen. Barnaby fiel auf, dass die Garage leer war, was seinen Absichten nicht unbedingt zuwiderlief. Vermutlich fuhr Jackson den Reverend in irgendwelchen Angelegenheiten durch die Gegend. Das bedeutete, dass Mrs. Lawrence allein zu Hause sein würde.

Er erinnerte sich an ihre erste Begegnung. An ihr Erschrecken, als sie erfuhr, wer sie waren. Ihre extreme Vorsicht während des Gesprächs und die Bereitwilligkeit, sie bei der erstbesten Gelegenheit hinauszukomplimentieren. Diesmal hatte er etwas, womit er sie unter Druck setzen konnte. Und das würde er auch tun. Heftig.

Aber es war Hetty Leathers, die die Tür öffnete und erklärte, dass beide Lawrences nicht da wären. Sie drückte mehrfach ihr Bedauern darüber aus.

»Wir würden uns auch gerne kurz mit Ihnen unterhalten, Mrs. Leathers.« Barnaby stand plötzlich lächelnd im Flur. »Wenn es Ihnen recht ist.«

»Nun ja.« Sie starrte beunruhigt Sergeant Troy an, der gerade die schwere Haustür hinter sich zumachte. »Ich hab zu arbeiten.«

»Also ab in die Küche.«

Und dann waren sie genauso plötzlich in der Küche. Troy

zeigte sich aufrichtig erfreut beim Anblick des kleinen Hundes.

»Geht's ihr besser?«

»Ja. Der Tierarzt hat gesagt ...«

Barnaby ließ sie eine Weile gewähren. Das würde Mrs. Leathers entspannen und könnte ihnen zugute kommen, wenn sie ihre Fragen beantwortete. Er persönlich hatte eigentlich kein Interesse an Tieren, es sei denn, sie waren gut gefüllt, am liebsten mit Salbei und Zwiebeln, und hatten eine schöne braune Kruste.

»Möchten Sie einen Tee?«

Beide Polizisten nahmen an und setzten sich an den langen, abgenutzten Tisch aus Kiefernholz. Es gab auch eine Schale mit Keksen. Hetty, die verwundert, aber durchaus interessiert wirkte, reichte ihnen die Zuckerdose. Troy nahm mehrere Löffel und rührte um. Dann zog er diskret sein Notizbuch aus der Jackentasche und legte es auf sein Knie.

»Um was geht es, Inspector? Wieder um Charlie?«

»Nicht direkt, Mrs. Leathers. Ich möchte Sie bitten, uns von diesem jungen Mädchen zu erzählen, das bis vor kurzem hier gewohnt hat.«

»Carlotta?«

»Soweit ich weiß, ist sie fortgelaufen.«

»Kein großer Verlust«, sagte Hetty. »Ein solches Mädchen hätte überhaupt nicht hier sein dürfen.«

»War sie lange hier?«, fragte Sergeant Troy.

»Zu lange«, sagte Hetty. Und als Barnaby ihr ermutigend zulächelte: »Ein paar Monate.«

»Was für ein Mensch war sie?«

»Durch und durch falsch. War unverschämt zu den Leuten, außer wenn der Reverend dabei war, dann war sie wie Zucker.«

Das klang vertraut. Barnaby griff die Verbindung auf. »Wie war das denn mit Jax? Ich meine, zwei junge Leute – die sind doch sicher gut miteinander ausgekommen.«

»Nein.« Dann fügte Hetty grollend hinzu: »Das ist das einzig Gute, was man über das Mädchen sagen könnte. Sie konnte ihn nicht ausstehen.«

»Der gehört also auch nicht gerade zu Ihren Favoriten?«, fragte Sergeant Troy.

»Wenn ich den sehe, krieg ich das kalte Grausen. Mrs. Lawrence wollte ihn nicht im Haus haben, und das kann ich ihr nicht verdenken.«

»War das immer so?«

»Wie bitte?«

»Ich meine, ist das durch was Bestimmtes ausgelöst worden?«

»Nein. Da hat sie sich von Anfang an durchgesetzt. Allerdings ist er vor ein paar Tagen hier drinnen gewesen – Mittwoch Morgen war das, glaub ich. Ich bin ins Esszimmer gekommen, um aufzuräumen, und da stand er, lehnte an der Tür, als ob er hier zu Hause wäre. Und die arme Mrs. Lawrence zitterte wie Espenlaub. Ich hab ihn ganz schnell hinauskomplimentiert, das kann ich Ihnen sagen.«

Troy schrieb das Datum von Mittwoch auf. Er bemerkte, wie die Augen des Chefs neugierig aufblitzten.

»Hat sie gesagt, was er wollte?«

»Irgendwas von wegen das Haustelefon ginge nicht. Völliger Unsinn.«

Barnaby wartete einen Augenblick, doch als offenbar nichts mehr zu dem Thema kam, lenkte er das Gespräch wieder auf Carlotta.

»Wissen Sie irgendwas über den Hintergrund dieses Mädchens? Vielleicht wo sie ursprünglich herkam?«

»Sie kam daher, wo sie alle herkommen. Von diesem Wohltätigkeitsverein, mit dem der Pfarrer zu tun hat.« Hetty trank einen Schluck von ihrem Tee und schob die Haselnusskekse in Sergeant Troys Richtung. »Wenn Sie meine Meinung hören wollen, ist das rausgeschmissenes Geld. Warum kann es nicht anständigen jungen Leuten zugute kommen, die versuchen, was aus sich zu machen?«

»Da haben Sie Recht, Mrs. Leathers.« Sergeant Troy nahm sich drei Kekse auf einmal.

»Ich hab gehört, dass Carlotta nach einem Streit weggelaufen ist«, sagte Barnaby. »Wissen Sie zufällig, worum es da ging?«

»Nein, und wenn ich es wüsste, würd ich es Ihnen nicht sagen. Ich rede nicht hinter ihrem Rücken über Mrs. Lawrence.«

»Ich würde nicht erwarten ...«

»Diese Frau ist ein Engel. Was die schon alles mitmachen musste.«

Die legte sich aber mächtig ins Zeug. Kurze Zeit herrschte Schweigen. Barnaby nahm die letzte Bemerkung nickend zur Kenntnis und machte ein äußerst mitfühlendes Gesicht. Troy zwinkerte lächelnd dem Hund zu, der gerade aufgewacht war. Candy gähnte. Der Chief Inspector stellte vorsichtig eine weitere Frage.

»Hat Carlotta schon mal Besuch gehabt? Freunde oder Verwandte?«

»Nicht, dass ich wüsste. Sie hat ab und zu einen Brief bekommen – Luftpost, aus dem Ausland. Ich sag Ihnen aber nicht, was sie damit gemacht hat.«

Das war eindeutig eine leere Drohung. Beide Polizisten warteten geduldig.

»Gleich ins Feuer geschmissen«, sagte Hetty.

»Du lieber Himmel«, sagte Barnaby.

»Noch nicht mal aufgemacht. Ich hab einmal zu ihr gesagt, das könnte doch was Wichtiges sein. Wenn nun jemand gestorben wäre?«

»Wie hat sie darauf reagiert?«, hakte Troy nach.

»Hat mir gesagt, ich solle mich um meinen eigenen Kram kümmern.« Hetty stand hastig auf und räumte die Teetassen zusammen. »Ich muss weitermachen.«

Unter Troys wehmütigem Blick beförderte sie die restlichen Kekse zurück in die Dose, dann trug sie die Teekanne zum Spülbecken. Barnaby vermutete, dass sie, obwohl sie eigentlich sehr wenig gesagt hatte, sich bereits Sorgen machte, sie hätte zuviel gesagt. Hätte sich vielleicht illoyal verhalten. Er beschloss, es zunächst dabei bewenden zu lassen. Sollte er noch einmal mit ihr reden müssen, würde er es bei ihr zu Hause tun, da fühlte sie sich vielleicht weniger unter Druck. Troy steckte sein Notizbuch wieder ein und fing an, seine Jacke zuzuknöpfen.

»Haben Sie eine Ahnung, wann Mrs. Lawrence zurück sein könnte?«

»Müsste eigentlich bald kommen«, sagte Hetty. Sie hatte die Wasserhähne voll aufgedreht, so dass Barnaby die nächsten Worte nicht hörte. »Sie musste zur Bank.«

Er wartete, bis sie sie wieder zugedreht hatte, dann fragte er, ob er sich kurz in Carlottas Zimmer umsehen dürfe.

Es folgte ein zutiefst verlegenes Schweigen. Schließlich sagte Hetty, ohne ihn anzusehen: »Ich möchte ja nicht unhöflich sein, Inspector, aber sollten Sie da nicht so ein ... äh ....«

»Ich werde im Laufe des Tages einen Durchsuchungsbefehl bekommen, Mrs. Leathers, aber es würde uns wirklich Zeit sparen, wenn wir jetzt schon mal ...«

»Ich glaube nicht, dass das dem Reverend gefallen würde.«

Er wird sich damit abfinden müssen, dachte Sergeant Troy und stellte sich genüsslich vor, wie Lionel seinen Ärger herunterschluckte. Fast wünschte er sich, dass Mrs. L hart bleiben würde. Doch er wurde enttäuscht.

»Er wird gar keine andere Wahl haben«, gab Barnaby zu bedenken, »wenn wir am Nachmittag zurückkommen.«

»Nun ... dann sollte ich wohl dabeisein«, sagte Hetty und fügte hastig hinzu: »Nichts für ungut.«

»Wir würden sogar erwarten, dass Sie mitkommen«, versicherte ihr Sergeant Troy.

Und Barnaby sagte: »Könnten Sie uns bitte den Weg zeigen?«

Es war ein langer Aufstieg bis zum Dachboden. Die ersten beiden gewundenen Treppen hatten breite, flache Stufen, die mit dunkelblau und rot gemustertem Perserteppich ausgelegt waren, der an manchen Stellen so abgewetzt war, dass der Rücken durchschien. Das Geländer war aus solidem dunklem Holz, das in großen, achteckigen laternenartigen Gebilden endete, die von geschnitzten Eicheln gekrönt waren.

»Mrs. Lawrence ist früher hier runtergerutscht«, sagte Hetty.

»Mrs. Lawrence?« Troy starrte verblüfft auf die breiten, glänzenden Geländerstäbe.

»Als sie noch klein war.«

»Ah.« Er kam sich töricht vor und schickte sofort eine Erklärung nach. »Ich hab nicht gewusst, dass Sie schon so lange hier sind.«

»Sie hat immer ein Kissen ans Ende gelegt. Eines Tages hat ihr Vater es weggenommen, und sie hat sich richtig weh getan.«

»Was, mit Absicht?«

Hetty zog es vor, nicht zu antworten.

Nachdem er auf dem ersten Absatz stehen geblieben war, um Luft zu holen, sagte Barnaby: »Dann müssen Sie ja gleich nach der Schule hier angefangen haben.«

»Das stimmt«, sagte Hetty. »Ich war fünfzehn. Meine Freundinnen hielten mich für bekloppt, dass ich hier arbeiten ging. Die wollten alle Jobs bei Boots oder Woolworth's oder irgendwo im Büro.«

»Und warum wollten Sie das nicht?«

»Ich mag diese großen Läden nicht, voller drängelnder Leute – womöglich auch noch Ausländer – und dieses ganze Tratschen und Lästern. Ich wollte einen ruhigen, anständigen Job bei einer netten Familie.«

Barnaby hatte sich an die nächste Treppe gemacht. Hetty folgte ihm, und Troy bildete die Nachhut. Er war überrascht, wieviel alten Kram es hier gab. Dunkle trübsinnige Bilder wie in einem Museum, kleine Messingtische mit Gravierarbeiten. Ein großer Gong an einem Ständer, dazu ein Klöppel mit einem gepolsterten Kopf. Außerdem ein ausgewachsenes Krokodil in einer Glasvitrine. Es war am ganzen Körper mit angeknacksten viereckigen Schuppenstückchen bedeckt, die karamelfarben glänzten. Und das Vieh lächelte und zeigte Hunderte von blitzenden Zähnen.

»Nicht nachlassen, Sergeant.«

»Entschuldigung.« Troy eilte über den zweiten Treppenabsatz. Der Chef und Hetty Leathers machten sich gerade an eine sehr viel steilere und schmalere Treppe, die mit beigem Nadelfilz ausgelegt war. Etwa ein Dutzend Stufen führten zu einer weiß gestrichenen Tür. Eine von der billigen Sorte, wie man sie in jedem Heimwerkermarkt kaufen konnte. Pressspan, innen hohl und mit einer silbrigen Oxidklinke. Sie war geschlossen. Als Hetty die Hand ausstreckte, berührte Barnaby sie am Arm.

»Sind Sie hier drin gewesen, seit Carlotta verschwunden ist?«

»Nein. Sie wollte es nicht – Mrs. Lawrence. Hat gesagt, sie würde sich selber drum kümmern.«

»Ist das ungewöhnlich?«

»Allerdings.« Hetty schnalzte leise mit der Zunge. »Ich hab mich ziemlich darüber geärgert, muss ich zugeben.«

»Und hat sie? Sich drum gekümmert, mein ich.«

»Nicht dass ich wüsste. Allerdings wohne ich ja auch nicht hier und weiß nicht alles, was sie tut.« Sie drückte die Klinke und öffnete die Tür. Alle drei starrten verdattert in das Zimmer.

Schließlich sagte Hetty: »Also ich hab ja schon einiges an Unordnung erlebt, aber so was hab ich noch nie gesehen.«

Aufgebracht sog sie die Luft ein. »So eine schmutzige junge Dame.«

Troy, der niemals ein Klischee ausließ, murmelte: »Sieht aus, als hätte eine Bombe eingeschlagen.«

Barnaby schwieg. Er versuchte sich zu erinnern, was die Lawrences bei der ersten Befragung gesagt hatten. Ihm fiel ein, dass Lionel seiner Frau die Schuld für Carlottas Verschwinden gegeben hatte. Es wäre etwas vorgefallen. Sie hätte mit dem Mädchen »Streit« gehabt. Das musste aber ein heftiger Streit gewesen sein.

Noch einmal legte er die Hand auf Hettys Arm, diesmal, als sie ins Zimmer gehen wollte.

»Ich glaube, je weniger Leute da drinnen herumlaufen, desto besser, Mrs. Leathers.«

»Wie Sie wünschen, Inspector.« Hetty stand mitten in der Tür und behielt beide Polizisten im Auge, wenn sie zusammen waren, und Troy, wenn sie sich an unterschiedlichen Stellen im Zimmer aufhielten. Er wusste nicht, ob er sich geschmeichelt oder beleidigt fühlen sollte.

Wenn Barnaby nicht über die Umstände Bescheid gewusst hätte, hätte er angenommen, hier hätte ein Einbruch stattgefunden. Es sah nämlich so aus, als hätte jemand wütend die ganze Bude auseinandergenommen. Kleider waren von den Bügeln gezerrt und auf die Erde geschmissen, Zeitschriften – *Minx, Sugar, 19* – waren zerfetzt und Poster von den Wänden gerissen worden. Er hob ein paar davon auf. Die Namen – All Saints, Kavana, Puff Daddy – sagten ihm nichts. Seit Cully vor acht Jahren von zu Hause ausgezogen war, war er absolut nicht mehr auf dem Laufenden.

Aus einer kleinen Kommode waren sämtliche Schubladen herausgezogen und durch das Zimmer geschmissen worden. Der Inhalt lag da, wo er hingefallen war. Kosmetik, Unterwäsche, ein Knäuel Strumpfhosen und ein pinkfarbener Fön aus Plastik. Bürsten, Lockenwickler und Kämme. Das ganze Zimmer stank durchdringend nach billigem Haarspray. Darunter lag ein angenehmerer pfirsichartiger Duft.

Als Troy an der Ecke einer hübsch geblümten Steppdecke zupfte, stieg eine goldbraune Staubwolke auf. Dann stellte er fest, dass mehrere kleine Häufchen davon auf dem Bett und dem Fußboden lagen. Wenn das Stoff war, dann kannte er den noch nicht. Er beugte sich herab und schnupperte.

»Die hat mit Gesichtspuder um sich geschmissen, Chef.«

»Es gibt wohl nicht viel, womit sie nicht rumgeschmissen hat.«

»Dieses Mädchen war ganz schön jähzornig«, sagte Hetty. »Da ist die Dose.«

Barnaby hob die Puderdose auf und stelle sie vorsichtig auf den Nachttisch. Als Troy das bemerkte, ging er ans andere Ende des Zimmers, hob ein Kissen auf, das zu dem einzigen Sessel gehörte, und legte es genauso vorsichtig zurück.

»Fassen Sie nichts an, Sergeant.«

So oft wie ich mir auf die Zunge beißen muss, dachte Sergeant Troy, müsste die längst ein Sieb sein. Er beobachtete den Chef, der anscheinend gedankenverloren neben dem winzigen Fenster stand.

Doch Troy wusste, was der DCI in Wirklichkeit tat. Und früher einmal, das war allerdings schon einige Jahre her, da hätte er sich bemüht, das Gleiche zu tun. Nämlich den Schauplatz bis ins allerkleinste Detail zu betrachten und zu versuchen, das Drama, das solch eine Zerstörung ausgelöst hatte, vor dem geistigen Auge lebendig werden zu lassen. Sozusagen die vorgefundenen Knochen mit Fleisch zu versehen.

Ja, Troy hatte das alles auch versucht. Aber er hatte so selten Recht gehabt und sich so oft geirrt (einmal hatte er einen zwielichtigen Antiquitätenhändler auf den Verdacht hin verhaftet, er hätte den Kirchenschatz gestohlen, um dann festzustellen, dass es der Pfarrer gewesen war), dass er es schon bald aufgab. »Wenn man einen erstklassigen Fischhändler gleich nebenan hat, warum soll man sich dann bemühen, selber welche zu fangen?«, hatte er Maureen gegenüber erklärt.

Barnaby fragte sich gerade, ob er einen Fehler gemacht hatte, als er Mrs. Leathers bat, ihnen das Zimmer von Carlotta zu zeigen. Er dachte an das bevorstehende Gespräch mit Ann Lawrence, und ihn beschlich das Gefühl, dass es vielleicht besser gewesen wäre, mit einem Durchsuchungsbefehl in der Hand zu kommen und das Zimmer mit ihr zusammen zu betreten. Dann hätte er ihre Reaktion erlebt. Hätte ihren Gesichtsausdruck beobachten können, während er im Zimmer umherging. Lauwarm, warm, wärmer. Ein bisschen kälter – nein kalt, eisig, brrr!

Verärgert schob er das Bild beiseite. Das war reine Phantasie. Wenn sie tatsächlich was zu verbergen gehabt hätte, hätte sie reichlich Zeit gehabt, hier aufzuräumen. Aber vielleicht war ihr nie der Gedanke gekommen, die Polizei könnte sehen wollen, wo Carlotta gewohnt hatte. Möglicherweise hatte sie nach dem extrem heftigen Zusammenstoß mit dem Mädchen das Zimmer nicht wieder betreten wollen, es vielleicht gar nicht gekonnt. Ja, das klang wahrscheinlicher.

Ein heftiger Seufzer und ein demonstratives Räuspern von der Tür brachten ihn in die Gegenwart zurück.

»Mrs. Leathers«, sagte der Chief Inspector, »danke, dass Sie so geduldig mit uns waren.« Er nickte Troy zu, und die beiden Männer gingen zur Tür.

»Kein Problem, Inspector. Ich muss jetzt bloß weitermachen.«

Als sie sich vom Haus entfernten, sagte Troy, Vater einer vier Jahre, drei Monate und neun Tage alten Tochter: »Sie haben doch auch eine Tochter, Sir. Hat es in deren Zimmer je so ausgesehen?«

»Ziemlich genauso«, sagte Barnaby. »Einmal hat die Katze dort Junge bekommen, und wir haben sie erst nach drei Wochen gefunden.«

»Auweia.« Troy sah seinen Boss von der Seite an. Er schien zu lächeln, aber da konnte man sich nie ganz sicher sein. »Jetzt haben Sie aber übertrieben, nicht wahr?«

»Nur ein bisschen.«

Anns Zweigstelle von Lloyd's in Causton verfügte nicht nur immer noch über einen Direktor, der tatsächlich dort anzutreffen war, sondern sie war auch jeden zweiten Samstagmorgen für drei Stunden geöffnet. Richard Ainsley hatte ein Büro, an dessen Tür seine Funktion zu lesen war, und auf dem Schreibtisch stand ein blank poliertes Holzschild, auf dem in Goldbuchstaben sein Name prangte. Ainsley kannte Ann schon sehr lange und hatte auch ihren Vater gekannt. Auch ihrem Mann war er mal begegnet, mochte ihn aber nicht besonders. Wie Ann erwartet hatte, war er bereit, ihr gegen das Haus als Sicherheit soviel zu leihen, wie sie brauchte. Sie war allerdings sehr überrascht, wie hoch die Zinsen waren.

»Es wird nicht lange dauern, den Vertrag aufzusetzen. Wenn Sie vielleicht nächsten Donnerstag noch mal vorbeikommen könnten, Mrs. Lawrence ...«

»Ich muss es sofort haben!« Ann merkte, dass sie sich über den Schreibtisch des Bankdirektors gebeugt hatte und fast schrie. »Entschuldigen Sie vielmals, Mr. Ainsley.« Sie lehnte sich mit hochrotem Kopf zurück. »Ich weiß nicht, was ... Es tut mir Leid.«

Mr. Ainsley war an derartige Gefühlsausbrüche durchaus gewöhnt. Geld war die Achse, um die sich das Leben der meisten Menschen drehte. Wenn es ihnen durch die Finger zu rinnen schien, gerieten sie in Panik. Verständlich. Doch er hatte sich seit dem Tod ihres Vaters um Ann Lawrences finanzielle Angelegenheiten gekümmert und war sowohl überrascht, als auch ein wenig schockiert, sie in einer derartigen Notlage zu sehen. Natürlich fragte er sich, wofür das Geld sein könnte. Wohl kaum für einen Wintergarten oder eine neue Küche, zwei der häufigsten Objekte der Verführung, die derzeit auf Kreditanträgen auftauchten. Auch nicht für einen Urlaub auf den Bahamas, obwohl sie weiß Gott so aussah, als könnte sie den vertragen. Nichts davon könnte eine derartige Verzweiflung auslösen.

»Das ist eine Menge Geld, Ann.« Er beschloss, nichts von den tausend Pfund zu sagen, die sie erst vor ein paar Tagen von ihrem Girokonto abgehoben hatte. »Über welchen Zeitraum stellen Sie sich vor, es zurückzuzahlen?«

»Oh – sehr schnell.« Ann starrte über den Schreibtisch auf diesen rundlichen kleinen Mann mit dem gepflegten Haar, der seriösen Goldrandbrille und dem akkuraten Schnurrbart. Aufgeplustert von seiner eigenen Wichtigkeit. Ein aufgeblasener, spießiger, alberner und umständlicher Fettwanst. Und wenn sie sich vorstellte, dass sie ihn bisher eigentlich ganz gern gemocht hatte. Sogar dankbar gewesen war für seine Freundlichkeit. »Es ist nämlich jemand gestorben. Die Kosten für die Beerdigung müssen bezahlt werden. Aber ich werde im ... äh ... Testament erwähnt. Das heißt bedacht. Also wird es kein ... Problem ...«

Obwohl ihn das Ganze beunruhigte, beschloss Richard Ainsley, diese elende Angelegenheit zu beenden. Er konnte es nicht ertragen, sie lügen zu hören. Er schlug einen Rückzahlungszeitraum von sechs Monaten vor, und als sie damit einverstanden war, nahm er ein Formular, füllte es rasch aus und bat sie um ihre Unterschrift. Dann rief er den Hauptkassierer an, um die Auszahlung zu veranlassen.

»Ich brauche es in bar, Mr. Ainsley.«

»*In bar?*«

Als Ann aus der Bank lief, den Umschlag sicher unten in ihrer Handtasche, stieß sie mit Louise Fainlight zusammen, die gerade vom Geldautomaten kam.

Nach den automatischen Entschuldigungen und unbeholfenen Hallos wusste keine der beiden Frauen, was sie sagen sollte. Beide mussten an ihre letzte Begegnung denken. Louise erinnerte sich, dass Ann sie zu sich nach Hause eingeladen hatte und sie dann nicht dahaben wollte. Ann fielen ihre Überlegungen ein, dass Louise durchaus die Erpresserin sein könnte.

Jetzt dachte sie erneut darüber nach, das Geld, das durch das weiche Leder ihrer beigen Handtasche zu brennen schien, fest an sich gedrückt. War diese Begegnung tatsächlich ein Zufall? Oder der entschiedene Versuch zu überprüfen, ob sie tatsächlich tat, wozu sie angewiesen worden war. Plötzlich wurde Ann von dem heftigen Verlangen ergriffen, Louise zur Rede zu stellen. Mit dem Geld vor ihrem Gesicht herumzufuchteln und zu brüllen: »Hier ist es! Das wolltest du doch, oder? Stimmt's?«

Erschrocken wandte sich Ann, ein paar vage Worte murmelnd, ab. Sie tat so, als wolle sie selbst den Geldautomaten benutzen und blieb davor stehen, bis Louise gegangen war. Dann merkte sie, dass sich hinter ihr eine kleine Schlange gebildet hatte und die Leute sie merkwürdig anstarrten. Sie trat zur Seite. Mit rotem Kopf und den Tränen nahe tat sie so, als würde sie in ihrer Handtasche etwas suchen.

Ann hatte das Gefühl, den Verstand zu verlieren. Die Ereignisse der letzten paar Tage überfielen sie plötzlich in einem Gemisch aus brutalen, von Angst erfüllten Bildern und heimtückischem Gemurmel. Misstrauisch starrte sie die Leute an, die ihr auf dem Bürgersteig entgegenkamen. Die drehten ganz cool den Kopf zur Seite, gaben sich gleichgültig und taten so, als hätten sie mit dem Geflüster nichts zu tun, doch sie wusste, dass insgeheim alle über sie lachten.

Als Louise kurz nach ihrer seltsamen Begegnung vor der Bank mit dem Auto wieder aus Causton herausfuhr, sah sie Ann leicht orientierungslos die Straße überqueren. Ihre spontane Reaktion war, ihr anzubieten, sie mitzunehmen. Sie nahm sogar den Fuß vom Gas und bremste leicht ab. Doch irgendwas schien merkwürdig an Ann. Mit einer Hand hielt sie ihren Mantel fest zusammen, obwohl das Wetter recht mild war. Die andere schwebte wie ein flatternder Vogel vor ihrem Mund. Trotzdem konnte Louise sehen, dass ihre Lippen sich bewegten. Außerdem runzelte sie die Stirn und schüttelte den Kopf.

Louise fuhr weiter. Sie hatte selber Probleme, die sich immer mehr zuspitzten. Das war nicht der richtige Zeitpunkt, sich einem Menschen zu widmen, der nicht nur eindeutig verwirrt war, sondern – davon war Louise mittlerweile überzeugt – sie nicht mal mochte.

Sie hatte nicht damit gerechnet, nach Causton fahren zu müssen, und das ausgerechnet am Markttag, aber sie hatte kein Geld mehr gehabt. Von Anfang an hatte Louise darauf bestanden, alle laufenden Kosten mit ihrem Bruder zu teilen und jede zweite Woche die Lebensmittel einzukaufen. Diese Woche war sie dran. Es waren einige Dinge ausgegangen, und da sich das Verhältnis zwischen Val und ihr wieder ein wenig gebessert hatte, hatte sie ihn gestern Abend gebeten, ob er ihr nicht etwas Geld leihen könnte. Er aber sagte, er hätte keins. Ohne nachzudenken und ehrlich verblüfft sagte Louise: »Aber du warst doch gerade erst bei der Bank.« Sie hatte nämlich den Auszahlungsbeleg vom Küchenboden aufgehoben und in den Müll geworfen. Er hatte sich auf vierhundert Pfund belaufen.

Im Nu schlug die Atmosphäre um, und kalte Wut erfüllte den Raum.

»Ich hab allmählich die Schnauze voll davon!« Valentine spie die Worte förmlich aus.

»Wovon?«

»Von dir. Und deiner ständigen Kritik.«

»Ich wollte doch nicht ...«

»Du musst diese Woche das Essen bezahlen, stimmt's?«

»Vergiss es. Ich fahr in die Stadt.«
»Wenn du deinen Anteil nicht bezahlen willst ...«
»Das ist eine Unverschämtheit.« Jetzt wurde sie laut. »Ich hab meinen Anteil bezahlt, seit ich hierher gekommen bin. Das weißt du ganz genau.«
»Tatsächlich?«
»Was glaubst du denn, wo meine Ersparnisse sonst geblieben sind?« Während sie sprach, wurde Louise plötzlich klar, was mit Valentines vierhundert Pfund passiert war. Und sie wusste, dass man ihr das ansah.

Eine Zeitlang herrschte zwischen ihnen ein bedrohliches Schweigen, dann sagte Valentine »Ich kann diese Streitereien nicht länger ertragen. Ich muss schließlich arbeiten.« Damit wandte er ihr demonstrativ den Rücken und ging zur Treppe. »Das ist mein Ernst, Lou. Mir reicht's.«

Louise, die vor Wut und Verzweiflung zitterte, hielt es nicht länger im Haus aus. Sie ging in den Garten und setzte sich an den Teich. Was sollte sie nur machen?

Der Zorn über die ungerechten Äußerungen ihres Bruders war schon wieder verflogen. Stattdessen kamen ihr Erinnerungen an ihre Kindheit in den Sinn. Obwohl er immer der Liebling ihrer Eltern gewesen war, hatte Valentine seine Stellung nur selten ausgenutzt. Er hatte sehr früh begriffen, wie ungerecht die Situation war, und ständig versucht, ein Gleichgewicht herzustellen, indem er Bilder lobte, die sie aus der Schule mit nach Hause brachte und die ihre Mutter kaum eines Blickes würdigte, ihr bei den Hausaufgaben half und seinen Vater überredete, sie mitkommen zu lassen, wenn sie angeln gingen. Zu ihrem fünften Geburtstag hatte er ihr eine kleine Holzschachtel gebastelt, auf die Seesterne und kleine Robben gemalt waren und die sie immer noch in Ehren hielt. Und das Schönste von allem, er war immer in der Lage gewesen, sie zum Lachen zu bringen.

Bei dieser letzten Erinnerung fing Louise an zu weinen. Sie

weinte bitterlich, mit offenen Augen und ohne die Tränen wegzuwischen, so wie Kinder das tun. Zu ihren Füßen schwammen die Karpfen, die in dem dunklen, die Sonne reflektierenden Wasser golden glänzten, schwerfällig hin und her.

Sie zu beobachten hatte eine hypnotische Wirkung. Und auch die strenge Formalität des Gartens tat allmählich das ihre, um Louises Gefühle zu beruhigen. Das Weinen kam nur noch schubweise und ging schließlich in ein trauriges Schniefen über. Auch ihr Herzschlag verlangsamte sich wieder. Sie blieb noch etwa eine halbe Stunde sitzen und empfand eine immer stärkere innere Ruhe.

Doch was sollte sie jetzt tun? Valentine war eindeutig sehr unglücklich, was bedeutete, dass Louise ebenfalls unglücklich war. Aber wenn er sie nicht um sich haben wollte, wie konnte sie dann bleiben, ohne das Gesicht zu verlieren? Diese merkwürdige Unbeherrschtheit in seinem Verhalten konnte doch nur vorübergehend sein – eine andere Möglichkeit war gar nicht auszudenken –, und wenn die Sache vorüber war, wäre er ganz allein. Vielleicht könnte sie nur ein kleines Stück wegziehen, in eins der Nachbardörfer. Sie könnte es sich leisten, dort ein kleines Haus oder eine Wohnung zu mieten.

Sie wurde erneut von Zorn gepackt, als sie an den Mann dachte, der schuld an diesem ganzen Streit und dem elenden Zustand ihres Bruders war. Bevor Jax auftauchte, waren sie zufrieden gewesen, hatten ein angenehmes und geregeltes Leben geführt. Dann verrauchte der Zorn, und sie bekam furchtbare Angst, als ob ihr gesamtes Leben plötzlich bedroht wäre.

DCI Barnaby und Sergeant Troy hatten ein sehr angenehmes Mittagessen im Red Lion bei Fleischpastete mit Nieren, dazu Kartoffelpüree und frische Erbsen. Das Dessert bestand aus Fruchtsalat aus der Dose, Biskuit und Himbeermarmelade und nannte sich hochtrabend Himbeer-und-Aprikosen-Pawlowa.

»Schon mal was von der Pawlowa gehört, Sergeant?«, fragte der Chief Inspector und entfernte einen schmutzigen Aschenbecher von einem Tisch am Fenster.

»Ich weiß nur, dass man für drei Pfund nicht viel erwarten kann.«

»Eine der größten Tänzerinnen aller Zeiten.«

»Ach ja?« Troy nahm sein Besteck und haute rein.

»Berühmt für ihre Darstellung eines sterbenden Schwans.«

»Hört sich gut an«, sagte Troy höflich.

»Man sagt, dass Leute, die das gesehen haben, nie mehr ganz so waren wie vorher.« Barnaby trank einen Schluck von seinem Russian Stout, das köstlich war. »Und sie hat getanzt bis zu dem Tag, an dem sie starb.«

»Wie kommt es«, fragte Sergant Troy, der vorsichtig auf seinem Teller herumsägte, »dass Nieren beim Reinschneiden immer quietschen?«

Obwohl Barnaby sich nicht an der Theke vorgestellt hatte und einen ganz normalen dunkelblauen Anzug mit einer schlichten Krawatte und blank polierten schwarzen Schnürschuhen trug, war ihm klar, dass die Leute wussten, dass er Polizist war. Und das nicht nur, weil man bereits gesehen hatte, wie er im Dorf irgendwelche Leute befragte.

Manchmal glaubte Barnaby, dass er irgendein Zeichen trug, wie das Kainsmal, unsichtbar für ihn selbst, das aber dem Rest der Welt lautstark verkündete: Dieser Mann ist Polizist. Und das war keine Übertreibung. Einmal hatte er mit Joyce in einem Restaurant zu Abend gegessen, in dem sie noch nie gewesen waren. Als sie ihren Hummer Armocaine zur Hälfte verspeist hatten, war der Geschäftsführer an ihren Tisch gekommen und hatte gesagt, sie hätten ein kleines Problem mit einem Betrunkenen, der seine Rechnung nicht bezahlen wollte. Was Barnaby raten würde?

Hier im Red Lion wurden sie bewusst nicht beachtet, so wie Leute sich manchmal nicht anmerken lassen wollen, dass sie zufällig einen Prominenten in ihrer Umgebung entdeckt haben. Man ist nicht interessiert, noch nicht mal beeindruckt. Hat was Besseres zu tun.

»Die waren ja fix bei den Von-Haus-zu-Haus-Befragungen.« Sergeant Troy, der sich gerade an sein Himbeerbiskuit herangemacht hatte, nickte grinsend Richtung Tür. »Unser Fußvolk.«

Zwei uniformierte Constables aus Barnabys Team waren hereingekommen und plauderten mit dem Wirt und ein paar Einheimischen an der Theke. Verärgert stellte Troy fest, dass der Wirt den Polizisten einen Drink anbot. Den sie ablehnten. Richtig so.

»Zu denen gehörten Sie auch mal.«

Troy, der gerade seine Schüssel auskratzte, antwortete nicht. Diese unrühmliche Phase seiner glänzenden Karriere zog er vor zu vergessen. Auf die Aufforderung auszutrinken, leerte er sein langweiliges alkoholfreies Lager und warf sich in sein elegantes superleichtes Jackett.

Auf dem Weg zur Tür bemerkte er zwei äußerst attraktive Frauen an der Theke. Sie saßen bei den Uniformierten und lachten und scherzten mit ihnen. Einer der Polizisten fing Troys Blick auf. Der Sergeant machte ihn durch eine leichte Kopfbewegung darauf aufmerksam, wer da hinter ihm kam. Ein ungläubiger und bestürzter Blick, und die Uniformierten sprangen auf die Füße, dankten dem Wirt laut für seine Hilfe und machten sich aus dem Staub.

»Was glucksen Sie herum?«

Glucksen. Wo fand er bloß diese Wörter? Troy beschloss, es zu Hause in Talisa Leannes Wörterbuch nachzuschlagen. Glucksen. Je häufiger man es sagte, um so bescheuerter klang es.

»Wollen Sie sich jetzt näher mit Mrs. Lawrence beschäftigen, Sir?«

Barnaby murmelte etwas Unverständliches. Er war absolut

schlecht gelaunt, und das nur, weil er sich über sich selbst ärgerte. Während des Essens war die Überzeugung in ihm gewachsen, dass die Bedenken, die ihm in Carlottas Zimmer gekommen waren, richtig gewesen waren. Er hätte auf Mrs. Lawrence warten sollen, um mit ihr gemeinsam in das Zimmer zu gehen.

Jetzt wusste er, dass er hätte warten sollen, selbst wenn es den ganzen Tag gedauert hätte. Und dass er sie hätte befragen müssen, bevor sie von Hetty Leathers erfuhr, warum die Polizei im Haus gewesen war. Jetzt hatte er eine der wichtigsten Waffen im Repertoire eines Vernehmungsbeamten verschenkt – die Überraschung.

Wie sich herausstellen sollte, irrte er sich. Evadne Pleat hatte Hetty und Candy kurz vor zwölf abgeholt, um sie zum Tierarzt zu fahren. Und Ann kam erst eine Stunde später zurück, so dass sie nichts von seinem Besuch am Morgen wusste. Trotzdem war das Schicksal nicht auf der Seite des Chief Inspectors, wenn auch aus einem ganz anderen Grund.

Der Humber Hawk stand in der Einfahrt, und in der Wohnung über der Garage brannte Licht. Doch Barnaby beschloss, sich zuerst die Lawrences vorzunehmen, denn er hielt es für wahrscheinlicher, dort auf Informationen zu stoßen, die er bei der Befragung von Jackson benutzen konnte, als umgekehrt.

Abermals zog Troy an der altmodischen Klingel. Irgendwie wirkte die Farbe an der Haustür noch brüchiger. Im unteren Teil wellte sich ein Streifen bereits regelrecht vom Holz ab.

Lionel Lawrence persönlich öffnete die Tür. Er starrte sie mit einem verwirrten Gesichtsausdruck an, als sei er sicher, dass er sie schon mal irgendwo gesehen hatte, wisse nur nicht genau, wo. Sein weißes Haar sah ein wenig ordentlicher aus als beim letzten Mal, dafür trug er einen langen, extrem bunten Schal, der nicht nur an den Enden ausfranste, sondern auch der ganzen Länge nach.

»DCI Barnaby.«

»Sergeant Troy.«

»Hmm«, sagte Lionel, drehte sich um und schritt ins Haus zurück. Sein bodenlanger Hausmantel, der im Rücken von der Taille an geschlitzt war, flatterte heftig hinter ihm her, so dass man das karierte Innenfutter sehen konnte.

Da er die Tür offen stehen gelassen hatte, folgten ihm die Polizisten und landeten schließlich in Lionel Lawrences Arbeitszimmer. Ann Lawrence saß in einem hellblauen Ohrensessel am Fenster. Völlig reglos und still. Richtig unnatürlich, dachte Barnaby. Er merkte, wie sie die Stirn in Falten zog, als versuche sie sich zu erinnern, wer sie waren. Einen Augenblick glaubte er, sie wäre betrunken.

»Haben Sie was rausgekriegt?«, fragte Lionel Lawrence. »Gibt's was Neues über Carlotta?«

Dieser Kerl will seine Prioritäten von Anfang an klarstellen. Sergeant Troy kramte sein Notizbuch hervor und musterte den zerzausten Pfarrer streng. Wir haben es hier mit einem Mord zu tun. Dann fiel ihm ein, dass sie es vielleicht mit zwei Morden zu tun haben könnten, falls das Mädchen tatsächlich ertrunken war, und er war eine Spur weniger gereizt.

»Kann schon sein«, sagte Barnaby.

»Oh! Hast du das gehört, meine Liebe?« Lionel strahlte seine Frau an, die ganz langsam und mit äußerster Vorsicht den Kopf zuwandte. »Es gibt was Neues über Carlotta.«

»Carlotta. Wie schön.« Die Worte wurden langsam und mit schwerer Zunge gesprochen und waren unnatürlich isoliert voneinander. Dann folgte eine lange Pause. »Schön.«

Ann hatte Mühe, die drei Gestalten im Raum richtig wahrzunehmen. Obwohl sie eigentlich ganz klar umrissen waren, schienen sie sich völlig unberechenbar zu bewegen. Beugten sich vor und verschwanden wieder, wie Menschen in einem Traum. Ihre Stimmen hatten zudem ein leichtes Echo.

Sie hatte mitbekommen, wie der Arzt Lionel darauf hingewiesen hatte, dass sie sich zunächst ein wenig desorientiert fühlen könnte. Er hatte ihr eine Spritze gegeben und Tabletten verschrieben, die sie dreimal täglich nehmen sollte. Es war ein Beruhigungsmittel, und es funktionierte ausgezeichnet. Noch nie im Leben hatte sie sich so ruhig gefühlt. Ja, sie fühlte sich so ruhig, dass sie am liebsten in Bewusstlosigkeit versunken und nie wieder zu sich gekommen wäre.

Jax hatte die Frau seines Brötchengebers entdeckt, als er Lionel nach Hause fuhr. Ann lief ununterbrochen um den Taxistand vor der Bibliothek in Causton herum. Ihr Kopf wackelte wie bei einer kaputten Puppe. Lionel sprang aus dem Auto und lief zu ihr. Ann stürzte sich auf ihn, schlang die Arme um seinen Hals und fing an zu kreischen. Jax hatte geholfen, sie ins Auto zu bringen, und dann waren sie sofort zum Arzt gefahren.

»Geht es Ihrer Frau nicht gut, Mr. Lawrence?«, fragte Barnaby.

»Ann?«, fragte Lionel, als ob er mehrere Frauen hätte. »Nur ein bisschen erschöpft. Sagen Sie mir ...«

»Ich hatte gehofft, mit ihr über den Tag reden zu können, an dem Carlotta verschwand.«

Carlotta ... Etwas drang an die Oberfläche von Anns Bewusstsein. Ein schlanker weißer Umriss. Ein menschlicher Arm. Er krümmte sich nach oben, wie ein Halbmond, der im Dunklen schimmert, um dann spurlos zu versinken.

»Mrs. Lawrence, können Sie sich erinnern, was passiert ist, bevor sie fortlief? Ich glaube, es gab einen Streit.«

Hoffnungslos. Was auch immer man ihr gegeben hatte, es musste ein Hammer gewesen sein. Barnaby kam der Gedanke, dass das ja ideal getimt sei, um sie daran zu hindern, mit ihm zu reden, doch dann ermahnte er sich, keine Gespenster zu sehen. Niemand im alten Pfarrhaus konnte wissen, dass die Polizei den Erpresserbrief rekonstruiert hatte. Oder welche neue Wendung der Fall genommen hatte. Er wandte sich Lionel Lawrence zu.

»Könnten *Sie* mir denn irgendwelche Einzelheiten nennen, Sir?«

»Ich fürchte nein. In der Nacht, in der es passierte, war ich ziemlich lange auf einer Versammlung. Als ich nach Hause kam, schlief Ann bereits. Wie sie einfach ins Bett gehen konnte, wo doch dieses arme Kind ...« Lionel schüttelte den Kopf darüber, wie furchtbar seine Frau ihre Pflichten vernachlässigt hatte. »Die Füchse haben ihre Höhlen und die Vögel ihre Nester ...«

»Aber Sie haben doch sicher am nächsten Tag darüber gesprochen.«

Lionels Gesicht nahm einen Ausdruck völliger Sturheit an. Der Chief Inspector hob einfach fragend eine Augenbraue und wartete ab. Troy, der mit seinem Notizbuch an einem Kartentisch aus Satinholz saß, atmete genüsslich den zarten natürlichen Duft von Bienenwachs ein. Und beobachtete.

Er war gut im Warten, der Boss. Einmal hatte er es fast zehn Minuten lang durchgehalten. Troy, der nicht mehr Geduld hatte als ein Zweijähriger, fragte ihn, wie er das machte. Barnaby erklärte, dass er sich einfach ausklinkte. Natürlich musste man den Blickkontakt aufrechterhalten, manchmal sogar eine leicht drohende Haltung annehmen, aber innerhalb dieser Grenzen konnte man seine Gedanken frei schweifen lassen. Mit am besten funktionierte es, hatte er festgestellt, wenn er sich überlegte, was er am Wochenende im Garten tun musste.

Der arme alte Lawrence war dem nicht gewachsen. Er hielt keine zehn Sekunden durch, geschweige denn zehn Minuten.

»Anscheinend hat Ann geglaubt, Carlotta hätte sich ein Paar Ohrringe von ihr ausgeliehen. Sie hat das Mädchen danach gefragt, offenbar sehr ungeschickt. Natürlich bekam Carlotta Angst ...«

»Wieso denn?«, sagte Sergeant Troy. »Wenn sie sie doch nicht ...«

»Sie *verstehen* das nicht«, ereiferte sich Reverend Lawrence. »Für jemand mit einem solchen Hintergrund, ist es eine zutiefst traumatische Erfahrung, zu Unrecht beschuldigt zu werden.«

»Und Sie glauben, dass es zu Unrecht war, Mr. Lawrence?«, fragte Barnaby.

»Ich weiß das.« Sein Tonfall war süffisant und selbstgerecht. »Ann geht sehr achtlos mit ihren Sachen um. Wie alle Leute, die niemals Not gekannt haben.«

»Aber solche Dinge kommen nun mal vor«, sagte Sergeant Troy, dem die arme, völlig weggetretene Mrs. Lawrence Leid tat. Dafür erntete er einen ungläubigen Blick, der ihm zehn von zehn möglichen Punkten für Einfühlungsvermögen sowie Extrapunkte für Fürsorglichkeit erteilte.

»Könnten Sie uns etwas über den Hintergrund des Mädchens erzählen, Mr. Lawrence?«, fragte der Chief Inspector.

»Das steht alles in den Akten der Caritas.«

»Ja, und wir werden auch noch mit den Leuten dort reden. Aber im Augenblick rede ich mit Ihnen.«

Der Reverend wirkte ziemlich überrascht, als Barnaby plötzlich eine härtere Tonart anschlug.

»Ich sehe nicht ein, wie das Herumschnüffeln in der Vergangenheit des Mädchens dazu beitragen soll, sie zu finden.« Er blinzelte schwach. »Im Übrigen hat hier jeder eine reine Weste.«

»Soweit ich weiß, hat sie häufiger Luftpostbriefe erhalten.«

»Das möchte ich stark bezweifeln.« Lawrence lächelte nachsichtig.

»Anscheinend hat sie sie ungeöffnet weggeworfen«, fügte Sergeant Troy hinzu.

»Wer um alles in der Welt hat Ihnen denn das erzählt?« Er brauchte nicht lange, um die in Frage Kommenden durchzugehen. »Ich bin überrascht, dass Sie dem Tratsch des Personals Beachtung schenken.«

Das rief eine Reaktion aus dem blauen Sessel hervor. Ann Lawrence stieß einen erstickten Schrei aus und setzte sich mühsam auf. Sie versuchte zu sprechen, doch ihre Zunge, ein großer Klumpen trägen Fleischs in ihrem Mund, wollte sich kaum bewegen.

»Hetty ... ni... nicht ... Pers...«

»Nun sehen Sie, was Sie angerichtet haben!« Er ging zu seiner Frau hinüber, mehr – so kam es Barnaby vor – weil ihn ihr Verhalten ärgerte als aus Sorge um ihr Wohlbefinden. »Wir müssen dich nach oben bringen, Ann.« Wütend starrte er die beiden Polizisten an, die stur zurückstarrten. »Wenn Sie noch einmal mit mir oder mit meiner Frau reden wollen, dann sollten Sie einen Termin vereinbaren, wie es sich gehört.«

»Ich fürchte, so läuft das nicht, Sir«, sagte der Chief Inspector. »Und wenn Sie sich weiterhin so unkooperativ verhalten, könnten wir künftige Befragungen auch auf der Wache vornehmen.«

»Da müssen wir aber vorsichtig sein, Chef«, sagte Troy mit einem Kichern in der Stimme, als sie über den Kies gingen. »Wo der doch so dick Freund mit einigen hohen Tieren ist.«

Barnaby gab einen kurzen Kommentar zu Reverend Lawrences Verbindung zu den Freimaurern ab. Dabei setzte er sein Talent für lebendige Schilderungen und markige Dialoge voll ein, eine Gabe, die seine Untergebenen in Angst und Schrecken versetzte, wenn sie in sein Büro beordert wurden.

Troy lachte herzhaft und ging die bissigen Bemerkungen noch mehrmals in Gedanken durch, um sich nur ja an alles zu erinnern, wenn er es in der Kantine weitererzählte. Bis er alles in seinem Kopf in Schublädchen verpackt hatte, standen sie vor der Tür zu der Garagenwohnung.

Diesmal hatte er sie kommen gesehen. Hatte das Auto gesehen und beobachtet, wie sie ins Haupthaus gingen. Er würde gut vorbereitet sein. Barnaby erinnerte sich daran, wie Lawrence hereingeplatzt war, als sie sich das letzte Mal mit Jackson unterhielten, und vertraute darauf, dass der Reverend mindestens die nächsten zwanzig Minuten damit beschäftigt sein würde, seiner Frau Vorhaltungen zu machen.

Sergeant Troys Gedanken verliefen in genau den gleichen Bahnen. Wenn der Chauffeur noch einmal seine heuchlerische Show abziehen und wie ein Idiot herumflennen würde, dann könnte er erleben, wie die Aprikosen-und-Himbeer-Pawlowa aus dem Red Lion plötzlich ein geschmackvolles Mosaik auf dem schicken cremefarbenen Teppich bildete. Und er, Troy, würde es nicht aufwischen.

Die Tür wurde geöffnet. Jackson stand da in einem silbrigen Tweedjackett und einem schwarzen Baumwollpullover mit Polokragen. Sein Gesicht trug den Ausdruck aufrichtiger Offenheit zur Schau. »Na so was. Als Sie gesagt haben, Sie würden wiederkommen, Inspector, hab ich doch gedacht, Sie würden mir was vormachen.«

»Mr. Jackson.«

»Terry für Sie.« Er trat höflich zur Seite, und sie gingen alle die Treppe hinauf.

Die Wohnung sah ziemlich genauso aus wie beim letzten Mal, außer dass ein neues Bügelbrett nahe der Küche an der Wand lehnte. Die Türen zur Küche und zum Bad standen weit offen als ob demonstriert werden sollte, dass sich dahinter nichts verbarg.

Die gestrige Ausgabe des *Daily Star* lag ausgebreitet auf dem Sofatisch.

Jackson setzte sich auf das Sofa. Sein Verhalten war höflich und zuvorkommend. Doch sein Blick war angespannt, und Barnaby bemerkte, dass er weit nach vorn gebeugt saß, die Hände leicht auf die Knie gelegt und die Finger gekrümmt wie ein Sprinter.

»Fahren Sie Mr. Lawrence immer, Terry?«

Jackson wirkte erst überrascht, dann wachsam. Was auch immer er erwartet hatte, das jedenfalls nicht.

»Ja. Ich oder Mrs. L. Er hat nie den Führerschein gemacht.«

»Erzählen Sie mir, was heute passiert ist.«

»Wie meinen Sie das?«

»Alles, was vor diesem Besuch beim Arzt passiert ist.«

Jackson zögerte. »Ich weiß nicht, ob das Mr. Lawrence gefallen würde.«

»Entweder erzählen Sie's mir hier oder auf der Wache«, sagte Chief Inspector Barnaby. »Das liegt bei Ihnen.«

Also erzählte Terry Jackson ihnen, wie er Lionel von einer Versammlung des Stadtrats von Causton, bei der es um die Verbesserung der Ausbildung von Friedensrichtern ging, nach Hause gebracht hatte. Als er die High Street entlangfuhr, hatten sie dessen Frau entdeckt, die völlig außer sich durch die Gegend lief. Lionel hatte versucht, sie ins Auto zu kriegen, aber sie hatte angefangen zu schreien und mit den Armen herumzufuchteln.

»Was hat sie denn geschrien?«

»Das ergab alles keinen Sinn.«

»Na kommen Sie. Irgendwas müssen Sie doch verstanden haben.«

»Nein, ehrlich nicht. Es war nur wirres Zeug. Dann bin ich ausgestiegen, um zu helfen, aber das schien alles nur noch schlimmer zu machen.«

»Wer hätte das gedacht«, murmelte Sergeant Troy.

»Zuerst hat Lionel mich gebeten, nach Hause zu fahren, aber dann hat er es sich anders überlegt. Ihr Hausarzt ist in Swan Myrren, ein gewisser Patterson, und wir sind gleich zu ihm gefahren. Er hat sie sofort drangenommen und ihr eine Mordsspritze verpasst.«

»Was dann?«

»Dann haben wir bei der Apotheke angehalten, um das Rezept einzulösen, und sind hierher zurückgefahren.«

»Wissen Sie, warum sie nach Causton gefahren ist?«
»Nein.«

Ein winziges Zögern. Er wusste es und wollte es ihnen nicht sagen. Gut. Wenigstens ein Hauch von Fortschritt. Barnaby hielt inne und überlegte, ob er irgendwas daraus machen oder es für später aufsparen sollte. Er beschloss abzuwarten und stellte befriedigt fest, dass sich auf Jacksons Stirn eine dünne Schweißschicht gebildet hatte.

Also wechselte er das Thema und sagte: »Hier hat doch bis vor ein paar Tagen ein junges Mädchen gewohnt.«

»Das stimmt.«

»Wie war sie so?«

»Carlotta? Eine eingebildete Zicke.«

»Ihr habt euch also nicht verstanden«, sagte Sergeant Troy.

»Sie glaubte, sie wär was Besseres als ich. Dabei war sie ein Niemand, stimmt's? Ist genauso durch Vermittlung hierher gekommen wie ich.«

»Hat sie Sie vielleicht abgewiesen?«, suggerierte Barnaby.

»Da hatte sie keine einzige scheiß Gelegenheit zu!«

»Haben Sie sich darüber geärgert?«

Nachdem er offenbar ohne nachzudenken auf die Stichelei reagiert hatte, konnten sie nun beobachten, wie Jackson einen Rückzieher machte. Er sagte vorsichtig: »Ich hab nie versucht, sie anzumachen. Das hab ich Ihnen doch gesagt. Sie war nicht mein *Typ*.«

»Wissen Sie, warum sie fortgelaufen ist?«

»Nein.«

»Lawrence hat also nie mit Ihnen darüber gesprochen?«

»Geht mich doch wohl nichts an, oder?«

»Und Mrs. Lawrence?«

»Jetzt machen Sie aber mal 'nen Punkt.«

»Ach, natürlich.« Troy schnippte mit den Fingern, als ob es ihm gerade wieder eingefallen wäre. »Sie will Sie ja nicht im Haus haben. Stimmt das?«

»So ein Quatsch.« Jackson wandte sich plötzlich ab und begann, an der Innenseite seiner rechten Wange zu kauen.

»Es besteht die Möglichkeit, dass sie gar nicht fortgelaufen ist«, sagte Barnaby.

»Was?«

Sergeant Troy übernahm diesen Teil der Geschichte. »Wir haben ungefähr zur gleichen Zeit, als sie angeblich weggelaufen ist, eine Meldung erhalten, dass jemand in den Fluss gefallen sei.«

»Das kann nicht Carlotta gewesen sein.« Zum ersten Mal fing Jackson an zu lachen. »Dazu ist sie viel zu clever. Denkt immer nur an sich.«

Sieh mal einer an, dachte Troy und wiederholte: »Gefallen. Oder gestoßen worden.«

»Ich war's jedenfalls nicht. Ich war in der Nacht, von der Sie reden, in Causton. Lionel war auf einer Versammlung, und ich hab darauf gewartet, ihn nach Hause zu bringen.«

»Ist das wahr?«

»Mein Herz ist rein wie Schnee.«

Barnaby erinnerte sich, dass seine Mutter diesen Ausspruch benutzt hatte, als er noch klein war. Wohl eher rein wie Schneematsch. Jacksons Geschichte entmutigte ihn nicht allzusehr. Vermutlich hatte der Mann reichlich Zeit gehabt, während er wartete, und bis Ferne Basset waren es höchstens zwanzig Minuten mit dem Auto. Noch weniger, wenn man ordentlich aufs Gas trat. Außerdem hatte er kein Alibi für das Verbrechen, das tatsächlich passiert war. Für den Mord an Charlie Leathers.

Barnaby stand auf, und Troy tat eingermaßen enttäuscht das Gleiche. Als er schon fast an der Tür war, drehte sich der DCI mit einem seiner typischen »Oje, das hätte ich doch fast vergessen« – Ausrufe um. Darauf folgte unweigerlich ein langgezogenes »Übrigens.« Troy hatte immer wieder seinen Spaß an dieser kleinen Nummer. Absolut zum Schreien, damit hätte man nicht mal ein kleines Kind reinlegen können. »Ach, übrigens ...«

»Sie wollen doch nicht etwa schon gehen?«, sagte Jackson. »Ich wollte gerade den Kessel aufsetzen.« Er lachte gehässig.

»Es gibt was Neues über Mr. Leathers«, fuhr Barnaby fort.

»Charlie?« Jackson sprach geistesabwesend, als ob er mit den Gedanken ganz woanders wäre. »Haben Sie dafür schon einen Verdächtigen, Inspector?«

Eins musste man dem Schweinehund lassen, dachte Sergeant Troy. Der gibt sich so schnell keine Blöße.

»Eigentlich könnte ich mir Sie ganz gut dafür vorstellen, Terence.«

»*Mich?*«

»Er hat Sie erpresst, nicht wahr?«

Dieses eine Wort veränderte die gesamte Atmosphäre. Sie beobachteten, wie sich Jackson mühsam zusammenriss und zu konzentrieren versuchte. Die Anstrengung zeigte sich in dem zuckenden Nerv an seiner Schläfe und dem angespannten Kiefer.

»Das ist eine Lüge.«

»Wir haben Grund zu der Annahme, dass es wahr ist.«

»Oh, natürlich. Der Grund ist wohl, dass ich der Einzige hier in der Gegend bin, der vorbestraft ist. Der Einzige, der die passende Visage hat. Der Einzige, den Sie in den Knast stecken und bearbeiten können, bloß weil ich verwundbar bin.« Jackson beruhigte sich jedoch rasch wieder. Er wirkte in etwa so verwundbar wie eine Puffotter. Er schlenderte in die Küche und rief ihnen über die Schulter zu: »Kommen Sie wieder, wenn Sie wissen, wovon zum Teufel Sie reden.«

Barnaby legte rasch eine Hand auf Troys Arm und schob ihn unsanft aus der Wohnung. Als sie die Einfahrt überquerten, sahen sie das überraschte Gesicht von Reverend Lawrence durch das Esszimmerfenster gucken und beschleunigten ihre Schritte.

»Darf ich was sagen, Sir?«

»Natürlich dürfen Sie ›was sagen‹, Troy. Wir sind doch nicht bei der Stasi.«

»Das soll keine Kritik sein …«

»Okay. Es ist eine Kritik. Ich werd's wohl überleben.«

»Ich frag mich nur, ob es eine gute Idee war, Jackson zu sagen, dass wir von der Erpressung wissen. Ich meine, jetzt ist er auf der Hut, aber wir haben immer noch nichts in der Hand, um ihn einzubuchten.«

»Ich wollte ihn damit konfrontieren, bevor er es irgendwoanders aufschnappt. Um seine Reaktion zu sehen.«

»Die sehr zufriedenstellend war.«

»In der Tat. Ich weiß nicht, was genau hier vorgeht, aber ich würde sagen, egal was es ist, er steckt bis zu seinem dreckigen Hals mit drin.«

Es war schon fast dunkel, als sie sich auf den Rückweg zum Parkplatz des Red Lion machten. Mitten auf dem Dorfanger hatten sie eine merkwürdige Erscheinung. Barnaby blieb stehen und starrte in den perlweißen frühen Abendnebel.

»Was um alles in der Welt ist das?«

»Ich kann es nicht …« Troy kniff die Augen zusammen und legte die Stirn in tiefe Falten. »Donnerwetter!«

Ein seltsam fließendes Etwas zeichnete sich in einiger Entfernung ab, schwebte auf sie zu, wich wieder zurück und wogte hin und her. Es stieß kurze schrille Laute und Rufe aus und schien irgendwie auf einer tanzenden Schaummasse zu hocken. Ganz allmählich kam die mysteriöse Erscheinung näher.

»Wenn wir in der Wüste wären«, sagte DCI Barnaby, »dann wär das Omar Sharif.«

Eine Frau kam auf sie zu. Mollig, in mittlerem Alter und mit einer weiten grünen Hose und einem purpurroten Poncho aus Samt bekleidet. Auf dem Kopf trug sie einen weichen Filzhut mit Straußenfedern. Der Schaum löste sich in mehrere cremefarbene Pekinesen auf, die immer noch hin und her wogten, während die Frau sich vorstellte.

»Evadne Pleat, guten Tag. Sind Sie nicht Hettys Chief Inspector?«

»Guten Tag«, antwortete Barnaby und nannte seinen Namen.

»Und ich bin Sergeant Troy«, sagte Troy, der bereits ganz entzückt von den Hunden war, so bescheuert sie auch aussahen.

»Ich hab gehört, dass Sie in der Gegend sind. Ich wollte bloß sagen, wenn es irgendetwas gibt, womit ich Ihnen helfen kann, müssen Sie unbedingt bei mir vorbeikommen.« Ihr rundes, rosiges Gesicht strahlte vor Ernsthaftigkeit. Und sie hatte ein liebes Lächeln. Nicht das übliche Alltagsgrinsen, das kaum die Lippen erreicht, geschweige denn die Augen. Sie lächelte wie ein Kind, von ganzem Herzen, ohne jede Berechnung und absolut zuversichtlich, eine freundliche Antwort zu erhalten. »Ich wohne im Mulberry Cottage, da drüben beim Pfarrhaus.«

»Ich verstehe.« Barnaby schaute zu dem hübschen kleinen Haus hinüber. »Ist denn nicht schon jemand bei Ihnen gewesen?«

»O doch. Ein sehr tüchtiger junger Mann, wenn auch ein bisschen pingelig mit seiner Kleidung.« Sie hatte beobachtet, wie Constable Phillips ewig lange an ihrem Tor gestanden und mit mürrisch gerunzelter Stirn helle, flauschige Kügelchen von seiner Uniformhose gezupft hatte. »Ich hab ihm meine Ideen vorgetragen, bin mir allerdings nicht sicher, ob er die Fülle meiner Kenntnisse und Erfahrungen so richtig zu schätzen wusste.«

»Beziehen die sich auf ein bestimmtes Gebiet?«, fragte Sergeant Troy höflich.

»Zwischenmenschliche Beziehungen«, antwortete Evadne und strahlte sie beide an. »Das Auf und Ab der Gefühle im menschlichen Herzen. Laufen denn nicht letztlich all Ihre Ermittlungen darauf hinaus?«

Während dieses Gesprächs waren die Pekinesen ständig herumgewuselt und Evadne, die ihren Filzhut so gut es ging festhielt, mit ihnen.

»Ich werde das, was Sie gesagt haben, selbstverständlich im Kopf behalten«, murmelte Barnaby. »Wenn sonst nichts weiter anliegt ...?«

»Im Augenblick nicht. Aber wenn es irgendwas Besonderes gibt, bei dem Sie Hilfe benötigen, brauchen Sie nur zu fragen. Sagt schön auf Wiedersehen zu den netten Polizisten«, forderte Evadne die Hunde auf.

Und obwohl diese während des gesamten Gesprächs nicht aufgehört hatten zu bellen, verdoppelten sie jetzt noch einmal ihre Bemühungen, sprangen kläffend hin und her und stürzten übereinander, bis sich ihre Leinen völlig verheddert hatten.

»Wie heißen sie denn?« Sergeant Troy, der noch einmal stehen geblieben war, hörte irgendwo rechts von sich ein wütendes Knurren.

»Piers, Dido, Blossom, Mazeppa – *lass* das, Darling. Dann noch Nero, und der da ganz hinten ist Kenneth.« Sie zeigte auf ein kleines, weißes Wollknäuel, das immer wieder quiekend in die Luft sprang.

Troy musste über den halben Dorfanger rennen, um den Chef einzuholen.

»Sie sind aber schnell, Sir.«

»Immer, wenn ich von irgendwas weg will.« Mit einem Gefühl der Erleichterung ging Barnaby auf das Auto zu. »Ob sie sich jemals selber denken hört?«

»Sie wollte doch nur freundlich sein.«

Barnaby sah ihn mit einem Blick an, bei dem die Milch hätte sauer werden können. Sie stiegen ins Auto. Troy ließ den Motor an und suchte nach einer versöhnlichen Bemerkung, um die Heimfahrt aufzulockern.

»Ungewöhnlicher Name, Evadne Pleat.«

»Finden Sie?« Barnaby konnte es sich leisten, überheblich zu klingen. Er erinnerte sich, wie er vor einigen Jahren zusammen mit Joyce deren Bruder in Amerika besucht hatte. Colin, der als Austauschlehrer in Kalifornien war, wohnte in einem Apartment, das einer Frau namens Zorrest Milchmain gehörte. Da musste man schon früh aufstehen, um das zu überbieten.

Joyce deckte den Tisch; eine hübsche blau-gelbe Tischdecke aus der Provence, Geißblatt in einer hohen Kristallvase und schmale, elegante Weingläser.

Bis auf die Suppe (Möhren mit Koriander) gab es an diesem Abend nur kalte Speisen. Joyce war auf dem Weg zum Bahnhof Marylebone bei Fortnum & Mason reingesprungen und hatte nun ein Buffet aus geräuchertem Wildlachs, Steak, Rotwein-Leberpastete mit Kastanien, Artischockenherzen und griechischem Salat angerichtet.

Sie war zum Mittagessen im National Theatre in London gewesen. Nico hatte um halb zwölf Vorsprechprobe gehabt. Joyce und Cully trafen sich anschließend mit ihm im Foyer des Lyttleton. Dort saßen sie eine Zeitlang und lauschten einem Trio aus Querflöte, Bratsche und Klavier, das eine Romanze von Fauré spielte; dann gingen sie hinauf in das Restaurant des Olivier, wo Joyce einen Tisch reserviert hatte.

Obwohl Nicolas das Ergebnis der Vorsprechprobe frühestens in einer Woche erfahren würde, tranken sie jeder ein Glas Champagner, denn es war immerhin ein wunderbar aufregender Tag. Er hatte für Trevor Nunns Inszenierung von *Jean Brodie* vorgesprochen, und war nun schon allein aufgrund der Tatsache völlig überdreht, dass er über dieselben Bretter gelaufen war, wie die größten Schauspieler des Jahrhunderts: Scofield und McKellan; Gielgud, Judi Dench und Maggie Smith. Hier hatte Ian Holm King Lear gespielt. Hatte Joyce den Lear nicht gesehen? Absolut atemberaubend und bravourös ... ohhh ... herzzerreißend ... einfach unglaublich ...

Lächelnd ließ Joyce ihn immer weiter reden. Das war das Angenehme an Schauspielern. Sie waren so einfach im Umgang. Mit ihnen gingen einem nie die Gesprächsthemen aus.

Sie beobachtete, wie Cully ihren Mann auf die Wange küsste und ihm glücklich und aufgeregt zuprostete. Doch seit ihre Tochter selbst in diesem Metier arbeitete, war sich Joyce der Risiken eines Künstlerlebens nur zu bewusst. Eine Minute obenauf, die nächste schon wieder ganz unten. Und außerdem kannte sie Nicolas gut genug, um zu wissen, dass bis zum Abend all diese überschwengliche Begeisterung bereits von Zweifeln durchsetzt sein würde. Sogar jetzt, nachdem er gerade gesagt hatte, Trevor Nunn hätte sehr ermutigend gewirkt, fügte er hinzu: »Das kann natürlich auch nur so *ausgesehen* ...«

Joyce sah aus dem Fenster auf den Fluss, in dem die Sonne glitzerte, und auf Londons große Eisenbrücken und seufzte vor Vergnügen. Sie hatte die Gabe, wunderbare Augenblicke zu genießen, wenn sie sie tatsächlich erlebte, und nicht erst im nachhinein wie so viele Leute. Wie schön würde es sein, Tom alles zu erzählen. Als er in die Küche kam, war sie immer noch ganz in ihren Träumereien versunken.

»Na so was!« Er starrte auf den Tisch. »Das sieht ja sehr gut aus. Was ist das?« Er zeigte auf ein spektakuläres Dessert.

»Birne Charlotte. Du brauchst ja nur die Birnen zu essen.«

»Wo hast du das alles her?«

»Von Fortnum's.« Als ihr Mann sie verwundert ansah, fügte sie hinzu: »Ich war in London.«

»Wozu das?«

»Tom, also ehrlich.«

»Sag's mir nicht.«

»Werd ich auch nicht.«

»Im Flur liegt ein Chardonnay, der wunderbar dazu passen würde. Würd es dir was ausmachen?«

Als Joyce mit einer Flasche Glen Carlou in der Hand vom Weinregal zurückkam, sagte Barnaby: »Nicos Vorsprechprobe.«

»Du hast auf den Kalender geguckt.«

»Hat er die Rolle bekommen?«

»Das erzähl ich dir alles beim Essen.« Sie öffnete den Wein. »Die Gavestons haben übrigens abgesagt.«

»Wie schön. Also ...« Er deutete mit der Hand auf das Kristall, die Gläser und die Blumen. »Wofür ist das dann alles?«

»Für uns.« Joyce reichte ihm ein Glas Wein und küsste ihn kräftig auf die Wange.

»Mm.« Barnaby nahm einen tiefen Schluck. »Sehr schön. Ein kleiner spritziger Wein mit einer warmen Note und einem starken Rückgrat. Erinnert mich an jemanden, der ganz in der Nähe ist.« Er fing an, leise »The Air That I Breathe« zu singen. Es war ihr Lied gewesen und vor vielen Jahren bei ihrer Hochzeit gespielt worden. »›If I could make a wish I think I'd pass ...‹«

Joyce reichte ihm eine Serviette.

»Erinnerst du dich daran, Darling?«

»Woran?« Sie hatte angefangen zu essen.

»Die Hollies?«

»Mhm. Vage.«

8

Erst gegen zehn Uhr am nächsten Morgen erlangte Ann Lawrence das Bewusstsein wieder. Man hätte auf keinen Fall von »aufwachen« sprechen können. Der Staubsauger auf dem Flur vor ihrem Zimmer brummte zunächst nur leise, nicht lauter als das Summen einer Biene. Dann stieg der Geräuschpegel allmählich, und es war jedesmal ein Klopfen zu hören, wenn das Gerät gegen die Fußleiste knallte.

Ann hatte das Gefühl, aus den Tiefen des Ozeans aufzutauchen. Sie schwamm immer weiter, kämpfte sich durch die trüben Schichten ihres umnebelten Hirns, bis es ihr schließlich mühsam gelang, die geschwollenen Augenlider zu öffnen. Sie befand sich im Halbdunkeln. Mit dem Kopf auf dem Kissen starrte sie einen Augenblick die verschwommenen Umrisse schwerer Möbel an. Es wirkte alles völlig fremd. Dann machte sie einen Fehler. Sie versuchte, den Kopf zu heben.

»Ahhh ...« Ein stechender Schmerz schoss durch ihren Kopf. Entsetzt aufstöhnend schloss sie die Augen und wartete, bis die Qual nachließ. Dann richtete sich Ann, während sie den Kopf ganz gerade hielt und sich leicht auf die Matratze stützte, so weit auf, dass sie sich gegen das Kopfteil lehnen konnte. Dort verharrte sie absolut reglos.

Der Staubsauger war ausgeschaltet worden. An der Tür ertönte ein leises Klopfen. Hetty Leathers steckte den Kopf ins Zimmer, dann kam sie vorsichtig herein.

»Gott sei Dank. Ich dachte schon, Sie würden nie mehr aufwachen.« Sie ging zum Fenster und zog die Gardinen auf. Ein trübes Grau drang ins Zimmer.

»Machen Sie kein Licht!«

»Wollte ich auch gar nicht.« Sie setzte sich auf den Bettrand und nahm Anns Hand. »Du meine Güte, Mrs. Lawrence, was um alles in der Welt ist Ihnen denn zugestoßen?«

»Ich ... weiß nicht.«

»Ich hab gleich gesagt, Sie hätten nie zwei von diesen Tabletten nehmen dürfen. Das hab ich ihm gesagt.«

»Was?«

»Letzte Nacht. Als Sie ins Bett gegangen sind.«

»Aber ... Sie sind doch nicht hier ...« Ann seufzte tief und versuchte, den Satz zu Ende zu bringen. Es gelang ihr nicht.

»Abends? Eigentlich nicht. Aber er hat mich gestern gegen neun angerufen und wollte wissen, was mit seinem Abendessen wär.« In Hettys Stimme schwang immer noch die Verärgerung mit, die sie empfunden hatte. Als ob der Mann sich nicht eine Dose Suppe hätte öffnen und ein Sandwich machen können. »Also hab ich gedacht, ich komm besser heute Morgen noch mal wieder, sonst hätten Sie den ganzen Tag nichts zu essen gekriegt.«

»Wer hat angerufen?«

»Wer?« Hetty starrte sie verblüfft an. »Nun ja, Mr. Lawrence natürlich.«

»Ah.«

»Musste meine Nachbarin bitten, bei Candy zu bleiben. Ich wär auch gar nicht gekommen, wenn er nicht gesagt hätte, sie wären krank.«

»Ja.« Anns Wangen wurden rot, als ihr plötzlich einige lebhafte Szenen – scheinbar ohne jeden Zusammenhang – durch den Kopf schossen. Eine verwirrte Frau wird aufgegriffen und um sich schlagend in ein Auto gezerrt. Dieselbe Frau, nun weinend, stößt einen Mann von sich, der versucht, sie zu beruhigen, wehrt sich gegen eine Frau in Schwesternkleidung, die versucht, ihren Arm festzuhalten. Dann stabilisiert sich die Szene, wirkt jedoch weit entfernt, als ob man sie durch das falsche Ende eines Fernrohrs betrachten würde. Schließlich sitzt die Frau in einer Umgebung, die vage vertraut erscheint, aber dennoch nicht greifbar, wie ein Zimmer in einem Traum. Das Zimmer ist mit sperrigen, aber merkwürdig substanzlosen Möbeln vollgestopft. Tee läuft ihr das Kinn hinunter, und sie verschüttet ihn überall.

»Ich kann hier nicht bleiben!« Ann machte eine hastige Bewegung, und sofort wurde ihr übel. Sie drückte eine Hand auf ihren Mund.

»Was soll das heißen, Mrs. Lawrence? Wo wollen Sie denn hin?«

»Ich … weiß nicht.«

»Sie versuchen sich jetzt erst mal auszuruhen. Da unten im Haus gibt es nichts, worüber Sie sich Sorgen machen müssten.« Hetty stand vom Bett auf. »Alles läuft wie geschmiert. Was halten Sie davon, wenn ich Ihnen was schönes Heißes zu trinken mache?«

»Mir ist schlecht.«

»Hören Sie.« Hetty zögerte. »Es mag mich ja nichts angehen, aber diese Beruhigungsmittel verträgt nicht jeder. An Ihrer Stelle würd ich das ganze Zeug aus dem Fenster schmeißen.«

Ann ließ sich vorsichtig wieder auf die Matratze sinken und legte den Kopf auf das Kissen. Flach auf dem Rücken liegend, starrte sie auf einen bestimmten Punkt an der Decke, und allmählich ließ die Übelkeit nach. Sie begann sich besser zu fühlen. Ein wenig gestärkt. Aber nur rein körperlich.

In ihrem Kopf herrschte immer noch ein Durcheinander von Geräuschen, Bildern und Eindrücken, die alle ziemlich sinnlos erschienen. Dann durchdrang ein einzelner Lichtstrahl wie ein Speer dieses Chaos, und Ann begriff, dass sie die Frau in dieser seltsamen traumartigen Sequenz war.

Diese Erkenntnis war zwar beunruhigend – sie hatte sich zum Gespött der Leute gemacht, war gewaltsam in das Auto ihres Mannes verfrachtet und gegen ihren Willen von einem Arzt behandelt worden –, aber sie war gleichzeitig auch tröstlich. Ihr Gedächtnis funktionierte noch, also hatte sie nicht völlig den Verstand verloren.

Aber wie war sie überhaupt in diese schreckliche Situation geraten? Ann versuchte sich zu konzentrieren. Bevor sie gefunden und ins Auto verfrachtet wurde, hatte sie jemanden getroffen – Louise Fainlight! Und es war etwas Unangenehmes vorgefallen – nein, *sie* war unhöflich gewesen. Louise hatte sich einfach ganz normal und freundlich verhalten. Dennoch hatte Ann in ihr irgendwie eine Bedrohung gesehen. Warum?

Ann versuchte vorsichtig, den Nebelschleier in ihrem Kopf zu durchdringen. Sie schlug sich mit dem Handrücken gegen die Stirn und ächzte frustriert. Causton. Der Markt. Louise am Geldautomat. Sie selbst die Bank verlassend. Die Bank. Was hatte sie in ...

O Gott. Da fiel ihr alles wieder ein, strömte wie vergiftetes Wasser in ihr Bewusstsein. Sie richtete sich rasch auf, merkte kaum, wie sich alles drehte. Sie atmete hastig, keuchte beinahe vor Erregung und Angst, schwang die Beine aus dem Bett und griff nach ihrer Handtasche. Der braune Umschlag war noch da. Sie fummelte an der Lasche herum, zog die mit einem Gummi zusammengehaltenen Stapel von Banknoten heraus und starrte darauf. *Diesmal fünf Riesen Mörderin morgen gleicher Ort gleiche Zeit.*

Um die »gleiche Zeit«, also um Mitternacht, hatte sie bewusstlos im Bett gelegen, von Medikamenten außer Gefecht gesetzt. Aber das konnte er nicht wissen. Er würde glauben, dass sie sich ihm widersetzte. Was würde er tun? Einen weiteren Brief schicken? Anrufen und ihr drohen? Sollte sie vielleicht diese Nacht das Geld in den Carter's Wood bringen und es in der Abfalltonne deponieren?

Aber was wäre, wenn er nicht kam? Jemand anderer könnte es finden. Oder die Tonne würde geleert werden, und das Geld wäre verloren. Ann erinnerte sich an das demütigende Gespräch mit dem Bankdirektor. Das könnte sie nicht noch einmal ertragen.

Auf einer alten Nussbaumkommode auf der anderen Seite des Zimmers stand in einem silbernen Rahmen ein großes Foto von ihrem Vater. Sie wünschte sich innigst, dass er noch am Leben wäre. Er hätte mit Erpressern kurzen Prozess gemacht. Sie konnte sich vorstellen, wie er losrauschte, um denjenigen, wer auch immer es war, zur Rede zu stellen, wie er mit seinem Spazierstock herumfuchtelte und seinem Zorn mit kräftigen Flüchen freien Lauf ließ.

Ann musste zugeben, dass das töricht gewesen wäre. Hier hatte sie es nicht mit irgendeinem Landstreicher oder Faulenzer zu tun, den man mit donnernder Autorität einschüchtern konnte, sondern mit jemandem, der selbst über eine finstere Autorität verfügte, gegen die man nicht so leicht ankam.

Dieses immer stärker werdende Bewusstsein ihrer eigenen Hilflosigkeit löste in Ann Verärgerung aus, die sich rasch zu einem rasenden Zorn steigerte.

Sollte das etwa ihr Schicksal sein? Zitternd und lammfromm dazusitzen und auf Anweisungen zu warten wie eine erbärmliche viktorianische Dienstmagd. Und sobald diese erteilt wurden, sofort loszurennen, um sie zu erfüllen. Immer mehr von ihren kostbaren Besitztümern zu verkaufen, um die unerhörte Habgier eines unbekannten Verfolgers zu befriedigen. Das konnte sie nicht ertragen. Sie *würde* es nicht ertragen.

Doch was war die Alternative? Zum ersten Mal zog sie nicht mit panischer Kopflosigkeit, sondern in ruhiger Besonnenheit in Erwägung, was passieren würde, wenn sie nicht zahlte.

Er würde es der Polizei erzählen. Ein anonymer Hinweis ohne Risiko für ihn selbst. Sie würden kommen und Fragen stellen. Sie konnte nicht lügen oder sich durchmogeln. Das war gegen ihre Natur und gegen alles, an das zu glauben man sie gelehrt hatte. Also würde sie ihnen die Wahrheit sagen.

Wie furchtbar könnten die Folgen sein? Würde man sie verhaften? Vielleicht. Vernehmen? Mit Sicherheit. Lionel wäre niedergeschmettert, und das Dorf hätte was wirklich Aufregendes, worüber man tratschen könnte. Doch das würde vorübergehen, und Ann stellte erstaunt fest, dass es sie nicht interessierte, wie Lionel die Sache treffen würde. Schließlich kümmerte er sich schon seit Jahren um Leute, die in Schwierigkeiten steckten, da sollte er in der Lage sein, auch mal mit ein paar privaten Problemen fertig zu werden.

Als ob sie bereits vernommen würde, fing Ann an, die grauenhaften Ereignisse noch einmal der Reihe nach durchzugehen. Die verschwundenen Ohrringe, Carlottas heftige Reaktion und anschließende Flucht, das Gerangel auf der Brücke. Der furchtbare Augenblick, als das Mädchen ins Wasser fiel. Wie sie selbst dann völlig außer sich am Flussufer entlanggerast war und gesucht hatte. Der Notruf.

Die Polizei würde ganz bestimmt erkennen, dass sie nicht die Sorte Mensch war, die einem anderen bewusst weh tat. Und Carlotta ist ... Ann schreckte vor dem Wort zurück. Carlotta war nicht gefunden worden. Vielleicht war sie sogar ans Ufer gekrochen, während Ann verzweifelt ihren Namen rief. Obwohl der Mond hell geschienen hatte, gab es durchaus dunkle Stellen, wo sie Deckung gefunden hätte.

Es war ein Unfall gewesen. Das war die Wahrheit, und sie würden ihr glauben müssen. Sie würde das Geld zur Bank zurückbringen, und ihr unbekannter Verfolger könnte sein Unheil anrichten.

Unausgeschlafen und stark bedrückt zog Louise sich an. Seit dem Streit am Freitagabend hatte sie ihren Bruder nicht mehr gesehen. Er hatte am nächsten Tag das Haus verlassen, bevor sie aufgestanden war, und nur eine knappe Notiz hinterlassen, er würde nach London fahren. Als sie kurz vor drei immer noch wach lag, hatte sie ihn zurückkommen hören. Normalerweise wäre sie aufgeblieben, um ihn zu fragen, wie der Tag gelaufen war, aber letzte Nacht hatte sie das nicht getan, weil sie Angst hatte, er würde wütend werden.

Louise, die gerade den Gürtel des erstbesten Kleides zumachte, das ihr in die Finger gefallen war, hielt plötzlich verblüfft inne, da ihr die Neuartigkeit dieser Überlegung bewusst wurde. In ihrem ganzen Leben hatte sie noch nie Angst vor Valentine gehabt.

Die Verblüffung verwandelte sich langsam in einen stillen

Zorn. Sie stand auf und lief zu dem Fenster, das auf die Dorfstraße hinausging. Beide Hände gegen die Scheibe gedrückt, starrte sie auf den Garten des alten Pfarrhauses, auf die riesige Zeder und die Wohnung über der Garage und spürte, wie ihr Zorn in Hass umschlug.

Warum hatte es statt Charlie Leathers nicht Jax sein können? Ein elender, nicht besonders angenehmer alter Mann hätte weitergelebt, und ein bösartiger junger Mann, gerade am Anfang seines schändlichen Lebens, wäre vernichtet worden. Ich hätte es selber tun können, dachte Louise, die in diesem Augenblick tatsächlich glaubte, zu einem Mord in der Lage zu sein. Natürlich nicht mit den eigenen Händen; sie hätte es nicht über sich gebracht, ihn anzufassen. Aber mal angenommen, es hätte eine Fernbedienung gegeben – einfach einen Knopf, den man drücken musste. Das wäre schon etwas ganz anderes gewesen.

Sie nahm die Hände von der Scheibe und betrachtete den verschwommenen Abdruck, den ihre Handflächen und Finger hinterlassen hatten; dann wischte sie mit dem Unterarm rasch über das Glas, um alle Spuren zu beseitigen. Könnte sie es doch nur so machen, mit genausowenig Skrupeln, wie sie eine Blattlaus auf den Rosen zerquetschte …

»Was denkst du?«

»Oh!« Louise machte einen Satz vom Fenster weg. Dann ging sie rasch wieder zurück und stellte sich vor den verschmierten Händeabdruck, als ob man daran ihre böswilligen Gedanken ablesen könnte. »Du hast mich … Ich hab dich nicht reinkommen hören.«

»Ich geh nur schnell duschen.« Val trug seine Fahrradkluft. Schwarze knielange Lycrashorts und ein gelbes Oberteil, beides triefend nass, klebten an seinen kräftigen Schultern und seinen muskulösen Oberschenkeln. Er sah sie ausdruckslos an. »Setz schon mal den Kaffee auf, Lou.«

Während sie in der Küche auf ihn wartete, versuchte Louise, tief und gleichmäßig durchzuatmen. Sie war entschlossen, sich nicht in einen Streit verwickeln zu lassen. Sie würde ganz ruhig sein und sich jeder Kritik enthalten. Es war sein Leben. Hauptsache, flehte Louise stumm, er schließt mich nicht davon aus.

Auf dem Tisch stand Kaffee, und es gab Brioches mit Butter und Schweizer Schwarzkirschmarmelade. Als Valentine hereinkam, setzte er sich sofort hin und schenkte sich Kaffee ein, ohne sie anzusehen, und Louise wusste, was kommen würde.

»Tut mir Leid wegen gestern.«

»Schon gut. Jeder hat ...«

»Ich war sehr unfair. Du hast deinen Anteil hier immer reichlich bezahlt.«

»Schon gut, Val. Wir waren beide aufgeregt.«

»Aber«, Valentine stellte seine Tasse ab, »wir müssen tatsächlich miteinander reden.«

»Ja«, sagte Louise, die das Gefühl hatte, als würde ihr der Boden unterm Stuhl weggerissen, »das sehe ich ein.«

»Ich hab zwar im Zorn gesagt, du sollst ausziehen. Aber ich hab darüber nachgedacht und glaube immer noch, es könnte eine gute Idee sein.«

»Ja«, sagte Louise erneut fast ohne die Lippen zu verziehen. »Ich ... äh ... ich hab mir so ziemlich das Gleiche überlegt. Schließlich bin ich ja nur vorübergehend hierher gekommen, sozusagen um meine Wunden zu lecken. Und es geht mir jetzt sehr viel besser. Wird Zeit, dass ich mich wieder ins wirkliche Leben stürze, bevor ich ganz verknöchere. Ich hab gedacht, ich miete mir irgendwas zwischen hier und London, während ich mich nach einer dauerhaften Bleibe umsehe. Es könnte allerdings noch ein paar Tage dauern, bevor ich alles geregelt habe. Ist das okay?«

»Ach, Lou.« Val stellte seine Tasse hin und griff nach der Hand seiner Schwester. »Wein doch nicht.«

»Ich weiß noch, wann du angefangen hast, mich Lou zu nennen.« Sie war damals zwölf gewesen und bis über beide Ohren in einen hübschen jungen Mann verliebt, der eine Zeit lang im Haus ihrer Eltern wohnte. In ihrer Unschuld hatte Louise ihn einfach für einen Freund ihres Bruders gehalten. »Das war als Carey Foster ...«

»Bitte. Nicht das ›Weißt du noch‹ Spielchen.«

»Entschuldige. War das unterhalb der Gürtellinie?«

»Ein bisschen.«

»Ich kann dich aber doch besuchen kommen?« Louises Stimme klang selbst für ihre eigenen Ohren unnatürlich und kindisch. »Und anrufen?«

»Natürlich kannst du anrufen, du Dummerchen. Und wir werden uns in der Stadt treffen, wie wir das früher immer getan haben. Zusammen zu Mittag essen. Ins Theater gehen.«

»In der Stadt.« Sie war also verbannt. Louise nippte an ihrem fast kalten Kaffee, der bitter auf der Zunge schmeckte. Schon jetzt konnte sie den Trennungsschmerz spüren. Jede Zelle in ihrem Körper tat weh. »Ja. Das wäre sehr schön.«

Nach einem ruhigen Sonntag im Garten, wo er Tulpen und Lilienzwiebeln aus der Erde geholt und eingelagert, winterharte Pflanzen geteilt und neu eingepflanzt und blühende Sommersträucher zurückgeschnitten hatte, bereitete sich Barnaby am nächsten Morgen auf die Einsatzbesprechung um 8 Uhr 30 vor. Er fühlte sich körperlich entspannt und war positiv gestimmt. Er machte sich eine Notiz, dass er um zehn einen Termin beim Caritas-Verband hatte.

Troy, der neben der Tür auf ihn wartete und versuchte, cool und hellwach zu wirken, kaute auf einem Twix herum. Die aß er als Ersatz für Zigaretten, was auch ganz gut funktionierte, außer dass er immer noch rauchte.

Als Barnaby seine Papiere mit der Kante auf den Tisch klopfte, bis sie ordentlich übereinander lagen, und sie in eine

Mappe schob, runzelte er beim Anblick des mahlenden Kiefers seines Sergeants die Stirn.

»Hören Sie denn nie auf zu essen?« Das war ein wunder Punkt. Egal was und wie viel Troy aß, er nahm nie ein Gramm zu.

»Natürlich tu ich das.« Troy war beleidigt. Ständig war irgendwas anderes. Und das bereits am frühen Morgen. Wie würde der Alte erst heute Abend um sechs sein?

»Ich kann mir nicht vorstellen, wann.«

»Wenn ich schlafe. Und auch wenn ich ...«

»Ersparen Sie mir die schaurigen Details Ihres Sexlebens, Sergeant.«

Troy hüllte sich in würdevolles Schweigen. Eigentlich hatte er sagen wollen, »wenn ich Talisa Leanne was vorlese.« Er zerknüllte das Schokoladenpapier zu einer kleinen Kugel und schnipste sie in den Papierkorb.

Der Gedanke an seine Tochter erinnerte ihn an das Wort »glucksen«. Er hatte tatsächlich in ihrem Wörterbuch nachgesehen und festgestellt, dass es eine Mischung aus gluckern und hicksen war. Ziemlich dämlich, fand Troy. Warum nicht andersrum? Hey, wie wär's mit hickern?

In Raum 419 saßen alle kerzengerade da und wirkten hellwach. Die Notizbücher waren aufgeschlagen, und überall lagen Computerausdrucke. Nur Inspector Carter sah zerknittert aus, als wäre er gar nicht im Bett gewesen. Außerdem schien er ziemlich deprimiert zu sein. Gemeinerweise beschloss Barnaby, mit ihm zu beginnen.

»Nur Mist, Sir«, antwortete Carter auf die Frage, was er denn zu bieten hätte. »Wir haben in allen drei Dörfern eine gründliche Von-Haus-zu-Haus-Befragung gemacht und sind am Abend noch mal hin, um die zu erwischen, die tagsüber gearbeitet haben.«

»Und die, die im Pub waren?«

»Selbstverständlich. Niemand scheint am vergangenen

Sonntagabend etwas Ungewöhnliches gehört zu haben. Waren alle drinnen, die Vorhänge zugezogen, und haben ferngesehen. Eine Person, ein Mr ... äh ... Gerry Lovatt ist mit seinem Windhund Constanza um Viertel vor elf nur wenige Meter von dem Wehr entfernt spazieren gegangen, und er hat auch nichts gehört.«

»Das ist erstaunlich«, sagte Barnaby.

»Da war diese Frau ...«

»Ja, Phillips, ich komme sofort zu Ihnen. Vielen Dank.«

»Entschuldigung, Inspector.«

»Dann fahren Sie mal fort.«

Constable Phillips Adamsapfel hüpfte nervös auf und ab. Er wurde rot, und Sergeant Brierley schenkte ihm ein freundliches und aufmunterndes Lächeln. Troy, der allein durch die Tatsache, in einem Raum mit seiner Angebeteten zu sein, völlig verzückt war, strahlte postwendend über alle Schreibtische hinweg. Er hatte das kleine Kätzchen nach seiner Tochter Audrey genannt, nur damit er ständig ihren Namen wiederholen durfte. Doch das Kätzchen ignorierte ihn genauso. Vielleicht sollte er es in Constanza umtaufen.

»Eine Miss Pleat«, begann Constable Phillips.

»Ich habe Miss Pleat bereits kennen gelernt«, sagte Barnaby.

»Sie wollen doch wohl nicht sagen, dass ich ihr noch einmal begegnen muss?«

»Nicht unbedingt, Sir.«

»Gott sei Dank.«

Nervöses Gelächter brach aus, in das Constable Phillips etwas verspätet einfiel.

»Ich glaube bloß, dass sie vielleicht etwas hat. Keine Fakten, fürchte ich, nur Ideen.«

»Nun sagen Sie nur nicht das Auf und Ab der Gefühle im menschlichen Herzen.«

»So was in der Art, Sir. Nun ja, sie scheint zu glauben, dass Valentine Fainlight, der Mann aus diesem erstaunlichen ...«

»Ich weiß, wer Fainlight ist.«

»Verzeihung. Dass er in das Mädchen verliebt ist, das weggelaufen ist, diese Carlotta.«

»Valentine Fainlight ist homosexuell, Constable Phillips.«

»Oh. Das war mir nicht klar. Verzei ...«

»Worauf stützt Miss Pleat die erstaunliche Annahme?«

»Er geht Nacht für Nacht zum alten Pfarrhaus und schaut zu ihrem Fenster hinauf.«

Die Anwesenden tauschten amüsierte, aber leicht wachsame Blicke und hüteten sich, ihrem Vergnügen laut Ausdruck zu verleihen. Man beobachtete den Chef, um festzustellen, woher der Wind wehte.

Nach einigen Sekunden, in denen er gedankenverloren schien, sagte Barnaby: »Ist das alles?«

»Ja, Sir«, sagte Constable Phillips und hoffte inständig, dass es tatsächlich so war.

»In Ordnung. Was gibt's noch?«

Computerausdrucke wurden konsultiert. Barnaby erfuhr, dass nach den Informationen von Krankenhaus und Polizei während der letzten sieben Tage keine Person, auf die die Beschreibung von Carlotta Ryan passte, tödlich verunglückt oder ermordet aufgefunden worden war, weder in irgendeinem Gewässer noch außerhalb.

Die Suche am Flussufer konnte kaum als fruchtbar bezeichnet werden. Im Großen und Ganzen war es makellos sauber, nur in einem dornigen Gestrüpp hatte man einige leere Chipspackungen und Coladosen gefunden, einen alten Autoreifen, der mal als Schaukel benutzt worden war, sowie das Gestell eines Kinderwagens. Ein pensionierter Brigadegeneral und Vorsitzender des Vereins zur Erhaltung Ferne Bassets war während der Suchaktion aufgetaucht und hatte erklärt, dass dieser »Sumpf« von den Bewohnern der Sozialsiedlung als Müllhalde benutzt wurde. Die Stelle wurde jede Woche von einem Mitglied des Vereins gesäubert und sofort wieder besudelt. Höfliche Gesuche, diese Praxis abzustellen, waren ignoriert worden. Er bestand darauf, dass eine Bemerkung in diesem Sinne in den Polizeibericht aufgenommen wurde. Schließlich ging es um den Stolz des Dorfes.

Zugleich ging man immer noch den Reaktionen auf den Fernsehappell der Polizei nach. Die üblichen Aufmerksamkeitsgeilen waren ausgesondert worden, und der Rest war nicht sehr vielversprechend.

Sergeant Jimmy Agnew und Polizistin Muldoon, die sich um den Werdegang von Lionel Lawrence gekümmert hatten, waren auf den denkbar langweiligsten Lebenslauf gestoßen. 1941 in Uttoxeter geboren, Gymnasium mit Abitur in fünf Fächern, unter anderem Religionslehre. Ein Diplom in Theologie von der Fernuniversität. Noch nicht mal so was Verdächtiges wie eine Leidenschaft für die Pfadfinderei.

DS Harris, der die Aufzeichnung von dem anonymen Anruf in der Nacht, in der Carlotta verschwand, hatte besorgen sollen, erklärte, dass Kidlington große Rückstände habe und sonntags chronisch unterbesetzt sei, aber die Aufnahme würde sicher im Laufe des Tages kommen.

Und wie der DCI befürchtet hatte, hatte sich die Suche nach Fingerabdrücken in der Telefonzelle in Ferne Basset als absolute Verschwendung der kostbaren Zeit der Spurensicherung erwiesen.

Barnaby blickte dem Treffen mit Ms. Vivienne Calthrop vom Caritas-Verband, zuständig für die Wiedereingliederung junger Straftäter, erwartungsvoll entgegen. Dort würde er nicht nur mit jemandem reden, der Carlotta gekannt hatte, sondern mit jemandem, der – wenn sie ein bisschen Glück hatten – das Mädchen aus einer einigermaßen unvoreingenommenen Sicht beschrieb.

Denn Lionel Lawrence, der nur schielend und blinzelnd hinter seiner rosa Brille hervorsah, war absolut nutzlos. Und

Jax war voller Gehässigkeit, weil Carlotta ihn abgewiesen hatte. Mrs. Leathers lehnte das Mädchen ab, weil ihre Arbeitgeberin es nicht dahaben wollte, und Ann Lawrence hatten sie bisher nicht befragen können.

Sie waren zehn Minuten zu früh, und Troy nutzte die Gelegenheit, um aus dem Auto zu steigen und sich eine Zigarette anzuzünden. Er war nicht nur sauer über sich selbst, sondern hatte auch eine Stinkwut auf die verdammten Zigaretten. Bis jetzt hatte Maureen noch nicht gemerkt, dass er wieder angefangen hatte. Irgendwie hatte er es immer geschafft, es nicht im Haus zu tun. Bei einem raschen Spaziergang vor dem Schlafengehen konnte er sich drei Zigaretten reinziehen, und dann hielt er gerade so durch, bis er am nächsten Morgen das Haus verließ. Mit Mundwasser gurgeln, sich heftig die Zähne putzen und einen Beutel Petersilie von Sainsbury's essen – das schien seine heimliche Aktivität bisher erfolgreich kaschiert zu haben. Die Tatsache, dass seine Klamotten immer noch nach Nikotin stanken, ließ sich leicht damit erklären, dass sie tagtäglich dem geschmackvollen Ambiente der Toiletten auf der Wache ausgesetzt waren.

»Kommen Sie!«

Troy trat seine Zigarette aus und lief hinter dem Chef her. »Ist dieser Verein eigentlich koscher?«

Sie stiegen einige fleckige Betonstufen hinauf und gingen dann durch eine Pendeltür aus Metall, die khakifarben gestrichen war. Die Farbe war an vielen Stellen abgeblättert, und der rechte Türflügel war unten eingedrückt, als hätte mal jemand kräftig dagegen getreten.

»Oh, ja. Wir haben ihn überprüft. In deren Briefkopf sind ein Bezirksrichter, der für sein Interesse im Bereich Rehabilitation bekannt ist, plus zwei Angehörige der Howard League für Strafreform aufgeführt, sowie unser Lionel. Finanziert wird die Sache aus mehreren untadeligen philanthropischen Quellen, und eine kleinere Summe steuert die Regierung bei.«

Am Ende eines trübsinnigen Korridors wies ein großer weißer Zettel auf die Rezeption hin. Die Buchstaben waren sehr sorgfältig geschrieben, hier und da mit Schnörkeln versehen und von bunten Blümchen umrankt. Das Schild steckte in einem durchsichtigen Gefrierbeutel.

Drinnen saß ein kleines dünnes Mädchen. Sie schien kaum alt genug zu sein, um auf der Straße spielen zu dürfen, geschweige denn ein Vorzimmer zu leiten. Ihre Haare sahen aus wie das Gefieder eines Kanarienvogels, sie hatte silberne Ringe in den Augenbrauen und eine muntere piepsige Cockneystimme.

»'Allo.«

»Hallo«, sagte Barnaby, der sich fragte, was es wohl zu bedeuten hatte, wenn Empfangssekretärinnen immer jünger zu werden schienen. »Wir sind ...«

»Miss Calthrops Zehn-Uhr-Termin, stimmt's?«

»Ganz genau«, sagte Sergeant Troy und überlegte dabei, ob sie wohl das Schild an der Tür gemalt hatte. »Und Sie sind?«

»Cheryl. Ich bring Sie rüber.«

Sie ignorierte das Telefon, das gerade zu klingeln anfing, und führte sie aus dem Gebäude heraus über einen asphaltierten Parkplatz zu einem schäbigen alten Bürocontainer, der auf Hohlblocksteinen stand.

»Sie sehen gar nicht aus wie ein Polizist«, sagte Cheryl, die in absurd kleinen Stiefelchen mit Leopardenfellaufschlag und zehn Zentimeter hohen Absätzen herumtrippelte. Sie knuffte Sergeant Troy kumpelhaft in die Seite.

»Wie sollten wir denn aussehen?«

»Wie er.« Sie warf ihre weichen, zitronenfarbenen Locken in den Nacken, um auf den Chief Inspector zu deuten, der hinter ihnen her stapfte.

»Wer weiß, wie ich in zwanzig Jahren aussehe«, sagte Troy.

»Nee«, sagte Cheryl. »So viel werden Sie nie wiegen. Sind Sie nicht der Typ zu.«

Sie stiegen drei wackelige Holzstufen hinauf. Cheryl klopfte an eine schief in den Angeln hängende Tür. Sogleich drang aus dem breiten Schlitz unter der Tür ein wunderbar melodiöses Summen, wie der satte Ton einer Bratsche, erhob sich bis zu ihren Köpfen, um dort wieder zu verebben.

»Was war denn das?«, fragte Barnaby.

»Sie hat bloß gesagt, Sie sollen reinkommen.« Cheryl hüpfte die Stufen hinunter und rief ihnen noch über die Schulter zu: »Tief einatmen und Nase zuhalten.«

Wahnsinn, dachte Troy, als er tief den hundertprozentig echten hochkarätigen Mief einsog. Dieser wunderbar verbrauchte, stinkende Duft, dieses konzentrierte Zigarettenaroma, das einem Abhängigen sofort sagt, hier ist er zu Hause. Nur dass es bei ihm zu Hause nie so gut riechen würde. Hinter sich vernahm Troy einen unterdrückten Protestschrei.

Barnaby, der sich wünschte, er hätte tatsächlich vorher tief eingeatmet, sah sich um. Niemand hatte sich hier die Mühe gemacht, die Wände zu verkleiden oder zu schmücken. Es waren Platten aus einem undefinierbaren grauen Material, das verdächtig nach Asbest aussah. Sie wurden von Metallrahmen und Schrauben zusammengehalten. Es gab mehrere altmodische Aktenschränke aus Metall. Hinter Stapeln von Akten war auf einem extrem unordentlichen Schreibtisch ein verstaubter Computer gerade noch zu sehen. Ein elektrischer Ventilator, der in eine der Platten eingelassen war, ächzte stotternd vor sich hin. Hinter dem Schreibtisch hing ein handgemaltes Bild einer glühenden Zigarette, die mit einem großen, schwarzen Haken versehen war.

Irgendwer hatte versucht, die Luft erträglicher zu machen, indem er Unmengen von einem widerlich süßen Raumspray versprüht hatte. Dieses vermischte sich außerdem mit dem Geruch von Glutamat aus mehreren Schnellimbisstüten im Papierkorb und dem aufdringlichen schweren Parfüm, das die Frau hinter dem Schreibtisch trug.

Vivienne Calthrop machte keinerlei Anstalten aufzustehen, als die Polizisten ihre Ausweise zeigten. Sie warf nur einen kurzen Blick darauf und winkte ab. Aufzustehen wäre für sie in jedem Fall auch nicht leicht gewesen, denn sie war stark übergewichtig. Tatsächlich war sie eine der dicksten Frauen, die Barnaby je gesehen hatte.

»Wenn Sie Kaffee wollen, da drüben steht alles.« Sie wies mit dem Daumen auf einen weißen, ziemlich schmutzigen Resopaltisch und dann auf ein paar ramponierte Sessel.

»Nein ... äh ... eigentlich ...« Wenn Barnaby ein wenig durcheinander war, dann lag das nicht am Aussehen der Frau, sondern an ihrer wirklich bemerkenswerten Stimme. Sehr tief, extrem melodiös, voller Wärme und sprühend vor Vitalität. Mein Gott, dachte der Chief Inspector, während er sich in einen der Sessel sinken ließ, was würde meine Tochter nicht alles dafür geben, sich so anzuhören.

»Tun Sie sich keinen Zwang an«, sagte Miss Calthrop, schüttelte eine Gitane aus einem Zellophanpäckchen und zündete sie an.

»Danke«, sagte Sergeant Troy und griff bereits in seine Jacke, als er den Blick des Chefs auffing und es sich anders überlegte.

»So, was ist das denn für eine Geschichte mit Carlotta?«

»Ich weiß nicht, was man Ihnen erzählt hat, Miss Calthrop ...«

»So gut wie nichts. Bloß dass die Polizei Informationen über sie will. Was hat sie denn diesmal angestellt?«

»Sie ist weggelaufen«, sagte Sergeant Troy.

»Na hören Sie mal. Die Kriminalpolizei rückt höchstpersönlich an, und sie soll bloß ›weggelaufen‹ sein?«

»Offensichtlich steckt ein bisschen mehr dahinter.«

»Da können Sie Ihren Hintern drauf verwetten«, sagte Miss Calthrop.

»Es hatte einen Streit gegeben, da wo sie wohnte ...«

»Altes Pfarrhaus, Ferne Bassett.« Sie klopfte mit einem großen weißen Wurstfinger, in den sich mehrere schöne Ringe eingegraben hatten, auf einen der Ordner auf ihrem Schreibtisch. »Eine der vielen Schützlinge von unserem lieben Lionel.«

»Sie wurde beschuldigt, ein Paar Diamantohrringe gestohlen zu haben.« Barnaby erzählte die Geschichte. »Offenbar ziemlich außer sich darüber ist sie davongerannt. Kurz darauf erhielten wir einen anonymen Anruf, jemand sei in den Fluss gefallen.«

»Oder gesprungen«, sagte Troy.

»Sie wäre niemals gesprungen«, sagte Miss Calthrop. »Dazu war sie viel zu sehr in sich verliebt.«

Das stimmte so sehr mit dem überein, was Jackson gesagt hatte, dass Barnaby überrascht und beeindruckt zugleich war. Überrascht, weil er angenommen hatte, dieser Mann hätte ihnen Carlotta so präsentiert, dass sie in die Geschichte passte, die er sich zurechtgelegt hatte.

»Erzählen Sie mir was über sie«, sagte der Chief Inspector und machte es sich in seinem Sessel bequem. In freudiger Erwartung sah er den nächsten Minuten entgegen, vorausgesetzt es gelang ihm, nur oberflächlich zu atmen. Er genoss es stets, neue Informationen an Land zu ziehen.

Troy kramte sein Notizbuch hervor und versuchte sich ebenfalls in seinem Sessel zu entspannen. Da ihn eine Feder in den Hintern piekste, war das nicht so einfach. Immer noch sauer, weil er nicht rauchen durfte, nahm er seinen Kuli und begann, ihn an und aus zu knipsen, was Barnaby ziemlich nervte.

»Bei einigen von den jungen Leuten, die da gesessen haben, wo Sie jetzt sitzen, Inspector«, begann Miss Calthrop, »war es nicht so sehr erstaunlich, dass sie zu Kriminellen herangewachsen sind, sondern dass sie es überhaupt geschafft haben heranzuwachsen. Wenn man ihre Akten liest und die Armut, die Grausamkeit und den absoluten Mangel an Liebe begreift, der von Geburt an ihr Schicksal war, dann möchte man glatt an der menschlichen Natur verzweifeln.«

Barnaby zweifelte keine Sekunde an dem, was Miss Calthrop sagte. Auch er hatte schon einige entsetzliche Geschichten gehört, wenn der Lebenslauf eines Angeklagten vor Gericht verlesen wurde. Doch obwohl er durchaus mitlitt, zwang er sich jedesmal wieder, emotional Abstand zu halten. Schließlich war es nicht sein Job, einer kaputten Persönlichkeit zu helfen. Das war Aufgabe der Sozialarbeiter, Bewährungshelfer und Gefängnispsychologen. Und er beneidete sie nicht darum.

»Doch Carlotta Ryan«, fuhr Vivienne Calthrop fort, »hat eine solche Entschuldigung nicht. Sie stammt aus einer recht wohlhabenden Mittelschichtfamilie, und soweit ich weiß, hatte sie eine halbwegs glückliche Kindheit, bis ihre Eltern sich trennten, als sie dreizehn war. Ihre Mutter heiratete wieder, und Carlotta lebte eine Weile bei ihnen, war aber sehr unglücklich und lief mehr als einmal weg. Natürlich fragt man sich da, ob der Mann sie missbraucht hat ...«

Natürlich?, dachte Barnaby. Gott, in was für einer Welt leben wir.

Troy war jetzt gelassener, wo er was zu tun hatte, und schrieb zufrieden vor sich hin. Außerdem hatte er auf dem Aktenschrank eine Amaretti-Keksdose entdeckt, und fragte sich, ob er nicht ein paar von den Keksen überreden könnte, in seine Richtung zu wandern.

»Doch Carlotta hat mir versichert, dass das nicht der Fall war. Ihr Vater arbeitete damals in Beirut – nicht gerade der sicherste Ort, um ein Kind mitzunehmen –, doch sie beschloss, dass sie bei ihm sein wollte. Ihre Mutter war einverstanden, und weg war sie. Sie war sehr aufmüpfig, und wie sie sicher wissen, ist der Libanon kein Land, wo sich Frauen, selbst Ausländerinnen, so benehmen können wie hier.« Sie zog an ein paar krausen Haarfransen, die ihr wie rubinroter Seetang in die Stirn hingen. »Ihr Vater machte sich große Sorgen, dass sie in ernsthafte Schwierigkeiten geraten könnte, und beide Eltern beschlossen, dass es das Beste wäre, sie in ein Internat zu schicken.«

»Wie alt war sie damals?«, fragte Barnaby.

»Ungefähr vierzehn. Carlotta wollte irgendwohin, wo man sich auf eine Ausbildung Richtung Theater konzentrierte, doch ihre Eltern befürchteten, dass das schulische Niveau dort nicht allzu hoch sein würde. Deshalb steckten sie sie in eine Schule in der Nähe von Ambleside.« Miss Calthrop hielt inne, um einen so unglaublich tiefen und intensiven Zug zu tun, dass sie vor Überraschung und Wohlgefallen fast die Augen verdrehte, als die Wirkung voll einschlug. In den fetten Wangen zeigten sich noch nicht mal Grübchen.

»Warum Theater?«, fragte Troy, der tief mitatmete. »Wollte sie Schauspielerin werden oder so?«

»Ja, das war ihr großer Wunsch. Ich hatte den Eindruck, wenn man sie gelassen hätte, wäre sie vielleicht nicht derart ausgeflippt.«

Immer eine Entschuldigung zur Hand. Sergeant Troy schrieb flott alles mit. Dabei versuchte er so zu denken, wie er wusste, dass der Boss denken würde. Er stellte sich das Mädchen vor, wie es durch die Gegend stolzierte, sich herumstritt und versuchte, seinen Kopf durchzusetzen. Das, was seine Oma eine »richtige kleine Madame« genannt hätte.

Doch diesmal lag er falsch. Trotz seiner guten Absichten hatte Barnaby nämlich ziemliche Mühe, sich auf das zu konzentrieren, was Vivienne Calthrop erzählte. Von der erstaunlichen Schönheit ihrer Stimme und ihrer außergewöhnlichen und exotischen Erscheinung verführt, hatte er angefangen, darüber zu spekulieren, auf welchen verschlungenen Pfaden sie wohl in diesem verkommenen Loch gelandet sein mochte.

Er beobachtete, wie sie ihre Zigarette in einem Aschenbecher ausdrückte, der bereits bis zum Rand mit dunkelrot verschmierten Kippen gefüllt war, und das Zelt aus rosaroter und türkiser Seide zurechtrückte, das ihren Körper umgab. Das ganze Geschwabbel brachte ihre Ohrringe, die ihr fast bis auf die Schultern reichten, zum Tanzen. Es waren zierliche Kronleuchter aus mit Pailletten besetzten Scheiben, Emailleblüten und winzigen Mondsteinen, die an einem Geflecht aus Golddraht baumelten. Barnaby wurde bewusst, dass er streng angesehen wurde.

»Wie bitte?«

»Ich erzähle das doch wohl nicht alles umsonst, Chief Inspector?«

»Natürlich nicht, Miss Calthrop. Ich war nur gerade mit Ihrer letzten Äußerung beschäftigt. Das wirft interessante …«

Vivienne Calthrop rümpfte die Nase. »Sie sind jetzt wieder ganz Ohr?«

»Natürlich.«

»Dann ist sie ein drittes Mal weggelaufen, und diesmal haben sie sie nicht wiedergefunden.«

Troy tat der Arm weh. Er hätte liebend gern ein Tässchen Kaffee getrunken und etwas von diesem Gebäck mit dem interessanten Namen gegessen. Andere hatten's dagegen mal wieder richtig gut, hatten nichts weiter zu tun, als sich im Sessel zurückzulehnen, ohne kaputte Federn, und aus dem Fenster zu starren. War allerdings nett zu erleben, wie er mal einen Rüffel bekam.

»Unsere Akte«, sie zog einen Ordner aus dem wackeligen Stapel auf ihrem Schreibtisch, »umfasst die Jahre von dem Zeitpunkt, als das Sozialamt zum ersten Mal auf sie aufmerksam wurde, bis zu ihrem Aufenthalt bei den Lawrences. Da gibt es handfeste Fakten sowie Aussagen von Carlotta, die wahr sein könnten oder erfunden oder eine Mischung aus beidem.«

»Was glauben Sie denn, Miss Calthrop?«, fragte Barnaby.

»Das ist schwer zu sagen. Sie hat sich gern ... wie soll ich es ausdrücken ... in Szene gesetzt. Sie kam nie einfach in einen Raum, setzte sich hin und erzählte. Immer kam eine andere Carlotta zum Vorschein. Die ungerecht behandelte, unglückliche Tochter. Das talentierte Mädchen, dem man seine Chance zum Ruhm verweigert hatte. Einmal erzählte sie, sie wär auf der Bond Street von einem Anwerber einer Agentur für Models angesprochen worden. Er hätte ihr seine Karte gegeben und sie gebeten, ihm eine Mappe mit Fotos zu zeigen. Alles Unsinn. Dafür war sie überhaupt nicht groß genug.«

»Und wie sieht's mit Vorstrafen aus?«

»Jede Menge Ladendiebstähle. Ich weiß nicht, wie lange sie das schon getrieben hatte, als sie erwischt wurde. Sie schwor damals, es sei das erste Mal gewesen. Aber tun sie das nicht alle? Sie wurde verwarnt und wenige Wochen später mit einer Einkaufstüte voller Armani-Strumpfhosen und T-Shirts erwischt. Kurz darauf wurde sie von einer Kamera erfasst, als sie versuchte, bei Liberty's ein Abendkleid zu stehlen. Am Tag vorher war eine Frau dagewesen und hatte es anprobiert. Sie hatte ewig dazu gebraucht und versucht, den Preis herunterzuhandeln. Man nahm an, dass Carlotta es in ihrem Auftrag stehlen wollte. Ein viel schwerwiegenderes Vergehen als ein spontaner Diebstahl. Als die Polizei mit ihr nach Hause ging, entdeckte man ein ganzes Zimmer voller Zeugs, alles sehr edel. Molton Brown, Donna Karan, Schmuck von Butler & Wilson.«

Troy gönnte seinem Kuli eine Ruhepause. Er sah keinen Sinn darin, diese ganzen Namen aufzuschreiben, die für ihn ohnehin böhmische Dorfer waren. Kein Wunder, dass Mrs. Lawrence das Mädchen verdächtigt hatte, als ihre Ohrringe verschwunden waren. Sie konnte froh sein, dass sie überhaupt noch ein Hemd am Leib hatte.

»Ist das die letzte Adresse, die Sie von ihr haben?«

»Ja. In der Nähe von Stepney Green.« Sie schrieb sie bereits auf. »Ich hoffe, Sie finden sie. Lebend meine ich.«

»Das hoffe ich auch«, sagte Barnaby. Als Miss Calthrop ihm den Zettel reichte, stieg dem Inspector eine geballte Ladung eines Parfüms in die Nase, das wohl die wenigsten als solches bezeichnet hätten. Bordello Nights, dachte Barnaby, oder irgendein Werbetexter hatte seinen Beruf verfehlt. Als er sich wieder erholt hatte, fragte er, ob sie Carlottas Akte mitnehmen dürften, um eventuell nützliche Informationen daraus zu ziehen.

»Selbstverständlich nicht«, antwortete Miss Calthrop. »Ich habe Ihnen alles erzählt, was für Ihre Ermittlungen relevant ist. Unsere Klienten mögen zwar auf der untersten Sprosse der Gesellschaft stehen, Chief Inspector, aber sie haben immer noch Anrecht auf eine gewisse Privatsphäre.«

Barnaby verfolgte die Sache nicht weiter. Er könnte immer noch einen Sonderantrag stellen, falls er das für nötig erachten sollte. Er lächelte Miss Calthrop so herzlich an, als wäre sie absolut kooperativ gewesen, und probierte es von einer anderen Seite.

»Haben Sie schon viele … Klienten ins alte Pfarrhaus geschickt, Miss Calthrop?«

»Während der letzten zehn Jahre, ja. Bedauerlicherweise hat das nicht auf alle eine positive Wirkung gehabt. Einige haben sogar das Vertrauen der Lawrences missbraucht.«

»Nein«, sagte Sergeant Troy mit angehaltenem Atem. Er hatte erst vor, diese gespielte Verblüffung noch eine Weile aufrechtzuerhalten, doch dann fiel ihm ein, wie der Chef an ihm rumgemeckert hatte, von wegen Gesprächspartner verprellen.

»Ich weiß, das ist schwer zu verstehen«, sagte Vivienne Calthrop. »Man sollte erwarten, dass sie so dankbar sind, dass sie jede Gelegenheit ergreifen, ihr Leben zu verändern. Aber leider scheint das in den seltensten Fällen so zu funktionieren.«

»Das ist sehr traurig«, sagte Barnaby. Und meinte es auch.

»Sie sind wie Tiere, verstehen Sie, die nie etwas anderes gekannt haben als Grausamkeit und Vernachlässigung. Plötzliche Freundlichkeit wird häufig mit Misstrauen oder Ungläubigkeit betrachtet. Oder sogar mit Verachtung. Natürlich«, sie lächelte, »haben wir auch unsere Erfolge.«

»Die kleine Cheryl zum Beispiel?«, fragte Barnaby. Und in das anschließende Schweigen hinein: »Tut mit Leid. Ist wohl vertraulich?«

»Allerdings, Chief Inspector.«

»Was ist mit Terry Jackson?«

»Keiner von unseren.«

Barnaby sah sie überrascht an.

»Lionel sitzt in mindestens zwei Rehabilitierungsausschüssen. Er könnte den jungen Mann auf diese Weise kennen gelernt haben.«

»Sind die eigentlich alle jung?«, fragte Sergeant Troy. »Diese Leute, die Mr. L aufnimmt.«

Miss Calthrop starrte ihn an. »Was wollen Sie denn damit unterstellen?«

»War nur eine Frage.« Troy erinnerte sich, dass der Chef sich vor ein paar Tagen die gleiche Frage gestellt hatte. »Nichts für ungut.«

»Lionel Lawrence ist ein Heiliger auf Erden.« Miss Calthrops Fettmassen gerieten in Bewegung und hoben und senkten sich bebend wie ein Berg vor dem Ausbruch. Ihre wunderbare Stimme nahm ein vulkanisches Grollen an. »Dass seine Frau keine Kinder kriegen kann, ist eine Tragödie. Ist es da verwunderlich, dass er väterliche Neigungen hat?«

»Nun ja, ich glaube, das ist ...« Barnaby, der dabei war aufzustehen, wurde unterbrochen.

»Und jetzt sind sie alt ...«

»Alt?«, sagte Sergeant Troy. »Mrs. Lawrence ist doch nicht alt. Höchstens fünfunddreißig.«

»*Acht* ...«

»Und sieht außerdem gut aus.« Auf dem Weg zur Tür blieb Troy an dem klebrigen weißen Tisch stehen und linste in die Amaretti-Dose. Sie war voller Gummibänder. »Schlank, blond. Schöne ...«

»Öffnen Sie die Tür, Sergeant.«

Miss Calthrop bebte immer noch gewaltig, als der DCI sich bei ihr bedankte und die beiden Männer hinausgingen.

Als sie ins Auto stiegen, sagte Troy: »Apropos gut gebaut. Ich wette, ein Bein von der wiegt mehr als unser Gartenschuppen.« Und als keine Antwort kam: »Heute treffen wir aber wirklich Typen.«

»Die treffen wir die ganze Zeit, Sergeant. Das Problem mit Ihnen ist, dass Sie keinen Sinn für Exzentriker haben.«

»Wenn Sie meinen, Sir.«

Keinen Sinn, ha! Wie soll man denn für so was einen Sinn haben? Was Sergeant Troy betraf, so war Exzentriker nur ein tuntiges Wort für Verrückte. Er mochte Leute, die sich in vorhersagbaren Bahnen bewegten. Wer nicht so war, warf den anderen nur Knüppel zwischen die Beine und machte ihnen das Leben schwer. Er steckte den Schlüssel ins Zündschloss und ließ angeberisch und völlig unnötig den Motor aufheulen. Dann fragte er, ob sie gleich zu der Adresse fahren sollten, die Miss Calthrop ihnen gegeben hatte.

»Könnten wir eigentlich.«

»Gut. Ich fahr gern in London. Ist 'ne echte Herausforderung.«

Barnaby zuckte zusammen. Als sie dann losfuhren, wanderten seine Gedanken wieder zu Vivienne Calthrop. Ihr hübsches Gesicht – blaue Augen, eine perfekte kleine Nase und weiche rosige Lippen – ging in einem Meer aus wabbeligem Fett und mehreren Doppelkinnen unter. Das wunderbare hennarote Haar fiel ihr über die Schultern, und die Augenbrauen waren passend dazu gefärbt. Diese Augenbrauen waren es, beschloss Barnaby, die ihm nahegegangen waren. Es lag etwas Rührendes darin, dass sie sich eine solche Mühe mit ihnen gemacht hatte.

»Ich würde sie gern mal singen hören.«

»Yeah, klasse.« Troy sprach völlig geistesabwesend. Er sah in den Spiegel, blinkte und scherte aus. »Wen?«

»Wen? Ist Ihnen denn nicht die Stimme dieser Frau aufgefallen? Die war ja fast opernmäßig.«

»Sie wissen doch, Chef, ich und Oper.« Troy seufzte, dann schüttelte er den Kopf, als bedaure er, dass er diese Begeisterung nicht teilen konnte.

»Sie wissen nicht zufällig, was das Wort Philister bedeutet, Troy?«

»Natürlich weiß ich das«, antwortete Sergeant Troy rasch, da er sich ausnahmsweise auf sicherem Terrain fühlte. »Das nimmt meine Tante Doll gegen ihren hohen Blutdruck.«

Die Lomax Road zweigte gleich hinter dem London Hospital von der Whitechapel Road ab. Es war ein schmales hohes Haus, das aussah, als wäre es von innen genauso scheußlich wie von außen. Vor dem Fenster im Erdgeschoss hatte jemand eine Decke befestigt, und an dem oberen Fenster hingen schmutzige Netzgardinen.

»Wär ja wohl ein Witz, wenn sie hier wär. Vor dem Fernseher, die Füße hochgelegt und was zu trinken in der Hand.«

»Ich könnte mir nichts Besseres wünschen.« Barnaby betrachtete die verschiedenen Klingeln. Das Klingelbrett hing halb aus der Wand, die Drähte waren verrostet. Benson. Ducane (Chas). Walker. Ryan. Er drückte auf alle. Kurz darauf wurde ein kleines Schiebefenster nach oben gestoßen, und ein junges Mädchen schaute heraus.

»Was wollen Sie?«

»Polizei«, sagte Sergeant Troy.

»Hier ist keine Polizei. Tut mir Leid.«

»Wir wollen zu Carlotta Ryan.«

»Die ist fort.«

»Hätten Sie vielleicht eine Minute Zeit?«, fragte DCI Barnaby.

»Moment.« Das Fenster knallte zu.

»Was für ein Schrotthaufen«, murmelte Troy. »Sehen Sie sich das an.« Der betonierte Vorgarten war voller aufgeplatzter Müllbeutel, faulendem Abfall und Hundedreck. »Ich wette, die Ratten stehen Schlange, um sich hier tummeln zu dürfen.«

Sie hörten das Mädchen klappernd die Treppe herunter laufen, trippeldi trap, trippeldi trap, wie ein kleines Pony. Das ließ auf Steintreppen oder altes Linoleum schließen, aber was sollte man in so einem Dreckloch auch anderes erwarten.

Dann stand ein großes schlankes Mädchen vor ihnen. Sie trug eine besprühte Hüfthose aus Leder und einen einstmals weißen Pullover, der ihr knapp bis zur Taille reichte. Ihr Haar war apricotfarben mit bronzenen Spitzen und erinnerte an einen schlecht getrimmten Pudel. Auf ihren Wangen und Augenlidern war Glimmer. Ihr Nabel war mit einem Ring gepierct, an dem ein großer funkelnder Stein hing. Sie hatte schmutzige Hände und abgekaute Fingernägel. Barnaby fand, sie sah aus wie ein angeschmutzter Engel.

Er stellte sich vor, dann fragte Troy, ob sie kurz reinkommen könnten. Sie blickte links und rechts die Straße hinunter, ganz wie eine spießige Hausfrau, der es peinlich ist, die Polizei vor der Tür stehen zu haben. Doch dieser Eindruck wurde von ihren nächsten Worten zerstreut.

»Man muss hier echt aufpassen.« Sie machte die Tür hinter ihnen zu. »Wenn die sehen, dass man sich mit den Bullen abgibt ...«

Die Treppe war aus Stein, und die Wände waren mit einer schmutzigen Prägetapete beklebt. Sie war so oft überstrichen worden – zur Zeit mit einem unangenehmen bräunlich gelben Lack –, dass man das ursprüngliche Muster aus wirbelnden Federn kaum noch erkennen konnte.

Es war kein großes Haus – zwei Türen im Erdgeschoss und zwei oben –, doch es war hoch und hatte steile Stufen. Sie gingen hinter dem Mädchen her. Barnaby hielt sich am Geländer fest und keuchte und schnaufte. Troy genoss die rückwärtige Ansicht der Lederhose. Auf halber Strecke kamen sie an etwas vorbei, das nach einem sehr schmutzigen Badezimmer mit Toilette aussah. Das Fenster, aus dem das Mädchen geguckt hatte, war immer noch auf.

»Welche ... welche Wohnung ist die von Miss Ryan?«, fragte der Chief Inspector mit pfeifendem Atem.

»Geht's Ihnen nicht gut?«

»Hff ... hff ...«

»An Ihrer Stelle würd ich mich hinsetzen, bevor Sie umkippen.«

»Mir geht's gut. Danke.« Barnaby, der es hasste, eine körperliche Schwäche eingestehen zu müssen, lief demonstrativ mehrere Sekunden im Zimmer des Mädchens herum, bevor er schließlich auf einem wie ein Zebra gestreiften Dralonsofa Platz nahm, das so abgenutzt war, dass es an den Seiten bereits aufplatzte.

»Carlotta hat nebenan gewohnt.«

»Würden Sie mir bitte Ihren Namen nennen?« Sergeant Troy ließ sich vorsichtig auf einem pinkfarbenen Plüschhocker nieder, der mit lila Lederstreifen verziert und mit kleinen Pailetten umrandet war. Er kam sich vor wie ein Akteur in einem Bumslokal, auf den eine wahre Flut hämischer Sprüche niederging, wie »Leg deine Montur ab, Seemann« oder »Och, guck mal, was für ein kleines Würstchen.«

»Tanya.«

»Sehr exotisch.« Er lächelte sie an. »Russisch.«

»Yeah. Wenn meine Mum nein zum Smirnoff hätte sagen können, wär ich heut nicht hier.«

Barnaby lachte, und Troy blickte überrascht und verärgert zu ihm hinüber. Er konnte die vielen kleinen geistreichen Bemerkungen schon gar nicht mehr zählen, die er sich ausgedacht und dem Chef präsentiert hatte, um das tägliche Einerlei ein wenig aufzulockern. Wenn er dafür auch nur den Anflug eines Lächelns erntete, fühlte er sich bereits, als hätte er den Jackpot geknackt. Und jetzt konnte er sich noch nicht mal mehr damit trösten, dass der DCI keinen Sinn für Humor hätte.

»Nachname?«

»Walker.« Sie starrte die beiden an. »Was hat Carlotta denn diesmal angestellt?«

»Wie gut haben Sie sie gekannt?«, fragte Barnaby und beugte sich auf seine übliche freundliche Art vor.

»Wir haben uns ganz gut verstanden, wenn man so alles in allem bedenkt.«

»Was bedenkt?«

»Die unterschiedliche Herkunft und so. Ich war auf der Gesamtschule in Bethnal Green und sie auf einer noblen Schule im Lake District. So wie sie's beschrieben hat, wär man sicher im Knast besser aufgehoben.«

»Könnte sie das nicht alles erfunden haben?«

»Oh, yeah. Sie war eine furchtbare Lügnerin, bloß sie nannte es Phantasie. ›Stell dir doch einfach vor, du wärst irgendwer anders, Tarn‹, hat sie oft gesagt. Und ich hab dann gesagt: ›Red nicht so'n Scheiß, Lottie.‹ Denn was soll die ganze Phantasiererei, von der wirklichen Welt kommt man eh nicht los, stimmt's?«

»Stimmt«, sagte Sergeant Troy und lächelte erneut. Er konnte nicht anders. Trotz dieses schmierigen Zeugs im Gesicht und der schrillen, aufreizenden Klamotten hatte sie etwas beinahe Unschuldiges an sich. Ihr gegeltes Haar stand in kleinen Spitzen vom Kopf ab wie die weichen Stacheln eines Stachelschweinbabys.

»Wir haben einige Hintergrundinformationen vom Caritas-Büro bekommen.«

»Sie haben was?«

»Eine Organisation, die jugendlichen Straftätern hilft.« Barnaby las die wichtigsten Punkte aus den Notizen vor. »Könnten Sie dem noch etwas hinzufügen?«

»Eigentlich nicht. Ich weiß nur, dass sie schon jahrelang geklaut hat, bevor sie erwischt wurde. Und dann hat sie gleich weitergemacht. Schien zu meinen, sie wär unsichtbar. Wie ich schon sagte, sie lebte in einem Traum.«

»Hat Carlotta viel vom Theater geredet?« Barnaby deutete mit einer vagen Handbewegung an, dass er damit alles mögliche meinte. »Schauspielerei und so.«

»Da war sie ganz verrückt drauf. Sie hatte immer diese Zeitung mit Jobs beim ...«

»*The Stage?*«

»Können Sie Gedanken lesen?«

»Meine Tochter arbeitet in diesem Metier.«

»Sie hat sich auf Anzeigen gemeldet, aber nie was bekommen. Man muss da wohl 'ne besondere Karte haben.«

»Ja, von der Gewerkschaft.« Barnaby erinnerte sich noch an die Aufregung und Freude an dem Tag, als Cully ihre bekommen hatte.

»Hat ihr ganzes Geld für Kurse ausgegeben. Tanzen, Arbeit an ihrer Stimme. Ich meine, wer braucht denn so was heutzutage noch? Diese Typen in EastEnders klingen doch so, als hätte man sie direkt aus Limehouse geholt.«

»Haben Sie eine Ahnung, wo sie Unterricht genommen hat?«

»Irgendwo im Westen. Hören Sie, Sie haben mir immer noch nicht gesagt, was das hier soll. Ist mit Lottie alles okay?«

»Das wissen wir nicht«, sagte Troy. »Sie ist verschwunden.«

»Das wundert mich nicht. Sie hat sich zu Tode gelangweilt in diesem Fern Dingsbums. Absolut nix zu tun. Der Alte hat ihr immer Predigten gehalten, und die Frau hat sie wie den letzten Dreck behandelt.«

Barnaby fand, dass sich das nicht nach Ann Lawrence anhörte. »Dann haben Sie also mit ihr gesprochen?«

»Sie hat ab und zu angerufen.«

Barnaby ließ seinen Blick durch das überfüllte kleine Zimmer schweifen.

»Auf dem Flur is'n öffentliches Telefon.«

»Und sie ist nicht wieder zurückgekommen?«

Tanya schüttelte den Kopf. »Ich hätte sie rumgehen gehört.«

»Vielleicht während Sie bei der Arbeit waren.«

»Ich arbeitete nur nachts. Lap dancing in einem Club an der Wardour Street.« Tanya bemerkte, wie sich Troys Gesichtsausdruck veränderte, und fügte mit rührender Würde hinzu: »Nicht was Sie denken. Die dürfen einen noch nicht mal anfassen.«

»Wie steht's mit Besuch? Hat Carlotta je welchen gehabt?«

»Ich nehm an, Sie meinen Männer.«

»Nicht unbedingt. Wir wollen mit jedem sprechen, der sie gekannt hat.«

»Nun, die Antwort ist nein. Sie ist zwar viel ausgegangen, aber niemand ist hierher gekommen.«

»Wer wohnt jetzt da?«

»Niemand. Man muss für drei Monate im Voraus bezahlen. Die sind noch nicht abgelaufen.«

»Haben Sie einen Schlüssel?«

Erneutes Kopfschütteln. »Ich kann Ihnen die Nummer vom Vermieter geben, wenn Sie wollen.«

Während Troy sie aufschrieb, schlenderte Barnaby zum Fenster. Die Aussicht nach hinten war kaum weniger deprimierend als die nach vorne. Winzige betonierte Höfe oder Flächen aus festgetretener Erde, von denen man kaum was sah, weil alles mit ausrangiertem Haushaltskram vollgestellt war. Es gab eine rostige Feuerleiter, der er nur ungern sein Leben anvertraut hätte. Er wandte sich vom Fenster ab und fragte Tanya nach den Leuten in der unteren Wohnung.

»Benson ist ein Rasta, verbringt die meiste Zeit drüben in Peckham bei seiner Freundin und dem Baby. Charlie ist Portier in Seven Dials. Aber beide sind erst eingezogen, als Carlotta schon weg war. Die wissen also nichts.«

»Soweit ich weiß, hat sie im Pfarrhaus mehrere Luftpostbriefe erhalten.«

»Die werden von ihrem Dad gewesen sein. Aus Bahrain.«

»Wir haben gehört«, sagte Sergeant Toy, »dass sie sie ungeöffnet weggeworfen hat.«

»Verdammt.« Tanyas Gesicht wirkte plötzlich wehmütig und verhärmt. »Das sollte mir mal passieren, Briefe von meinem Dad wegzuschmeißen. Falls ich überhaupt je rauskrieg, wer's war.«

»Wenn Ihnen noch was einfällt, Tanya, rufen Sie mich bitte an.« Barnaby gab ihr seine Karte. »Und natürlich auch, falls Carlotta aufkreuzt. Tag und Nacht – es gibt einen Anrufbeantworter.«

Auf dem Weg hinaus notierte sich Troy die Nummer des öffentlichen Telefons. Barnaby öffnete die Haustür, und die beiden Polizisten traten wieder in die schwache Herbstsonne hinaus.

Sergeant Troy musste an seine Familie denken – Eltern, Großeltern, Onkel, Tanten. Obwohl mindestens die Hälfte dieser Sippschaft ihn jederzeit die Wände hochtreiben konnte, konnte er sich nicht vorstellen, ohne sie zu leben.

»Armes Kind. Kein guter Anfang, noch nicht mal zu wissen, wer der eigene Vater ist.«

»Sie werden mir doch nicht sentimental, Sergeant?«

Tanya stand am Fenster und beobachtete, wie die beiden weggingen. Als sie die Gardine fallen ließ, hörte sie die Tür vom Kleiderschrank im Schlafzimmer leise klicken. Dann lief dort jemand herum.

»Alles in Ordnung«, rief sie nach hinten. »Du kannst rauskommen. Sie sind weg.«

Während Barnaby und Troy auf dem Weg nach Camden Town die City Road entlangfuhren, rieb Ann Lawrence in der Küche des alten Pfarrhauses eine Lammhaxe mit in Olivenöl getränkten Rosmarinzweigen ein. Hetty Leathers saß neben ihr am Tisch und pulte Erbsen. Candy, die sich gedreht hatte und von ihrem Kissen gerollt war, hoppelte jetzt hinkend auf sie zu.

»Sie riecht das Fleisch.« Ann sah lächelnd zu dem kleinen Hund hinunter.

»Ich fürchte, wir sind noch ein bisschen unsicher auf den Beinchen«, sagte Hetty und zog einen Hundekuchen aus der Tasche ihres geblümten Kittels. Während Candy danach schnappte, sah sie Ann besorgt an. »Sind Sie sicher, dass das nicht zuviel für Sie ist, Mrs. Lawrence? Sie sind ganz rot im Gesicht.«

»Mir fehlt nichts«, sagte Ann. »Es geht mir schon viel besser, ehrlich.«

Das meinte sie wirklich, und zwar aus mehr als einem Grund. Zum einen war sie gestern den ganzen Tag bei ihrem Vorsatz geblieben, auf Teufel komm raus die Wahrheit zu sagen, und als sie an diesem Morgen aufwachte, war sie immer noch fest entschlossen dazu. Und zweitens, obwohl sie das Hetty gegenüber nie zugegeben hätte, war die Röte in ihrem Gesicht auf ihre Erregung über einen Streit zurückzuführen, den sie mit ihrem Mann gehabt hatte.

»Es ist ja so nett von dem Reverend, dass er sich bereit erklärt, Charlies Beerdigung zu übernehmen«, sagte Hetty und griff damit auf geradezu unheimliche Weise Anns Gedankengang auf. »Wo er doch schon im Ruhestand ist und so.«

»Er tut das wirklich gerne.«

Das stimmte nicht so ganz. Lionel war richtig ungehalten geworden, als Ann den Vorschlag machte. Hatte argumentiert, dass es die Leute verwirren würde, wenn er nach zehn Jahren, in denen das Dorf ihn als Privatperson erlebt hatte, plötzlich wieder öffentlich im Ornat auftrat. Sie erklärte ihm, das sei doch lächerlich, und zu Lionels Bestürzung und Anns Überraschung und wachsender Belustigung entwickelte sich ein offener und unverblümter Meinungsaustausch.

»Der Mann hat jahrelang im alten Pfarrhaus gearbeitet.«

»Das ist mir bewusst, meine Liebe.«

»Und es würde Hetty soviel bedeuten. Der Tag wird für sie schon schmerzlich genug, ohne dass ein vollkommen Fremder von den Altarstufen herab predigt. Und was das Seelsorgerische betrifft, da hast du dich ja bisher nicht gerade sonderlich ins Zeug gelegt.«

»Wovon redest du, Ann?«

»Ich rede von Zuspruch, Lionel. Von liebevoller Zuwendung, geduldigem Zuhören und beständiger Unterstützung – ich dachte, das wäre deine Spezialität.«

»Ich fürchte, es hat wenig Sinn, dieses Gespräch weiter fortzuführen.«

»Kein Zweifel, wenn sie achtzehn und hübsch wäre und beschuldigt würde, mit Drogen zu handeln, dann hätte Hetty auch diese ganzen Vergünstigungen wie ein zusätzliches Taschengeld, eine hübsche kleine Wohnung und ein neues Bügelbrett.«

»Du schreist.«

»Wenn das für dich schon schreien ist, dann lass dich nicht aufhalten. Dahinten ist die Tür.«

»Ich weiß nicht, was in dich gefahren ist.«

Ann verharrte reglos und begann nachzudenken. Ihr wurde bewusst, dass da nicht plötzlich etwas in sie gefahren war, sondern dass es schon lange in ihr war und jetzt hinausdrängte. War es das, was sie wirklich wollte? Doch nach einem kurzen Augenblick wurde ihr Verstand, der sich in letzter Zeit in einem derartigen Tumult befunden hatte, ganz klar. Abneigungen und Bedürfnisse, von denen sie nichts geahnt hatte, kamen plötzlich in ihr hoch.

Wie eintönig und steril ihr ruhiges und geordnetes Leben ihr plötzlich erschien. Wie feige ihr Verhalten. Jahrelang hatte sie sich bemüht, sich der Lebensweise ihres Mannes anzupassen. Hatte ihn, wenn schon nicht als von Grund auf gut, so doch als den besseren Menschen von ihnen beiden angesehen. Nun fand dieses selbst auferlegte Märtyrertum ein Ende.

Lionel hatte aufgehört, hin und her zu gehen. Er hatte sich auf die Kante des nächstbesten Sessels gesetzt und angefangen, beruhigend auf die Armlehne zu klopfen, als könnte dieses Möbelstück sich als Nächstes gegen ihn wenden.«

Ann beobachtete ihn mit einem Mangel an Gefühl, der sie ziemlich verwirrte. Lionel hatte praktisch ohne jeden Widerstand so lange seinen Willen durchsetzen können, dass sie vergessen hatte, wie er reagierte, wenn er auf Widerstand stieß. Sein Mund wirkte verdrießlich, und die Unterlippe, die weich und ziemlich feucht war, schmollte in einer Weise, die bei einem kleinen Kind noch niedlich gewirkt hätte. Bei einem 58-jährigen Mann wirkte das nur erbärmlich.

»So kann es nicht weitergehen, Lionel.«

»Wie?« Er starrte sie aufrichtig verblüfft an. »Was ist los mit dir, Ann?«

»Ich mache dir keinen Vorwurf ...«

»Das will ich auch hoffen.« Lionel war regelrecht empört. »Ich hab doch nichts getan.«

»Wenn jemand sich was vorzuwerfen hat, dann ich mir selbst. Ich habe die Dinge zu lange schleifen lassen, teils aus Trägheit, aber auch weil ich wollte, dass wir glücklich sind ...«

»Aber wir *sind* doch glücklich.«

»Ich bin schon seit Jahren nicht mehr glücklich gewesen«, sagte Ann.

Lionel schluckte und sagte: »Dann würde ich meinen, es wird höchste Zeit, dass du dir klarmachst, wie gut es dir eigentlich geht, meine Liebe.« Er richtete sich mühsam auf, und sein Blick schweifte nervös zur Tür. »Vielleicht solltest du eine von deinen Beruhigungspillen nehmen.«

»Die hab ich ins Klo gespült.«

»War das denn ein weiser Entschluss?« Als seine Frau nicht antwortete, trat Lionel vorsichtig einen Schritt zur Seite. »Und jetzt muss ich wirklich gehen. Ich werde um halb elf im Jugendgericht erwartet.«

»Warum sind dir die Probleme anderer Leute immer wichtiger als unsere eigenen?«

»Das ist ein besonderer Fall.«

»Ich bin ein besonderer Fall.«

»Ich komm bestimmt nicht spät zurück.«

»Ruf sie an. Sag, du hättest eine familiäre Krisensituation.«

»Das kann ich nicht machen.«

»Dann tu ich's.«

»Nein.«

Lionel hatte so hastig gesprochen und sich so schnell wieder hingesetzt, dass Ann wusste, der Gerichtstermin war eine Lüge. Sie spürte einen ersten Anflug von Mitleid, zog aber keinen Moment lang in Erwägung, die Dinge auf sich beruhen zu lassen. Dafür stand zuviel auf dem Spiel. Sie atmete tief durch, um sich zu beruhigen. Obwohl ihr das Herz überlief, fragte sie sich, ob sie die richtigen Worte finden würde, um ihre Gefühle auszudrücken. Die Hauptsache war, daran zu denken, dass es kein Zurück gab. Aber auch kein Vorwärts, wenn das bedeutete, weiter die alten ausgetretenen und geisttötenden Pfade zu gehen.

»Lionel, ich bin vor einiger Zeit zu einem Entschluss gekommen. Deshalb muss ich dir einige Dinge sagen und hoffe, du lässt mich ausreden.«

Lionel hatte beschlossen, sich am Buch Hiob ein Beispiel zu nehmen. Seine leidgeprüften, geduldigen Augen wurden geistesabwesend und glasig, die Finger trommelten einen unbeholfenen Rhythmus auf knochigen Knien.

»Erstens, ich bin nicht länger damit einverstanden, Fremde hier wohnen zu lassen.«

»Nun, das überrascht mich nicht.« Der Tonfall war herablassend und pseudojovial. Offensichtlich hatte er vor, auf sie einzugehen. »So wie du sie behandelst ...«

»Und außerdem übersteigt der Unterhalt eines Hauses mit neun Zimmern plus einem sehr großen Garten ohnehin meine Mittel.«

»Hilfskräfte kosten auf dem Land doch nichts ...«

»Das Haus bröckelt überall auseinander. Ich kann es mir nicht leisten, es zu behalten.« Sie vermied bewusst den Pluralis majestatis. Lionel hatte finanziell so gut wie nichts zu ihrem Haushalt beigetragen, seit er seine Pfarrstelle aufgegeben hatte, und sie war nicht bereit, so zu tun, als hätte er. »Und es gibt auch keinen Grund, weshalb ich es behalten sollte.«

»Wir haben eine gewisse Position im Dorf ...«

»Was weißt du denn schon über das Dorf?« Ann sah durch das Fenster zu der Zeder, die seit ihrer Geburt Teil ihres Lebens gewesen war, und ihr sank der Mut. Aber es gab ja andere Bäume, und die Freiheit hatte immer ihren Preis. »Das Pfarrhaus wird verkauft werden müssen.«

»Das kannst du nicht machen!«

»Warum nicht? Es gehört mir doch.« Gott sei Dank. Und Gott sei Dank, dass ich ihn nie an mein Treuhandvermögen herangelassen habe, so wenig das auch ist. Wie entsetzlich, dachte Ann. Da geht mein ganzes bisheriges Leben in Scherben, und mich beschäftigt nur, ob ich genug Geld haben werde. Aber schließlich, so wurde ihr traurig bewusst, war ja weiß Gott keine Liebe im Spiel.

»Und wo sollen wir wohnen? Oder hast du über diese triviale Frage noch nicht nachgedacht?«

»Ich werde versuchen, einen Job zu finden. Vielleicht eine Ausbildung machen.«

»In deinem Alter?«

»Ich bin erst achtunddreißig.«

»Heutzutage werden die Leute mit vierzig pensioniert.« Er gab ein verbittertes und sarkastisches Lachen von sich. »Man sieht ja gleich, dass du dich nie der wirklichen Welt hast stellen müssen.«

Ann spürte eine tiefe Gehässigkeit hinter diesen Worten. Verständlich. Nicht nur ihre Welt wurde gerade gründlich auf den Kopf gestellt. Dennoch war es ein Schock festzustellen, dass der Mensch, dem sie fast ihr halbes Leben geopfert hatte, sie noch nicht einmal mochte.

»Wie dem auch sei«, fuhr Lionel beleidigt fort, »du hast meine Frage nicht beantwortet. Und eines kann ich dir gleich sagen, wir werden nicht weit aus dieser Gegend hier wegziehen. Meine Arbeit muss und wird fortgesetzt werden, selbst wenn ich nicht mehr in der Lage sein sollte, Bedürftigen Zuflucht zu gewähren.«

»Warum eigentlich nicht«, antwortete Ann, der die unbekümmerte Unterstellung, sie würden fröhlich als Zweiergespann weitermachen, die Zunge löste. »Du brauchst dir doch nur irgendwas zu suchen, wo genug Platz ist.«

»Suchen ... genug ...«

»Mit einem Gästezimmer.«

»Was?« Lionels Gesicht war anzusehen, wie seine völlige Verblüffung allmählich in entsetztes Begreifen umschlug. »Das kann doch nicht dein Ernst sein.«

»Du hörst mir nicht zu, Lionel. Erst vor zwei Minuten habe ich dir erklärt, dass ich seit Jahren nicht mehr glücklich bin.«

Ein langes Schweigen.

»Dann müssen wir halt was dagegen tun«, sagte Lionel und fügte unbeholfen und zögernd »mein Liebes« hinzu.

Bei diesem peinlichen Anbiederungsversuch zuckte Ann förmlich zusammen. »Dazu ist es zu spät.«

»Ich verstehe.« Lionel war mittlerweile vor Empörung derart aufgeplustert, dass es so aussah, als würde er sich jeden

Augenblick in die Luft erheben und zur Decke schweben.
»Das ist also der Lohn, den ich für meine lebenslangen treuen Dienste erhalte?«

Unglücklicherweise fiel Anns Blick in diesem Moment auf die Bronzeuhr in dem Gehäuse aus Ebenholz auf dem Kaminsims. Sie stellte sich vor, wie sie durch das Zimmer ging, die Uhr nahm und sie Lionel mit den besten Wünschen für einen zufriedenen Ruhestand überreichte. Ihr Mund fing an zu zucken, und sie musste sich auf die Unterlippe beißen. Sie bedeckte ihr Gesicht mit den Händen und wandte sich ab.

»Es freut mich zu sehen, dass du immer noch ein paar menschliche Gefühle hast, Ann.« Lionel, der nun wieder festen Boden unter den Füßen spürte, bemühte sich um einen würdevollen Abgang.

»Noch eine Sache«, sagte Ann, als sie hörte, wie er den Türknauf drehte. »Ich will diesen Mann aus der Garagenwohnung raus haben.«

»Ohne Jax komm ich nirgendwohin«, sagte Lionel mit entschiedener Stimme und fügte leicht triumphierend hinzu: »Dann müsstest *du* ja das Auto fahren.«

»Es wird kein Auto mehr geben, Lionel.«

Kemel Mahoud, den Barnaby mit seinem Handy anrief, gab als Geschäftsadresse Kelly Street 14a an, eine Querstraße der Kentish Town Road.

Er war ein drahtiger kleiner Mann mit glatter hellbrauner Haut, beinah kahl, doch mit einem riesigen, blauschwarzen Piratenschnurrbart, der an den Enden zu zwei geschwungenen Kommas hochgezwirbelt war. Er war in einer derart unterwürfigen Weise bemüht, ihnen zu helfen, dass Troy das schon verdächtig vorkam.

»Sehr gute Mieterin, Miss Ryan. Erstklassig. Keine Probleme. Miete sofort bezahlt.«

»Sie war eine Diebin, Mr. Mahoud«, sagte Troy. »Als die Polizei sie in ihre Wohnung begleitete, fanden sie lauter gestohlene Sachen.«

»Ach!« Er wirkte aufrichtig verblüfft. »Ich kann nicht glauben. So ein nettes Mädchen.«

»Sie haben sie gekannt?«

»Nein, mein Gott. Hab sie nur einmal gesehen. Sie gibt Kaution, drei Monatsmieten, ich gebe Schlüssel – fertig.«

»Jetzt möchte ich, dass Sie mir den Schlüssel geben«, sagte Barnaby. »Wir müssen uns Einlass in die Wohnung verschaffen.«

»Will sie Sie nicht reinlassen?«

»Miss Ryan ist verschwunden«, sagte Sergeant Troy.

»Aber Miete ist in zwei Wochen fällig.«

»Das ist nicht unser Problem. Sie bekommen den Schlüssel zurück, keine Sorge.«

»Kein Problem.« Er ging zur Rückwand, die zu Dreivierteln von einer riesigen Lochplatte bedeckt war, an der Massen von ordentlich beschrifteten Schlüsseln hingen. »Ich helfe immer gern.«

»Schmieriger Dreckskerl«, sagte Sergeant Troy, als er in den Astra stieg und den Schlüssel ins Zündschloss rammte. »Ausländer. Die haben hier praktisch alles in der Hand.«

»Passen Sie auf diesen Blumenwagen auf.«

Als sie im Kriechtempo über die Whitechapel Road zurückfuhren, vorbei an bangladeschischen Marktständen mit exotisch aussehenden Gemüsen und reifen Mangos, glitzernden Saris und Kochtöpfen, begann Barnaby sich nach einem Lokal zum Mittagessen umzuschauen.

»Oh, sehn Sie mal da, Chef. Wie wär's damit?«

»Halten Sie die Augen auf der Straße.«

»Das ist der Blind Beggar. Wo das mit den Krays passiert ist.«

»Vor fast dreißig Jahren.«

»Könnten wir nicht trotzdem? Bitte?«

Troys Erwartungen waren so hoch und seine Enttäuschung

dementsprechend. Es war ein gemütliches, helles und sauberes Pub mit einem schönen dicken Teppich und dem üblichen Mobiliar. Sie hatten sogar eine Terrasse mit weißen Möbeln und einer dunkel-grünen Markise an einer Seite. Da das Wetter angenehm war, aßen sie dort ihre Roastbeef-Sandwiches und tranken jeder ein Halfpint Ruddles.

»Ihr Gesicht.« Barnaby lachte.

»Was?«

»Wie ein Kind mit einem leeren Strumpf am Weihnachtsmorgen. Was haben Sie denn erwartet? Blut auf dem Fußboden?«

»Sägemehl vielleicht.«

»Überlegen Sie doch mal, einer der Krays hat's hinter sich, der andere sitzt lebenslänglich, and Frankie Fraser wird von Talk-Show zu Talk-Show gereicht. Das ist eine andere Welt.«

Troy strich sich Meerrettich auf sein Sandwich und blickte auf die überfüllten Bürgersteige und den donnernden Verkehr. Hier spielte sich das richtige Leben ab. Allmählich entspannte er sich und fing an, das Ganze zu genießen.

»Übrigens? Chef, ich hab mir überlegt, ob ich nicht eine Versetzung zur Metropolitan Police beantragen soll.«

»*Was* haben Sie?«

»Warum denn nicht?«

»Weil die Sie innerhalb von zwei Minuten verspeisen und nur noch Fell und Knorpel ausspucken. Deshalb nicht.«

»So schlimm kann das doch gar nicht sein.«

»Nicht?« Barnaby lachte. »Wie sind Sie überhaupt auf diese Schnapsidee gekommen?«

»Die fahren mit einem Porsche 968 Club Sport Streife.«

»Unsinn.«

»Das ist wahr. Inspector Carter hat es mir in der Kantine erzählt.«

»Nehmen Sie eine zweite Hypothek auf und kaufen sich selber einen.«

»Maureen bringt mich um.«
»Das ist immer noch die angenehmere Variante.«

Als sie gegen drei in die Lomax Road 17 zurückkehrten, schien niemand da zu sein. Bevor sie die Haustür aufschlossen, hatte Barnaby bei Benson und bei Ducane (Chas) geklingelt, ohne Erfolg. Troy klopfte mit dem gleichen Ergebnis an Tanya Walkers Tür.

Der Chief Inspector zögerte einige Sekunden, bevor er Carlottas Zimmer betrat. Im Laufe der Jahre hatte er gelernt, Momente wie diesen wegen ihrer absoluten Unvorhersehbarkeit zu genießen. Man dreht den Schlüssel, man öffnet die Kiste und findet ... was? Wenn man Glück hat etwas Unerwartetes, das einen festgefahrenen, scheinbar unlösbaren Fall vollkommen auf den Kopf stellt; wenn man Pech hat etwas, das die vorangegangene Arbeit zur reinen Zeitverschwendung macht. Oder gar nichts.

»Mannomann«, sagte Sergeant Troy, der als erster eintrat. »Hier sind ja die Heuschrecken eingefallen.«

»In der Tat«, stimmte Barnaby zu.

Die Zimmer waren bis auf die Möbel leer. Ein ausziehbarer Holztisch mit zwei harten Stühlen, ein schäbiger Sessel und eine verkratzte Kommode, an der zwei Griffe fehlten. In einer Ecke des Raumes befanden sich ein Spülbecken, eine Kochplatte und ein kleiner Kühlschrank. Auf dem Ablaufbrett aus Metall standen einige angeschlagene Tassen und Untertassen und eine verbeulte Pfanne. Hinter einem fettig aussehenden Perlenvorhang war ein zweites, sehr kleines Zimmer mit einem Bett, einer Frisierkommode von der Sorte, wie sie irgendwann in den Swinging Sixties aus der Mode gekommen waren, und einem schmalen Kleiderschrank.

»Wie viel mag dieser schmierige Wichser ihr für dieses Dreckloch abgeknöpft haben?«

Barnaby zuckte mit den Schultern. »Hundertzwanzig.«

»Das ist ja reiner Wucher.« Troy ging zu der Kommode und versuchte, eine Schublade zu öffnen.

»Benutzen Sie Ihr Taschentuch!«

»Ja, Chef.« Troy wickelte es sich um die Finger und zog. »Glauben Sie, hier stimmt was nicht?«

»Ich weiß nicht, was ich glauben soll.« Barnaby ging im Zimmer herum und starrte auf die Wände. Da klebten reichlich Blu-Tack-Klümpchen, aber keine Poster.

»Die Schubladen hier drinnen sind leer«, rief Troy aus dem kleineren Zimmer. »Der Kleiderschrank ebenfalls.«

»Warum sollte jemand alles ausräumen, wenn er nicht endgültig ausgezogen und die Miete noch bezahlt ist?«

»Was weiß ich?«

»Selbst das Bettzeug ist verschwunden.«

»Vielleicht hat Tanya es sich ausgeliehen.«

»Sie hat doch angeblich keinen Schlüssel.«

Troy setzte sich in den Sessel. Das Ding mit der kaputten Feder in Vivienne Calthrops Büro war dagegen die reinste Wohltat gewesen.

»Vielleicht hat sie geglaubt, dass sie endgültig auszieht«, schlug Troy vor.

»Ja«, sagte Barnaby. »Vielleicht. Und da ist noch was.« Barnaby schnupperte und atmete dann tief durch, als er am Fenster stehen blieb. »Wie lange hat Lawrence gesagt, war Carlotta im Pfarrhaus?«

»Seit zwei Monaten.«

»Diese Wohnung kann unmöglich zwei Monate verschlossen gewesen sein. Die Luft ist frisch. Irgendwer muss innerhalb der letzten vierundzwanzig Stunden das Fenster geöffnet haben.«

»Na so was,« sagte Sergeant Troy.

»Wir fahren rüber zu den Kollegen von Bethnal Green. Vielleicht können die uns einen Gefallen tun und hier ein paar Fingerabdrücke sicherstellen. Und die Tür versiegeln.«

»Schade, dass der Vogel ausgeflogen ist«, sagte Troy.

Als sich sein Team zur üblichen Besprechung am frühen Abend zusammenfand, wusste Barnaby bereits, dass die forensische Abteilung der Met ihnen bei Carlottas Wohnung nicht behilflich sein konnte.

»Ich hab gefragt, ob sie die Wohnung einstäuben könnten, aber sie haben derartige Rückstände an Fingerabdrücken zu bearbeiten, dass wir so schnell wie möglich unsere eigenen Leute hinschicken müssen. Dann können wir die gefundenen Abdrücke mit denen des Vermieters vergleichen sowie mit den Abdrücken von allen, die sonst noch Zugang zu den Schlüsseln haben. Und natürlich mit denen von den übrigen drei Hausbewohnern.«

»Haben wir Fingerabdrücke von dem Mädchen selbst, Sir?«, fragte Sergeant Brierley.

»Die sollten wir morgen um diese Zeit haben.«

Barnaby freute sich schon darauf, Lionel Lawrence zu eröffnen, dass innerhalb der nächsten vierundzwanzig Stunden zwei Beamte von der Spurensicherung mit oder ohne seine Einwilligung ins Pfarrhaus kommen und alle glatten Flächen mit Aluminiumpulver einstäuben würden.

Und sobald die Besprechung beendet war, zog er sich in sein Büro zurück, griff zum Telefon und tat genau das. Als das erregte Geblubber über polizeistaatliche Maßnahmen und das Schikanieren unschuldiger Bürger in vollem Gange war, unterbrach Barnaby ein wenig brutal den Redefluss.

»Es überrascht mich, dass Sie diese Haltung einnehmen, Mr. Lawrence. Ich hätte gedacht, dass sie voll hinter allem stehen, was dazu beitragen könnte herauszufinden, wo sich Miss Ryan aufhält und ob es ihr gut geht.«

Es trat eine längere Pause ein, während der Barnaby still in sich hineinlächelte. Einen selbstgefälligen Typ auf dem falschen Fuß zu erwischen, war zwar nur ein kleines Vergnügen, aber an manchen Tagen brauchte man halt alle kleinen Freuden, die man kriegen konnte.

Lionel gab ein merkwürdiges Geräusch von sich, als ob er mit einer äußerst unangenehmen Flüssigkeit gurgelte.

»Nun ja, selbstverständlich ...«

»Dann ist ja alles in Ordnung«, beendete Barnaby fröhlich das Thema.

»Machen die alles wieder sauber, bevor sie gehen?«

»Nein.«

»Ach so.«

»Ich muss außerdem mit ihrer Frau reden. Ich hoffe, sie hat sich wieder vollständig erholt.«

»Das allerdings.«

Barnaby registrierte die rasche, unüberlegte Antwort, bei der reichlich Verärgerung durchklang, und fragte sich, was diese wohl ausgelöst hatte. Vielleicht würde er das ja morgen herausfinden. Mit ein bisschen Glück handelte es sich um einen Streit wegen Jackson. Das könnte ein bisschen Licht in diese verworrene Geschichte bringen.

»Vielleicht könnten wir für morgen einen Termin vereinbaren, wenn Mrs. Lawrence mit Sicherheit da ist.«

»Ja, also, der Mütterverein trifft sich um halb sechs. Sie wird spätestens um fünf hier sein, um sich um das Geschirr und so zu kümmern. Das macht sie immer. Ansonsten hat sie fast den ganzen Tag geschäftlich in Causton zu tun.«

»Das waren aber eine Menge »sies«, dachte der Chief Inspector. Man könnte fast meinen, die arme Frau hätte keinen Namen. »Wenn Sie ihr dann freundlicherweise sagen würden ...«

»Sie können es ihr selber sagen. Sie kommt gerade rein.«

Kurz darauf meldete sich Ann Lawrence. Mit ruhiger Stimme erklärte sie, fünf Uhr wäre eine gute Zeit, und sie würde sich darauf freuen, mit ihm zu reden.

Barnaby legte auf und schlüpfte in seinen Mantel. Dann

linste er zwischen den staubigen cremefarbenen Lamellen seiner Jalousie hindurch und stellte fest, dass ein leichter Nieselregen die Abendluft erfüllte. Doch das konnte seiner guten Laune nichts anhaben. In einer halben Stunde würde er zu Hause sein und mit einem Glas Wein und der Zeitung in seinem Lieblingssessel am Kamin sitzen, während seine holde Angetraute wild in der Küche rotierte. Nun ja, in dem Fall wohl besser zwei Gläser Wein.

Es war insgesamt ein guter Tag gewesen. Er hatte eine Menge über Carlotta herausbekommen, hatte mit zwei Leuten gesprochen, die sie kannten, und gesehen, wo sie wohnte. Und morgen würde er mit der einzigen Person reden, die genau wusste, was in der Nacht passiert war, in der Carlotta verschwand.

9

Achtundvierzig Stunden nachdem sie ihren schwerwiegenden Entschluss gefasst hatte, machte sich Ann Lawrence fertig, um nach Causton zu fahren. Lionel saß schmollend in seinem Arbeitszimmer. Sie hatte angeklopft und ihm gesagt, das Mittagessen sei fertig, doch er hatte nicht geantwortet. Während sie ihm früher ein Tablett gebracht hätte, setzte sie sich nun einfach hin und aß und ließ seinen Teller auf dem Tisch kalt werden.

Sie hatte noch vier Stunden Zeit, bevor die Polizei kam. Obwohl ihr Entschluss, ihnen alles zu sagen, nicht ins Wanken geraten war, wollte sie dennoch die verbleibende Zeit nicht damit verbringen, ständig darüber nachzugrübeln, wie das Gespräch verlaufen könnte. Oder was mit ihr passieren würde, wenn es vorbei war.

Außerdem gab es viel zu tun. Als erstes würde sie zur Bank

gehen und die fünftausend Pfund zurückzahlen. (Sie hatte bereits Mr. Ainsley telefonisch darüber informiert und ihn gebeten, ihren Darlehensvertrag zu stornieren.) Dann würde sie die Immobilienmakler abklappern. In Causton gab es mehrere, und sie hoffte, bis halb fünf möglichst viele, am besten alle, zu erreichen.

Nachdem sie sich im Schlafzimmer ein geblümtes Kleid und eine Jacke angezogen hatte, lockte das schöne Wetter Ann ans Fenster. Ihr fiel auf, dass auf der Schottereinfahrt bereits eine Woche, nachdem Charlie Leathers sie zum letzten Mal geharkt hatte, Unkraut wuchs. Und das Wunderbare war, sie würde nicht hingehen müssen, um alles rauszuzupfen. Niemand müsste das tun. Während Ann diesen aufmunternden Überlegungen nachhing, verschwand die Sonne hinter einer Wolke. Genau richtig getimt, denn in diesem Augenblick sah Ann Jax. Das heißt, die untere Hälfte von ihm. Der Rest war unter der Motorhaube des Humber verschwunden, der halb in und halb außerhalb der Garage stand. Sie brauchte das Auto, um nach Causton zu fahren.

Bei dem Gedanken, auf den Mann zugehen zu müssen, in diese kalten strahlenden Augen zu blicken und dieser widerlich lüsternen Stimme ausgesetzt zu sein, sank ihr plötzlich der Mut. Und wenn Lionel ihm bereits erzählt hatte, dass sie ihn raus haben wollte? Was würde er dann sagen?

Schade, dass Mrs. Leathers nicht da war. Sie wäre einfach zu ihm gegangen, hätte ihm erklärt, dass das Auto gebraucht würde und er sich gefälligst beeilen sollte. Vielleicht, dachte Ann, könnte ich einfach aus dem Fenster rufen.

Doch dann fiel ihr in all ihrer Aufregung das Telefon ein. Es gab einen Nebenanschluss vom Haupthaus zu seiner Wohnung. Wenn sie sich vorher überlegte, was sie sagen wollte, brauchte sie sich auf keinerlei Diskussionen einzulassen. Fass dich kurz, ermahnte sie sich, als sie den Hörer nahm und auf den Knopf drückte. Sie beobachtete, wie er in seiner Arbeit innehielt, sich die Hände an einem Lappen abwischte und in der blauen Tür verschwand. Die Ermahnung hatte gewirkt. Obwohl sie so ein mulmiges Gefühl gehabt hatte, war das Gespräch ein Kinderspiel.

Ann sagte: »Hier ist Mrs. Lawrence. Ich brauche den Wagen in fünf Minuten. Ist er bis dahin fertig?«

Und er sagte: »Kein Problem, Mrs. Lawrence.«

Ann wurde von einem fast albernen Gefühl der Erleichterung ergriffen (was hätte er denn schließlich *tun* können?), und dann beruhigte sie sich allmählich. Sie wusch sich Gesicht und Hände, bürstete ihr Haar und hielt es mit einem schwarzen Seidenband aus dem Gesicht. Dann griff sie nach ihrer Handtasche und prüfte, ob das Geld noch da war. Sie überlegte, ob sie einen Mantel mitnehmen sollte – die Sonne war gerade wieder herausgekommen –, und entschied sich dagegen.

Sie verließ das Haus und ging – wie sie hoffte – ohne erkennbare Nervosität zur Garage. Von Jax war nichts zu sehen. Im Wagen roch es stark nach Politur, und das rötlichbraune Leder glänzte. Obwohl sie sich sagte, dass sie zu viele Filme gesehen hätte, konnte Ann nicht widerstehen, den hinteren Teil des Autos zu inspizieren. Sie drehte sogar eine Reisedecke um, die auf dem mit Teppich ausgelegten Boden lag, um sicher zu sein, dass auch wirklich niemand im Wagen war.

Als sie durch das Tor fuhr und links Richtung Causton abbog, schien alles um sie herum plötzlich verwandelt zu sein. Die ganze Welt schien leicht, luftig und sorgenfrei. Genau das war die Welt – sorgenfrei.

»Ich habe keine Sorgen«, sagte Ann laut und fing an zu singen.

»Penny Lane«, das Lied, das ihre Mutter geliebt hatte, das Lied, an das sie sich vage aus ihrer Kindheit erinnerte.

»Penny Lane is in my ears and in my eyes ... there beneath the blue suburban skies ...«

Und während die Entfernung zwischen ihr und dem alten Pfarrhaus immer größer wurde, stieg auch ihr schwindelerregendes Hochgefühl ... Sie war dabei, sich loszureißen. Sich von diesem nörglerischen und egozentrischen Mann freizumachen, um den sie so viele Jahre ihr Leben organisiert hatte, und von diesem großen, zerbröckelnden Haus, das ihr wie ein Klotz am Bein hing. Ein finanzielles Problem, seit sie sich erinnern konnte. Um einen Titel aus Lionels großer Sammlung Trost spendender Werke zu zitieren: Heute war der erste Tag vom Rest ihres Lebens.

Während sie die letzten Meilen bis zum Stadtrand von Causton fuhr, stellte sie sich vor, wie ihre Gespräche mit den Immobilienmaklern wohl verlaufen würden. Und wie schnell sie in der Lage sein würden, ihr eine Schätzung vorzulegen. Sie würden sich bestimmt auf diese seltene Gelegenheit stürzen. In Martyr Bunting war vor einer Woche ein Haus von der gleichen Größe wie ihres, wenn auch zugegebenermaßen in besserem Zustand, für dreihunderttausend Pfund verkauft worden.

Ann näherte sich einem Kreisverkehr und begann, sich auf die Straße zu konzentrieren. Sie fuhr um das Kriegerdenkmal auf dem großen Marktplatz herum und dann die Causton High Street entlang, vorbei an Boots, Woolworths und Minnie's Pantry. Sie beschloss, um vier zum Tee dorthin zu gehen, dann brauchte sie zu Hause nichts mehr zu essen. Sie könnte fast bis zur letzten Minute wegbleiben, bis die Polizei kam. Sie hoffte, es würde der große, kräftige Polizist sein, der auch gekommen war, nachdem Charlie getötet worden war. Sie hatte ihn gemocht, und das nicht nur, weil er nicht auf Lionels affektiertes Verhalten eingegangen war. Ann hatte den Eindruck, dass dieser Mann sich nicht von Gefühlen irreleiten ließ, aber trotzdem verständnisvoll war. Solide, distanziert und mit einem leidenschaftlichen Interesse für alles, was um ihn herum vorging.

Am Rathaus bog sie nach links ab und kam zu dem neuen

dreistöckigen Parkhaus. Es war erst vor zwei Jahren gegen heftigsten Widerstand gebaut worden. Die Bevölkerung von Causton, die laut der letzten Wählerliste siebenundzwanzigtausenddreiundachtzig Seelen umfasste, war der Meinung, dass sie kein öffentliches Parkhaus wollte und auch nicht brauchte. Als darüber debattiert wurde, gingen Tausende mit Fahnen auf die Straße und bestürmten das *Causton Echo* mit Beschimpfungen oder stark ironischen Briefen à la warum nur, warum? Sit-ins fanden in städtischen Gebäuden statt, und als das Amt für Stadtplanung mutig eine öffentliche Anhörung organisierte, endete die in einem Tumult. Als die Bagger kamen, legten sich mehrere Leute auf die Straße. Natürlich wurde es trotzdem gebaut, und sobald es eröffnet war, ließ der Stadtrat überall im Zentrum und auf den Zufahrtsstraßen doppelte gelbe Linien ziehen. Also hatten die Leute keine andere Wahl, als das Parkhaus zu benutzen.

Um drei Uhr an einem Wochentag war es fast voll. Ann fuhr langsam durch die erste und die zwei Etage, doch es war kein einziger Platz frei. Auf der dritten fand sie schließlich einen zwischen einem Land Rover und einem Robin Reliant, meilenweit vom Ausgang entfernt.

Ann benutzte das Parkhaus nicht gern außer im Erdgeschoss, wo es reichlich natürliches Licht gab und nur wenige Schritte von einem entfernt draußen Leute vorbeigingen. Das übrige Gebäude war zwar mit künstlichem Licht ausgestattet, doch das funktionierte oft nicht. Manchmal aufgrund mangelnder Wartung, aber häufiger wegen Vandalismus.

Wie so viele öffentliche Räume, die frei zugänglich sind, hatte das Parkhaus aufgrund mangelnder Überwachung und der Möglichkeit, sich zu verstecken, schon häufiger Leute angezogen, die etwas zu verbergen hatten. Erst letzte Woche waren mehrere Männer erwischt worden, die dort eine sehr spezielle Verkaufsaktion durchgeführt hatten, sozusagen von Auto zu Auto. Sie hatten nämlich kleine Beutel mit Traumpulver gegen große Beutel mit benutzten Geldscheinen getauscht. Dabei hatten sie übersehen, dass in einem Auto nur wenige Schritte von ihnen entfernt ein Liebespaar abgetaucht war. Das Paar hatte sich, nachdem es seine Leidenschaft ausgetobt hatte, die Nummer des Dealers eingeprägt, bevor es klugerweise die Köpfe wieder einzog und auch unten ließ.

Ann hatte in der Zeitung darüber gelesen. Als sie nun ausstieg und alle vier Türen abschloss, gab ihr die Erinnerung an die Festnahme der Drogenhändler ein gewisses Gefühl der Sicherheit, so wie es auch Flugpassagiere empfinden, wenn sie unmittelbar nach einer größeren Katastrophe reisen. Sie sind sich nicht nur bewusst, dass die Chance astronomisch gering ist, dass so schnell hintereinander ein zweites Unglück passiert, sondern haben auch das Gefühl, dass sich alle im Cockpit tausendprozentig konzentrieren.

Die weite Strecke zwischen ihr und dem Aufzug war mit Autos vollgeparkt, aber offenbar menschenleer. Ann schaute sich im Gehen immer wieder um. Wie hässlich doch Beton war. Die kahlen grauen Wände waren bereits voller dunkler Streifen, wie schwarze Tränenspuren.

Sie merkte, wie sie die Fahrzeuge zählte. Zwei, drei, vier … Bei sieben – Glückszahl sieben – war ein Geräusch hinter ihr. Ein Quietschen, als ob jemand eine Tür öffnete. Ann fuhr herum. Nichts. War jemand aus einem der scheinbar leeren Autos ausgestiegen? Schlich er genau in diesem Moment hinter ihr her, im Gleichschritt mit ihren Bewegungen? Oder kam er immer näher und hatte sie gleich eingeholt?

Sie schüttelte verärgert den Kopf über ihre Ängstlichkeit. Wo war der ganze Mut, der ihren Kopf und ihr Herz erfüllt hatte, als sie vor nur einer halben Stunde diese Worte gesungen hatte? Sie holte tief Luft, schob ihr Kinn vor und beschleunigte ihre Schritte. Elf, zwölf, dreizehn – fast die Hälfte geschafft.

Er musste Schuhe mit leisen Sohlen tragen, oder gar keine Schuhe. Jedenfalls hörte sie nichts, sondern nahm nur einen plötzlichen weiten Sprung aus den Augenwinkeln wahr. Dann war er auf ihr. Sie spürte sein Gewicht, hörte den keuchenden Atem. Sein Arm drückte so stark gegen ihre Kehle, dass sie trotz ihrer Panik nicht schreien konnte.

Sie wurde zum nächsten parkenden Auto gezerrt. Bevor sie noch begriff, was passierte, packte er ihr Haar, hielt es fest umklammert und riss ihren Kopf nach hinten. Dann stieß er ihn mit voller Wucht gegen den Rand der Motorhaube.

Valentine Fainlight arbeitete. Das heißt, er tat so, als arbeite er. Die Korrekturfahnen von *Barley Roscoe and the Hopscotch Kid* waren endlich gekommen. Val blätterte mechanisch die Seiten um und dachte, dass sie ganz in Ordnung aussähen. Früher einmal, in einem anderen Leben wie es ihm manchmal schien, wäre ihm aufgefallen, dass die Ränder auf mehr als einer Seite nicht ganz gleichmäßig waren und dass Barleys magische Kappe in der Szene, wo er die Quadrate eines Hüpfspiels in Blöcke aus Honigbonbons verwandelt, zu dunkel war. (Die Kappe, die von einem zarten Blau ist, wenn Barley seinen alltäglichen Angelegenheiten nachgeht, wird immer dunkler, je nach dem, wie schlimme Katastrophen er mit seinen Zaubereien auslöst.)

Valentine bemerkte nichts davon. Er sah nur Jaxs Gesicht vor sich – grausam, schön, rätselhaft. Er hatte sich gestern Abend dabei ertappt, wie er darüber nachdachte, wie denn jemand, der nicht allzu intelligent war, es schaffen konnte, rätselhaft auszusehen, und sich sofort dafür geschämt. Schon einmal hatte Val solche Gedanken gehabt und sich snobistisch und ungerecht gescholten. Und außerdem waren diese Gedanken irrelevant. Denn wer war je durch objektive Analyse von einem Fieber geheilt worden?

Er hatte ein schlechtes Gewissen wegen Louise. Er liebte seine Schwester und wusste, dass seine offenkundige Zurückweisung sie verletzte. Das Einzige, was er zu seiner Verteidigung sagen konnte, war, dass sie noch mehr verletzt werden würde, wenn sie weiter mit ihm zusammenlebte, noch viel, viel mehr.

Manchmal, in Augenblicken wie diesem, wenn Val sich eingestand, dass das Wort Beziehung bedeutungslos war und er eigentlich an einer tödlichen Krankheit litt, da dachte er an Bruno. Val hatte das Glück gehabt, sieben Jahre mit einem interessanten, begabten, schwierigen, humorvollen, liebenswürdigen und absolut loyalen Mann zusammenzuleben. Sexuell war es phantastisch gewesen, ihre Auseinandersetzungen niemals bösartig. Brunos Tod hatte ihn schwer getroffen.

Die Eltern seines Partners, ein oder zwei sehr enge Freunde, seine Arbeit, aber vor allem Louise hatten ihn ins Leben zurückgeholt. Und jetzt, wo sie versuchte, sich von einer niederschmetternden Erfahrung zu erholen, warf er sie hinaus. Noch vor einem Monat hätte er nicht geglaubt, dass er zu so etwas in der Lage wäre. Heute morgen als sie in der Küche geweint hatte, hatte er sich so schrecklich gefühlt, dass er beinahe seine Meinung geändert hätte. Doch dann war ihm ein wunderbarer Gedanke gekommen. Vor einer Woche, als Louise für einen Tag nach London gefahren war, hatte er Jax eingeladen, sich das Haus anzusehen. Es war warm gewesen, und sie hatten im Garten Wein getrunken und Sandwiches gegessen. Jax war begeistert von Fainlights gewesen und hatte sich kaum losreißen können. Wenn Louise fort war, könnte Jax ihn nicht nur besuchen, er könnte bei ihm einziehen.

Das Telefon klingelte. Val riss den Hörer hoch und rief: »Ja, ja?«

»Hallo, Val.«

»Jax! Was willst ...« Er unterbrach sich und atmete heftig ein. »Ich meine, wie sieht's aus? Wie geht es *dir*?«

»Ich wollte eigentlich gerade duschen.«

O Gott, wenn der mich aufzieht, geh ich rüber und bring ihn um.

»Bist du einer von diesen Grünen?«
»Was?«
»Du weißt schon, spar Wasser, dusch mit einem Freund.«
»Soll das heißen, du möchtest ...«
»Nur wenn du willst.«

Louise sah ihn gehen. Sie hatte auch das Telefon klingeln hören – einmal. Nun beobachtete sie, wie ihr Bruder, ihr liebenswerter und intelligenter Bruder, vor Erregung hüpfend am Eingangstor hantierte und auf die Straße lief. Er hing an der Leine dieses widerlichen Kerls wie ein trauriger Tanzbär.

Als Valentine durch die blaue Tür und die Treppe hinauf eilte, fiel ihm ein, dass er kein Geld mitgenommen hatte. Doch das könnte er später regeln. Er könnte es erklären.

Die Tür zur Wohnung stand einen Spalt offen. Er konnte die Dusche rauschen hören. War Jax bereits da drinnen? Oder schlich er sich vielleicht auf dem cremefarbenen Teppich lautlos an ihn heran, um ihn anzuspringen. Um Val fest an der Kehle zu packen, wie er es schon einmal getan hatte. Erregt wie er war, drehte Val absichtlich nicht den Kopf.

Doch dann spazierte Jax in einem lose zugebundenen Frotteemantel aus dem Badezimmer. Er kam direkt auf Val zu und drückte ihm das Ende des Gürtels in die Hand. Dann riss er mit beiden Händen Vals Hemd auf, so dass die Knöpfe flogen.

Hetty Leathers, die mittlerweile Datum und Uhrzeit für die Beerdigung ihres Mannes bestätigt bekommen hatte, bat Evadne, in die Kirche zu kommen, und lud sie zu einem anschließenden leichten Mittagessen bei sich zu Hause ein.

Und so legte sich Evadne ihre schwarzen Sachen zurecht. Es war keine Farbe, die sie gerne trug, also hatte sie nur wenig Auswahl. Doch da man sie dazu erzogen hatte, Formalitäten zu wahren, hätte sie sich nicht vorstellen können, zu einem solchen Anlass eine andere Farbe zu tragen.

Eine Menge hing vom Wetter ab. Ein später Augusttag

konnte extrem warm, aber auch unerwartet frisch sein. Evadne nahm einen leichten Wollrock mit Jacke aus dem Kleiderschrank und schüttelte beides kräftig. Die Jacke roch nach Mottenkugeln und einem Hauch von Coco, ihrem Lieblingsparfüm. Dann griff sie zu einer langärmligen anthrazitfarbenen Samtbluse mit dazu passender Hose und betrachtete beides nachdenklich. Die Sachen waren gewiss dunkel genug und äußerst elegant, aber ihre Mutter wäre bei dem Gedanken, dass eine Frau in der Kirche Hosen trägt, vor Entsetzen in Ohnmacht gefallen. Da sie wusste, dass sich die wohlwollenden, aber strengen Augen ihrer Eltern jederzeit unangekündigt nach unten richten konnten, hängte Evadne die Kombination zurück in den Schrank.

Der Hut war kein Problem. Nun ja, je nach dem, wie man es betrachtete. Sie hatte einen Hut, und der hatte auch die richtige Farbe, aber er war nicht so ganz das Richtige für eine Beerdigung. Sie hatte dieses Organzateil vor einem Jahr für die Hochzeit einer ihrer Lieblingsnichten gekauft. Es war ein hoher Hut mit einer breiten, nach unten gebogenen Krempe, und er war mit dunklen herabhängenden Rosenblüten aus glänzender Seide verziert. Doch da man eine Kirche ebenso wenig ohne Hut wie in Männerkleidung betreten konnte, würde er reichen müssen.

Evadne trug die Sachen nach unten und hängte sie in der Küche neben ein offenes Fenster, um sie zu lüften. Dann machte sie sich eine Tasse Verbenentee mit Zitrone, den sie immer gerne zu ihrer Morgenzeitung trank.

Schon bald war ein Kratzen an der Haustür zu hören. Evadne öffnete sie, um Mazeppa hereinzulassen, die einen Korb mit der *Times* im Maul hatte. Sie vertrat Piers, der heute verschlafen hatte.

Mazeppa war ein gutes Mädchen, sogar berühmt – eins ihrer Jungen hatte den ersten Preis auf einer Ausstellung bei Crufts gewonnen –, aber sie hatte nie gelernt, eine Zeitung im

Maul zu tragen. Ihr war diese Unfähigkeit peinlich, und sie schämte sich zutiefst, mit einem Korb hinausgeschickt zu werden. Evadne war nie auf die Idee gekommen, ihr zu erklären, dass Piers nur das Lokalblatt im Maul trug. Bei den schwereren Zeitungen brauchte selbst er ein bisschen Hilfe.

Nun kippte Mazeppa, die unbedingt beeindrucken wollte, den Korb um, zog einen Teil der Zeitung heraus, biss darauf herum, zerrte ihn in die Küche und legte ihn vorsichtig hin.

»Was hab ich dir gesagt?« Evadne hob die Zeitung auf, stach mit ihrem Finger durch eine besonders nasse Stelle und fuchtelte tadelnd vor der Nase des Hundes herum. »Wie soll ich das denn lesen?«

Mazeppa schlug mit ihrem zarten, schwertlilienförmigen Schwanz heftig gegen das Tischbein und hechelte und seufzte beglückt über so viel Aufmerksamkeit.

»Und jetzt glaubst du sicher, du bekommst ein Plätzchen.«

Das klopfende Geräusch wurde langsamer, weniger selbstsicher. Mazeppas Gesicht, das schon von Natur aus zusammengequetscht und voller Runzeln und Falten war, wurde vor lauter Sorge jetzt noch schrumpliger. Evadne streichelte den Hund, warf ihm einen Keks mit Bourbon-Aroma zu und ging mit Tee ins Wohnzimmer. Dort schlug sie den noch lesbaren Kulturteil der Zeitung auf.

Im Victoria & Albert Museum gab es eine Ausstellung früher englischer Mezzotintos und Aquarelle. Evadne liebte Aquarelle. Sie fragte sich, ob das Museum die Hunde irgendwo unterbringen würde. Mrs. Craven hatte ihren Pudel, einen ungezogenen kleinen Angeber, zu einer Gartenausstellung auf dem St. Vincent's Square mitgenommen. Im Vergleich dazu waren die Pekinesen wahre Engel. Vielleicht könnte sie sie kurz bei der Garderobenfrau lassen? Sie beschloss, gleich morgen dort anzurufen.

Bereits von Vorfreude erfüllt, übersprang Evadne die Theaterkritiken – wozu um alles in der Welt brauchte man Theater, wo doch das alltägliche Leben um einen herum schon voller Drama war? – und schlug die Buchbeilage auf.

Sie hatte immer ein kleines Notizbuch und einen Drehbleistift neben ihrem Sessel liegen, um sich die Titel aufzuschreiben, die sie ansprachen. Nicht dass sie sich viele davon leisten konnte, doch die Bücherei in Causton war trotz ihrer ständigen Finanzknappheit meist in der Lage, ein Exemplar zu kaufen oder von woanders zu besorgen.

Heute gab es eine ganze Seite mit Kinderbüchern. Sie war nach dem Alter der Kinder in Kästen aufgeteilt und zeigte auch einige Abbildungen aus den Büchern. Einige waren lustig, andere bezaubernd und manche so Furcht erregend, dass Evadne sich fragte, was für Eltern so etwas denn ins Haus ließen. Sie wünschte, sie würde ein Kind kennen, das ihr aufs Knie klettern und sich *Die Geschichte von Peter, dem Kaninchen* oder von *Babar, dem Elefanten* anhören würde. Vielleicht würde die frisch verheiratete Nichte ihr irgendwann den Gefallen tun.

In der Rubrik für die Sieben- bis Neunjährigen stieß sie auf einen neuen Titel aus der Barley-Roscoe-Serie. Evadne wusste alles über Barley. Valentine Fainlight hatte mal ein signiertes Exemplar der Abenteuer seines jungen Helden für das Kirchenfest gespendet, und Evadne hatte es in der Tombola gewonnen. Barley war ein reizendes Kind, geriet zwar häufig in Schwierigkeiten, hatte aber immer die besten Absichten. Er erinnerte sie an William Brown, besaß aber nicht Williams unglaubliche Unbekümmertheit, wenn er vor den Trümmern seiner aufrichtigen Bemühungen, hilfsbereit zu sein, stand.

Evadne legte die Zeitung beiseite. Jetzt bedauerte sie, dass sie sie überhaupt aufgeschlagen hatte. Sie hatte versucht, den Namen Fainlight aus ihrem Kopf zu verdrängen. Und auch nicht über die traurige Tatsache nachzudenken, dass Carlotta verschwunden war. Sie hatte großes Mitleid mit Valentine. Als der nette junge Constable sie gefragt hatte, ob sie das

Mädchen gekannt hätte oder irgendetwas über ihr Verschwinden wüsste, hatte Evadne ihren liebeskranken Freier erwähnt. Doch dann, weil sie fürchtete, sie könnte damit Valentine irgendwie in Verdacht gebracht haben, hatte sie rasch erklärt, dies sei eine reine Schlussfolgerung aus ihren Beobachtungen, kein wirkliches Wissen.

Und seine arme Schwester. Du meine Güte. Evadne seufzte laut. Sie hatte Louise am Freitag im Garten ihres Hauses weinen gehört. Evadne war für eine christliche Hilfsorganisation unterwegs gewesen und hatte mehrere Minuten unsicher gezögert, hin und her gerissen zwischen dem natürlichen Bedürfnis zu trösten und der Befürchtung, dass eine Einmischung als peinlich oder gar aufdringlich empfunden werden könnte. Louise war ihr immer als eine sehr verschlossene Person erschienen. Schließlich war sie leise weitergegangen. So viele unglückliche Menschen. Evadne griff erneut nach der *Times*, in der Hoffnung, ihre angenehmen Empfindungen von vorhin wieder heraufbeschwören zu können. Sie schlug die Musikseite auf. Hier nahm den größten Teil die Würdigung eines jungen und talentierten Jazzmusikers ein, der kürzlich Selbstmord begangen hatte.

Evadne seufzte erneut, diesmal etwas lauter. Mazeppa sprang auf ihren Schoß, sah ihr aufmerksam in die Augen und seufzte aus Sympathie mit.

Punkt Viertel nach fünf, während Louise sich still grämte und ihr Bruder in anbetender Ekstase auf einem gefliesten Duschboden kniete; während Hetty Leathers mit ihrer Tochter eine Flasche Guinness köpfte, um zu feiern, dass sie genügend Geld zusammengekratzt hatten, um fünfzig Prozent (dank der Sammelflasche im Red Lion) der Beerdigungskosten für Charlie bezahlen zu können, und die Mitglieder des Müttervereins sich seelisch moralisch auf ihre vornehmen philanthropischen Bemühungen einstellten, erschienen Detective

Chief Inspector Tom Barnaby und Sergeant Gavin Troy auf den bröckeligen Stufen des alten Pfarrhauses.

Lionel Lawrence hörte das Klingeln nur unterschwellig. Er befand sich ohnehin in einem solchen inneren Aufruhr, dass er sein Telefongespräch mit der Polizei völlig vergessen hatte. Lionel kam sich vor wie ein Mann, der jahrelang ein Kätzchen besessen und es gewissenhaft, wenn auch ein wenig geistesabwesend versorgt hat, um dann festzustellen, dass es sich hinter seinem Rücken in einen Panther verwandelt hat, der ihm ein großes Stück aus der Hand beißt.

Natürlich würde Ann sich wieder beruhigen. Er würde Geduld haben müssen, mit ihr reden, vielleicht sogar ein bisschen zuhören. Offenbar hatte sie das Gefühl, dass sie einen berechtigten Grund hätte, sich zu beklagen, obwohl Lionel sich nicht vorstellen konnte, was das sein sollte. Aber er würde ihr alles versprechen, was sie wollte, und sich sogar bemühen, es zu halten. Alles andere war undenkbar. In seinem Alter ohne ein Zuhause und ohne einen Penny auf der Straße zu sitzen. Was sollte er machen? Wohin sollte er gehen? Nachdem er sich jahrelang aufopfernd um die Ausgestoßenen dieser Gesellschaft gekümmert hatte, musste Lionel feststellen, dass nun, wo er selbst ein bisschen Fürsorge brauchte, niemand da zu sein schien, an den er sich wenden konnte. Er war wütend auf seine Frau, weil sie ihn in eine solche Situation gebracht hatte, wusste aber gleichzeitig, dass er sich nicht erlauben konnte, es sich anmerken zu lassen. Lionel beschloss, ihr wie ein wahrer Christ zu vergeben und mit aller Kraft auf eine Versöhnung hinzuarbeiten.

Es klingelte erneut, und diesmal wurde es wahrgenommen. Lionel, immer noch von schrecklichen Zukunftsvisionen geplagt, schlurfte durch die schwarzweiß geflieste Diele und öffnete die Tür.

Zu seinem Verdruss war es dieser Polizist, der erst vor ein paar Tagen so unverschämt gewesen war. Doch irgendwie fand er nicht den Mut, den älteren Beamten anzuraunzen, und der jüngere glotzte neugierig über dessen Schulter ins Haus. Also beschloss Lionel, stur in die Lücke zwischen den beiden zu starren.

»Tut mir Leid, wenn wir stören«, sagte Barnaby und sah ganz und gar nicht aus, als täte es ihm Leid, »aber ich nehme an, dass Sie uns erwartet haben.«

»Das habe ich ganz gewiss nicht«, sagte Lionel. »Was ich in«, er zog eine Taschenuhr aus seiner Westentasche und sah wie gebannt darauf, »ungefähr zwanzig Minuten erwarte, ist die allmonatliche Ausschusssitzung des Müttervereins.«

»Wir haben gestern miteinander telefoniert.« Bei diesen Worten trat Barnaby vor. Lionel war so überrascht über diesen plötzlichen Vorstoß, dass er sich hastig nach rechts bewegte, dabei allerdings ein Gesicht machte, als sei er einer unerträglichen Verfolgung ausgesetzt.

»Wir haben einen Termin mit Mrs. Lawrence«, erklärte Sergeant Troy, der mittlerweile ebenfalls im Flur stand. »So gegen fünf.«

»Ach ja.« Lionel machte die Tür nicht zu. »Sie ist nicht da.«

»Aber sie wird doch sicher gleich kommen«, – legte der Chief Inspector nahe. »Sie haben gesagt, sie würde immer an den Treffen teilnehmen.«

»In der Tat. Es ist für sie einer der Höhepunkte des Monats.«

Du meine Güte, dachte Sergeant Troy. Was für ein Leben. Er versuchte sich vorzustellen, wie Talisa Leannes Mutter einem Verein beitrat. Die armen Schweine würden nicht wissen, wie ihnen geschah. Maureen konnte einem Esel das Hinterbein abschwatzen und einem einreden, Schwarz wäre Weiß. Man würde selbst glauben, ein Mann könnte fliegen, und wenn der auch nur einen Krümel Verstand hatte, würde er in dem Moment, wo er sie kommen sah, genau das tun.

Lionel zog ab und ließ die beiden im Flur stehen. Obwohl

niemand sie gebeten hatte, zu warten oder es sich gemütlich zu machen, setzten sich Barnaby und Troy auf zwei kleine schmiedeeiserne Stühle rechts und links von einer riesigen Kupfervase. Die Stühle waren extrem unbequem.

Troy, der sich sofort anfing zu langweilen, linste durch den Strauß von Buchenzweigen und Rainfarn, nur um festzustellen, dass der Chef bereits in einer seiner »Bitte nicht stören«-Launen war.

Doch Barnabys Gedanken waren keineswegs so ruhig und gelassen, wie sein Äußeres vermuten ließ. Er dachte an das bevorstehende Gespräch mit Ann Lawrence. Dreimal bringt Glück, hatte er sich zuversichtlich während der Fahrt hierher eingeredet. Bei ihrer ersten kurzen Begegnung hatte er noch nicht mal gewusst, dass das vermisste Mädchen für den Mordfall Leathers relevant sein könnte. Am Samstag war Mrs. Lawrence so mit Medikamenten vollgepumpt gewesen, dass kein Gespräch möglich gewesen war. Jetzt hatte sie den ganzen Sonntag und Montag Zeit gehabt, sich zu erholen. Als er gestern mit ihr gesprochen hatte, hatte sie ruhig geklungen und überhaupt nicht besorgt. Er erinnerte sich genau an ihre Worte: »Ja, Inspector. Und ich möchte auch mit ihnen reden. Ich freue mich sogar darauf.«

Er murmelte den letzten Satz laut vor sich hin, und Troy sagte rasch: »Sir?«

»Sie hat gesagt: ›Ich freue mich darauf‹ auf unser Gespräch. Was entnehmen Sie daraus?«

»Dass sie etwas belastet. Will darüber reden.« Troy sah auf seine Uhr. »Wenn sie sich nicht ein bisschen beeilt, verpasst sie noch den ganzen Spaß. Jede Minute wird's hier nur so von Müttern wimmeln.«

»Mir gefällt das nicht.«

»*Mir* wird das erst recht nicht gefallen«, sagte Troy. »Das ist ein Aspekt des Lebens, auf den ich gut verzichten könnte.«

»Seien Sie still.« Barnaby verspürte eine leichte Übelkeit,

eine Nervosität, die sich mit eiskaltem Griff um seinen Magen legte. Der Moment, in dem einen eine furchtbare, unerklärliche Erkenntnis überfällt, wie wenn man plötzlich bemerkt, dass die Kette am Spülkasten hin und her pendelt, obwohl man glaubt, man sei allein zu Hause. »Sehen Sie schon jemanden kommen?«

Troy stand auf, streckte die Beine und ging zu dem hohen Fenster neben der Eingangstür. Auf der Einfahrt waren mehrere Frauen, die mit entschlossenen Schritten auf das Pfarrhaus zukamen. Es waren nicht die spießigen Matriarchinnen, die Troy erwartet hatte, in Tweed gehüllt und mit groben Gesichtszügen. Einige von ihnen trugen bunte Hosen und Blazer. Eine hatte so etwas wie einen grünen Homburg auf, dazu einen langen lila Mohairpullover und Sportstrümpfe im Fair-Isle-Muster. Ob er sie kommen sah? Selbst Ray Charles würde sie kommen sehen.

Troy öffnete die Tür, trat zur Seite und ließ sie hereinschwärmen. Sie standen nicht herum, sondern gingen gleich durch, wo man sie laut mit Lionel reden hören konnte. Durch den ganzen Lärm hindurch war das Klappern von Porzellan und Teelöffeln zu vernehmen.

»Holen Sie Lawrence, Sergeant.«

Troy versuchte es. Lionel war in der Küche und tat so, als würde er helfen. Seine halbherzigen und ungeschickten Bemühungen wurden mit freundlicher Nachsicht belächelt. Nachdem klar geworden war, dass Ann nicht da war, bot die Frau mit dem Hut an, ihm Eier und Speck zu machen. In der ganzen Wohnung schwirrten Leute herum. Jemand sagte »Ach da sind Sie ja« zu Sergeant Troy und bat ihn, ein Tablett mit Tassen ins Wohnzimmer zu bringen.

»Mr. Lawrence? Würden Sie ...« Troy wich aus, als ein in Stücke geschnittener Kirschkuchen an ihm vorbeigetragen wurde. »Der Chief Inspector möchte Sie kurz sprechen.«

»Was?«, brüllte Lionel, entfernte die Frischhaltefolie von einer Platte mit Gurkenschnittchen und stopfte sich zwei in den Mund.

»In der Diele, Sir, wenn möglich.« Troy umrundete den Kieferntisch und legte seine Hand, sanft aber entschlossen, um Lionels Ellbogen. Falsch.

»Ist Ihnen schon mal der Begriff ›Bürgerrechte‹ begegnet, Sergeant?«

»Ja, Mr. Lawrence.«

»Wenn Sie keine Anzeige wegen Körperverletzung kriegen wollen, würde ich Ihnen raten, Ihre Hand wegzunehmen.«

Troy ließ seine Hand sinken. »Und vielleicht ist Ihnen bekannt, Sir, dass es strafbar ist, sich zu weigern, die Polizei bei Ermittlungen in einem Mordfall zu unterstützen.«

»Aber selbstverständlich.« Lionel bewegte sich, obwohl er immer noch kaute, rasch auf die Tür zu. »Es geht nur darum, dass jeder das Recht hat, sich zu verteidigen.«

Als sie in die Diele kamen, wollte sich der Chief Inspector gerade auf den Weg machen, sie zu suchen.

»Wo zum Teufel waren Sie?«

»Tut mir Leid, Sir. Es ist alles ein bisschen hektisch ...«

»Hier rein.« Barnaby ging durch die erstbeste Tür. Es war ein kleines, achteckiges Zimmer mit ein paar einfachen Stühlen, mehreren Stapeln Noten, einer HiFi-Anlage und einem alten Bechstein-Flügel. Troy schlenderte zu dem Klavier hinüber, zog sein Notizbuch hervor, nur für den Fall, und legte es auf den schweren fleckigen Deckel aus Nussbaum.

Ganz in der Nähe stand ein in Silber gerahmtes Foto von einem grimmigen alten Mann mit einem Priesterkragen. Obwohl er fast kahl war, sprossen ihm reichlich graue Haare aus Nase und Ohren, und er hatte riesige Koteletten. Er starrte wütend in die Kamera. Sein Hund, ein Bullterrier mit Schweineaugen, hatte seine ledrigen Lippen hochgeklappt, vermutlich damit seine Zähne schneller zuschnappen konnten. Die beiden sahen wie füreinander geschaffen aus.

»Also, Mr. Lawrence. Wann haben Sie Ihre Frau zuletzt gesehen?«

»Was um alles in der Welt ...«

»Beantworten Sie die Frage, Mann!«

»Heute vormittag.« Lionel verschluckte sich fast an den Worten. »Gegen elf.«

»Hat sie gesagt, wie ihre Pläne aussahen?«

»Nach Causton fahren. Ich nehme an, sie wollte einkaufen gehen. Sie hat nichts gesagt.«

»Haben Sie sich gestritten?«

»Woher wissen ... Ich versichere Ihnen, dass unsere ... Diskussion gestern nichts mit Ihren Ermittlungen zu tun hat.«

»Die Sache ist die, Sir«, sagte Sergeant Troy, der angefangen hatte zu schreiben, »es könnte für uns hilfreich sein zu wissen, in welcher Verfassung sie sich befand.«

»Warum?« Lionel wirkte völlig fassungslos. »Wobei?«

»Wenn ich Sie richtig verstanden habe, hat Mrs. Lawrence noch nie ein Treffen des Müttervereins verpasst.«

»Es gibt für alles ein erstes Mal.«

»Machen Sie sich denn keine Sorgen?«

Lionel schien jetzt nicht nur fassungslos, sondern auch ein wenig beunruhigt. Barnaby merkte, dass er die Stimme erhoben hatte, und versuchte sich zu beherrschen. Nur noch ein Dezibel vom Brüllen entfernt.

Lionels aufrichtige Verblüffung verpasste ihm einen Dämpfer. Er sah jetzt klar, wie sein Verhalten wirken musste. Denn in Wahrheit gab es keinen logischen Grund, weshalb er sich Sorgen machen müsste, Ann Lawrence könnte etwas passiert sein. Sie könnte eine Freundin getroffen haben, Bücher in der Bibliothek aussuchen, Kleider anprobieren ... Keinen logischen Grund. Nur dieser Eiszapfen, der langsam in seinem Magen rotierte.

Er versuchte, mit ruhigerer Stimme zu sprechen. »Könnten Sie uns sagen, wann sie losgefahren ist?«

»Ich fürchte nein. Ich war in meinem Arbeitszimmer. Wir haben heute nicht zusammen zu Mittag gegessen.«

Mannomann, diese Diskussion muss ja ganz schön heftig gewesen sein, dachte Sergeant Troy. Er stellte selbst eine Frage, auf die er die Antwort zwar kannte, doch er hoffte, damit ein bisschen Bewegung in die Sache zu bringen.

»Meinen Sie, Mrs. Lawrence ist selbst gefahren? Oder könnte Mr. Jackson sie in die Stadt gebracht haben?«

»Nein.« Leider sprang Lawrence nicht auf den Köder an. »Sie ist immer lieber selbst gefahren. Allerdings …« Plötzlich konnte er nicht hilfsbereit genug sein. Es war unübersehbar, dass er sie loswerden wollte. »Jax könnte Ihnen vielleicht sagen, wann sie losgefahren ist. Ich glaube, er hat um die Mittagszeit an dem Humber gearbeitet.«

»Haben die mit dir gesprochen?«, fragte Jax. »Die Polizei?«

»Ja. Das heißt, sie sind vorbeigekommen.« Valentine saß auf der Sofakante. Jetzt, wo das Ringen und Kämpfen, ihn zu unterwerfen, vorbei war und das Blut in seine gequetschten Gliedmaßen und die überanstrengten Muskeln zurückkehrte, empfand er nur noch Schmerz und Verwirrung. Doch irgendwie steckte darin auch ein dumpfes Glücksgefühl.

»Wegen Charlie?«

»Genau.«

»Was wollten sie denn wissen?«

»Louise hat mit ihnen gesprochen. Ich hab mich verdrückt.«

»Die knöpfen sich dich auch noch vor.«

»Wir haben den Mann doch kaum gekannt.«

»Das spielt keine Rolle.« Jax schlenderte durch das Zimmer und warf sich in den orangenen Kaminsessel. Dann spreizte er die Beine und lehnte sich grinsend zurück. »Ich sollte mir wohl besser was anziehen.«

»Nein«, rief Val rasch. »Bitte nicht.«

»Du hast also noch nicht genug, was?«

»Doch, doch. Ich schau dich halt einfach gerne an.« Er erhob sich vorsichtig vom Sofa und bückte sich mit vor Schmerz verzogenem Gesicht, um seine Boxer-Shorts aufzuheben.
»Ich kenn diesen Laden.«
»Wie bitte?«
»Sulka. Im West End, stimmt's?«
»Ja. Auf der Bond Street.«
»Ich kannte mal so einen Typ, der kaufte da seine Morgenmäntel.«
»Tatsächlich?« Valentine empfand eine andere Art von Schmerz bei dem Gedanken an den unbekannten Mann. »Wenn du willst, können wir mal zusammen hinfahren. An deinem nächsten freien Tag.«
»Nein danke. Die sind Scheiße. Ich hab lieber was mit ein bisschen Stil. So wie dieses Jackett, das du mir gekauft hast.«
»Jax ...« Zögernd suchte er nach den richtigen Worten, um nur ja keinen Anstoß zu erregen. »Wie sehen eigentlich die Bedingungen aus, unter denen du hier eingezogen bist? Ich meine, ist das für eine bestimmte Zeit, äh ...«
»So 'ne Art gemeinnütziger Dienst?« Er sprach den Begriff voller Ekel und Spott aus.
»Mir ist nur der Gedanke zuwider, dass ich eines Tages herkomme und feststellen muss, dass du fort bist.«
»Val, mein Junge, ich würd dich doch nicht verlassen.«
»Sag so was bitte nicht, wenn du es nicht wirklich meinst.« Val wartete, doch die ersehnte Beteuerung kam nicht. Und was wäre sie schon wert gewesen, wenn sie doch gekommen wäre. »Die Sache ist nämlich die, meine Schwester ...«
»Die mag mich nicht.«
»Louise zieht aus. Sie fängt bald wieder an zu arbeiten und möchte dann näher an der Stadt wohnen. Also wenn du irgendeine Unterkunft brauchst ...«
»Könnte nützlich sein.«
»Ich würde dich liebend gern bei mir aufnehmen.« Valenti-

ne, der gerade in seine Khakihose stieg, bemühte sich, beiläufig zu klingen, obwohl ihm Bilder überschäumenden Glücks durch den Kopf schossen. Er würde erlesene Speisen für sich und Jax kochen. Ihm Mozart vorspielen. Und Palestrina. Ihm vorlesen – Austen oder Balzac. Nachts würden sie sich in den Armen liegen, während die funkelnden Sterne durch das Glasdach schienen und ihre Augen blendeten.

»Für den Notfall«, sagte Jax.

»Natürlich.« Valentine knöpfte mit steifen Fingern sein Hemd zu. »Das hab ich gemeint.« Er versuchte, nicht zu Jax hinzuschauen, der mit der Spitze seines Zeigefinger an der weichen, leicht gebräunten Innenseite seiner Oberschenkel entlangfuhr und die Haut sanft zusammendrückte, erst rechts, dann links. Auf und ab, auf und ab.

»Es war schön, dass du angerufen hast.« Val stellte zufrieden und überrascht fest, dass seine Stimme ganz normal klang. Er hatte befürchtet, er würde krächzen. »Einfach so aus heiterem Himmel.«

»Manchmal habe ich das Verlangen, Val. Zu bestimmten Zeiten. Dann muss ich es einfach haben – weißt du, was ich meine?«

»Und ob.«

»Heute war einer von diesen Tagen.«

»Und ist es was Bestimmtes, das es bei dir auslöst?«

»O ja. Immer dasselbe.«

»Du möchtest es mir nicht ... Wenn ich wüsste, was es ist, vielleicht ...«

»Eines Tages, Val, mein Junge.« Jax stand auf, ging zum Fenster und starrte hinaus. Dann fing er plötzlich an zu lachen.

»Schauen Sie mal.« Sergeant Troy deutete mit dem Kopf über die Einfahrt, als Barnaby die Tür des alten Pfarrhauses schloss.

»Eine Garage, ja. So was hab ich schon mal gesehen.«

»Nein, oben.«

Barnaby hob den Kopf. Terry Jackson stand am Fenster seiner Wohnung. Entweder war er völlig nackt, oder er trug die tiefstsitzende Hüfthose, seit Randolph Scott seine Sporen an den Nagel gehängt hat.

»Schade«, sagte Troy. »Noch ein paar Zentimeter mehr und wir hätten ihn wegen Erregung öffentlichen Ärgernisses festnehmen können.«

»Dieser hämisch grinsende Schweinehund«, sagte Barnaby, und tatsächlich lachte der Chauffeur sie aus. Der Chief Inspector ging bewusst ganz langsam, um dem Mann Zeit zu geben, seine Klamotten anzuziehen. »Dem würd ich durchaus zutrauen, dass er splitterfasernackt die Tür öffnet.«

»Das will ich nicht hoffen«, sagte Sergeant Troy. »Bei uns gibt's heute abend Würstchen im Schlafrock.«

Jax öffnete das Fenster über ihren Köpfen und rief. »Es ist offen.«

Zum dritten Mal stieg Barnaby die schick ausgelegte Treppe hinauf. Er musste an seinen ersten Besuch denken, der mit einer widerlichen Szene aus Katzbuckeln und Weinen seitens Jacksons geendet hatte, nachdem sein Beschützer erschienen war. Und an den zweiten, vor drei Tagen, als sie den Chauffeur nach Carlotta Ryan gefragt hatten und er fast aus der Haut gefahren war, als Barnaby das Wort »Erpressung« fallen ließ.

Was würde sie also diesmal erwarten? Barnaby, der während seines gesamten Berufslebens immer vehement die Auffassung vertreten hatte, man müsse unvoreingenommen an alles herangehen, war das noch nie so schwer gefallen wie diesmal. Wenn er ganz ehrlich war, hatte er bei Terry Jackson sogar aufgegeben, sich darum zu bemühen. Obwohl er so gut wie keine Beweise dafür hatte, glaubte er, dass dieser Mann Charlie Leathers umgebracht und auch maßgeblich mit dem Verschwinden von Carlotta Ryan zu tun hatte.

Ohne zu klopfen öffnete er die Tür zur Wohnung und ging hinein. Jackson lehnte wieder am Fenster, diesmal mit dem

Gesicht zum Raum. Er wirkte ziemlich selbstzufrieden, glänzend und gesättigt wie ein frisch gebürstetes, gerade gefüttertes Tier. Er trug einen dunkelblau-beige gestreiften Pullover und eine hautenge weiße Levi's 501. Seine Füße waren nackt, und sein feuchtes Haar klebte in kleinen widerspenstigen Locken am Kopf. Dauergewellt und gefärbt, dachte Barnaby, der sich an die dunklen fettigen Strähnen auf Jacksons altem Verbrecherfoto erinnerte. Das gab ihm für einen Augenblick eine gewisse Befriedigung. Dann lächelte Jackson ihn an, ein Lächeln wie ein Aufwärtshaken von Tyson, und die Befriedigung geriet ins Wanken und schwand.

»Sie haben mich auf dem Kieker, Inspector«, sagte Jackson. »Ich weiß, dass es so ist. Geben Sie's zu.«

»Kein Problem für mich, das zuzugeben, Terry.« Weil eine weitere Person im Raum war, ließ Barnaby seine Äußerung halb scherzhaft klingen. »Guten Tag, Mr. Fainlight.«

Valentine Fainlight murmelte irgendwas in Barnabys Richtung. Er wirkte verlegen, trotzig und auch ein wenig verärgert. Keine Frage, wobei sie gestört worden waren. Das ganze Zimmer roch nach Sex.

»Also, Jax, ich werd dann ...«

»Bleiben Sie, Sir«, sagte Barnaby. »Wir hatten immer noch keine Gelegenheit, mit Ihnen über das Verschwinden von Carlotta Ryan zu reden. Einer unserer Beamten ist wohl am Samstag noch mal bei Ihnen vorbeigekommen.«

»Da war ich den ganzen Tag in London.«

»Nun ja, jetzt sind Sie hier«, sagte Sergeant Troy, setzte sich in den orangenen Sessel und nahm sein Notizbuch heraus. Es war ihm unmöglich, einen höflichen Gruß, geschweige denn ein Lächeln zustande zu bringen. Wenn er eine Sorte Menschen verachtete, dann waren es Schwuchteln.

»Du weißt schon, zwei Fliegen und so, Val«, sagte Terry Jackson.

»Ich verstehe wirklich nicht, warum Sie mich fragen. Ich

habe kaum ein halbes Dutzend Worte mit dem Mädchen gewechselt.«

»Wir fragen jeden, Sir«, sagte Troy. »Das nennt man Von-Haus-zu-Haus-Befragung.«

»Die Nacht, in der sie verschwand«, fuhr Barnaby fort, »das war zwei Nächte, bevor Charlie Leathers getötet wurde. Sie ist vom alten Pfarrhaus weggelaufen, und wir glauben mittlerweile, dass sie in den Fluss gefallen ist oder – wahrscheinlicher – hineingestoßen wurde.«

»Du lieber Himmel.« Valentine starrte verblüfft im Raum herum. »Hast du das gewusst, Jax?«

»Oh, yeah.« Jackson zwinkerte Barnaby zu. »Die halten mich auf dem Laufenden.«

»Also haben wir uns gefragt«, sagte Sergeant Troy, »ob sie relativ spät an jenem Abend etwas gesehen oder gehört haben, was uns weiterhelfen könnte.«

»Das war wann?«

»Sonntag, den sechzehnten August.«

»Wir waren beide zu Hause, aber ganz ehrlich – oh, Moment mal. Das war der Abend, an dem wir Charlie mit seinem Hund gesehen haben. Ich kann mich deshalb erinnern, weil Betty Blue im Fernsehen lief. Aber ich verstehe nicht, wie Ihnen das bei der Sache mit Carlotta weiterhelfen könnte.«

»Darum geht es nicht«, sagte Jackson. »Die wollen dich nur auf ihrer kleinen Liste abhaken. Damit alles seine Ordnung hat.«

»Wir haben auch noch ein paar Fragen an Sie«, sagte Troy zu Jackson.

»Merkst du, bei mir ist nix mit ›Sir‹.«

»Zum Beispiel ob Sie zufällig wissen, wann Mrs. Lawrence heute Nachmittag nach Causton gefahren ist?«

»Ist was passiert?«

»Wissen Sie's oder nicht?«, blaffte Barnaby ihn an.

»Sie hat nach dem Mittagessen hier angerufen – so gegen

zwei. Sagte, sie wollte den Wagen haben. Ist dann so zehn, fünfzehn Minuten später losgefahren.«

»Ist Ihnen aufgefallen, was sie anhatte?«

Jackson zuckte verblüfft mit den Achseln. »Irgendwas Geblümtes.«

»Hat sie gesagt, warum sie in die Stadt wollte?«

»So gut ist unser Verhältnis nun auch wieder nicht.«

Das hatte Barnaby gewusst und auch, dass die Frage vermutlich sinnlos wäre. Doch manchmal gaben schüchterne Menschen wie Ann Lawrence, die sich in der Gegenwart starker Persönlichkeiten unwohl fühlten, ungefragt Dinge preis, um den anderen freundlicher zu stimmen.

»War's das?«, fragte Jackson. »Dafür hat sich's ja kaum gelohnt, die Reifen von Ihrem Wagen abzunutzen.«

»Wo waren Sie heute Nachmittag?«

»Hier, hab im Garten gearbeitet. Hauptsächlich hinterm Haus. Jetzt, wo Charlie nicht mehr da ist, wird's schnell dschungelig.«

»Und wann sind Sie gekommen, Sir?«

»Oh, ich weiß nicht ...« Valentines Wangen wurden plötzlich knallrot. »Vielleicht so gegen halb vier.«

»Eher drei«, sagte Jackson. Er strahlte Fainlight quer durch den Raum an, spielte schamlos seine Macht aus. Dann wandte er sich wieder Barnaby zu. »Wie dem auch sei, was geht Sie das überhaupt an?«

Barnaby hoffte, es würde sich erweisen, dass es ihn nichts anging. Das hoffte er mehr, als er seit langem irgendwas gehofft hatte. Während Troy den Zündschlüssel ins Schloss steckte, tippte Barnaby eine Nummer auf seinem Handy.

»Wohin, Chef?«

»Einen Augenblick.« Während Barnaby wartete, übertrug sich etwas von seiner Unruhe auf Sergeant Troy.

»Glauben Sie, ihr ist etwas passiert?«

»Hallo? Zentrale? DCI Barnaby. Wurden heute Nachmittag irgendwelche Unfälle gemeldet?« Schweigen. »Ja, eine Frau. Mitte bis Ende Dreißig. Trug möglicherweise ein geblümtes Kleid.«

Ein sehr viel längeres Schweigen. Sergeant Troy betrachtete Barnabys Profil. Sah, wie die Wangenknochen plötzlich stärker hervortraten, die Falten auf seiner Stirn tiefer wurden und die buschigen Augenbrauen sich so eng zusammenzogen, dass sie beinahe eine dicke, grauschwarze Linie bildeten.

»Ich fürchte, das tut's, Andy. Könnten Sie mir weitere Informationen geben?« Er hörte einige Sekunden zu, dann schaltete er das Telefon aus. »Fahren Sie nach Stoke Mandeville zum Krankenhaus.«

»Was ist passiert?«

»Schnell.«

Troy trat kräftig auf das Gaspedal. Sie hatten zwar keine Sirene, doch im Notfall ging's auch ohne. Er fragte noch einmal, was passiert war.

»Eine Frau ist in dem großen Parkhaus in Causton gefunden worden. Kurz vor drei. Bewusstlos durch einen heftigen Schlag auf den Kopf. Da sie ausgeraubt wurde, gab es keine Möglichkeit, sie zu identifizieren.«

»Wenn das Ann Lawrence ist ...«

»Es ist Ann Lawrence. Der Überfall ereignete sich nur wenige Sekunden, bevor sie gefunden wurde, sonst hätte der Dreckskerl sie ganz bestimmt umgebracht.«

»Verdammt!«

»Offenbar fuhr jemand fast genau in dem Moment, als es passierte, auf das obere Parkdeck. Der Angreifer hörte das Auto kommen und lief weg.«

»Was, die Treppe runter?«

»Nein, er drückte den Aufzugsknopf und wartete seelenruhig, feilte sich die Nägel und pfiff 'nen Dixie. Natürlich die scheiß Treppe runter!«

»'Tschuldigung.«

»Der Autofahrer sah sie dort liegen und rief einen Krankenwagen. Sie liegt jetzt auf der Intensivstation.«

»Was für ein unglücklicher Zufall, Chef.«

»Finden Sie?«

»Das Schicksal scheint sich gegen uns verschworen zu haben – was haben Sie gesagt?«

»Handtaschendiebe schnappen sich die Tasche und hauen ab. Die schlagen ihr Opfer nicht noch halb tot.«

»Sie glauben, dass das etwas mit der Charlie-Leathers-Geschichte zu tun hat?«

»Da können Sie Ihren Hintern drauf verwetten«, plagiierte Barnaby schamlos die Respekt einflößende Miss Calthrop.

Es war kaum zu glauben, dass sie noch am Leben war, dachte der Chief Inspector, als er die reglose, totenbleiche Gestalt in dem Bett sah.

Während Barnaby nachdenklich Ann Lawrence betrachtete, wurde er von seinem Sergeant beobachtet. Ein Gefühl, das Troy nur schwer deuten konnte, huschte über Barnabys Gesicht. Dann war es wieder ausdruckslos. Schließlich wandte er sich abrupt ab und sprach die Schwester an, die sie hereingelassen hatte.

»Wer ist der zuständige Arzt?«

»Dr. Miller. Ich seh mal nach, ob ich ihn finde.«

Während sie warteten, starrte Barnaby schweigend aus dem Fenster. Auch Troy vermied es, zu dem weißen Metallbett hinzusehen. Er hasste Krankenhäuser fast so sehr wie Friedhöfe. Nicht dass er etwas gegen die Toten oder Sterbenden persönlich gehabt hätte. Bloß dass sie und er anscheinend nicht viel gemeinsam hatten. Allerdings war er in diesem Jahr dreißig geworden, und vor zwei Monaten war seine Großmutter gestorben. Dass diese beiden Ereignisse so dicht zusammentrafen, hatte ihm zu denken gegeben. Natürlich hatte er noch alle

Zeit der Welt vor sich – selbst seine Eltern waren erst fünfzig. Trotzdem war seine Überzeugung, unsterblich zu sein, die noch vor fünf Jahren bombenfest gewesen war, ein wenig ins Wanken geraten. Er überlegte gerade, ob er nicht lieber draußen im Flur warten sollte, als die Schwester mit einem gestresst aussehenden Mann mit Metallrandbrille zurückkam. Sein dichtes, krauses Haar war sehr blond, und er trug einen zerknitterten weißen Kittel.

Als Barnaby zu sprechen anfing, komplimentierte Dr. Miller die beiden Polizisten aus dem Zimmer. Seiner Meinung nach sei die Theorie, dass bewusstlose Patienten nichts hörten und verstünden, keineswegs erwiesen, erklärte er.

»Also, wie stehen ihre Chancen?«, fragte Barnaby.

»Es ist noch zu früh, um etwas darüber zu sagen.« Er wippte auf den Fußballen, ein vielbeschäftigter Mann, immer auf dem Sprung. »Sie hat eine schlimme Platzwunde am Kopf und schwere Blutergüsse, die auf ein Hirntrauma hindeuten könnten. Wir werden mehr wissen, wenn wir eine Computertomographie durchgeführt haben. Wir haben sie in einen stabilen Zustand gebracht, das ist der erste Schritt.«

»Ich verstehe.«

»Die größte Gefahr ist eine subdurale Blutung.« Er zog an seinem Stethoskop. »Das bedeutet, wenn sich unter der äußeren Hirnmembran Blut ansammelt.«

»Ja.« Barnaby, dessen Magen zu rebellieren anfing, schluckte heftig. »Danke, Dr. Miller. Wir wissen übrigens, wer sie ist.«

»Ausgezeichnet.« Er hatte sich bereits zum Gehen gewandt. »Sagen Sie auf dem Weg hinaus der Verwaltung Bescheid.«

In dem mehrstöckigen Parkhaus standen eine ganze Menge schlechtgelaunter Autofahrer herum und warteten darauf, in ihre Fahrzeuge steigen zu dürfen. Derweil waren uniformierte Beamte dabei, sich jedes einzelne Kennzeichen zu notieren.

Außerdem war die Polizei auf dem oberen Parkdeck unter

Leitung von Colin Willoughby aktiv. Barnaby mochte Inspector Willoughby nicht. Er war ein unflexibler Mann. Ein Speichellecker und Snob ohne Phantasie und Einfühlungsvermögen und ohne jede Spur von menschlichem Verständnis. Nach Meinung des Chief Inspectors absolut ungeeignet, einen guten Polizeibeamten abzugeben.

»Du lieber Himmel«, sagte Willoughby, als sie näher kamen. Er klang so überrascht, als wären sie Besucher von einem anderen Stern. »Was machen Sie denn hier? Sir.«

»Die Frau, die hier überfallen wurde, ist in einen Fall involviert, in dem ich gerade ermittle. Den Mord an Charlie Leathers.«

»Bereits identifiziert?« Er war offenkundig eher verärgert als erleichtert.

»Ann Lawrence«, sagte Sergeant Troy. »Altes Pfarrhaus, Ferne Basset.«

»Hm.«

»Ich komme gerade aus Stoke Mandeville«, sagte Barnaby.

»Hat wohl den Löffel abgegeben, was?«

Der DCI verzog angewidert die Lippen. »Haben Sie die genaue Uhrzeit für den Überfall?«

»Um fünf vor drei hat der Typ sie gefunden.«

»Verstehe.« Barnaby schaute sich um. »Und wie weit sind Sie hier?«

»Oh, wir machen alles streng nach Vorschrift. Kein Grund zur Sorge, Sir.«

»Ich mache mir keine Sorgen. Ich habe lediglich eine simple Frage gestellt.«

»Alle Nummern werden notiert. Und wir sind ...«

»Wer hat diese Leute hier raufgelassen?« Barnaby deutete wütend mit dem Kopf auf einen Mann und eine Frau, die gerade aus dem Aufzug traten. »Wissen Sie denn nicht, wie man einen Tatort sichert, an dem ein schwerer Überfall stattgefunden hat?«

»Fahren Sie wieder runter«, rief Inspector Willoughby so laut er konnte und gestikulierte wild mit den Armen. »Verschwinden Sie! Sofort!«

Das Paar sprang zurück in den Aufzug.

»Die Auffahrt, ja die ganze Etage hätte abgesperrt werden müssen. Und die Treppe; über die ist er schließlich entkommen. Was zum Teufel treiben Sie hier eigentlich, Mann?«

»Es wird alles erledigt, Sir.«

»Aber nicht schnell genug.«

»Der Wagen, den sie fuhr, ist übrigens ein Humber Hawk«, sagte Sergeant Troy. »Sehr alt.«

Willoughby starrte ihn wütend an. Er mochte es nicht, wenn sich jemand anderer in seine Arbeit einmischte, nicht einmal, wenn er denselben Rang bekleidete wie er. Und was diesen kleinen Emporkömmling in Zivil betraf ...

»Er steht da drüben«, sagte Troy mit einem Nicken und setzte seiner Unverschämtheit damit noch die Krone auf.

»Ich hab Augen im Kopf, Sergeant. Danke.«

»Ich möchte, dass Sie den Platz, wo er steht, absperren und den Wagen von der Spurensicherung untersuchen lassen«, sagte Barnaby. »Zentimeter für Zentimeter.«

»Was?«

Er mag zwar Augen haben, dachte Sergeant Troy, aber mit seinen Ohren scheint's nicht allzuweit her zu sein.

»Ich pflege mich nicht zu wiederholen, Willoughby. Sehen Sie zu, dass es gemacht wird.«

»Sir.«

»Wo hat man sie gefunden?«

»Da drüben.« Willoughby führte sie zu einem roten Megane.

»Sie lag vor dem Auto. Ich würde sagen, zwei Schritte von der Motorhaube entfernt.«

Barnaby sah sich das Auto genauer an. Am Rand der Haube war eine leichte, aber unverkennbare Delle. Er sah lebhaft vor sich, wie der Kopf von Ann Lawrence mit ungeheurer Wucht dagegen gestoßen wurde, und ihm wurde erneut übel. Dann ermahnte er sich, seine Phantasie nicht mit sich durchgehen zu lassen. Ann Lawrence hätte mit allem möglichen auf den Kopf geschlagen worden sein können. Aber warum hätte der Täter sie dann zum Auto schleifen sollen? Außerdem war die Verletzung ziemlich weit oben. Zum Teil auf der Stirn, aber auch noch vorne auf dem Schädel. Und wie oft kommt es vor, dass ein Täter direkt auf sein Opfer zugeht, ihm ins Gesicht sieht und zuschlägt? Die schleichen sich auf leisen Sohlen an, tauchen plötzlich hinter dem Opfer auf und schlagen zu. Barnaby schaute sich um.

»Bis hierher ist sie gekommen.« Er stand ein Stück weiter weg in dem breiten Gang zwischen den Autos. »Vermutlich wollte sie zum Aufzug. Er ist ihr gefolgt, über sie hergefallen und hat sie zu dem Renault geschleift. Sie können die Absatzabdrücke in dieser öligen Reifenspur erkennen. Und auch in der Nähe des Wagens.«

»Das hatte ich bereits notiert, Sir.«

»Wie schön für Sie, Willoughby«, sagte der Chief Inspector; seine Worte trieften vor Ungläubigkeit. »Also müssen wir uns an den Megane halten. Lassen Sie ihn gründlich untersuchen.«

»Na klar.«

Es entstand ein köstliches Schweigen, das Barnaby genüsslich ausdehnte. Es war offenkundig, dass Willoughby nicht genau wusste, weshalb das rote Auto untersucht werden musste. Aus Angst, für blöde gehalten zu werden, wagte er nicht danach zu fragen. Doch wenn er nicht fragte, würde er keine Antwort wissen, wenn die Spurensicherung ihn fragte, ob sie auf etwas Bestimmtes achten sollten. Augenblicke wie dieser, seufzte der Chief Inspector zufrieden in sich hinein, entschädigten einen für manches in diesem häufig doch recht eintönigen Job.

»Sehen Sie mal hier«, sagte Sergeant Troy.

»Was?« Inspector Willoughby schoss auf den Wagen zu und stieß Troy zur Seite.

»Wie bekommt man an so einer Stelle eine Delle?« Nachdem Troy mit dem Kopf auf die Motorhaube gewiesen hatte, sprach er nach hinten zum DCI. »Doch wohl nicht von einem Zusammenstoß.«

»Ganz genau.« Barnaby lächelte. »Gut beobachtet, Sergeant.«

Willoughby starrte voller Neid und Zorn mit brennenden Augen auf das Auto. Wenn der so weitermacht, dachte Barnaby, bringt er noch den Lack zum Schmelzen.

»Sorgen sie dafür, dass alles, was sie anhatte, der Spurensicherung übergeben wird.«

»Selbstverständlich, Chief Inspector.«

»Und ich will eine Tonbandaufnahme von dem Gespräch mit dem Mann, der sie gefunden hat. Okay«, er wandte sich ab, »das ist dann wohl alles. Vorläufig.«

»Ich seh mal nach dem Parkschein von dem Humber, Sir. Dann wissen wir genau, wann Mrs. Lawrence angekommen ist.«

»Sie sind heute gut in Form, Sergeant, ohne Zweifel.«

Troy stolzierte erhobenen Hauptes zu dem Humber; die Spitzen seiner Ohren glühten vor Vergnügen.

Als die beiden Männer das Parkhaus verließen, klingelte Barnabys Handy. Es war Sergeant Brierley, die aus dem Ermittlungsraum anrief, um ihnen zu sagen, dass das Band mit dem anonymen Notruf aus der Nacht, in der Carlotta Ryan verschwand, endlich angekommen war.

Als sie zu Ende geredet hatte, fragte Barnaby, ob sie noch etwas für ihn erledigen könnte. Troy hörte einigermaßen verblüfft zu, bat allerdings um keine Erklärung. Er hatte schließlich auch seinen Stolz. Außerdem hätte er wahrscheinlich ohnehin nur »Denken Sie mal scharf nach, Sergeant« als Antwort bekommen, und wenn er dann nicht dahintergekommen wäre, hätte er sich doppelt so mies gefühlt, als hätte er gar nicht gefragt. Aber *Fahrräder?*

Eine halbe Stunde nachdem Barnaby und Troy das Krankenhaus verlassen hatten, hatte sich die Nachricht von dem furchtbaren Überfall auf Ann Lawrence bereits im ganzen Dorf verbreitet. Und nur wenig später waren auch die grausigen Details bekannt – dank der Briefträgerin Connie Dale, deren Tochter auf der Pflegestation Krankenschwester war.

Diesmal reagierte Ferne Basset völlig anders als auf den Mord an Charlie Leathers. Statt einer morbiden Genugtuung empfanden die Dorfbewohner echte Trauer, denn die meisten von ihnen hatten Ann gekannt, seit sie ein kleines Mädchen war. Sie gekannt und gemocht wegen ihres sanften Wesens und ihrer unaufdringlichen Freundlichkeit. Zahlreiche Bemerkungen waren zu hören im Sinne von »Gott sei Dank, dass ihr Vater das nicht erleben muss« und »Ihre arme Mutter wird sich im Grabe umdrehen.« Die Leute fragten sich laut, wie um alles in der Welt der Reverend damit fertig werden würde.

Es ist nicht ganz klar, wann allgemein bekannt wurde, was genau im alten Pfarrhaus los war. Entweder als jemand dort vorbeiging und abgewiesen wurde. Oder weil besorgte telefonische Nachfragen auf seltsame und sehr unbefriedigende Weise aufgenommen worden waren. Bei ein oder zwei Leuten wurde einfach aufgelegt. Bei einem anderen meldete sich eine fremde Stimme. Nachdem versprochen worden war, Mr. Lawrence zu holen, wurde der Hörer einfach hingelegt und nicht wieder aufgenommen, obwohl der Anrufer männliche Stimmen und lautes Gelächter hören konnte. Irgendwann kam dann heraus, dass der Reverend noch nicht mal im Krankenhaus gewesen war, wo seine Frau mit dem Tode rang.

Als Hetty Leathers das erfuhr, war sie zutiefst bestürzt. Sie wollte Mrs. Lawrence unbedingt besuchen, und sei es nur damit diese wusste, dass es zumindest einen Menschen gab, der sich um sie Sorgen machte. Paulines Mann Alan war bereit, sie nach Stoke Mandeville zu fahren, doch nachdem die Stationsschwester erfahren hatte, dass Hetty keine nahe Verwandte war, sagte sie, es hätte in der augenblicklichen Situation wenig Sinn zu kommen. Also stellte Hetty einen großen Strauß aus Blumen und Herbstzweigen zusammen, wie Mrs. Lawrence sie gern hatte, und Alan fuhr beim Krankenhaus vorbei und gab den Strauß mit einer Karte von ihnen allen am Empfang ab.

An diesem Abend fütterte Evadne wie immer die Pekinesen, gab ihnen etwas zu trinken und las ihnen eine Geschichte vor *(Laka, der Timberwolf)*. Als sie schließlich alle zur Ruhe gekommen waren, machte sie sich besorgt auf den Weg zu Hetty.

Der Abend war kühl, und der Kohlenofen glühte und verwandelte die Küche in eine behagliche kleine Höhle. Candy, die keinen Plastikkragen und keinen elastischen Verband mehr trug, aber immer noch in Gips war, kam freudig auf Evadne zugehoppelt, leckte ihr die Hand und bellte.

»Wie geht's denn unserem kleinen Wunder?«, sagte Evadne setzte sich in den Schaukelstuhl und nahm ein Glas Limonade entgegen.

»Schon viel besser« erwiderte Hetty und setzte sich ihrer Freundin gegenüber in den schäbigen Kaminsessel. »Es ist wunderbar zu sehen, wie sie allmählich ihre Angst verliert. Allerdings haben wir noch keinen richtigen Spaziergang draußen gemacht.«

»Das wird zweifellos die Bewährungsprobe sein.«

Sie saßen eine Zeitlang gemütlich schweigend beieinander. Je länger das Schweigen anhielt, desto abwegiger schien es, dass eine von beiden den Wunsch hätte zu reden. Denn es gab nur ein mögliches Thema, und wer wollte schon darüber sprechen? Andererseits konnte es auch nicht ewig aufgeschoben werden.

»Es war Charlie!«, platzte Hetty plötzlich heraus. »Seitdem er ... damit fing alles an. Was geht hier vor, Evadne? Was steckt dahinter?«

»Wenn ich das nur wüsste, meine Liebe.«

»Erst er und jetzt die arme Mrs. Lawrence. Ich hab diese Frau nie ein unfreundliches Wort gegen eine Menschenseele sagen hören. Und jetzt ist sie ...«

»Beruhige dich, Hetty.« Evadne nahm die Hand ihrer Freundin. »Wir müssen um ein weiteres Wunder beten.«

»Aber es ist so beängstigend. Was wird als nächstes passieren? Ich hab das Gefühl, als würden wir langsam an den Rand eines tiefen schwarzen Abgrunds gedrängt.«

Evadne hätte es nicht besser – oder angesichts der furchtbaren Anschaulichkeit des Bildes wohl eher nicht schlimmer – ausdrücken können. Sie wusste genau, was Hetty meinte.

Wie die meisten Bewohner von Ferne Basset war sie davon überzeugt gewesen, dass es sich bei dem Mord an Hettys Mann um einen Akt willkürlicher Gewalt gehandelt hatte. Vermutlich begangen von einer verwirrten Seele, die zu früh aus einer Heilanstalt entlassen worden war. Dieser Mann hatte im Carter's Wood geschlafen. Charlie war über ihn gestolpert, und in wilder Panik hatte sich der Verrückte auf ihn gestürzt, ihn umgebracht und war davongelaufen. Verständlich, sofern Wahnsinn das jemals ist. Das war die gängige Theorie gewesen, und jeder hatte sie bereitwillig und mit einiger Erleichterung akzeptiert. Und jetzt das. Aber war der Überfall auf Ann Lawrence nicht ebenfalls willkürlich gewesen? Jemand hatte gemeint, es sei ein Handtaschendieb gewesen. Und außerdem meilenweit von Ferne Basset entfernt. Das zeigte doch wohl, dass das Dorf nichts damit zu tun hatte.

Evadne merkte, dass sie den Ort, an dem sie so lange glücklich gewesen war, auf einmal fast wie den Schauplatz einer Geschichte betrachtete. Ein vertrauter, sonniger Hafen, zu allen Jahreszeiten schön, zu Beginn der Geschichte schützend und sicher, und dann, während die Erzählung allmählich undurchsichtiger, verworren und beunruhigend wird, verwandelt sich auch das Dorf in eine Wildnis voller unbekannter Gefahren. Sie waren wahrhaftig aufgewacht und hatten sich in einem finsteren Wald wiedergefunden, aus dem kein einziger Weg hinausführte.

»Was meinst du, Evadne?«

»Oh ...« Sie hatte gar nicht gemerkt, dass sie laut vor sich hin murmelte. »Eine Zeile aus einem Gedicht, die auf unsere schlimme Situation zu passen scheint.«

Hetty klang, als würde sie einen tiefen Seufzer ausstoßen, dann sagte sie: »Da ist noch etwas, das ich dir noch nicht erzählt habe.«

»Was denn, Hetty?«

»Pauline weiß es, aber die Polizei hat es anscheinend nicht weitergegeben, deshalb ...«

»Du weißt doch, dass ich nichts weitersage.«

»Offenbar hat Charlie versucht, jemanden zu erpressen.«

»Oh, mein Gott!« Evadne wurde ganz blass. »Und sie glauben, das war das Motiv?«

»Ja.«

»Dann war es also *doch* jemand, den er kannte.«

»Nicht bloß jemand, den er kannte, Evadne ...« Hetty fing an zu zittern. Sie schlotterte vom Kopf bis zu den in schäbigen Pantoffeln steckenden Füßen, und Candy bibberte aus Sympathie mit. »Verstehst du denn nicht? Es muss jemand sein, den wir alle kennen.«

Als die Nachricht über Ann Lawrence die Fainlights erreichte, schlichen die beiden auf Samtpfoten umeinander herum, peinlichst darauf bedacht, jeden Streit zu vermeiden.

Vor etwa einer Stunde war Valentine aus Jacksons Wohnung

zurückgekommen und in sein Zimmer verschwunden, um zu arbeiten. Während Louise nervös darauf wartete, dass er wieder auftauchte, schwor sie sich, sich freundlich und verständnisvoll zu zeigen und auf keinen Fall Kritik zu üben. Das würde sie durchhalten, bis sie auszog. Und hinterher auch. Es würde keine endgültige Trennung zwischen ihr und Val geben. Er würde sie nicht entzweien.

Und außerdem geht alles irgendwann vorüber. An diesem schlichten Spruch hielt sich Louise aufrecht, während sie sich die nächste halbe Stunde abwechselnd mit der Frage quälte und tröstete, wie diese unselige Beziehung schließlich enden würde.

Vielleicht würde es Jax irgendwann zu langweilig werden. Nein, sie war ziemlich sicher, dass für ihn Empfindungen wie Interesse oder Langeweile bei dieser Affäre keine Rolle spielten. Selbst wenn er sich zu Tode langweilte, würde er die Beziehung fortsetzen, solange er davon profitierte. Valentine mochte zwar hoffen, dass er Jax etwas bedeutete, doch Louise war überzeugt, dass dieser Junge ein Herz aus Stein hatte, das von niemandem erobert werden konnte. Der Einzige, der Jax etwas bedeutete, war er selbst.

Genauso wenig konnte sie sich vorstellen, dass Val eines Tages genug von Jax haben würde. Man wurde einer Besessenheit nicht überdrüssig. Sie brannte entweder von alleine aus oder sie brannte einen aus. Aus dem gleichen Grund war es unvorstellbar, dass sich Val in jemand anderen verlieben könnte.

Louise erinnerte sich flüchtig, wie glücklich ihr Bruder während der Jahre mit Bruno McGellen gewesen war. Und wie verzweifelt er noch Monate nach dem Tod seines Partners war, wie er immer wieder all ihre schönen Stunden durchlebte, während er immer tiefer in Depressionen versank. Sie hatte befürchtet, dass er nie mehr den Willen, die Energie oder den Mut aufbringen würde, eine neue Beziehung zu beginnen.

Und nun zu erleben, wie er nach den vielen Monaten, in denen er langsam neuen Lebensmut gefasst hatte, von einer Leidenschaft ergriffen wurde, die so einseitig und riskant war, dass sie ihn schon wieder in Verzweiflung zu stürzen drohte, das brach einem das Herz.

Kam Val da herunter? Louise, die am Fenster saß, drehte ihren Kopf abrupt zur Treppe. Plötzlich wurde ihr bewusst, dass sie seit Wochen praktisch nichts anderes tat. Entweder beobachtete sie ihren Bruder unentwegt, oder sie horchte, ob er kam.

Wenn Val fort war, horchte sie, ob er zurückkam; wenn er zu Hause war, achtete sie auf Zeichen, dass er weggehen wollte. Sie lauschte, wenn er telefonierte, und versuchte zu erraten, wer der Anrufer war. Wenn sie miteinander redeten, achtete sie genau auf seine Stimme, um seine Gefühle zu erahnen, bevor diese offenkundig wurden und sich gegen sie wandten. Zu ihrer Schande hatte sie sogar die Post ihres Bruders durchgesehen. Dabei hatte sie eine Kreditkartenabrechnung von Simpson's am Picadilly entdeckt – über einen Lederblouson der Marke American Tan, der achthundertfünfzig Pfund gekostet hatte.

Nun dachte Louise zum ersten Mal darüber nach, wie ihr Verhalten auf Val wirken könnte. Bisher hatte sie angenommen, dass er, blind von seiner wahnwitzigen Leidenschaft, nicht merkte, wie sie ihn überwachte. Wenn er es aber doch gemerkt hatte? Wie musste er sich da vorkommen. Bedrängt, das war es. Bespitzelt. Nicht in der Lage zu entkommen, wie ein Gefangener in einer Zelle mit einem kleinen Guckloch. Hilflos der Beobachtung ausgeliefert, wann immer es dem Gefängniswärter passte. Kein Wunder, dachte Louise, die plötzlich alles glasklar sah, dass er mich raushaben will.

Und sie würde nicht aufhören können, ihn zu beobachten, weil sie nicht aufhören konnte, sich Sorgen um ihn zu machen. Weil das bedeuten würde, sie hätte aufgehört, ihn zu lieben.

Und das werde ich erst tun, gelobte sie sich stumm, wenn ich im Grab liege.

Eine Bewegung auf der Straße lenkte sie ab. Ein blauer Wagen bog in die Einfahrt zum alten Pfarrhaus und hielt vor dem Eingang. Sie erkannte die beiden Männer, die ausstiegen. Es waren die zwei Polizisten, die auch gekommen waren, um sie und Val zu befragen. Louise fragte sich, was sie wohl wollten. Sie beobachtete, dass sie nicht am Haupthaus klingelten, sondern zu der Wohnung über der Garage gingen.

Louise setzte ein freundliches Gesicht auf, probierte in Gedanken mehrere geistreiche Bemerkungen aus und versuchte, ihre Stimme auf einen lockeren, freundlichen Tonfall einzustellen. Dann hörte sie Val schlurfend die Treppe herunterkommen. Vor noch nicht allzu langer Zeit hätte er schwungvoll zwei Stufen auf einmal genommen.

Als sein gesenkter Kopf in ihrem Blickfeld erschien, sagte Louise: »Hi.«

»Wartest du auf was?«

Louise ignorierte die Spitze. »Ich wollte gerade Tee machen. Möchtest du auch einen?«

»Ich hätte lieber einen richtigen Drink.«

»Okay.«

»Okay.« Val war die vorsichtige Zurückhaltung in ihrer Stimme nicht entgangen. »Meinst du, es ist noch zu hell?«

»Nein. Von mir aus kannst du dir Jack Daniels über deine Cornflakes kippen und dir, wenn *Richard and Judy* läuft, die Seele aus dem Leib kotzen.«

»Das klingt mehr nach dir. Ich hab mich schon gefragt, wo die wirkliche Louise hin ist.«

»Also.« Sie ging zum Getränketisch hinüber. »Was willst du?«

»Egal. Hauptsache stark.«

»Jamesons?«

»Guter Mann.« Er beobachtete, wie sie mit dem Eiseimer

herumklapperte. Bemerkte ihr niedergeschlagenes Gesicht, die leichte Verdickung unter ihrem Kinn, die hohlen Wangen und die Fältchen in der zarten Haut unter ihren Augen, die ihm noch nie aufgefallen waren. Arme Lou. Das hatte sie nicht verdient.

»Wenn wir schon dabei sind, altes Ehepaar zu spielen, dann erzähl mir doch, was du heute gemacht hast, Mrs. Forbes.«

»Nun ja.« Louise holte tief Luft wie ein Kind, das vor Erwachsenen ein Gedicht aufsagen soll. »Ich hab im Garten gearbeitet. Mehrere Anrufe gemacht – die Fühler wegen einer Arbeit ausgestreckt. Heute Nachmittag bin ich nach Causton gefahren und hab mir die Spitzen schneiden lassen.«

»Das hört sich gefährlich an.«

»Die geben dir hinterher einen Kaffee.«

»Mir müsste man vorher eine Betäubungsspritze geben.«

»Was hast du gemacht?«

»Ich hab nicht im Garten gearbeitet. Ich hab keine Anrufe gemacht. Und meine Spitzen sind ein absolutes Desaster.«

»Na komm schon, Val. Irgendwas musst du doch gemacht haben.«

»Ich hab die Korrekturfahnen von *Hopscotch Kid* durchgesehen. Aber eher schludrig. Dann rief Jax gegen drei an, und ich bin rübergegangen.«

»Ah.« Louise holte tief Luft. »Wie geht's denn ... Jax?«

»Super.«

»Dann habt ihr euch also gut amüsiert?«

»Prächtig.«

»Gut. Übrigens, als ich in Causton war, hab ich ...«

»Bis die verdammte Polizei auftauchte.«

»Ach? Was wollten die denn?«

»Was können die schon wollen? Ihn mit endlosen Fragen schikanieren. Wenn du in diesem Land einmal Mist gebaut hast, Lou, dann bist du erledigt. Es ist müßig, auch nur zu versuchen, ein ordentliches Leben zu führen. Ich hab das früher auch nicht geglaubt. Ich hab gedacht, das wär halt das Gejammer von Verbrechern. Aber es ist wahr.«

»Wie schade, dass das gerade jetzt passieren musste.« Louise erstickte fast an den Worten, brachte sie aber irgendwie trotzdem heraus. »Wo er doch hier unten so weit weg ist von der Sorte Leute, die ihn in Schwierigkeiten gebracht haben. Das wäre eigentlich eine gute Chance für einen völlig neuen Anfang gewesen.«

»Ganz genau!« Valentine stürzte die Hälfte seines irischen Whiskeys hinunter. »Ich hab ja, wie du weißt, eigentlich nicht viel für Lionel übrig, aber seine Idee, jungen Leuten in Schwierigkeiten eine Zuflucht zu bieten, ist wirklich großartig.«

Junge Leute? Dieser Mann war nie jung gewesen. So gerissen wie der war, musste er bereits alt auf die Welt gekommen sein.

»Ich glaub, ich trink einen mit.« Louise drehte sich lässig um und schenkte sich selbst ein Glas ein. Sie wusste, dass es ein Fehler wäre zu zeigen, wie sehr sie sich über den Verlauf des Gesprächs freute. Und ein noch größerer Fehler zu versuchen, darauf aufzubauen. Sie sagte: »Ich hab für heute abend ein Rebhuhn.«

»Sehr schön.« Val trank sein Glas aus und schlenderte zu ihr hinüber. »Du könntest meinen Drink auffrischen.«

»Du hast keinen Drink.« Louise lachte. Sie war jetzt ein wenig gelöster, wo die erste Hürde genommen war.

»Dann eben meine Eisklümpchen.«

Nachdem sie sein Glas neu gefüllt hatte, ging Valentine damit auf die andere Seite des Zimmers, warf sich auf das riesige helle Sofa und legte die Füße hoch. Er sah schon nicht mehr ganz so müde aus. Sein Gesicht glättete sich. Als er die Beine ausstreckte und die Zehen spreizte, spürte Louise, wie seine Vitalität zunahm. War es wirklich möglich, dass ein paar durchschaubare Lügen von ihr eine solche Veränderung bewirken konnten? Lügen, die er mit seinem scharfen Verstand normalerweise sofort durchschaut hätte?

Es sah so aus. Warum hatte sie nicht bereits vor Monaten erkannt, wie schwer es für ihren Bruder war, mit ihrer Angst vor Jax und ihrer Abneigung gegen ihn umzugehen? Selbst Besessene haben ihre klaren Momente, und es musste Val so vorgekommen sein, als hätte sie ihm ihre Liebe und Unterstützung genau in dem Moment entzogen, als er sie am meisten brauchte. Wenn sie nur seinen irrationalen Gemütszustand in Betracht gezogen, ihm mitfühlender zugehört, den richtigen Augenblick abgewartet hätte. Doch weil sie sich gegenseitig nie etwas vorgemacht hatten, war sie einfach nicht auf die Idee gekommen. Jedenfalls bis jetzt nicht, wo es zu spät war.

»Entschuldige, Val.« Sie hatte zwar den Klang seiner Stimme registriert, aber nicht verstanden, was er gesagt hatte.

»Ich hab dich eben unterbrochen. Irgendwas, das in Causton passiert ist?«

»Ach ja. Du errätst nie, wen ...«

Doch in diesem Augenblick klingelte das Telefon. Und nach dem Anruf war es unmöglich, mit dieser oder einer anderen Unterhaltung fortzufahren. Die furchtbare Nachricht über Ann Lawrence verschlug Louise nicht nur die Sprache, sondern war außerdem so schockierend angesichts dessen, was sie gerade hatte erzählen wollen, dass ihr beinahe auch noch das Herz stehen blieb.

»Alles in Ordnung, Lionel?«

»Was?«

»Wie fühlst du dich? Ich meine, *wirklich*?«

»Ich weiß nicht so recht.«

Das war eine gute Frage. Sehr einfühlsam. Wie fühlte er sich denn wirklich? Lionel wusste, wie er sich fühlen sollte. Und vielleicht, wenn Ann nicht so grausam zu ihm gewesen wäre, würde er auch die angemessenen Gefühle empfinden. Verzweifelt zu Gott für ihre Genesung beten und mit Schrecken daran denken, wie ihm das Herz brechen würde, wenn er seine geliebte Gattin verlöre.

Und er hatte sie geliebt. All die Jahre war er ein guter und treuer Ehemann gewesen. Das Problem war, wie diese hässliche Szene am gestrigen Tag so deutlich gezeigt hatte, dass sie ihn nicht liebte. Also konnte man ihm kaum vorwerfen, dass seine Reaktion auf die furchtbare Nachricht, die er gerade erhalten hatte, etwas gedämpft war.

»Ich sollte wohl hingehen, oder?«

»Tatsache ist, Lionel, sie wird nicht wissen, ob du da warst oder nicht.«

»Das stimmt.«

»Wenn sie wieder zu sich kommt, nun ja ...«

»Dann natürlich.«

»Klar. Und ich will ja nicht aufdringlich sein, aber trotzdem möchte ich dir sagen, dass du mein tiefstes Mitgefühl hast.«

»Das weiß ich doch, Jax. Es bedeutet mir sehr viel, dich hier zu haben.«

»Aus irgendeinem merkwürdigen Grund hat Mrs. Lawrence mich nie gemocht.«

»Sie war – ist etwas nervös veranlagt.«

»Aber ich bin niemand, der schnell beleidigt ist. Und ich kann nur beten, dass Gott gerade jetzt auf unserer Seite ist.«

»Danke.«

Als man ihm vor etwa einer Stunde am Telefon erklärt hatte, was passiert war, hatte Lionel vollkommen sprachlos zugehört. Anschließend hatte er noch lange Zeit dagestanden, den Hörer fest ans Ohr gepresst, und auf die ausgebleichte Tapete gestarrt.

Dann, als der erste Schock vorüber war, hatte er sich merkwürdig leer gefühlt. Er setzte sich hin und wartete ab, was als nächstes passieren würde. Und was als Nächstes passierte, war, dass Lionel das starke Bedürfnis verspürte, die Information weiterzugeben. Jegliche Unterstellung, dass dies eine ganz normale menschliche Reaktion auf eine schlimme oder aufregende Nachricht sei, hätte er empört von sich gewiesen. Lionel wusste genau, dass er lediglich ein wenig Zuwendung und Trost brauchte. Aber wo sollte er das finden?

Der einzige Mensch, der ihm einfiel, war die gute Vivienne beim Caritas-Fonds. Sie war immer äußerst *simpatico* gewesen bei den immer häufiger werdenden Gelegenheiten, wo er das Bedürfnis gehabt hatte, jemandem sein Herz auszuschütten.

Lionel wählte mit, wie er befriedigt feststellte, ganz ruhiger Hand ihre Nummer. Doch er hatte kaum angefangen zu sprechen, da fiel Vivienne ihm ins Wort. Sie würde gerade jemanden interviewen, und außerdem wartete noch jemand. Als Lionel vorschlug, er könne später noch einmal anrufen, sagte sie, sie würde ihn zurückrufen, aber das könnte dauern.

Verblüfft legte er auf. Wen gab es denn noch? Es dauerte eine Weile, bis ihm Jax einfiel, hauptsächlich deshalb, weil er sich in ihrer Beziehung stets in der Rolle des Trösters gesehen hatte. Aber er hatte ja nichts zu verlieren, wenn er sich an ihn wandte. Vielleicht war Jax sogar froh über die Gelegenheit, sich ein wenig für all die Güte, die ihm entgegengebracht worden war, erkenntlich zu zeigen.

Und so war es dann auch. Schon nach wenigen Minuten kam er mit einer Flasche Rotwein herbeigeeilt. Lionel war so dankbar gewesen, dass er sich nicht einmal geziert hatte, als Jax sofort die Flasche öffnete und darauf bestand, dass er etwas trank. Und da dies »ein sehr ungewöhnlicher Anlass« war, war Jax bereit, ein Glas mit ihm zu trinken. Nun war die Flasche schon fast leer.

»Der ist ja wirklich köstlich.« Lionel leerte sein drittes Glas, ohne zu bemerken, dass Jax seins kaum angerührt hatte. »Das scheint den Schmerz tatsächlich ein wenig zu lindern.«

»Den hab ich von Mr. Fainlight bekommen«, sagte Jax. »Ich hab ihm einen kleinen Gefallen getan.«

Lionel sah auf seine Uhr. »Meinst du ...«
»Es ist kein besonderer Jahrgang oder so.«
»Vielleicht sollte ich wenigstens mal anrufen.«
»Die haben doch gesagt, sie würden dich benachrichtigen wenn sich was verändert.«

Daran konnte Lionel sich nicht erinnern. Er sah sich mit gerunzelter Stirn im Zimmer um. Jax kam mit seinem Glas herüber und setzte sich neben seinen Wohltäter aufs Sofa.

»Ich werd mich wohl ein wenig um dich kümmern müssen, Lionel.«
»Oh, Jax.«
»Nur bis es Mrs. Lawrence wieder besser geht.« Jackson zögerte. »Vielleicht sollte ich heute hier übernachten.«
»Oh, würdest du das tun? Ich fühl mich manchmal so einsam.«
»Das hab ich bemerkt, Lionel. Und schon oft wollte ich dir meine Freundschaft anbieten, das kannst du mir glauben. Ich hatte bloß Angst, zu weit zu gehen.«
»Ich weiß gar nicht, wie ich meine Dankbarkeit ausdrücken soll.«

Jackson war stolz auf sein Gefühl für den richtigen Zeitpunkt. Es würde gewiss einen Augenblick geben, wo Lionel sich wunderbar erkenntlich zeigen könnte, aber nicht jetzt. Es war noch zu kurz nach dem traurigen Ereignis, und der Rev war bereits ganz schön angeschlagen. Jackson wollte keine Versprechungen in betrunkenem Zustand. Die hielten meist nicht der kritischen Überprüfung am nächsten Morgen stand. Es ging ihm um Dankbarkeit, die in ruhiger Gelassenheit erworben wurde.

Da Lionels Weinglas schon wieder leer war, bot Jackson ihm seins an, drückte es ihm sogar in die Hand. Er legte Lionels schlaffe Finger um den Stiel, während seine Augen aufmunternd strahlten.

In diesem Augenblick klingelte es an der Tür. Lionel zuckte heftig zusammen und verschüttete seinen Wein. Jackson bemühte sich, sich seinen Zorn nicht anmerken zu lassen, und verließ den Raum.

Trotz seines angeschlagenen Zustands erkannte Lionel die beiden Männer, die Jackson hereinführte. Er rappelte sich mühsam auf, gab einige empörte gurgelnde Laute von sich und ließ sich zurücksinken.

»Mr. Lawrence?« Barnaby starrte ihn verblüfft an.

»Der wohnt hier«, sagte Jackson.

Barnaby, der nur deshalb im Haupthaus geklingelt hatte, weil er bei der Garage kein Glück gehabt hatte, sagte: »Warum sind Sie nicht im Krankenhaus, Sir?«

»Was ... was?«

»Haben Sie denn nichts von Stoke Mandeville gehört?«

»Doch ... das heißt ...« Er sah Jackson an.

»Die haben gesagt, Mrs. L wäre bewusstlos.« Jackson sprach Barnaby direkt an. »Und dass sie anrufen würden, wenn sich was verändert. In dem Fall würde er natürlich sofort hinfahren.«

Der herablassende, verächtliche Ton, mit dem er sprach, war äußerst irritierend. Lionels Verhalten ebenfalls. Da saß er, völlig derangiert, übersät mit Flecken, die erschreckend wie Blut aussahen, strahlte Jackson an und nickte eifrig zu allem, was dieser sagte.

»Wie dem auch sei«, Barnaby gab sich keine Mühe, seinen Unmut zu verbergen, »ich bin ohnehin hier, um mit Ihnen zu reden, Jackson.«

»Worüber immer Sie wollen, Inspector.«

»Wie gut sind Sie mit dem Fahrrad?«

»Hab ich nie probiert. Ich bin vom Skateboard gleich auf geklaute Autos umgestiegen. Sonst noch was?«

»Ja«, sagte Sergeant Troy. »Wir brauchen Ihre Sachen. Oberbekleidung, Unterwäsche, Socken, Schuhe. Inhalt der Taschen. Alles.«

»Das ist ja der reinste Fetischismus.«

»Fangen Sie doch einfach mal an«, sagte Barnaby gelassen.

»Sie meinen ...« Jackson fuhr über den Rand seiner edlen Lederjacke »Diese Sachen?«

»Wenn Sie das heute Nachmittag um drei anhatten«, sagte Barnaby, »dann ja.«

»Ich hab Ihnen doch schon gesagt, dass ich heute Nachmittag im Garten gearbeitet habe. Sie meinen doch nicht etwa, dass ich so'ne schmutzige Arbeit in solchen Klamotten mache.«

»Dann brauchen wir die Klamotten, in denen Sie gearbeitet haben«, sagte Sergeant Troy. Er nahm sich ein Beispiel am Chef und sprach mit ruhiger und gelassener Stimme. Am liebsten wäre er allerdings quer durch den Raum geschossen, hätte dem Arschloch, die Hände um den Hals gelegt und so lange gedrückt, bis das Wasser in Strömen aus seinen blauen Kinderaugen floss.

»Die sind in meiner Wohnung, Inspector.«

»Dann holen Sie sie«, sagte Barnaby. »Und hören Sie auf, mich Inspector zu nennen.«

»Kein Problem«, sagte Jackson und schlenderte zur Tür. »Der Gang müsste gerade fertig sein.«

»Der was?«

»Der Waschgang. Nachdem ich fertig war, hab ich alles in die Waschmaschine gestopft. Wie gesagt, es war eine ziemlich schmutzige Arbeit.«

Barnaby kam zwanzig Minuten zu spät zu seiner Sieben-Uhr-Besprechung und war noch rot vor Zorn nach einem Streit mit den Leuten von der Finanzabteilung im obersten Stock. Im Ermittlungsraum ging es aus zwei Gründen ziemlich lebhaft zu. Erstens weil der Fall, der in einer Sackgasse zu stecken schien, eine völlig unerwartete und dramatische Wendung genommen hatte. Zweitens weil das Tonband angekommen war.

Alle hatten es bereits gehört – bis auf den Chef und seinen Taschenträger. Inspector Carter wartete, bis die beiden saßen, spulte zurück und drückte auf Play.

In dem Moment, als sie zu sprechen anfing, wusste Barnaby, wer es war.

»... *Hilfe ... Sie müssen mir ... helfen ... jemand ist gefallen – nein, nein, ins Wasser ... in den Fluss ... sie war so schnell verschwunden ... einfach weggerissen ... Ich bin rauf und runter gelaufen ... bis zum Wehr ... Was? Ach so, Ferne Basset ... ich weiß nicht, vor einer halben Stunde, vielleicht weniger ... Um Gottes willen! Ist es denn so wichtig, wann? Kommen Sie doch, Sie müssen sofort kommen ...*«

Als sie nach ihrem Namen gefragt wurde, hatte die Frau aufgestöhnt. Nach einem Augenblick absoluter Stille war dann der Hörer heruntergefallen. Sie konnten alle hören, wie er klappernd gegen die Wand der Telefonzelle schlug. Dann fing sie an zu weinen. Etwa eine Minute später wurde der Hörer ganz sachte auf die Gabel zurückgelegt.

Barnaby saß reglos da, die Augen geschlossen. Es hatte keinen Sinn, die tragischen Verwicklungen zu beklagen, die verhindert hatten, dass er sich Ann Lawrence vornehmen konnte, bevor es zu spät war. »Wenn nur« waren Worte, die nicht zu seinem Vokabular gehörten. Trotzdem war es verdammt hart.

Im Raum war es still. Irgendwer hatte das Tonband ausgeschaltet. Sergeant Troy, der sich äußerst unbehaglich fühlte, warf einen verstohlenen Blick auf die gedankenverlorene Gestalt unter der Neonlampe. Er sah ein Profil, das eher schlaff als entspannt wirkte, und blaue Adern, die sich deutlich an den Handgelenken abzeichneten (wieso waren die ihm noch nie aufgefallen?), sowie schwere Hautsäcke über den Augenlidern.

Natürlich sah der Chef häufiger fix und fertig aus, das war nichts Neues. Sergeant Troy hatte ihn schon oft müde und enttäuscht erlebt. Betrogen. Ja sogar im Stich gelassen. Aber noch nie so geschlagen wie jetzt. Und noch nie so alt.

Barnaby hob den Kopf, erst mühsam, als ob er aus Stein wäre, dann leichter. Seine breiten Schultern strafften sich energisch, wie befreit von einer Last.

»Also«, sagte er lächelnd, vor ihren Augen zu neuem Leben erwacht. »Das ist ja eine Überraschung.«

Gleichzeitig setzte sich der ganze Raum wieder in Bewegung – wie bei einem Film, wenn vom Standbild zurück auf Play geschaltet wird. Die Leute begannen, hin und her zu gehen, zu gestikulieren, zu reden. Jemand lachte sogar. Das war doch tatsächlich Sergeant Troy. Teils aus Nervosität, teils aus purer Erleichterung.

»Damit passt sie gut ins Bild, nicht wahr, Sir?«, sagte Audrey Brierley. »Mrs. Lawrence, mein ich.«

Zustimmendes Gemurmel erhob sich. Jetzt schien alles ganz offensichtich. Das vermisste Mädchen hatte bei der Frau im Haus gewohnt, der Hauptverdächtige ebenfalls. Oder so gut wie. Der Ermordete hatte für sie gearbeitet. Alles passte wunderbar zusammen.

»Jetzt wissen wir also«, sagte Barnaby, »dass sie gesehen hat, wie das Mädchen im Fluss verschwand. Aber das ist auch alles, was wir im Augenblick wissen, okay?«

Nur zögerliche Zustimmung war zu hören.

»Wir sollten nicht übers Ziel hinausschießen«, fuhr der Chief Inspector fort. »Sie könnte das Ganze einfach nur beobachtet haben.«

»Vermutlich heimlich beobachtet«, gab DI Carter zu bedenken, »sonst wäre sie schon längst zum Schweigen gebracht worden.«

»Aber wenn es nicht so war«, fuhr Barnaby unbeirrt fort, »wenn Mrs. Lawrence die einzige beteiligte Person war, dann muss Leathers *sie* erpresst haben.«

Diese Vermutung, die alle bisherigen Theorien und Überzeugungen in dem Mordfall auf den Kopf stellte, wurde mit erstaunlicher Gelassenheit vorgebracht. Und die Leute im Raum, gewohnt, sich nach dem Boss zu richten, nickten zustimmend.

»Morgen früh werden wir uns als Erstes bei ihrer Bank erkundigen. Und wenn sie in letzter Zeit größere Summen abgehoben hat ...« Barnaby zuckte mit den Achseln und ließ das Ende des Satzes vielsagend in der Schwebe.

Troy gefiel die Idee eines offenen Dialogs, und sei es nur, damit sich zur Abwechslung mal jemand anders zum Idioten machen konnte, indem er den Satz beendete. Er sagte: »Dann würde unsere Vermutung, dass das Erpressungsopfer Leathers ermordet hat ...« Er zuckte mit den Achseln und ließ das Ende des Satzes vielsagend in der Schwebe.

»Ja?«, sagte Barnaby.

»Äh.« Schweigen.

»Na los. Wir haben nicht den ganzen Tag Zeit.«

»Ich glaube, Gavin meint«, sagte Sergeant Brierley, »dass man sich nur schwer vorstellen kann, wie Mrs. Lawrence jemanden erdrosselt.«

»Das ist in der Tat sehr schwer«, sagte der Chief Inspector, »wenn auch nicht unmöglich.«

»Aber sie wurde doch selbst überfallen«, sagte Constable Phillips. »Wir haben es hier doch wohl nicht mit zwei Mördern zu tun?«

Barnaby antwortete nicht. Er saß einfach nur da und schaute sich um. Etwa zehn Minuten waren seit Beginn der Besprechung vergangen, und bisher war praktisch kein Mitgefühl für Ann Lawrence erkennbar gewesen. Den Chief Inspector wunderte das nicht. Soweit er wusste, hatte keiner der Anwesenden, abgesehen von Troy, sie je gesehen. Und ganz gewiss hatten sie nicht erlebt, wie sie bewusstlos, von einem schwachen Atemzug zum nächsten mit dem Tode ringend, in einem einsamen Krankenhausbett lag.

»Wie passt dann Jackson in die ganze Sache, Chef?«, fragte Troy. »Glauben Sie, er war für den Überfall auf Mrs. Lawrence verantwortlich?«

»Das glaube ich nicht nur, das weiß ich.«

»Aber warum?«

»Vermutlich weil wir uns später am Nachmittag mit ihr treffen wollten.«

»Aber woher sollte er das denn wissen?«, fragte Inspector Carter. »Wo die doch überhaupt nicht miteinander geredet haben.«

»Er hatte das Telefongespräch mithören können – es gibt einen Anschluss von seiner Wohnung zum Haus. Oder er hat es von Lionel erfahren. Der ist Wachs in Jacksons Händen.«

Troy schnaubte angewidert. Wachs würde er das nicht nennen. Etwas Weiches, ja. Elastisch, ja. Aber etwas, wo man reintreten konnte und das dann an der Schuhsohle kleben blieb. Er schnaubte noch einmal, damit auch jeder kapierte, wie abgrundtief er diesen Mann verachtete.

»Wie dem auch sei«, sagte Barnaby. »Jedenfalls bin ich davon überzeugt, dass die beiden Verbrechen eng zusammenhängen. Wenn man eins löst, hat man beide gelöst.«

»Bei allem Respekt, Sir ...«

»Keine Kniefälle, bitte, Phillips. In meinem Team ist jeder dazu aufgefordert, seine Meinung zu sagen.«

Und Gott steh einem bei, sagte sich das Team leise, wenn er einen schlechten Tag hat.

»Ich meine bloß«, fuhr Phillips mit einem Zittern in der Stimme fort, »da die Leiche des Mädchens nie gefunden wurde, woher wissen wir überhaupt, dass wir es mit einem Verbrechen zu tun haben?«

»Weil Leathers etwas gesehen haben muss, das er als Druckmittel zur Erpressung benutzen konnte. Und als er das probiert hat, hat es ihn das Leben gekostet.«

»Ah ja, Sir.« Constable Phillips, der ohnehin nicht sonderlich groß war, sank auf seinem Stuhl immer mehr in sich zusammen, bis er fast verschwunden war. »Danke.«

»Gern geschehen«, sagte Barnaby.

»Könnte sie auf die andere Seite geschwommen, rausgeklettert und weggelaufen sein?«, fragte DS Griggs.

»Wohl kaum«, sagte Inspector Carter. »Sie kennen doch Jacksons Strafregister. Können Sie sich vorstellen, dass er sich so stümperhaft anstellt?«

»Nach dem Überfall auf Mrs. Lawrence zu urteilen, wahrscheinlich nicht«, stimmte Sergeant Agnew zu. Dann wandte er sich an Barnaby. »Was glauben Sie, wie er das überhaupt bewerkstelligt hat, Sir?«

»Ja, sagte Audrey. »Wie konnte er zum Beispiel im Voraus wissen, wo sie parken würde?«

»Er ist mit ihr gefahren«, sagte Barnaby.

»Selbstverständlich«, bestätigte Sergeant Troy. »Sie wäre niemals mit ihm zusammen in einen vollen Doppeldeckerbus gestiegen, geschweige denn in ein Auto.«

»Er hatte aber doch sicherlich nicht riskiert, sich hinter dem Fahrersitz zu verstecken.«

»Nein, nein, er hat den Kofferraum benutzt«, erklärte Barnaby. »Ist in letzter Minute reingeklettert, hat den Deckel zugemacht und sich am Riegel festgehalten. Und schon ist er zur Stelle, wenn sie aussteigt.«

»Zu Mrs. L's Pech war niemand in der Nähe«, bemerkte Inspector Carter.

»Das hätte den Überfall nur hinausgezögert«, sagte der Chief Inspector. »Er hätte sie halt später erwischt – zum Beispiel an einer roten Ampel oder wenn sie zu nahe am Bordstein entlanggegangen wäre. Ein fester Stoß in dem Moment, wo sich ein Bus näherte, hätte gereicht.«

»Außerdem hätte er bewaffnet sein können«, fügte Troy hinzu. »Er hat schon mal gesessen, wegen einer Messerstecherei.«

»Allerliebst«, murmelte Audrey Brierley.

»Und das alles, weil sie genau wusste, was in der Nacht passiert ist, in der Carlotta verschwand?«

»Da bin ich mir ganz sicher«, sagte Barnaby.

»Dann muss er zum Äußersten entschlossen sein.«

»Ja«, sagte Barnaby. »Was ihn doppelt gefährlich macht.«

»Aber diesmal sollten wir ihn doch erwischen, Sir. Am hellichten Tag? Da muss ihn doch irgendwer gesehen haben.«

»Vielleicht«, sagte Barnaby. »Aber ich glaube, diesmal wird die Spurensicherung den entscheidenden Beweis liefern.«

»Die untersuchen gerade den Humber«, fügte Sergeant Troy hinzu. »Und sie haben seine Klamotten. Allerdings hatte er sie bereits durch die Waschmaschine gejagt.«

»Das allein ist schon verräterisch«, sagte Constable Peggy Marlin, eine kräftige, gemütliche Frau Ende Dreißig, die mehrere Söhne hatte. »Ich hab noch nie einen Jungen in diesem Alter erlebt, der seine Klamotten überhaupt gewaschen hat, und schon gar nicht in dem Moment, wo er sie auszieht. Die liegen dann mindestens die nächsten drei Wochen über den ganzen Fußboden verstreut herum.«

»Mit seinen Schuhen könnten wir vielleicht mehr Glück haben«, sagte Barnaby. »Wir haben sämtliche Paare, die in seiner Wohnung waren, einschließlich der Turnschuhe, die er trug.«

»Da kriegt er aber kalte Füße.« Polizistin Marlin lachte.

»Er wird mehr als kalte Füße kriegen, wenn ich mit ihm fertig bin.«

»Es gibt eine Ölspur, durch die Mrs. Lawrence geschleift wurde«, erklärte Sergeant Troy. »Wir brauchen nur ein Tüpfelchen davon auf seinen Schuhen zu finden, und dann haben wir ihn.«

»Haben Sie einen Ölfleck gesehen, Sir?« fragte Sergeant Brierley.

Barnaby zögerte. »Mit dem bloßen Auge nicht. Aber das heißt natürlich nicht, dass das Labor nichts findet.«

Es trat ein längeres Schweigen ein. Der Chief Inspector sah sich um und stellte fest, wie die Aufregung bei seinen Leuten schwand. Offensichtlich dachten sie, wenn der Typ reingetreten war, hätte man es sehen müssen. Er wusste, dass seine Worte ihren Enthusiasmus gedämpft, ja sogar Enttäuschung hervorgerufen hatten. Nun ja, das war nicht seine Schuld. Er konnte nicht geben, was er nicht hatte.

»Zweifellos hat sich dieser schmierige Widerling ein Alibi zurechtgelegt«, sagte DS Griggs.

»Angeblich hat er die ganze Zeit im Garten des Pfarrhauses Unkraut gejätet.«

»Hat ihn irgendwer dabei gesehen?«, fragte Inspector Carter.

»Glücklicherweise nicht.« Ein leises Jubeln. Darauf berichtete Barnaby, wie sie, nachdem sie Lionel eine halbe Stunde lang mit schwarzem Kaffee abgefüllt hatten, schließlich die Information bekommen hatten, die sie wollten.

»Offenbar hat Lionel in seinem Zimmer an einer Trauerrede für Charlie Leathers gearbeitet. Da er ziemlich außer Übung ist, hat er, wie er meint, gut anderthalb Stunden dafür gebraucht. Das Arbeitszimmer geht nach vorne raus.«

Es gab einige leise Pfiffe, hochgezogene Augenbrauen und ungläubige Blicke. Inspector Carter fasste die allgemeine Meinung in Worte.

»Da bewegt sich Jackson diesmal aber auf dünnem Eis. Wenn der Alte nun nach ihm geguckt hätte?«

»Da wär ihm schon irgendein Märchen eingefallen, von wegen er war eingeschlafen oder im Dorf einkaufen gegangen. Lawrence glaubt ihm jedes Wort.«

»Der hat wohl ein paar Schrauben locker, was?«

»Das ist noch milde ausgedrückt.«

»Ab wann war denn Jackson nachweislich dort?«

»Ganz sicher gegen halb vier. Da hat er nämlich Valentine Fainlight zu sich herübergebeten.«

Es folgten mehrere höhnische Oho-Rufe, einige derbe und absolut nicht lustige Gesten und eine simple Bitte an Gott, dass diese beiden widerlichen Schwuchteln jeweils im Arsch des anderen verschwinden mögen.

»Ich wusste nicht, dass Jackson schwul ist«, sagte Constable Phillips.

»Er ist nicht schwul«, erwiderte Sergeant Troy mit soviel Verachtung in der Stimme, dass er fast daran zu ersticken drohte. »Er hält ihn nur dem Meistbietenden hin.«

»Das lässt Evadne Pleats romantische Überlegungen in einem ganz anderen Licht erscheinen«, sagte Barnaby. »Erinnern Sie sich, dass sie Fainlight nachts im Garten der Lawrences hat rumstehen sehen?«

»Und geglaubt hat, er wäre hinter Carlotta her«, fügte Audrey Brierley hinzu. »Er muss absolut verknallt sein.«

»Ja«, stimmte Barnaby zu. »Hoffen wir bloß, dass er nicht so verknallt ist, dass er bereit ist zu lügen.«

»Sie meinen, um Jackson zu decken?«

»Es gibt bereits eine zeitliche Diskrepanz. Fainlight glaubt, dass er gegen halb vier in der Garagenwohnung ankam. Jackson behauptet, es war eher um drei.«

»Das muss er ja wohl, oder?«, meldete sich Constable Phillips, der langsam aus der Versenkung auftauchte, vorsichtig zu Wort.

»Weiß Fainlight, um was es geht?«, fragte DS Griggs.

Barnaby schüttelte den Kopf

»Das wird einiges ändern«, sagte Polizistin Marlin. »Wenn er erfährt, wofür er da ein Alibi gibt.«

»Das führt uns zu der wichtigsten Frage«, sagte Barnaby, »von der letztlich *alles* abhängt.«

»Wie er zurückgekommen ist?«, sagte Sergeant Troy. Plötzlich kapierte er, worauf Barnaby mit seiner Anfrage per Handy auf dem Parkplatz hinausgewollt hatte.

»Genau.«

Im Raum brach allgemeine Hektik aus. Alle redeten auf einmal, taten ihre Vermutungen und Ideen kund. Stühle wurden scharrend hin und her geschoben, weil sich ständig Leute umdrehten, um anderen zuzustimmen oder ihnen zu widersprechen.

»Bestimmt nicht mit dem Taxi.«

»So blöd wär doch wohl niemand.«

»Würde er riskieren, per Anhalter zu fahren?«

Man entrüstete sich, rief: »Also bitte« und »Du hast doch grad gesagt, er wär nicht blöd«, und schließlich: »Der Fahrer würde ihn wiedererkennen.«

»Dann vielleicht ein Auto klauen?«

»Das hätte er am Dorfrand stehen lasssen müssen.«

»Also irgendwas hat er benutzt. Man kann nicht zwölf Meilen in einer halben Stunde zu Fuß schaffen.«

»Er hat natürlich ein Fahrrad benutzt«, warf Troy mit selbstzufriedenem Grinsen in das allgemeine Getöse. »Ich glaube, wir haben bereits eine Liste der als gestohlen gemeldeten Räder, nicht wahr, Sir?«

Barnaby zog ein DIN-A4-Blatt aus dem Durcheinander auf seinem Schreibtisch und wedelte stolz damit herum. Seine Pose erinnerte an einen Fernsehkoch, der ein vorzüglich gelungenes Gericht aus dem Backofen zieht.

»Heute wurden in Causton drei Fahrräder gestohlen. Ein Kinder-Mountainbike, ein klappriger Drahtesel, mit dem ein armer alter Rentner zu seinem Schrebergarten gefahren war, und ein Peugeot Supersprint, das vor dem Soft Shoe Cafe abgestellt worden war. Das sind absolut leichte Räder. Damit kann man richtig schnell fahren, und ich nehme an, das ist es, was wir suchen.«

Ein paar Beamte reagierten leicht verstimmt auf diesen Zaubertrick. Wenn der Chef bereits alles überprüft hatte und alles wusste, warum konnte er es dann nicht einfach sagen? Barnaby lächelte. Es war ihm egal, dass er die Leute vor den

Kopf gestoßen hatte. Wenn es die Zeit erlaubte, ließ er sein Team immer gern selbst auf die Lösung kommen.

»Ein bisschen riskant, Sir«, sagte Sergeant Brierley. »Wenn er nun keins gefunden hätte?«

»Äußerst unwahrscheinlich. Vor Halfords stehen beispielsweise immer welche rum. Da wollte er vermutlich auch hin, als er das gute Stück fand.«

»Ist ja genial«, sagte DS Griggs. »Reicht für die Strecke, man kann es leicht wieder loswerden und, wenn nötig, einfach abspringen und sich verstecken.«

»Genau«, stimmte Barnaby zu. »Das Rad kann nicht weit weg sein. Ich werde für morgen, sobald es hell wird, eine Suche organisieren.«

»Glauben Sie nicht, dass er es bis dahin irgendwie richtig beseitigt hat?«

»Ich hoffe, dass er das versucht. Ich habe einen Mann beim Haus postiert. Von nun an heißt es, wo auch immer Jackson hingeht, da gehen auch wir hin.« Es hatte keinen Sinn, auf die Probleme hinzuweisen, diese befristete Überwachung überhaupt zu bekommen. Seine feste Überzeugung hatte in den Ohren der Mächtigen, die über die Finanzen bestimmten, wie ein Verdacht geklungen, der nicht durch den geringsten Beweis gestützt war. Der Wachposten war mürrisch bewilligt worden, und man hatte Barnaby erklärt, man würde die Situation alle vierundzwanzig Stunden überprüfen. Morgen um diese Zeit könnte Jackson bereits wieder frei sein wie ein Vogel. Wenn das passiert, dachte Barnaby, dann werde ich einen aus meinem Team dahinstellen und niemandem was davon sagen.

»Also knöpfen wir uns den Kerl vor, Sir?«, fragte Charlie Agnew.

»Nein. Der käme wieder frei. Wir haben keine Handhabe, ihn festzuhalten.« Barnaby starrte grimmig durch sein Team hindurch auf die Rückwand mit der widerlichen Fotomontage, auf der die verstümmelten Überreste von Charlie Leathers zu sehen waren. »Wenn ich diesen Scheißkerl einbuchte, dann bleibt er auch drinnen.«

Louise bereitete sich zum Schlafengehen vor. Sie hatte bereits mehr als eine Stunde dafür gebraucht und hatte diese Prozedur noch um eine weitere Stunde ausdehnen können, da ohnehin alles völlig sinnlos war. Sie würde niemals einschlafen können. Genauso gut konnte sie da bleiben, wo sie war, zusammengekuschelt in der tiefen Kühle in der Mitte eines Ledersessels, in einen cremefarbenen Hausmantel aus Samt gehüllt. Dieser Sessel war ein perfektes Oval ohne Beine und ohne Lehnen, das an durchsichtigen Schnüren hing, die an einem Glasbalken im Dach des Hauses befestigt waren.

Sanft in dem Sessel hin und her zu schaukeln half ihr häufig, sich zu entspannen, und führte manchmal sogar eine traumartige Schläfrigkeit herbei. Aber heute Abend nicht. Heute Abend würde es eines genialen Apothekers oder eines noch nicht entdeckten Opiats bedürfen, um ihren gequälten Geist ein wenig zur Ruhe zu bringen.

Die Nachricht über Ann war schon schlimm genug gewesen. So etwas zu erfahren, sich die furchtbare Angst und die Schmerzen vorzustellen und zu begreifen, wie nahe sie dem Tode war – das war alles sehr schlimm. Aber die andere Sache ...

Als Val davon hörte, war er ebenfalls schockiert und zutiefst betroffen gewesen, dass so etwas passieren konnte. Doch im Laufe des Abends, nach einem Anruf aus dem Pfarrhaus, schlugen seine Gefühle in eine Mischung aus wilder Empörung und regelrechtem Zorn um.

»Allmächtiger Gott! Wann werden sie diesen armen Teufel endlich in Ruhe lassen?«

»Wovon redest du?«

»Von diesen verdammten Polizisten. Die setzen ihn so lange unter Druck, bis er es nicht mehr aushält.«

»Wen?« Natürlich wusste sie, wen.

»Dann wird er aus schierer Verzweiflung ausrasten. Vermutlich wieder kriminell werden. Und dann reiben sie sich ihre widerlichen Pfoten und stecken ihn wieder ins Gefängnis.«

Valentine starrte seine Schwester eindringlich an. Auch in seinem Gesicht zeigten sich Spuren schierer Verzweiflung.

»Armer Jax«, sagte Louise rasch. Beinahe hätte sie vergessen, welche Rolle sie gerade angefangen hatte zu spielen. »Was ist es diesmal?«

»Das Übliche. Die versuchen, ihm was anzuhängen, was er überhaupt nicht getan haben kann.«

»Doch nicht etwa …« Louise hatte blind hinter sich nach einem Halt greifen müssen und eine Weile mit dem Arm in der Luft herumgefuchtelt, bevor sie mehr oder weniger in einen Sessel plumpste.

»Genau das, den Überfall auf Ann Lawrence. Sie haben sogar die Klamotten mitgenommen, die er anhatte, als es passiert ist.

»Oh, nein.« Ihr wurde ganz schwindlig. »Val, das kann nicht wahr sein.«

»Natürlich ist es nicht wahr. Er war den ganzen Tag im alten Pfarrhaus. Aber versuch mal, denen das klarzumachen.« Schließlich fiel ihm auf, wie entsetzlich bleich seine Schwester war. »Tut mir Leid, Lou. Ich bin ein egoistischer Mistkerl. Sie war doch deine Freundin, oder?«

»Ja.« Louise war sich dessen jetzt vollkommen sicher. Ann war ihre Freundin. Wie hatte sie je etwas anderes denken können?

»Ich hol dir einen Brandy.«

Louise erinnerte sich jetzt, dass sie den ganzen Brandy getrunken hatte. Ihn wie Wasser in sich hineingeschüttet hatte – und mit fast der gleichen Wirkung. Als der Schock soweit nachgelassen hatte, dass sie wieder gerade sehen konnte, hatte sie sich entschuldigt und war nach oben gegangen. Sie hatte gebadet, ihren immer noch zitternden Körper in den cremefarbenen Hausmantel gehüllt und sich dann endlos in unsäglicher Verzweiflung in dem Sessel gewiegt.

Sie könnte sich ja geirrt haben. Er war so schnell an ihr vorbeigerast. Ein Radfahrer ganz in Schwarz. Radlerhose, langärmliger schwarzer Pullover, Handschuhe und eine Strickmütze, die bis in die Stirn gezogen war und die Haare völlig bedeckte. Sie hatte – nur für eine Minute – auf einer doppelten gelben Linie vor der Bank geparkt und wollte gerade aussteigen. Hatte sogar die Tür schon ein wenig geöffnet, da die Straße hinter ihr frei schien. In diesem Augenblick tauchte er in ihrem Seitenspiegel auf. Erst weit weg, dann war er neben ihr, dann wieder verschwunden. Das Ganze hatte nicht viel mehr als eine Sekunde gedauert. Doch sie hatte sein Gesicht im Spiegel gesehen. Und erkannt.

Zumindest glaubte sie das. Aber Val hatte eben gesagt, Jax wäre den ganzen Tag im Pfarrhaus gewesen. Er wäre sogar selbst mit ihm zusammen gewesen, als die ungeheuerliche Tat passierte. Also musste sie sich geirrt haben. In ihrer Verzweiflung fing Louise, die aufgehört hatte, an den Allmächtigen zu glauben, als sie immer noch an den Weihnachtsmann glaubte, an zu beten. Und das leidenschaftlich, wenn auch ziemlich unbeholfen, weil sie nicht so recht wusste, was sie sagen sollte.

»Bitte, lieber Gott«, murmelte sie, »lass es ihn nicht gewesen sein.« Dann empfand sie das als zu vage und zwang sich, detaillierter zu werden. Sie nannte sogar seinen Namen und hatte das Gefühl, dass dieser wie eine Kröte auf ihrer Zunge hockte. »Ich meine, lass den Mann, den ich heute in Causton auf dem Fahrrad gesehen habe, nicht Jax gewesen sein.«

Es herrschte eine kalte Leere in ihrem Mund, und sie wusste, dass die Worte nutzlos waren. Was hatte das alles für einen Sinn? Louise kletterte aus dem Sessel, blieb mitten im Zimmer stehen und starrte durch das Dach auf den fast schwarzen Himmel, der mit funkelnden kalten Lichtpunkten übersät war. Wie konnte irgendwer oder irgendetwas überhaupt da oben existieren, geschweige denn auch nur das geringste Interesse an ihren verzweifelten Bitten haben?

Doch obwohl ihr klar war, dass das alles sinnlos und eine absolute Zeitverschwendung war, konnte sie sich eine letzte Bitte nicht verkneifen.

»Und bitte lieber Gott, *bitte*, schütze Val.«

Als Barnaby in die Arbury Crescent einbog, kam er sich vor wie Sisyphus, der endlich aufgegeben hat, den Felsblock zu schieben, zur Seite trat und zusah, wie der Fels hüpfend wieder den Berg hinunterrollte, während er selbst leichten Herzens zum Gipfel hinaufmarschierte.

Der Augenblick im Einsatzraum, als das Tonband mit dem Notruf von Ann Lawrence anlief, als klar wurde, dass er vermutlich die ganze Zeit einer völlig falschen Spur gefolgt war, hatte den DCI hart getroffen. Er wusste, dass er sich nach außen hin schnell wieder gefangen hatte. In so etwas war er gut, und das war auch wichtig. Entmutigung konnte sich nämlich in Windeseile wie eine Infektion ausbreiten. Doch es war ein falscher Eindruck gewesen, den er vermittelt hatte. In Wirklichkeit fühlte er sich ganz schön entmutigt.

Außerdem war er stark in Gefahr, den persönlichen Abstand zu dem Fall zu verlieren. Davor wurde zwar immer gewarnt, trotzdem kam es manchmal vor. In Fällen von grausamer Misshandlung oder Mord an einem Kind beispielsweise schafften es nur wenige Polizisten, vollkommen distanziert zu bleiben. Aber hier ging es nicht um den Tod eines Kindes. Hier ging es um den Tod eines ziemlich unangenehmen alten Mannes, der versucht hatte, jemanden zu erpressen.

Warum dann dieser Hass? Barnaby stellte entsetzt fest, dass das das richtige Wort war. Er hatte angefangen, Terry Jackson zu hassen. Sein fröhliches Lächeln und sein schamloses Auftreten zu hassen, seine Worte, die leicht wie ein Federgewichtler um einen herumtänzelten, ein gemeiner Hieb hier, eine Finte da – ein Scheinangriff, der den Angesprochenen wie einen Idioten dastehen ließ. Und genau in dem Augenblick folgte der wirkliche Angriff, ein blitzschneller, folgenschwerer Schlag auf den Solarplexus.

Hass entfachte auch der Gedanke an das Aussehen des Mannes, richtete sich gegen diesen schlanken, muskulösen, leicht gebräunten Körper und die leuchtendblauen Augen mit den merkwürdig goldenen Pupillen. Der einzige physische Makel in dieser apollinischen Perfektion waren, soweit Barnaby das erkennen konnte, die Zähne, die nie richtig gepflegt worden waren. Doch sobald Fainlight auf die Notwendigkeit einer kosmetischen Zahnbehandlung hingewiesen worden war, würde dieser Makel ganz sicher rasch beseitigt werden.

Barnaby riss sich von diesen Gedanken los. Im Gefängnis von Wormwood Scrubs gab es keine teuren Zahnärzte, die Zähne weißer machten, überkronten und richteten. Auch nicht in Albany und Strangeways. Und irgendwo da würde Jackson landen.

Und das solltest du besser mal glauben, du widerliche Pestbeule. Als Barnaby merkte, dass er laut gesprochen hatte und das Lenkrad umklammert hielt, als hinge sein Leben davon ab, bremste er, bis das Auto fast zum Stehen kam. Hass konnte einen blind machen, einem solche Scheuklappen verpassen, dass man Beweise übersah, die man direkt vor der Nase hatte. Ganz zu schweigen davon, dass er einem den Blutdruck in die Höhe trieb.

Er erinnerte sich daran, was Joyce neulich morgens zu ihm gesagt hatte, nämlich dass er, wenn er sich erst einmal in einen Fall verbissen hatte, wie ein Hund wäre der einen Knochen mit Zähnen und Klauen verteidigt, damit nur ja kein anderer

Hund was davon abkriegt. In dem Moment hatte er sich darüber geärgert. Jetzt fragte er sich, ob es nicht doch stimmte, und kam zu dem Schluss, dass sie Recht hatte. Zumindest teilweise. Barnaby hatte ein ausgeprägtes Selbstbewusstsein, sonst hätte er nie seine gegenwärtige Position erreicht, aber er glaubte, dass er auch bereit war zuzuhören. Damit war er zwar nicht einzigartig, aber stark in der Minderheit. Immer noch im zweiten Gang bog er in die Einfahrt von Nummer siebzehn ein.

Und wie immer fühlte er sich gleich besser. Egal wie tief er während der Arbeit im Dreck gewühlt hatte, hier fiel das alles langsam von ihm ab. Es war ein merkwürdiger Vorgang, nicht so sehr ein Vergessen, sondern eher eine psychische Reinigung, und er verstand es selber nie so ganz.

Es hätte an dem lieblichen Grün des Gartens liegen können (selbst im Winter gab es immer etwas Wunderschönes anzuschauen) oder an der Wärme des soliden Hauses aus roten Steinen, in dem er seit über zwanzig Jahren zufrieden lebte. Aber am meisten lag es natürlich an Joyce. Wo sie war, da war er glücklich.

Barnaby nahm sein günstiges Schicksal nie als selbstverständlich hin. Das tat man in einem Job wie seinem einfach nicht. Und außerdem zog Selbstgefälligkeit das Unglück geradezu an. Er hatte die Worte *Ich hätte nie geglaubt, dass mir das passieren könnte* beinahe häufiger gehört als alle anderen. Er würde sie nie sagen. Genau sowenig wie er glaubte, niemals jemandem etwas Schlechtes zuzufügen, würde vor Unglück schützen. Barnaby berührte das Armaturenbrett aus Nussbaum, bevor er aus dem Auto stieg.

Cullys Dyane, gelb und hellgrün und mit einer riesigen Sonnenblume auf der Motorhaube, stand unter dem Goldregen. Barnaby ging schnellen Schrittes auf das Haus zu. Er hatte kaum den Schlüssel ins Schloss gesteckt, da öffnete sie bereits die Tür.

»Dad! Etwas ganz Wunderbares ist passiert!« Sie nahm seine Hand. »Komm rein.«

»Lass mich erst meinen ...«

»Nein. Du musst *sofort* kommen.«

Die Küchentür stand weit offen. Er sah, dass Joyce lächelte und Nicolas ungeheuer stolz aussah. Flaschen mit Goldfolie und Champagnergläser standen herum. Allgemeine Freude. Er sah in das strahlende Gesicht seiner Tochter und wusste, was sie ihm sagen wollte. Er legte den Arm um sie und sog den lieblichen Duft ihres Haars ein. Sein kleines Mädchen.

»Cully. Oh, Darling, was soll ich nur sagen?« Barnaby merkte, dass seine Augen leicht brannten. Na und? Schließlich wurde man ja nicht jeden Tag Großvater. »Herzlichen Glückwunsch.«

»Mir musst du doch nicht gratulieren, du Dummkopf. Es geht um Nico.«

»Nico?« Barnaby hatte sich im Nu wieder gefangen, doch die Enttäuschung traf ihn ins Herz. Sie gingen zusammen in die Küche.

»Ich bin beim National angenommen worden, Tom.« Nicolas lachte und hob sein Glas, offenkundig nicht zum ersten Mal. »Ist das nicht wunderbar?«

»Wunderbar.« Das Wort kam nur mühsam über Barnabys starre Lippen. Dann sagte er noch einmal: »Herzlichen Glückwunsch.«

Cully schenkte ihm ein Glas Veuve Clicquot ein und lächelte ihre Mutter an. »Dad hat geglaubt, ich hätte die Shampoo Werbung bekommen.«

»Hat er?«, sagte Joyce und sah ihren Mann an. Nicht dass das nötig gewesen wäre.

»Ich spuuucke auf Shampoo-Werbung!«, rief Nico und fing wieder an zu lachen, trank seinen Champagner aus und warf das Glas in die Luft.

»Weißt du schon, was du spielen wirst?«, fragte Barnaby, der seit langem gelernt hatte, wie man korrekt auf Neuigkeiten aus dem Theater reagierte.

»Da ich festes Ensemblemitglied bin, heißt das alles, einfach alles. Sie spielen Pinter, *Antonius und Cleopatra*, *Peter Pan!*«, rief Nico.

»Und eine neue Komödie von Terry Johnson über Sid James«, sagte Cully.

»*Carry on Camping* im Cottesloe-Theater.«

»So heißt das bestimmt nicht«, sagte Joyce.

»Du könntest Barbara Windsor spielen, Darling.« Cully warf ihrem Liebsten eine Kusshand zu.

»Ja! Ich sehe phantastisch in Frauenkleidung aus.«

»Auch eine Art, den Kritikern aufzufallen«, bemerkte Joyce trocken. Sie wusste, dass diese Großspurigkeit aufgesetzt war. Trotzdem konnte Nico manchmal ein wenig nervig sein. »Trink noch einen Schluck Champagner, Darling.« Sie wollte nach dem Glas ihres Mannes greifen, doch er nahm stattdessen ihre Hand.

»Ich hätte lieber ein Sandwich.«

»Ein Sandwich?« Nicolas gab ihnen eine Kostprobe von seiner Lady Brackbell, hörte sich dabei allerdings eher wie Tim Brook-Taylor an als wie Edith Evans und sah besser aus als die beiden. Aber wer tat das nicht?

»Ich spuuucke auf dein Sandwich! Wir gehen aus und feiern.«

»Wohin?«

»Ins River Cafe.«

»Was!«

»Ganz ruhig, Daddy.«

»Wenn ihr meint ...« Barnaby hielt abrupt inne. Wenn Cully schwanger gewesen wäre, hätten sie seinetwegen mit Sack und Pack ins River Cafe ziehen und einen Monat lang dort Frühstück, Mittag und Abendessen einnehmen können. »Ich hab von diesem Lokal gehört. Da kann man nicht einfach so hingehen ...«

»Nico hat kurzfristig was bekommen, weil jemand abgesagt hat.«

»Wir laden euch ein«, sagte Nicolas mit leicht trotziger Stimme. »Ich hab gestern meine alte Karre verkauft.«

»Wir haben beschlossen, dass es Unsinn ist, zwei Autos zu haben. Besonders in London.«

»Also, wie könnte man besser dreihundert Pfund auf den Kopf hauen?«

»Bitte, Tom«, sagte Joyce, der die Reaktion ihres Mannes nicht gefiel, »beruhige dich.«

»Kommt überhaupt nicht in Frage. Außerdem bin ich auf Kohlsuppen-Diät.«

»Er hat noch nichts davon gehört«, sagte Nicolas und zwinkerte seiner Frau zu.

»Was gehört?«, fragte Barnaby.

»Dafür sind die berühmt«, sagte Cully und sah ihre Mutter aufmunternd an.

»Das stimmt, Tom«, sagte Joyce. »Hab ich erst neulich gelesen. Das River Cafe macht die beste Kohlsuppe der Welt.«

10

Am nächsten Morgen saß Barnaby an seinem Schreibtisch und versuchte, den Tag zu planen und sich das wenige zu notieren, was für die Einsatzbesprechung um halb neun anlag. Er hatte große Schwierigkeiten, sich zu konzentrieren. Wenn ihm gestern um diese Zeit jemand erzählt hatte, er würde am Abend fast zwei Stunden lang kaum einen Gedanken an seine laufenden Ermittlungen verschwenden, dann hätte er ihn für verrückt erklärt. Doch genau das war geschehen.

Man hatte ihnen einen Tisch am Fenster gegeben, von dem aus man auf eine gepflegte Rasenfläche sehen konnte, die von Steinplatten gesäumt war und sich bis zu einem gepflasterten Weg und einer niedrigen Mauer erstreckte, die direkt an die Themse grenzte. Das Licht der untergehenden Sonne und der Lampen am Ufer hatte im Wasser gefunkelt.

Selbst an diesem Herbstabend war das River Cafe unglaublich hell und luftig und voller gutgelaunter Gäste. Man unterhielt sich, lachte, aß und trank. Irgendwann fing eine Frau an zu singen *(Vissi d'Arte)*, und niemand schien daran Anstoß zu nehmen.

Der Service war perfekt, das Personal freundlich, aber nicht aufdringlich, erschien, sobald man es brauchte, und blieb ansonsten im Hintergrund. Niemand schenkte einem endlos nach, als wäre man ein Kleinkind in einem hohen Kinderstuhl. Alles stimmte, und was serviert wurde, schmeckte absolut himmlisch.

Gekocht wurde hinter einer langen Edelstahltheke, wo viele schlanke Menschen in langen weißen Schürzen die Art von Essen produzierten, die viele dicke Menschen an den Abgrund der Verzweiflung treibt.

Barnaby aß köstliche Tagliatelle mit Spargel, Kräutern und Parmesan. Danach einen Steinbutt, der auf der Gabel zerging. Dazu Kopfsalat mit Rauke und zarten Kartöffelchen. Kein einziges Kohlblatt in Sicht. Jeder probierte bei jedem, und als das bemerkt wurde, tauchten wie aus dem Nichts zusätzliche Gabeln auf. Zum Nachtisch wählte Barnaby Chocolate Nemesis, womit er sich fast übernommen hatte. Sie tranken Torre del Falco aus Sizilien. Nico schenkte Cully das Buch mit den Rezepten des Hauses, mit einer großartigen Widmung versehen, und kaufte auch eins für Joyce, was Barnaby mit Skepsis registrierte.

»Keine Sorge«, sagte Cully zu ihrem Vater, als sie auf dem Weg zum Taxi ein Stück hinter den beiden anderen hergingen.

»Mum kommt schon damit zurecht. Niemand schafft es, Nudeln anbrennen zu lassen.«

Barnaby hatte nichts darauf gesagt. Seiner Meinung nach würde eine Frau, der sogar der Salat anbrannte, es schaffen, alles anbrennen zu lassen.

»Sie sehen heute Morgen ja beinahe richtig gutgelaunt aus, Chef.« Sergeant Troy kam herein und unterbrach Barnabys schwelgerische Erinnerungen. Er selbst hingegen sah gar nicht gut aus. Er wirkte ziemlich bleich und matt.

»Wir haben gestern Abend ein bisschen gefeiert«, sagte Barnaby. »Mein Schwiegersohn hat uns in London zum Essen eingeladen. Im River Cafe.«

»Davon hab ich gehört. Das am Fluss.«

»Genau das.«

»Maureen hat mal was darüber im Fernsehen gesehen.«

»Nico ist nämlich beim National angenommen worden.«

»Ist ja toll«, sagte Troy begeistert. National? National was?

Barnaby steckte eine Büroklammer um seine Papiere, dann sah er seinen Sergeant zum ersten Mal richtig an.

»Alles in Ordnung, Troy?«

»Sir?«

»Sie sehen ein bisschen blass aus.«

Sergeant Troy hatte in der Tat einen merkwürdigen und äußerst beunruhigenden Traum gehabt. Er hatte geträumt, er wäre aufgewacht, hatte versucht aufzustehen und festgestellt, dass er nichts weiter tun konnte, als den Kopf schwerfällig von einer Seite auf die andere zu rollen. Seine Glieder fühlten sich seltsam an, platt und leer wie bei einer unausgestopften Stoffpuppe. Dann sah er neben dem Bett einen ordentlich aufgeschichteten Stapel Knochen und wusste, dass es seine waren. Schaurig, was? Troy schob diesen Alptraum auf den Besuch im Krankenhaus. Und der Friedhof neben dem Pfarrhaus hatte wohl auch noch das Seine dazu beigetragen.

»Mir geht's gut, Chef.« Absurde Phantasien, selbst wenn sie

unfreiwillig waren, behielt man am besten für sich. Bei der Polizei war man nicht gerade erpicht auf Neurotiker. Sergeant Troy trug seinen Trenchcoat zu dem altmodischen Garderobenständer und genoss dabei das Gefühl von warmem Fleisch auf lebendigen Knochen. »Haben Sie mit dem Krankenhaus gesprochen?«, fragte er.

»Ja. Man hat eine Computertomographie des Schädels gemacht und ein Blutgerinnsel entdeckt. Sie wird heute Morgen operiert.«

»Und was hat unser Mann vor Ort zu berichten?«

»Nichts los«, antwortete Barnaby. »Keiner kommt, keiner geht. Noch nicht mal der Briefträger. Jackson ist vermutlich immer noch im Haupthaus und ›kümmert sich um Lionel‹.«

»Das ist ja krank. Richtig dekadent.« Troy genoss es, das Wort dekadent benutzen zu können. Er hatte es vor Jahren auf der Plattenhülle von *Cabaret* entdeckt. Erstaunlich, wie schwierig es doch war, dieses Wort locker in ein Gespräch zu werfen, wenn man bedachte, wie viel Dekadenz es um einen herum gab.

»Wenn wir es ganz vorsichtig formulieren, könnten wir es mit einem Appell an die Öffentlichkeit versuchen«, sagte Barnaby. »Wenn wir einfach das gestohlene Fahrrad beschreiben und angeben, wann es geklaut wurde und in welche Richtung derjenige vermutlich gefahren ist. Irgendwer muss ihn doch gesehen haben.«

»Wir könnten auch sagen, was er anhatte.«

»Um Gottes willen! Erstens wissen wir gar nicht, was er anhatte. Zweitens sollten wir jeden Hinweis auf Jackson vermeiden. Wenn wir ihn haben, will ich nicht, dass er wegen des Vorwurfs der Vorverurteilung wieder freikommt. Oder dass wir die Bürgerrechtsmeute am Hals haben.«

»Die Presse wird sich allerdings darauf stürzen. Das glaubt uns doch kein Mensch, dass wir uns bloß wegen eines gestohlenen Fahrrads an die Öffentlichkeit wenden.«

»Dann werden wir mauern. Wär nicht das erste Mal.«
Barnaby schob seine Notizen in eine Aktenmappe, nahm seine Jacke von der Stuhllehne und zog sie an. Troy hielt ihm die Tür auf, und der DCI verließ mit großen Schritten sein Büro. Der eigentliche Arbeitstag hatte begonnen.

An diesem Morgen erschien Hetty wie gewohnt um neun Uhr im alten Pfarrhaus, allerdings ohne Candy. Sie konnte den Hund inzwischen wieder ganz gut alleine lassen, und da Mrs. Lawrence nicht da war, hatte Hetty das Gefühl, sie sollte den Reverend zumindest um Erlaubnis fragen, ob sie Candy mit zur Arbeit bringen dürfte.

Sie ging durch die vordere Tür hinein und marschierte schnurstracks in die Küche. Dort stieß sie auf Jackson, der in einer fleckigen Jeans und einer ärmellosen Weste dasaß und sich eine Scheibe verbrannten Toast mit Marmite bestrich. Seine nackten Füße lagen auf dem Tisch. Von Lionel war nichts zu sehen.

Hetty drehte sich auf dem Absatz um und verließ das Haus postwendend wieder. Als sie über die Einfahrt zurückgehen wollte, bemerkte sie, dass sich am Fenster der Bibliothek etwas bewegte. Sie ging hinüber, stützte die Hände auf den Sims und schaute hinein. Wie sie später Pauline gegenüber beteuerte, hatte sie gar nicht die Absicht herumzuspionieren, und das entsprach vermutlich auch der Wahrheit. Ebenso wahr war, dass sie sich sehnlichst wünschte, sie wäre einfach weitergegangen.

Der Reverend stand über Mrs. Lawrences Schreibtisch gebeugt. Überall lagen Briefe verstreut. Während Hetty ihn beobachtete, riss er gerade einen weiteren Umschlag, der schon geöffnet gewesen war, auseinander, weil er offenbar nicht schnell genug an den Inhalt herankommen konnte. Eine Sekunde starrte er wütend auf das Blatt Papier, dann landete es bei den anderen auf dem Fußboden. Keuchend hielt er einen

Augenblick inne, dann begann er wie wild an einer kleinen Schublade im Schreibtischaufsatz zu zerren, die sich offenbar nicht öffnen ließ.

Hetty beobachtete die Szene verblüfft und schockiert zugleich. Das Gesicht des Reverend, das von Furcht und unverhohlener Gier verzerrt und ganz rot vor Anstrengung war, war kaum wieder zu erkennen. Er stemmte seinen Fuß gegen ein Bein des Schreibtischs und riss nun mit beiden Händen mit aller Gewalt an der Schublade. Hetty lief weg.

In dem Moment kam Jackson in die Bibliothek spaziert. Er lehnte sich an den Türpfosten. Seine dunkelblauen Augen funkelten vor Aufregung, ein freundliches Lächeln umspielte seine Lippen.

»Das kann man ja nicht mit ansehen, Lionel.«

Lionel, der mittlerweile vor Wut heulte, sah aus, als würde er gleich explodieren.

»Warte.« Jackson schlenderte zu Lionel hinüber und legte ihm beruhigend eine Hand auf den Arm. »Wenn du schon anderer Leute Eigentum aufbrechen musst ...«

»Das verstehst du nicht!«, brüllte Lionel.

Jackson drehte sein Gesicht von der säuerlichen Weinfahne und dem stinkenden ungewaschenen Körper weg. In diesen Dingen war er sehr empfindlich.

»Und hör auf zu brüllen. Sonst kommt gleich das halbe Dorf angerannt.«

»Für dich ist das ja alles gut und schön ...« Lionel versuchte mit wenig Erfolg, seine Stimme zu dämpfen. »Aber was soll aus mir werden? Wo soll ich hin?«

»Du weißt doch noch nicht mal, ob Mrs. L ein Testament gemacht hat.« Jacksons Griff lockerte sich ein wenig. »In dem Fall hast du doch als ihre legale bessere Hälfte gut lachen.«

Lionel stieß einen durchdringenden Schrei aus. »Ich hab geglaubt, ich wär hier sicher.«

»Hör auf«, sagte Jackson. Er klang ruhig und nicht unfreundlich, bloß ein bisschen genervt, wie ein Vater, der von den Wutanfällen seines geliebten Kindes die Nase voll hat. »Ich mach das.«

Lionel ließ die Schublade los und starrte ihn an. Jackson zog ein Messer aus seiner Jeans. Ein Klicken, und die kurze, schmale Klinge sprang blitzend heraus. Er schob sie hinter das Schloss, drehte einmal kräftig, und die Schublade sprang auf. Sie war voller Papiere.

Lionel riss sie an sich und fing an zu lesen. Jackson konnte im Briefkopf *Friend's Provident* erkennen, die beiden Worte durch eine blaue Rose getrennt. Nach wenigen Minuten hatte Lionel sämtliche Papiere durchgewühlt und sie ebenfalls auf die Erde geworfen.

»Das hat alles mit ihrem Treuhandvermögen zu tun.« Er war den Tränen nahe und rang nach Luft. »Damit war sie immer so knickrig, Jax. Ich wollte, dass sie eine kleine Wohnung kauft, um jungen Leuten, die sich bemühen, ein neues Leben anzufangen, für eine Zeitlang ein Zuhause zu geben. Leuten wie dir. Doch da war sie unerbittlich. Es gibt so viel Egoismus auf dieser Welt, so viel Geiz, findest du nicht?«

»Du solltest nicht so illoyal ihr gegenüber sein, Lionel. Ich habe Mrs. L immer für einen sehr aufrichtigen Menschen gehalten.« Das Testament war vermutlich bei ihrem Anwalt hinterlegt. Oder bei der Bank. »Ich glaube, du musst erst mal frühstücken. Dann geht's dir ein bisschen besser.«

»Ich hab keinen Hunger.«

»Außerdem solltest du dich ein bisschen frisch machen. Heute Morgen hat das Krankenhaus zwar mitgeteilt, es gebe ›keine Veränderung‹, aber bis Mittag konnte sich einiges geändert haben. Stell dir vor, du dürftest sie heute Nachmittag besuchen. Du kannst doch nicht so da hingehen. Komm mit.« Er nahm Lionels widerstandslose, feuchte Hand. »Jax macht dir jetzt eine schöne Scheibe Toast.«

»Du bist so gut zu mir.«

»Das hast du aber auch wirklich verdient, Lionel.«
»Du wirst nicht fortgehen?«
»Versuch doch mal, mich loszuwerden.«

Barnaby hatte um zehn einen Termin mit Richard Ainsley. Sie wurden sofort in sein Büro geführt und bekamen Tee angeboten, den Barnaby dankend ablehnte. Der Bankdirektor hatte dem Anlass ihres Zusammentreffens gemäß eine ernste Miene aufgesetzt.

»Eine ganz furchtbare Angelegenheit. Ich kann es immer noch kaum glauben.« Sein Kummer war offensichtlich echt, was durch seine nächsten Worte erklärt wurde. »Ich kenne die Familie seit dreißig Jahren. Ann, Mrs. Lawrence, war sieben, als ich anfing, die finanziellen Angelegenheiten ihres Vaters zu regeln.«

Das hatte Barnaby nicht gewusst, war jedoch sehr erfreut darüber. Man konnte nie wissen, was die Ermittlungsmaschinerie vorantreiben würde.

»Dann werden Sie sicher doppelt bereit sein, uns zu helfen, Sir.«

»Natürlich bin ich das. Aber wie ist so etwas möglich? So ein brutaler, ganz willkürlicher Überfall …«

»Wir wissen nicht genau, ob es reine Willkür war.«

»Oh.« Ainsleys Gesichtsausdruck veränderte sich. Wurde äußerst vorsichtig und ein wenig ängstlich. Er schniefte und starrte seine Besucher durchdringend an, als könnten sie immer noch von irgendwelchen geheimnisvollen Spuren des Verbrechens umgeben sein.

Diese Reaktion erlebten sie häufig, wenn sie Leute befragten. Barnaby lächelte ermutigend und sagte: »Ich kann Ihnen versichern, dass alles, was Sie uns mitteilen, absolut vertraulich behandelt wird.«

»Ah.« Richard Ainsley sah misstrauisch zu Troy, der neben der Tür saß, das Notizbuch diskret auf den Knien. »Nun ja …«

Barnaby hielt sich nicht lange mit Vorreden auf. »Wir haben Grund zu der Annahme, dass Mrs. Lawrence erpresst wurde.«

»Dann ist das ...«

»Ist was?«

Doch Ainsley zog sich wie eine Schnecke in ihr Haus zurück. »Sie müssen verstehen, Chief Inspector, die finanziellen Angelegenheiten meiner Kunden ...«

»Mrs. Lawrence wird gerade jetzt, wo wir hier sitzen, einer Notoperation unterzogen. Ein positives Ergebnis ist keineswegs sicher. Ich kann jetzt natürlich zu einem Richter gehen, mir die notwendigen Papiere besorgen und zurückkommen, um mir die Informationen zu holen, die Sie mir im Augenblick vorenthalten. Aber Zeit ist in diesem Fall von ausschlaggebender Bedeutung. Deshalb ersuche ich sie dringend, mit uns zu kooperieren.«

»Ja, das sehe ich ein. Oh – das ist alles so furchtbar.« Er rang die Hände, dann schlug er seinen Tischkalender auf und fing an zu sprechen.

»Ann ist am Samstagmorgen bei mir gewesen. Am zweiundzwanzigsten August. Sie wollte einen Kredit von fünftausend Pfund auf ihr Haus aufnehmen. Dagegen war natürlich nichts einzuwenden. Das alte Pfarrhaus ist eine Menge wert. Sie hat allerdings nur ein bescheidenes Einkommen, und ich machte mir Sorgen, ob sie die regelmäßigen Rückzahlungen aufbringen konnte. Als ich sie darauf ansprach, wurde sie fast hysterisch, was mich natürlich noch mehr beunruhigte. Außerdem hatte sie bereits tausend Pfund von ihrem Girokonto abgehoben.«

»Wann war das, Sir?«

Richard Ainsley hatte Sergeant Troy, der sich still Notizen machte, beinahe vergessen. Er sah erneut in seinen Kalender und antwortete: »Am Mittwoch, den neunzehnten.« Wieder an Barnaby gewandt sagte er: »Ich hatte mir das Datum notiert, falls die Sache während meines Gesprächs mit ihr angesprochen werden sollte.«

»Also waren es insgesamt sechstausend.«

»Das ist richtig. Und sie bestand beide Male auf Barauszahlung. Äußerst beunruhigend. Ich war gestern so erleichtert, als ich hörte, sie würde alles zurückbringen.«

»Was?«

»Sie hat am Morgen angerufen, so gegen halb elf.« Ainsley lächelte. Irgendwie machte es ihm Spaß, eine solche Bestürzung hervorzurufen, selbst unter diesen traurigen Umständen. Er war schließlich auch nur ein Mensch. »Ich sollte den Kredit löschen, und sie würde das Geld noch am gleichen Tag zurückbringen. Oh.«

Du hast allen Grund, »Oh« zu sagen, dachte Barnaby, während er beobachtete, wie der Schock langsam einsickerte.

»Hat die Person, die sie überfallen hat …?«

»Ich fürchte ja«, sagte der Chief Inspector. »Als Mrs. Lawrence ›alles‹ sagte, haben Sie das so verstanden, dass sie wirklich alles meinte oder nur die fünftausend?«

»Du meine Güte. Was für eine Situation. Wir werden es niemals zurückbekommen. Was wird der Vorstand sagen?«

»Mr. Ainsley?«

»Mm?«

»Fünf oder sechs?«

»Ich weiß es nicht. Oh, das ist furchtbar. Ganz furchtbar.«

Ökonomisch mit der Wahrheit umzugehen, war so lange ein wesentlicher Bestandteil von Louises Leben gewesen, dass ihr das schon seit Jahren nicht mehr bewusst war. Ein großer Teil ihres Arbeitstages bestand aus Lügen. Nicht, dass sie es so bezeichnet hätte. Denn wer in der Finanzwelt tat das schließlich nicht? Makler, Analysten, Finanzberater – sie alle waren bereit, das, was sie für den wahren Stand der Dinge hielten, zu verheimlichen oder falsch darzustellen, während sie sich

gleichzeitig bemühten, die Verfälschungen der anderen zu durchschauen. Deshalb hatte die jüngste kleine Unwahrheit, die sie am Telefon dem Empfang des Krankenhauses von Stoke Mandeville erzählt hatte, ihr keinerlei Probleme bereitet. Nun näherte sie sich dem Empfang und nannte ihren Namen.
»Mrs. Forbes?«
»Richtig. Ich habe vorhin angerufen.«
»Ach ja. Ihre Schwester liegt im dritten Stock. Fahren Sie mit dem Aufzug, und ich sage oben Bescheid, dass Sie kommen.« Die Empfangsdame, eine hübsche Asiatin, fügte hinzu: »Es tut mir ja so Leid. Dass etwas so Furchtbares passieren musste.«
»Danke.«
Eine Krankenschwester holte Louise ab, sagte so ziemlich das Gleiche und führte sie einen langen, stillen Flur entlang.
Ihre Schuhe quietschten auf dem gummiartigen Bodenbelag. Ganz am Ende öffnete sie eine Tür, und sie gingen hinein.
Louise erstarrte. Ihr Herz setzte einen Schlag aus und fing dann wie wild an zu hämmern. Aus unerfindlichen Gründen hatte sie plötzlich Angst. Ann lag reglos in einem schmalen Metallbett. Exakt in der Mitte des Bettes, wie Louise bemerkte. Auf jeder Seite ihrer schmalen Schultern war gleich viel Platz. So etwas konnte man nur machen, wenn sich jemand in einem Zustand tiefer Bewusstlosigkeit befand. Um das menschliche Bedürfnis nach Gleichgewicht und Ordnung zu befriedigen.
Der Raum war ganz in bläuliches Licht getaucht. Maschinen summten, und das ziemlich laut. Es gab mehrere Computerbildschirme. Auf einem war jene schimmernde grüne Linie zu sehen, die sich immer wieder steil auf und ab bewegt und den Zuschauern von Krankenhausserien nur zu vertraut ist.
Neben dem Bett stand ein einziger Stuhl, der mit seinem Tweedsitz und den röhrenförmigen Chromlehnen eher an ein

Büro erinnerte. Doch Louise setzte sich nicht. Sie stand starr am Fuß des Bettes. Für sie war keinerlei Lebenszeichen zu erkennen. Louise hatte noch nie einen Toten gesehen, nahm aber an, dass sie so ähnlich aussehen mussten. Anns Haut, oder zumindest das, was davon zu sehen war, hatte nicht den geringsten Hauch von Farbe. Kein Heben und Senken der Brust war zu beobachten, das straff gezogene Krankenhauslaken bewegte sich nicht. Eine Nadel in ihrem Arm war mit einer Flasche verbunden, die an einem Ständer hing. Ein Schlauch verschwand in ihrem Mund, ein anderer hing aus ihren Nasenlöchern.

Erschrocken wandte sich Louise der Schwester zu. »Sie atmet nicht.«

»Das tut das Atemgerät für sie. Haben Sie mit Dr. Miller gesprochen?«

»Nein.« Louise spürte, wie sich ihr Magen verkrampfte. »Hätte ich das tun sollen?«

»Bei der Computertomographie wurde leider ein Blutgerinnsel entdeckt. Wir werden sie im Laufe des Tages operieren.«

»Was für eine Chance hat sie …«

»Die allerbeste. Mrs. Lawrence ist in guten Händen.«

Louise schaute sich besorgt im Raum um. »Sollte nicht ständig jemand bei ihr sein?«

»Das ist auch der Fall – fast immer. Machen Sie sich keine Sorgen, sie wird ständig überwacht. Bei der geringsten Veränderung der Atmung, von Herzschlag, Puls oder Blutdruck geht sofort der Alarm los.«

Louise hatte Blumen aus dem Garten des Pfarrhauses mitgebracht. Sie hatte nicht um Erlaubnis gefragt, sondern war einfach mit ihrer Gartenschere hineingegangen und hatte einen großen Strauß von Anns Lieblingsblumen abgeschnitten. Malven, apricot – und cremefarbenen Fingerhut und die letzten, schon leicht schlaffen, pinkfarbenen Rosen mit ihrem starken moschusartigen Duft. Sie hatte keinen Blick zum Haus hinüber geworfen, und niemand war herausgekommen, um sie zu hindern.

Und als Louise anrief, um sich nach Ann zu erkundigen, hatte man ihr gesagt, dass nur nahe Verwandte sie besuchen dürften. Das bedeutete nur Lionel, ein Mann, der in seiner eigenen Welt lebte und wahrscheinlich gar nicht erst auf die Idee gekommen war, Blumen mitzubringen, geschweige denn die Lieblingsblumen seiner Frau.

Während sie nun auf ihre Freundin blickte, erkannte Louise, wie unsinnig und absurd ihre Idee gewesen war. Sie hatte überhaupt nicht begriffen, wie schwer verletzt Ann tatsächlich war, sondern sich vorgestellt, wie sie vielleicht sogar während ihres Besuchs wieder zu sich käme, die Blumen sah und die Krise überwunden hatte. Oder dass sie selbst bewusstlos den berauschenden Duft der Rosen, die sie immer so liebevoll gepflegt hatte, wahrnehmen und erkennen würde.

Wie *dumm* von mir! schalt sich Louise und setzte sich ans Bett. Sie griff nach Anns Hand und hätte sie beinahe wieder fallen gelassen. So kalt und leblos. Und doch war Ann noch da. Was immer es sein mochte, das verschwand, wenn ein Mensch starb – ihr eigentliches Wesen, ihre »Ann-heit«, wenn man so wollte, war immer noch da.

Louise hatte das Gefühl, etwas sagen zu müssen. Denn wer wusste schon, ob Ann es nicht doch hören würde. Sie überlegte sich verschiedene Sätze, doch alles klang so pathetisch. Der Tod war nur einen Atemzug entfernt, und ihr fielen nur Banalitäten ein, wie man sie jeden Tag in den Seifenopern im Fernsehen hören konnte. »Ich bin hier, Ann, ich, Louise. Kannst du mich hören? Wir denken alle an dich. Alle sind ganz traurig und schicken dir viele Grüße. Es wird alles wieder gut.« (Letzteres sicher ein klassischer Fall von äußerst unrealistischem Optimismus.)

Am Ende sagte Louise gar nichts. Sie küsste Ann nur auf

die Wange, drückte sanft ihre Hand und versuchte sich nicht vorzustellen, was sich unter den Verbänden befand.

Jax hatte das getan. Das war eine Tatsache. Sie hatte ihn abhauen sehen. Das heißt, mit dem Rad davonrasen. Aber Val hatte gesagt, das wäre unmöglich. Dass er mit Jax zusammengewesen wäre, als sich das Verbrechen ereignete. Es konnte nicht wahr sein. Er würde doch wohl nicht lügen, um diesen Mann zu decken – zumindest nicht bei etwas so Furchtbarem?

War es möglich, dass sie sich geirrt hatte? Louise schloss die Augen und vergegenwärtigte sich noch einmal den Moment, als sie gerade die Autotür hatte öffnen wollen, sah noch einmal die dunkle Gestalt herannahen und an ihr vorbeischießen. Es war alles mit einer blitzartigen Geschwindigkeit geschehen. Trotzdem war sie sich so sicher gewesen.

Vielleicht lag es daran, dass sie gerade an Jax gedacht hatte. Das war ziemlich wahrscheinlich. Derzeit schien sie kaum an etwas anderes zu denken. Konnte es sein, dass sich in ihrer Phantasie sein Gesicht und das des vorbeirasenden Radfahrers überlagert hatten? Das Gehirn kann einem Streiche spielen, einen täuschen und betrügen. Wir alle glauben das, was wir glauben wollen.

Die pneumatisch dicht schließende Tür wurde mit einem Zischen aufgestoßen. Eine entschuldigend lächelnde Krankenschwester erklärte, sie müssten sich jetzt um Mrs. Lawrence kümmern.

Louise entfernte sich einige Schritte vom Bett und zeigte auf ihre Blumen. »Könnte bitte jemand ...«

»Wir werden sie ins Wasser stellen, keine Sorge.« Dann fügte sie ziemlich verlegen hinzu: »Wir haben Mr. Lawrence über den Zustand seiner Frau informiert. Ich frag mich, ob zwischen den beiden vielleicht ... irgendwas ... nicht stimmt?«

»Wie bitte?« Louise wirkte vollkommen verblüfft.

»Aus irgendeinem Grund hat er sie bisher noch nicht besucht. Nicht mal angerufen.«

Als sie auf dem Weg nach Ferne Basset wieder durch Causton fuhr, spürte Louise, dass sie noch nicht zurück nach Hause konnte. Sie fühlte sich nicht in der Lage, so kurz nachdem sie Ann gesehen hatte, Val gegenüberzutreten. Sie würde es nicht schaffen, ihre falsche Miene aufzusetzen und Sorge um die Zukunft jener Kreatur auszudrücken, die ihrer beider Leben zerstörte. Und sie bezweifelte auch, dass es ihr gelingen würde, ihren Zorn über das Verhalten von Lionel Lawrence zu verbergen.

Da es gerade ein Uhr war, beschloss sie, in der Stadt zu Mittag zu essen. Instinktiv mied sie das Parkhaus und stellte ihren gelben Seicento in einer Seitenstraße ab, obwohl sie dort einen Strafzettel riskierte.

In Causton gab es nur zwei Cafés. Eins davon, Minnie's Pantry, war unerträglich spießig. Das andere, das Soft Shoe, war ziemlich schmuddelig. Louise entschied sich deshalb für den Spread Eagle, der im *Good Pub Guide* stand und wo es recht gutes Essen gab. Da heute kein Markt war, waren in der Lounge nur die Hälfte der Tische besetzt.

Es gab Zeitungen an hölzernen Haltern, und sie versuchte den Kulturteil des *Guardian* zu lesen, während sie ein Guinness trank und auf eine Fleisch-und-Nierenpastete mit geschmortem Kohl und Kartoffelkroketten wartete. Es fiel ihr schwer, sich auf die Musik- und Theaterrezensionen zu konzentrieren. Diese Welt, die bis vor kurzem einen wichtigen Teil ihres Lebens ausgemacht hatte, schien ihr jetzt so fern wie der Mars.

Ein tragbarer Fernseher von Sony war über dem anderen Ende der Bar angebracht. Er war ziemlich leise eingestellt. Als die Lokalnachrichten anfingen, legte Louise ihre Zeitung hin, nahm ihr Bier und ging hinüber, um zuzuhören. Eine Frau in Zivil, die als Polizeisprecherin bezeichnet wurde, bat gerade die Zuschauer um Informationen bezüglich eines Vorfalls in Causton am gestrigen Tag. Gegen drei Uhr war in der Denton Street ein Peugeot-Fahrrad gestohlen worden. Der Täter war vermutlich Richtung Great Missenden gefahren. Möglicherweise hing der Diebstahl mit einem schwereren Delikt zusammen. Es wurde eine Telefonnummer genannt. Louise schrieb sie auf.

Die Reaktion auf den Appell in den Fernsehnachrichten erfolgte erstaunlich schnell. Um halb drei, als Barnaby und Sergeant Troy aus der Kantine in den Ermittlungsraum zurückkehrten, waren bereits mehrere Anrufe eingegangen. In schwelgerischer Erinnerung an das kalorienreiche Mahl vom vergangenen Abend hatte der DCI nur sehr wenig gegessen, folglich hatte er einen klaren Kopf und war voller Energie.

In bester Laune setzte sich Barnaby an seinen Schreibtisch. Seine gute Stimmung war teilweise auf die Bestätigung (zumindest in seinen Augen) zurückzuführen, dass Ann Lawrence eindeutig erpresst worden und mindestens einmal bereit gewesen war zu zahlen, möglicherweise sogar zweimal. Mit großer Wahrscheinlichkeit hatte sie den Kredit doch wohl aufgenommen, um eine zweite Forderung zu erfüllen.

Barnaby erinnerte sich an das kurze Telefongespräch, das er erst am Montag mit ihr geführt hatte. Sie hatte ganz gelassen geklungen, sogar fröhlich. Hatte gesagt, sie würde sich darauf freuen, mit ihm zu reden. Das, zusammen mit ihrer Absicht, das Geld zurückzugeben, ließ vermuten, dass sie zu dem Entschluss gekommen war, nicht zu zahlen. Und dass sie außerdem vorgehabt hatte, der Polizei zu sagen, was genau passiert war.

Barnaby murmelte erneut etwas über die Launen des Schicksals vor sich hin, während er beobachtete, wie Sergeant Troy mit einem Stapel Papiere in der Hand durch den Ermittlungsraum auf ihn zukam. Sein Gesichtsausdruck war irgendwie verhalten.

»Wie hätten Sie's denn gern, Sir? Erst die gute oder erst die schlechte Nachricht?«

»Lassen Sie diese dummen Spielchen«, blaffte Barnaby ihn an. »Ich hab keine Lust auf Sprüche, die ich schon tausendmal gehört habe und die mir schon beim ersten Mal nicht gefallen haben.«

»Okay. Die gute ...« Er wurde von einem wütenden Knurren unterbrochen. »'Tschuldigung. Wir hatten neun Anrufe. Alle glaubhaft, würd ich sagen, da die Beschreibungen des Radfahrers kaum variieren. Wir haben ihn sogar auf Film ...«

»Auf Film?« Barnaby schlug vor Aufregung mit der Faust auf den Schreibtisch. »Dann haben wir ihn!«

»Top Gear, der Herrenmodeladen neben dem Soft Shoe Café, hat zwei bewegliche Überwachungskameras. Eine erfasst das Innere des Ladens, die andere die Tür und ein kleines Stück Bürgersteig. Unser Mann wurde erwischt, als er gerade das Rad auf die Straße schob und losfuhr.« Troy blätterte die letzte Seite um und legte die Papiere auf den Schreibtisch. »Sie bringen uns den Film vorbei.«

»Bei so einer guten Nachricht, was kann's denn da noch für eine schlechte geben?«, fragte Barnaby.

»Der Mann trug einen kleinen Rucksack und war von Kopf bis Fuß schwarz gekleidet. Handschuhe, Mütze, Hose, alles.« Troy beobachtete, wie der Chef das aufnahm. Wie er sich entgeistert in seinem Stuhl zurücklehnte. Aber wer wäre das nicht?

»Also war das Zeug, das Jackson aus der Waschmaschine genommen hat ...«

»An dem das Labor«, Barnaby griff nach dem Telefon und tippte wütend Zahlen ein, »schon fast seit vierundzwanzig Stunden arbeitet.«

»... vollkommen irrelevant.« Troy beobachtete seinen Chef mit einem gewissen Mitgefühl. »Warum hat er dann das Theater mit der Waschmaschine veranstaltet? Warum nicht einfach was aus dem Kleiderschrank genommen?«

»Fand er wohl lustig. Hat gehofft, dass wir denken würden,

hey, die Sachen sind aber schnell gewaschen worden. Das muss eine schuldige Jeans sein. Und ein schuldiges T-Shirt.«

Was wir prompt getan haben, erinnerte sich Sergeant Troy. Im Stillen. »Cleverer Schweinehund.«

»Jackson ist nicht clever.« Es war fast ein Aufschrei. Köpfe drehten sich, Tastaturen hörten auf zu klappern, Telefonanrufe wurden in die Warteschlange gelegt. Barnaby versuchte, die geballt auf ihn gerichtete Aufmerksamkeit mit einer unwirschen Handbewegung zu zerstreuen. »Er ist durchtrieben«, sagte der Chief Inspector etwas leiser. »Er ist bösartig, verlogen und grausam. Aber er ist *nicht* clever.«

»In Ordnung, Sir.«

»Niemand, der zwölf von seinen sechsundzwanzig Jahren vor Jugendgerichten, in Untersuchungsgefängnissen, in Besserungsanstalten und richtigen Gefängnissen verbracht hat, ist clever. Merken Sie sich das.«

»In Ordnung«, sagte Troy erneut, diesmal mit mehr Überzeugung.

»Hallo Jim«, sagte Barnaby in den Telefonhörer. »Also, es tut mir Leid, aber das Material, das wir gestern im Fall Leathers geschickt haben …«

Einen Tag, nachdem Ann Lawrence überfallen worden war, befand sich Ferne Basset in heller Aufregung. Und dafür gab es einen guten Grund. Gestern war nämlich am frühen Abend ein Fremder in einem dunkelblauen Escort aufgetaucht, hatte am Rand des Dorfangers geparkt und in seinem Auto Zeitung gelesen. Höchst verdächtig, milde ausgedrückt. Als es dunkel wurde, war er immer noch da.

Am Morgen stellte man erleichtert, wenn auch zugegebenermaßen mit einer gewissen Enttäuschung fest, dass das Auto anscheinend verschwunden war. Dann wurde es ein Stück weiter, in der Nähe der Kirche entdeckt. Diesmal trank der Insasse aus einer Thermosflasche und rauchte. Etwas später stieg er dann aus und ging ein wenig herum. Dabei grüßte er niemanden, und auf höfliche Bemerkungen der Dorfbewohner reagierte er nur mit einem kurzen Nicken.

Der Begriff Nachbarschaftsüberwachung hätte eigens für Ferne Basset erfunden worden sein können, und so dauerte es nicht lange, bis man sich in Brian's Emporium, dem Supermarkt, allgemein darüber einig war, dass der Neuankömmling das Geschäft beobachtete. Trotz aller einfallsreichen und teuren Vorsichtsmaßnahmen waren nämlich Einbrüche in der Gegend häufig und meist erfolgreich. Sofort fasste man den Entschluss, den örtlichen Bobby zu benachrichtigen.

PC Colin Perrots Streife umfasste vier Dörfer. Doch mit diesem einen hatte er mehr Ärger als mit allen anderen zusammen, und der kam immer von den, wie Colin es nannte, »besseren Leuten«. Diese Typen waren nicht bereit, auch nur die geringste Abweichung von dem zu akzeptieren, was sie als gesellschaftlich akzeptable Norm betrachteten. Einmal war er spät in der Nacht gerufen worden, weil jemand angeblich ein Rockkonzert veranstaltete. War neun Meilen bei strömendem Regen gefahren, bloß um festzustellen, dass die Musik, die aus einem der Sozialbauten schallte, nur halb so laut war wie das, was er allabendlich durch die Wände seines Wohnzimmers hörte.

»Die wissen noch nicht mal, dass sie leben«, murmelte Colin in sich hinein, während er tuckernd zum Stehen kam und seine BMW auf den Seitenständer stellte. Dann ging er in den Laden, hörte, was man ihm zu sagen hatte, kam wieder heraus und ging zu dem parkenden Auto. Sämtliche Kunden und das Personal verließen den Laden und beobachteten vom Vorplatz aus, wie PC Perrot an das Fenster klopfte, das sofort heruntergekurbelt wurde.

»Was ist denn da los?«, fragte Brigadegeneral Dampier-Jeans, der Vorsitzende des Gemeinderats, als der Polizist zurückkehrte.

»Amtliche Verfügung«, antwortete Perrot. »Hat irgendwas mit Landvermessung zu tun.«

»Kann ja jeder erzählen«, sagte der Brigadegeneral. »Sie haben sich doch wohl hoffentlich seine Papiere angesehen?«

»Selbstverständlich!«, antwortete Perrot leicht eingeschnappt. Er mochte es nicht, wenn man ihm sagte, wie er seine Arbeit zu tun hatte. »Er hat die entsprechende Genehmigung.«

»Warum steigt der Mann dann nicht aus und fängt an zu vermessen, statt wie ein Ölgötze im Auto zu sitzen?«

»Die müssen immer zu zweit sein«, erklärte PC Perrot. »Der andere hat sich verspätet.«

Während er redete, hatte er sein Motorrad wieder gerade gestellt und war aufgestiegen. Dann trat er den Kickstarter herunter und donnerte los, bevor die Leute ihn noch weiter vollquatschen konnten. Während er über die Landstraße brauste, fragte sich Perrot, ob der Polizist in dem Escort wohl Glück haben und der Typ in dem großen Haus versuchen würde abzuhauen. Gleichzeitig dankte er seinem Schicksal, dass er nicht selber bis zum Sankt-Nimmerleins-Tag dort auf dem Rasen stehen musste.

Etwas später am gleichen Nachmittag machte Hetty einen Besuch im Mulberry Cottage, aber nur kurz, weil sie Candy, die fest in ihrem Körbchen schlief, allein gelassen hatte. Während sie nun eine Tasse merkwürdigen Tees trank, der die Farbe von blassem Stroh hatte, aber nicht unangenehm schmeckte, nahm sie ein zweites Stück von dem mit Zuckerguss überzogenen Pfefferkuchen.

»Ich hab gehört«, sagte Hetty, »dass er irgendwas mit Landwirtschaft zu tun hat.«

»Das glaube ich nicht, meine Liebe. Meines Wissens geht's um Landvermessung. Höhenlinien und so.«

Und damit war das Thema, was es mit dem Mann in dem Auto auf sich hatte, erschöpft, und sie kehrten zu dem zurück, womit sie angefangen hatten. Etwas, das viel interessanter und ganz bestimmt viel beunruhigender war als die Aufgabe des Fremden: Was war denn nur im alten Pfarrhaus los?

»Ich wollte meinen Augen nicht trauen«, sagte Hetty. Das hatte sie schon einmal gesagt, aber der Anblick, dem ihre Augen nicht hatten trauen wollen, war so ungeheuerlich gewesen, dass Evadne keine Sekunde an ihren Worten zweifelte. »Die Füße auf dem Küchentisch. Und die arme Mrs. Lawrence, die sich immer geweigert hat, ihn im Haus zu haben, ringt mit dem Tod.«

»Unglaublich«, sagte Evadne, die wirklich erschüttert war. »Was denkt sich Lionel nur dabei?«

»Irgendwas muss zwischen den beiden vorgefallen sein«, sagte Hetty. »Sie hat ihm noch nicht mal sein Essen gebracht, bevor sie nach Causton gefahren ist. Das ist noch nie passiert. Er hatte sich in seinem Arbeitszimmer eingeigelt. Sie ist einfach losgefahren und hat ihn sich selbst überlassen.«

»Sie müssen sich gestritten haben.«

»Hoffentlich.«

»Hetty!«

»Wurde langsam Zeit, dass Mrs. Lawrence ihm die Meinung sagt. Er hat sich all die Jahre als Herr im Haus aufgespielt. Außerdem – das muss aber unter uns bleiben – ist das alles ihr Geld. Er ist doch nur ein Schmarotzer.«

Evadne nickte. Ganz Ferne Basset wusste, dass es Anns Geld war.

»Und als ich gegangen bin, hat er gerade wie ein Irrer in den Papieren auf ihrem Schreibtisch gewühlt. Briefumschläge aufgerissen und herumgeschmissen. Er war rot im Gesicht wie ein Truthahn. Ich sag dir, der Mann steht kurz vor einem Schlaganfall.«

Darauf fragte Evadne, ob Hetty heute schon im Krankenhaus angerufen hätte.

»Heute Morgen. ›Keine Veränderung‹ haben sie gesagt, aber

wenn man keine nahe Verwandte ist, sagen die einem nicht immer die Wahrheit. Ich hab ihnen erklärt, ich steh ihr so nah, wie sonst niemand auf der Welt. Aber das hat nichts genützt.« Hettys Mund verzog sich und fing an zu zittern. »Als sie klein war, ist sie oft zu mir in die Küche gekommen. Ich hab ihr beigebracht, wie man Plätzchen backt. Sie hat nie die Förmchen benutzt. Wollte immer eigene Sachen machen. Blumen, Katzen, sogar kleine Häuschen. Ich hab damals geglaubt, sie würde bestimmt mal Künstlerin werden, wenn sie groß ist.«

Evadne ging zu ihrer Freundin hinüber und legte den Arm um ihre bebenden Schultern.

»Wie kann ein Mensch nur so grausam sein?«, schluchzte Hetty auf.

Evadne wiegte Hetty einen Augenblick lang hin und her.

»Hetty, möchtest du nicht ein Gebet für sie sprechen?«

»Was?«

»Es könnte vielleicht helfen.«

Hetty schien zu zweifeln. Kein Wunder, dachte Evadne. Ihr Leben war kaum so verlaufen, dass sie Grund hatte, dankbar zu sein.

»Nun ja ... wenn du meinst.« Hetty machte unbeholfen Anstalten aufzustehen, doch Evadne drückte sie sanft wieder auf ihren Stuhl.

»Nein, nein. Es ist nicht nötig, sich hinzuknien. Das spielt für Gott keine Rolle. Das Einzige, was zählt, ist ein aufrichtiges Herz.«

»Ich weiß nicht, was ich sagen soll.«

»Du brauchst nichts zu sagen. Stell dir bloß Ann umgeben von göttlichem Licht vor. Und halt daran fest.«

Evadne fing leise an zu beten. Hetty versuchte, sich Ann umgeben von göttlichem Licht vorzustellen. Es gelang ihr, sich eine Art Heiligenschein auszumalen, wie sie ihn vor vielen Jahren in der Sonntagsschule auf den Bibelillustrationen gesehen hatte. Was die Helligkeit betraf, so konnte sie sich nichts Leuchtenderes vorstellen als das Halogenlicht im Garten des alten Pfarrhauses. Und das schien ihr auch irgendwie angemessen.

Sechs helle Häufchen Fell saßen oder lagen vollkommen still überall im Zimmer verteilt. Nicht mal ein Kratzen oder Gähnen war zu hören. Evadnes Pekinesen waren an Augenblicke wie diesen gewöhnt und wussten genau, was von ihnen erwartet wurde.

Um halb sieben an jenem Abend hatte sich Barnaby bereits seit fast zwei Stunden in seinem Arbeitszimmer eingeigelt. Im Ermittlungsraum schien es immer laut und hektisch zu sein, selbst wenn eigentlich nicht viel passierte, und er brauchte ein bisschen Einsamkeit, um in Ruhe nachzudenken. Sergeant Troy kam ab und zu mit neuen Informationen herein und gelegentlich auch mit einem Tässchen starken Kaffee.

Vor einer halben Stunde hatte er einen äußerst zufriedenstellenden Laborbericht über den Humber der Lawrences vorbeigebracht. Eine winzige Faser glänzenden schwarzen Acetats hatte sich in dem abgenutzten Stück Teppich, mit dem der Kofferraum ausgelegt war, verfangen. Außerdem hatte man einige Bröckchen Schotter gefunden, die mit etwas Weißem überzogen waren, das sich bei näherer Untersuchung als Gartenkalk erwies. Das war zwar an sich nicht weiter bemerkenswert, da Ann Lawrence sicher häufig so etwas vom Garten-Center nach Hause transportiert hatte. Aber wenn es genau mit Schotterstückchen in den Schuhen des Radfahrers übereinstimmte, dann hatten sie wirklich etwas in der Hand.

Das Problem war nur, sie hatten die Schuhe des Radfahrers nicht. Oder seine Klamotten. Oder sein Fahrrad. Die Suche danach war bisher ergebnislos gewesen. Doch aufgrund des Zeitfaktors musste es irgendwo in der Nähe des Dorfes abgestellt worden sein.

Sobald die ersten Meldungen über eine schwarz gekleidete

Gestalt hereingekommen waren, waren zwei Beamte zu Jacksons Wohnung geschickt worden, um nach den Kleidungsstücken und nach Ann Lawrences Handtasche zu suchen. Sie hatten beides nicht gefunden. Das bedeutete, dass er entweder Sachen zum Umziehen mitgenommen hatte – daher der Rucksack – oder sie dort versteckt hatte, wo er das Fahrrad abstellen wollte. Und die Handtasche konnte doch auch nicht einfach verschwunden sein. Kurz nachdem die Männer gegangen waren, rief Lionel Lawrence bei der Polizei an und beschwerte sich in recht wirren Worten über wiederholte Belästigung.

Nachdem er sich die Fortschritte und Rückschläge des Falls soweit noch einmal vor Augen geführt hatte, war der Chief Inspector ganz dankbar für die Ablenkung, als die Tür aufging und sein Handlanger diesmal mit einem dampfenden Becher starken Tees und einer Packung Kekse erschien. Zum Glück waren es Rich-Tea-Kekse, ein ziemlich fades Gebäck. Absolut nicht üppig, wie es der Name nahelegen wollte.

»Sie wissen doch, dass ich auf meine Kalorien achte, Sergeant.«

»Ja, Chef. Aber Sie hatten doch bloß einen Salat zum Mittagessen. Ich dachte …«

Barnaby lehnte die Packung mit würdevoller Geste ab und fragte, ob es etwas Neues gäbe.

»Der Bericht von unserem Mann in Ferne Basset ist da. Anscheinend hat Jackson immer noch nicht die Nase aus dem Haus gesteckt. DS Bennet hat jetzt die Schicht übernommen. Was glauben Sie, wieviel Zeit die Ihnen noch geben?«

»Ergebnisse innerhalb von sechsunddreißig Stunden, sonst ist Schluss. Spätestens.«

»Glauben Sie, dass Jackson ihn entdeckt hat?«

»Was, durch die Wände des Pfarrhauses?«

»Diesem Widerling trau ich alles zu. Ach übrigens, der Film von dem Top-Gear-Laden ist angekommen.«

»Warum sagen Sie das denn nicht?«

»Ich hab's doch gerade gesagt.«

Sergeant Troy drückte sich flach gegen den Türrahmen, als Barnaby, den Becher in der Hand, aus dem Zimmer eilte. Es gab keinen Grund, sich so aufzuregen. Troy brachte es allerdings nicht übers Herz, ihn darauf hinzuweisen. Sie hatten den Film unten bereits einmal durchlaufen lassen, damit es keine Pannen gab, wenn der Boß ihn sich ansah, und festgestellt, dass er ziemlich nutzlos war. Man brauchte nur kurz zu blinzeln, und schon hatte man den Kerl verpasst.

»Dann mal los.« Barnaby saß ungeduldig da, die Hände auf die Knie gestützt, und starrte auf den Bildschirm. Der Film begann. Graublaue Gestalten, mit Tüten beladen oder Einkaufswagen schiebend, schlurften apathisch den Bürgersteig entlang, zwei Mädchen gingen Arm in Arm kichernd vorbei. Ein kleines Kind wurde auf den Schultern seines Vaters getragen. Niemand schien die Kamera zu bemerken. Etwas Dunkles huschte über den Bildschirm.

»Was war das?«, fragte Barhaby.

»Unser Mann«, sagte Troy.

»Scheiße.« Der Chief Inspector ließ die Schultern sinken. »Na schön, spulen Sie zurück und halten sie den Film dort an.«

Sie betrachteten die schlanke Gestalt, die den Lenker des gestohlenen Rads umklammert hielt. Das Rad stand halb auf dem Bürgersteig und halb auf der Straße, als der Mann sich anschickte, auf den Sattel zu springen. Selbst im Standbild und nur von hinten gesehen, war die enorme Muskelkraft unverkennbar.

»Gleiche Größe wie Jackson, gleiche Figur«, sagte Inspector Carter.

»Natürlich ist es die gleiche Größe und die gleiche Figur!« Barnaby stieß verärgert seinen Stuhl zurück. »Das ist der verdammte Kerl!«

»Sollen wir das Bild vergrößern lassen, Chef?«, fragte Sergeant Brierley.

»Gut, aber ich glaube nicht, dass es was bringt.«

»Wenn er doch nur in die andere Richtung geschaut hätte«, sagte DS Griggs und fügte hinzu: »Dieser Schweinehund hat ein teuflisches Glück.«

»Das verbraucht sich früher oder später«, sagte Barnaby. »Bei jedem. Selbst beim Teufel persönlich.«

Louise hatte den Besuch im Krankenhaus gegenüber ihrem Bruder nicht erwähnt. Eigentlich hatte sie nicht vorgehabt, es ihm zu verschweigen, doch dann fiel ihr ein, wie wütend er bei ihrem letzten Gespräch über den Überfall auf Ann reagiert hatte, wie er sich in wüsten Beschimpfungen über die Polizei ergangen hatte, weil diese Jax ständig drangsaliere. Nun war der Zeitpunkt, wo sie den Besuch ganz natürlich ins Gespräch hätte einfließen lassen können – sie war seit acht Stunden wieder zu Hause –, längst vorbei.

Auf den Aufruf in den Mittagsnachrichten hatte sie sich jedoch gemeldet. Sie hatte die angegebene Nummer aus einer Telefonzelle vor dem Postamt am Marktplatz angerufen und den Radfahrer beschrieben, ohne zu sagen, dass sie ihn erkannt hatte. Das hatte sie nicht über sich gebracht, noch nicht mal anonym. Und da sie nicht bereit war, einen Schritt weiterzugehen und ihn persönlich zu identifizieren – zum Teil aus Angst um ihre eigene Sicherheit, doch hauptsächlich weil sie Val damit verletzen würde –, wäre ein solcher Hinweis sinnlos gewesen. Im Grunde schämte sie sich dafür. Die Erinnerung an ihren Besuch auf der Intensivstation war frisch und schmerzlich, und Louise war klar: Wenn Ann sterben sollte, dann würde sie sagen, was sie wusste, egal was es kostete. Aber natürlich wünschte sie sich sehnlichst, dass Ann wieder gesund werden würde und der Polizei selber sagen konnte, wer sie überfallen hatte.

Bei diesen Überlegungen erfasste sie der beklemmende Gedanke, ob Jax nicht zum Krankenhaus gehen und dafür sorgen konnte, dass Ann nicht wieder zu sich kam. Nichts schien ihn aufhalten zu können. Kein Wachposten vor der Tür, niemand vom Krankenhauspersonal im Zimmer. Die Schwester hatte gut reden, wenn sie meinte, dass praktisch immer jemand da war. Es war doch nur ein kurzer Augenblick nötig, in dem gerade niemand da war, um die lebenswichtigen Stöpsel herauszureißen, und schon wäre Ann hilflos dem Tod ausgeliefert. Und da die Polizei sie vermutlich für das Opfer eines willkürlichen Überfalls hielt, würde man keine Notwendigkeit sehen, sie zu schützen. Louise schalt sich, sie sei melodramatisch, hatte zu viele Filme gesehen – eine Szene aus dem *Paten* kam ihr in den Sinn –, doch die Vorstellung wollte nicht verschwinden.

Sie rief im Krankenhaus an. Das hatte sie ohnehin vorgehabt, um sich zu erkundigen, wie die Operation verlaufen war. Doch auch das konnte sie nicht wirklich beruhigen. Die Operation war gut verlaufen. Mrs. Lawrence war noch nicht aus der Narkose erwacht. Besucher waren keine dagewesen.

Ein plötzlicher Luftzug sagte ihr mehr, als jedes Geräusch es hätte tun können, dass die Haustür geöffnet und wieder geschlossen worden war. Ihr Bruder kam mit langsamen Schritten ins Zimmer, nickte ihr schweigend zu und ließ sich in einen Sessel aus dunkelrotem Samt fallen, der wie eine große Muschel geformt war.

Louise war mittlerweile daran gewöhnt, dass er mit einem Ausdruck aus Freude und Schmerz aus der Garagenwohnung zurückkehrte und sich bewegte, als wäre die Hälfte seiner Knochen durch die Mangel gedreht worden. Es war eine Erleichterung festzustellen, dass er ziemlich normal aussah. Oder so normal, wie er derzeit eben aussah.

»Wie steht's denn da drüben?«

»Jax ist vorübergehend ins Pfarrhaus gezogen.« Die Enttäuschung war groß gewesen. Er hatte den Jungen noch nicht einmal berühren können. »Er kümmert sich um Lionel.«

Louise wurde von einer bösen Vorahnung ergriffen. Sie wusste, dass sie an dieser Stelle aufhören, einfach »Wie nett« sagen und nicht weiter nachhaken sollte. Aber eine furchtbare Neugier bemächtigte sich ihrer. Sie musste einfach wissen, weshalb Lionel seine Frau nicht besucht, ja sich noch nicht einmal mit dem Krankenhaus in Verbindung gesetzt hatte.

»Er muss ziemlich mitgenommen sein. Lionel, meine ich.«

»Völlig fertig, der arme Kerl. Er weiß nicht, wo vorn und hinten ist.«

»Ist er bei ihr gewesen?«

»Oh, ja. Sie sind heute morgen hingefahren.«

»*Sie?*«

»Was meinst du damit?«

»Entschuldige. Ich dachte nur ... wo es Ann so ... normalerweise immer nur ein Besucher ...«

Während ihre Zunge sich mit den Worten abmühte, begann Louises Herz ein wenig schneller zu schlagen. Indem sie eine Frage stellte, auf die sie die Antwort bereits kannte, hatte sie den Schritt von Offenheit zu Verstellung getan. Sie starrte ihren Bruder bestürzt an. Diese Art Spiele hatten sie noch nie gespielt. Er starrte zurück, zunächst fragend und dann zunehmend misstrauisch.

»Irgendwer muss Lionel schließlich fahren. Das hab ich mit ›sie‹ gemeint.«

»Ach so. Tut mir Leid. Ich hab nicht nachgedacht.«

»Was soll das Ganze?«

»Nichts. Über irgendwas muss man ja schließlich reden.«

»Da steckt doch mehr dahinter.« Gleich würde er wütend werden. Louise überlegte, wie sie sich am besten aus dieser Situation herauswinden könnte. Vielleicht sollte sie sagen, sie wäre müde und wollte ins Bett, und er würde einfach mit den Achseln zucken, und die Sache wäre erledigt. Mit dem alten

Val wäre das kein Problem gewesen. Aber dieser neue, dünnhäutige Val war so impulsiv, schlug bei jeder tatsächlichen oder eingebildeten Kränkung blindwütig zu. Und in diesem Fall hatte er Recht. Sie war nicht ehrlich zu ihm, und das Misstrauen war berechtigt. Wäre es nicht besser, ihm einfach die Wahrheit zu sagen?

»Ich bin heute bei Ann gewesen.«
»Was?«
»Gegen Mittag.«
»Warum hast du mir nichts davon gesagt?«
»Ich konnte nicht. Es war so furchtbar, Val. Lauter Maschinen und Infusionsschläuche ... und die arme Ann lag da wie tot.«
»O Gott, Lou.«
»Sie stirbt, das weiß ich.« Louise brach in Tränen aus. Val kletterte aus dem Sessel und legte die Arme um sie, wie er es getan hatte, als sie noch ein kleines Mädchen war. Einen Augenblick gab sich Louise der tröstlichen Illusion hin, dass alles wieder so war, wie es sein sollte. Doch dann trieb sie das Verlangen nach Aufrichtigkeit, der Wunsch, dass es zwischen ihnen keine Geheimnisse geben sollte, dazu weiterzureden.

»Die haben mir gesagt ...« Sie weinte so heftig, dass sie kaum sprechen konnte. »Er hat sie kein einziges Mal besucht ...«
»Wer?«
»Lionel.«
»Das ist doch lächerlich.«
»Er hat noch nicht mal angerufen.«
»Du hast mit der falschen Person geredet. In diesen großen Krankenhäusern sitzt ständig jemand anders am Empfang.«
»Es war die Schwester in der Intensivstation.«

In dem Moment zog sich Val zurück. Zuerst körperlich. Das warme muskulöse Fleisch seiner Arme verhärtete sich so sehr, bis Louise das Gefühl hatte, sie würde von zwei gebogenen Holzbrettern umarmt. Dann entzog er sich auch emotional.

»Ich dachte, du hättest damit aufgehört.« Vals Stimme klang kalt. Er stand auf und kehrte ihr den Rücken.
»Val – geh nicht!«
»Ich dachte, du hättest dich geändert. Hättest angefangen zu verstehen.«
»Das tue ich doch«, rief Louise verzweifelt.
»Gerade hast du ihn einen Lügner genannt.« Er sah sie mit unbeschreiblicher Distanziertheit an, aber nicht völlig ohne Mitgefühl. »Ich habe Jax angeboten, hier zu wohnen, Louise. Ob du auszieht oder nicht, du musst es einfach akzeptieren.«
»Wie kann ich etwas akzeptieren, das dich so unglücklich macht?«
»Hier geht es nicht um Glücklichsein. Hier geht es darum, froh zu sein, dass man lebt.«

Nachdem seine Schwester ins Bett gegangen war und sich in den Schlaf geweint hatte, saß Val eine Zeit lang in seinem Zimmer am Fenster und starrte auf die große Zeder in der Einfahrt des gegenüberliegenden Hauses. Louise hatte so heftig und so ausdauernd geweint, dass er schon befürchtet hatte, sie würde krank davon werden. Dennoch ging er nicht zu ihr, denn er war nicht in der Lage, die Worte zu sagen, die sie hören wollte, und wusste, dass seine Gegenwart sie nur noch mehr quälen würde.

Seine Bemerkung, dass es darum ging, froh zu sein, dass man lebte, entsprach der Wahrheit. Ebenso wahr war, dass er nun einen großen Teil seiner Zeit in Furcht und Schmerzen verbrachte. Doch der Augenblick, in dem er sich hätte abwenden können, war längst vorbei. Es ging nicht mehr darum, Leid gegen Befriedigung aufzuwiegen und zu entscheiden, ob sich das Spiel lohnte.

Dante hatte es richtig erkannt. Und von Aschenbach. Betrachte, begehre, liebe und verehre Jugend und Schönheit. Aber rühre sie nicht an. Doch was war mit dem »Tosen unterhalb der Hüftknochen«, wie er das sexuelle Verlangen irgendwo trefflich beschrieben gefunden hatte. Es kam Val so vor, als ob sein Verlangen nach Jax um so stärker wurde, je häufiger es befriedigt wurde. An diesem Abend, als er verlegen in dem unaufgeräumten Wohnzimmer des alten Pfarrhauses gesessen und sich nach Lawrences Frau erkundigt hatte, hatte Val das Gefühl gehabt, als brenne er lichterloh.

Jax und Lionel saßen ihm gegenüber auf dem Sofa, das voller roter Flecken war. Jax trank Cola, und seine Zunge schnellte wie ein Fisch in das Glas und wieder heraus. Jedesmal wenn er nach seinem Glas griff, fiel das Licht einer Stehlampe auf die tätowierte Libelle und ließ sie lebendig erscheinen. Lionel saß verträumt da, lächelte ruhig und schenkte nichts und niemandem besondere Aufmerksamkeit.

Val blieb nicht lange. Er konnte es nicht ertragen, Jax so greifbar nahe zu haben und ihn nicht berühren zu können. Die strahlenden blauen Augen des Jungen waren eine klare erotische Aufforderung. Die herausschnellende Zunge, nichts weiter als eine sexuelle Anmache, machte Val ganz wahnsinnig. Er hoffte inständig, dass Jax ihn bis zur Tür begleiten, vielleicht sogar einen Augenblick mit rauskommen und sich im Dunkeln an ihn drücken würde. Aber Jax rührte sich nicht. Winkte ihm nur ironisch zum Abschied zu und hob sein Glas.

Val machte sich keine Illusionen darüber, wie sein Leben aussehen würde, wenn der Junge bei ihm einzog. Obwohl seine Liebe zu Jax ungeheuer stark war, war sie dennoch machtlos. Er würde immer weiter geben und geben. Bis nicht nur sein Bankkonto, sondern auch sein Herz ausgeblutet war. Jax würde körperlich, emotional und finanziell so viel nehmen, wie er wollte, und so lange es ihm passte. Dann würde er verschwinden. Er würde niemals Mozart oder Palestrina lieben lernen. Noch würde man ihn je überreden können, eine richtige Zeitung zu lesen, geschweige denn ein Buch von Austen oder Balzac. Solche pygmalionartigen Sehnsüchte hatte Val inzwischen als hoffnungslos töricht erkannt. Dennoch erschienen sie ihm nicht unwürdig, und er konnte nicht darüber lachen, wie er es gut und gerne gekonnt hätte, wenn sie jemand anders geäußert hätte.

Diese glasklare Einsicht, die absolut nichts Tröstliches enthielt, deprimierte Val jedoch nicht übermäßig. Ihm gefiel die Vorstellung, dass er auf alles vorbereitet war, und er glaubte, wenn das Ende kam, würde er damit fertig werden, auch wenn der Gedanke ihn mit Verzweiflung erfüllte.

Es gab niemanden, mit dem er darüber reden konnte. Val hatte einige gute Freunde, sowohl hetero als auch schwul, aber das würde sicher keiner von ihnen verstehen. Bruno vielleicht, aber der war jetzt eine Staubwolke, die über den Quantocks schwebte, wo sie so gerne zusammen spazieren gegangen waren. Und Val, der, als er die Asche verstreut hatte, geglaubt hatte, er würde gleich sterben, verbrachte nun jede wache Minute damit, sich nach jemand anderem zu sehnen.

Er stand mit steifen Beinen auf – Louise war endlich ruhig – und massierte seine Wadenmuskeln. Am Morgen war er mit rasenden Kopfschmerzen aufgewacht und weder auf der Straße noch auf den Rollen in der Garage Rad gefahren. Das war das erste Mal seit Monaten, und seine Beine spürten es.

Im Garten des Pfarrhauses ging die Halogenlampe an. Die Schildpattkatze aus dem Red Lion schlenderte über den Rasen, dann duckte sie sich und blieb reglos stehen. Val wollte sich gerade umdrehen, da bemerkte er, dass die blaue Tür nur zur Hälfte sichtbar war. Ein keilförmiger dunkler Schatten ersetzte den fehlenden Teil. Die Tür stand offen.

Vals Herz zersprang fast vor Freude. Er lief aus dem Haus, über den mondbeschienenen Weg und die mit Teppich ausgelegte Treppe hinauf. Auf den düstersten Augenblick seines Lebens zu.

11

Detective Chief Inspector Barnaby rührte in seinem Müsli mit Bananenscheiben. Dann legte er mit einem übellaunigen Seufzer seinen Löffel hin.

»Gibt's noch Kaffee?«

»Sieht nicht so aus«, sagte Joyce, den Blick auf die leere Cafetiere gerichtet. »Und ich mach auch keinen mehr. Du trinkst eh viel zu viel von dem Zeug. Hast du's denn wenigstens bei der Arbeit etwas eingeschränkt?«

»Ja.«

»Du hast es versprochen.«

»*Ja.*« Barnaby schob seine Schüssel beiseite. »Nun hör schon auf.«

»Was war denn letzte Nacht los?«

»Ich konnte nicht schlafen.«

Er hatte mehrere bruchstückhafte Träume gehabt, lebhafte kleine Ausschnitte und kurze Szenen, die alle etwas mit dem zu tun hatten, was zur Zeit beinahe sein ganzes Denken bestimmte. Die Bilder waren jedoch in absolut lächerlichen Kombinationen aufgetaucht, die nicht den geringsten Sinn ergaben. Valentine Fainlight radelte wie ein Wilder auf dem Dorfanger von Ferne Basset, bewegte sich aber nicht von der Stelle. Hinter ihm schwebte Vivienne Calthrop wie ein mit Pailetten besetzter Sperrballon ein kleines Stück über dem Boden. Louise Fainlight fuhr in einem Taucheranzug aus Krokodilleder mit einem sichelförmigen Messer durch die Algen eines rasch fließenden Flusses und verfing sich im Gestell eines alten Kinderwagens. Ann Lawrence, jung und schön in einem geblümten Kleid, stieg in einen offenen roten Wagen. Im selben Augenblick fiel ein durchsichtiger, mit Schläuchen und Infusionsflaschen behängter Baldachin auf sie, und das Auto verwandelte sich in ein Krankenhausbett. Lionel Lawrence warf in einem Zimmer, das dem Carlottas glich, aber irgendwie doch anders war, mit Nippsachen und Büchern um sich und riss Poster von den Wänden, wahrend Tanya, diesmal tatsächlich ein Engel mit großen gefiederten Flügeln, oben auf einem Bücherregal hockte und grinsend zwei Finger in seine Richtung stieß.

Schließlich tauchte Jackson aus Barnabys Unterbewusstsein auf – in Form eines riesigen, schwankenden Stehaufmännchens in Matrosenkleidung. Die Puppe lachte, ein mechanisches Gackern, und je mehr sie gestoßen wurde, desto heftiger lachte sie. Unter den ganzen Schlägen, Hieben, Tritten und Stößen wurde das mechanische Lachen immer lauter, bis es schließlich in einem langen verzerrten Schrei endete. An dieser Stelle war Barnaby aufgewacht und wusste, dass er geschrien hatte.

Joyce griff über den Tisch und nahm seine Hand. »Du musst gelassener an die Sache rangehen, Tom. «
»Das kann ich nicht.«
»Du sagst doch immer …«
»Ich weiß, was ich immer sage. Aber dieser Fall ist anders.«
»Du bist wie dieser Mann mit dem Wal.«
»Das stimmt.« Barnaby rang sich ein verbittertes Lächeln ab. »Nenn mich Ahab.«
»Das Blatt wird sich früher oder später wenden.«
»Ja.«
»Versuch mal …«
»Tut mir Leid, Joyce. Ich komm zu spät «
Wenn überhaupt, dann war er zwanzig Minuten zu früh. Joyce folgte ihrem Mann in den Flur und half ihm in den Mantel. Dann nahm sie einen Schal von der Garderobe.
»Den will ich nicht.«
»Nimm ihn doch einfach mit. Es ist ziemlich kühl. Im Garten liegt Raureif.«
Vom Fenster im Flur beobachtete sie, wie er ins Auto stieg.

Hörte, wie der Motor aggressiv aufheulte und das Auto viel zu früh und viel zu schnell beschleunigte, als er losfuhr. Dann wurde sie durch das Telefon abgelenkt.

Etwas Furchtbares musste Val passiert sein. Louise war so sehr daran gewöhnt, dass ihr Bruder als erster aufstand, dass sie, als sie beim Aufwachen feststellte, dass es im Haus ganz still war, einfach annahm, er wäre gerade mit dem Rad auf seiner täglichen Zwanzig-Meilen-Tour.

Sie zog sich eine warme Hose und einen Pullover an, kochte Tee und ging damit nach draußen. Barnaby hatte den Garten von Fainlights als zu streng empfunden. Doch es war dieses nüchtern Formale, das Louise ansprach. Alle Linien waren gerade, die niedrigen Eibenhecken, die als Abgrenzung dienten, standen exakt im rechten Winkel zueinander, Sträucher hatten durch kunstvolles Schneiden Formen von kühler Eleganz angenommen. Die dunkle Wasseroberfläche des Teiches war vollkommen glatt. Selbst das Rumpeln und Dröhnen des nahenden städtischen Müllwagens konnte dieser friedlichen Szenerie nichts anhaben.

Louise schlenderte ziellos umher, trank ihren Tee, blieb stehen, um die hübsche Skulptur eines Hasen zu bewundern und ihm über die Ohren zu streicheln oder um ein duftendes Blatt zwischen den Fingern zu zerreiben. Als sie zu der hinteren Mauer kam, bemerkte sie, dass der Schlüssel nicht in der Gartentür steckte. Es war ein großer Metallschlüssel, der nie herausgezogen wurde. Wegen eventueller Eindringlinge war die Tür aber immer abgeschlossen. Val war der Meinung, es könne ohnehin nur jemand an den Schlüssel herankommen, der bereits im Garten war, und wenn Louise anfinge, ihn an einem sicheren Ort aufzubewahren, wäre er bestimmt bald verschwunden.

Louise drückt die Klinke und trat auf einen schmalen Grasstreifen, der an einen Graben grenzte. Auf der anderen Seite des Grabens erstreckte sich bis zur Hauptstraße ein von Hecken gesäumtes Stoppelfeld. Der Schlüssel steckte auch nicht auf dieser Seite. Sie würde nach dem Frühstück danach suchen, und wenn sie ihn nicht fand, würde sie in Causton ein Vorhängeschloss kaufen.

Sie schlenderte quer durch den Garten zur Garage hinüber. Sämtliche Fahrräder waren da, aber der Alvis nicht. Dann stellte Louise überrascht fest, dass er auf der Straße stand, dicht am Bordstein geparkt. Der Müllwagen hielt an. Ein Mann rollte die Mülltonne der Fainlights zum Wagen und hängte sie an die Hebevorrichtung. Mit einem lauten Knall wurde die Tonne geleert, dann landete sie unsanft wieder auf dem Pflaster. Louise schob sie in die Garage.

Sie kehrte ins Haus zurück und rief den Namen ihres Bruders. Als sie keine Antwort erhielt, ging sie in sein Zimmer. Val saß auf einem niedrigen Stuhl ganz nah am Fenster, von wo aus er die Dorfstraße und die Einfahrt zum alten Pfarrhaus überblicken konnte. Auf seinen Knien lag ein Feldstecher, der aus der Zeit stammte, als er ein leidenschaftlicher Vogelbeobachter gewesen war. Seine Finger hielten den Lederriemen so fest umklammert, dass es aussah, als würden die weißen Knöchel jeden Augenblick die Haut durchdringen. Seine Autoschlüssel lagen neben ihm auf dem Boden.

»Val?« Seine völlige Regungslosigkeit machte ihr Angst. »Was hast du? Was ist los?«

Es schien, als hatte er sie nicht gehört. Er drehte noch nicht mal den Kopf, schwankte nur leicht hin und her, als ob er einzuschlafen drohte, dann richtete er sich ruckartig wieder auf. Er trug immer noch die Sachen von gestern.

»Warst du die ganze Nacht hier?«

»Nichts.«

Louise starrte ihn verständnislos an; dann wurde ihr klar, dass er ihre erste Frage beantwortet hatte.

»Geht's dir nicht gut? Val?« Sie legte eine Hand auf seinen

Arm und zog sie sofort wieder zurück. Sein Arm fühlte sich kalt und hart wie Stein an. »Du bist ja völlig durchgefroren. Ich hol dir was Warmes zu trinken.«

»Mir geht's gut.«

»Wie lange sitzt du denn schon hier?«

»Bitte geh, Lou. Nein, warte! Ich muss pinkeln.« Er drückte ihr das Fernglas in die Hand. Im Weggehen rief er ihr zu: »Lass das Haus keine Sekunde aus den Augen.«

Louise wartete. Sie beobachtete kein Haus, weder mit noch ohne Fernglas. Als er zurückkam, ließ er sie erneut links liegen und starrte mit zusammengekniffenen Augen fieberhaft durch die Linsen.

Louise wartete einige Sekunden. Sie spürte, dass er sie vergessen hatte, und wusste nicht so recht, was sie als Nächstes tun sollte. Eine Tasse Tee zu machen, das universale englische Heilmittel gegen alles von Kopfschmerzen bis zu Feuer, Überschwemmung und Pestilenz, schien eine ziemlich sinnlose Geste. Aber er war doch so eisig kalt. Und es war besser, als dumm rumzustehen. Doch als sie gerade gehen wollte, fing Val an zu sprechen.

»Ich komme zurecht ... das heißt, solange ich ... ich *komm* schon zurecht ... ich werde es schaffen ... damit fertigwerden ... ich muss nur ... dann ... sag mir ... frag ihn ... *frag ihn* ... quälend ... ich kann es nicht ertragen ... nein ... nein ....«

Dieses verzweifelte Gemurmel wurde von qualvollen pfeifenden Atemzügen unterbrochen. Er hörte sich an, als hätte er einen Asthmaanfall. Louise wartete völlig niedergeschmettert darauf, dass dieser Wahnsinn vorübergehen würde. Es war nur ein schwacher Trost zu wissen, dass das alles nichts mit ihr zu tun hatte. Kurz bevor sie das Zimmer verließ, riss er das Fernglas mit einem kurzen Aufschrei hoch und ließ es genauso schnell wieder fallen. Seine Schultern sackten enttäuscht nach unten.

Louise zog sich in die Küche zurück. Während sie Tee machte und sich dabei fragte, wem sie sich bloß in ihrer schwierigen Situation anvertrauen könnte, wurde ihr erschreckend klar, dass es nun, wo Ann nicht da war, niemanden gab. Seit sie in Ferne Basset lebten, hatten sie und Val sich immer gegenseitig genügt. Diese Zurückgezogenheit war gut und schön, solange keiner von beiden Hilfe von außen brauchte. Sie überlegte, ob sie ihren Hausarzt anrufen sollte, verwarf den Gedanken aber sogleich wieder. Was hatte das für einen Sinn? Der Mann würde kaum einen Hausbesuch machen, bloß weil jemand völlig verzweifelt war und unsinniges Zeug brabbelte. Und falls er doch kam, wie würde Val reagieren? So von Sinnen wie er war, schien er durchaus in der Lage, den Arzt die Treppe hinunterzuwerfen und selbst gleich hinterher zu springen.

Was mochte nur passiert sein, seit sie sich gestern Abend getrennt hatten, das ihn in einen so jämmerlichen Zustand versetzt hatte? Dass das Jaxs Werk war, daran hatte sie keinen Zweifel. Sie fragte sich, ob sie es wagen konnte, Val danach zu fragen, entschied sich aber rasch dagegen. Nicht weil sie Angst vor seiner Reaktion hatte, sondern weil sie fürchtete, er könnte ihr die Wahrheit sagen.

Erst als sie mit dem Tee zurückkam und Val sie mit Furcht erregenden Augen konfus ansah, fiel ihr wieder ein, dass heute die Beerdigung von Charlie Leathers war.

Im Red Lion hatte man Strohhalme gezogen, um festzulegen, wer das Lokal vertreten sollte, in dem Charlie so viele erbärmliche Stunden damit verbracht hatte, den fröhlichen Gästen die Lust an ihrem Bier zu nehmen.

Das naheliegende Opfer, der Wirt persönlich, war nicht bereit, das Pub im Stich zu lassen, was ihm niemand verdenken konnte. Damit blieben fünf Stammgäste übrig, die aus verschiedenen Gründen eine Minute, nachdem der Vorschlag gemacht worden war, immer noch da waren. Einer war auf der Toilette gewesen und zwei hatten Billard gespielt. Also hatten sie den Vorschlag gar nicht mitbekommen. Ein weiterer, ein ehemaliger Schauspieler, versuchte gerade Colleen anzumachen, die Frau hinter der Bar, und der letzte, Harry (Ginger) Nuttings, hatte seit dem Krieg ein Holzbein und schaffte es deshalb nicht rechtzeitig bis zur Tür. Harry war derjenige, der den kurzen Strohhalm zog.

Er versprach hoch und heilig, am nämlichen Tag Punkt elf Uhr in der Kirche St. Thomas in Torment zu erscheinen, tat es aber nicht. Am Mittag erklärte er dann den Kumpels im Pub – nachdem er, statt die Strafe für seine Abwesenheit zu zahlen, einen doppelten Whisky Mac, ein Gebräu aus Scotch und Ingwerwein, in sich hineingekippt hatte –, er hatte wie immer nach dem Frühstück ein Nickerchen gemacht und dazu sein Bein abgeschnallt. Als er dann wach wurde, hatte er feststellen müssen, dass das Bein unters Bett gerollt war. Bis er es mühsam darunter hervorgeholt hatte, wäre der Leichenwagen bereits am Kirchentor vorbeigefahren, und er hatte ihnen allen keine Schande machen wollen, indem er zu spät kam.

»Muss ja eine kleine Trauergesellschaft gewesen sein«, sagte der ehemalige Schauspieler.

Und das dachte auch Louise, als sie in diskretem Abstand von der Familie und ein ganzes Stück vom Rand des Grabes entfernt stand, jener kalten Grenzlinie des Todes. Sie trug kein Schwarz, obwohl ihr Kleiderschrank voller schwarzer Sachen war, denn sie hatte das Gefühl, dass eine solche Geste angesichts ihrer oberflächlichen Beziehung zu dem Verstorbenen absolut unangemessen gewesen wäre.

Louise wünschte, sie wäre nicht gekommen. Sie hatte jetzt das Gefühl, dass Hetty Leathers sie nur aus Höflichkeit darum gebeten hatte und genauso überrascht war wie sie selbst, dass sie tatsächlich gekommen war. Außerdem hatte sie Valentine nur ungern alleine gelassen. Als sie durch den überdachten Eingang den Friedhof betrat, hatte sie sich noch einmal umgedreht und gesehen, dass er wie gebannt durch das Fernglas starrte, einsam und verlassen in seinem Schlupfwinkel wie ein Gefangener in einem Turm.

Die Familie Leathers hielt sich tapfer. Pauline stand links von ihrer Mutter und hatte ihre Hand genommen. Paulines Mann, ein stämmiger Typ mit kurzgeschnittenen roten Haaren, hatte sie auf der anderen Seite untergehakt. Hetty machte eigentlich nicht den Eindruck, als brauchte sie Unterstützung, und allen dreien gelang es ganz gut, ihre Trauer zu verbergen.

Evadne Pleat stand neben ihnen. Ihr Gesicht wirkte ganz klein unter einem riesigen Hut mit viel Tüll. Während sie den Anschein erweckte, als hätte sie den Blick ernst und respektvoll auf den Sarg gerichtet, hatte sie besorgt bemerkt, wie schlecht Louise Fainlight aussah. Obwohl sie Louise nur im Profil sehen konnte, bemerkte sie, dass ihre Mundwinkel nach unten gerichtet waren, wie bei einer Maske aus einer antiken Tragödie. Außerdem hatte sie, für ihre Verhältnisse, entsetzlich viel Make-up aufgelegt. Sie hatte die Augen zusammengekniffen und blinzelte. Als ob sie merkte, dass sie beobachtet wurde, begann sie ihr dunkles, weich fallendes Haar nach vorne zu ziehen, bis es ihr Gesicht halb verdeckte.

Nachdem Lionel Lawrence begriffen hatte, dass seine Frau absolut nicht mehr in der Lage war, ihn herumzukommandieren und dazu zu zwingen, seine klerikalen Pflichten gegenüber ihrem verstorbenen Angestellten zu erfüllen, hatte er die ganze Sache sofort abgeblasen. Reverend Theo Lightdown, der wie alle anderen über das tragische Schicksal von Mrs. Lawrence schockiert war, hatte sofort eingesehen, dass ihr Mann nicht von ihrer Seite weichen konnte, und war in die Bresche gesprungen.

Leider wusste er gar nichts über Charlie und musste sich an

die wenigen Informationen halten, die er von Lionel bekommen hatte (alles ziemlich wirr, aber wer konnte es dem armen Mann verdenken?). Deshalb war die Predigt nicht nur kurz, sondern auch nicht ganz zutreffend. Reverend Lightdown schien das zu spüren, da die fünf Trauergäste ihn trockenen Auges und irgendwie verwundert anstarrten. Er ging aus von Adam, dem Gärtner, dem himmlischen Vorfahr, in dessen irdische Fußstapfen Charlie so ehrenvoll getreten sei. Sprach von seiner Liebe zu allem, was wächst, und der Magie seiner »grünen Daumen«. Von seiner Geselligkeit. Ein geliebter Vater und Großvater, der jetzt in Frieden ruhte und geduldig auf den Tag wartete, an dem seine liebe Frau und Gefährtin vieler Jahre, wieder mit ihm vereint wäre. Bei diesen Worten machte sich ein derartiges Entsetzen auf dem Gesicht der Witwe Leathers breit, dass Reverend Lightdown beschloss, die Lobrede zu beenden.

Nun, wo sie am Grab standen, schloss er das Gebetbuch und drückte es mit ernstem Gesicht an seine Brust. Hetty beobachtete, wie der Sarg langsam und gleichmäßig gesenkt wurde. Wenn ihr überhaupt Tränen kamen, dann war es beim Anblick des schönen Kranzes, der so sorgsam von Ann ausgewählt worden war und dem sie eine schwarz umrandete Karte mit ihrer zierlichen und ziemlich kindlichen Handschrift beigefügt hatte. Außerdem gab es einen unauffälligeren und recht bescheidenen Kranz von Hetty und der Familie und einen Strauß gelber Chrysanthemen von den Fainlights.

Die Seile spannten sich knarrend um das lackierte Holz, und der Sarg kippte nicht einen einzigen Zentimeter. Als ob diese Sorgfalt eine Rolle spielte, dachte Hetty. Als ob Charlie das in irgendeiner Weise kümmern würde. Ebensowenig wie ihn die Blumenspenden interessierten. Pauline ließ die Hand ihrer Mutter los und flüsterte ihr etwas ins Ohr.

Hetty bückte sich, um eine Handvoll Erde aufzuheben Sie war überrascht, wie dunkel, saftig und locker sie war. Wie ein

Weihnachtskuchen. Sie warf die Erde ins Grab. Sie fiel auf die Messingplatte, in die der Name ihres Mannes graviert war, und verdeckte diesen fast. Er war jetzt zu C.ar.i. Lea … verstümmelt.

Hetty hatte diesen Akt oft genug in Fernsehserien gesehen und kam sich allmählich selber wie eine Schauspielerin vor. Ganz gewiss empfand sie keine echte Trauer. Sie wollte so schnell wie möglich nach Hause, um zu sehen, ob mit den Enkeln und mit Candy alles in Ordnung war. Und anfangen, das kalte Mittagessen aus Schinkenaufschnitt, Lachs aus der Dose und Gurkensandwiches aufzutragen. Außerdem gab es einen Teekuchen, den Pauline und die kleine Jenny bereits auf einer Platte arrangiert hatten.

Die kleine Trauergesellschaft begann sich zu entfernen. Es entstand ein peinlicher Augenblick, als Louise Hetty die Hand reichte und sagte, wie Leid es ihr tue, und Hetty nicht wusste, wie sie reagieren sollte. Doch Pauline kam ihr zu Hilfe, indem sie Louise einfach zu einer Tasse Tee im Haus ihrer Mutter einlud. Doch Louise sagte, sie hätte einen Termin, und eilte davon.

Evadne ging mit ihnen nach Hause und freute sich darauf. Sie genoss es, ihre Freundin im Kreise ihrer Familie zu sehen, und die Enkelkinder waren entzückend. Sobald sie das überdachte Friedhofstor durchquert hatten, hakte sie sich bei Hetty unter, und sie spazierten durch die helle Herbstsonne zur Tall Trees Lane, Pauline und Alan dicht hinter ihnen.

Hetty vertraute Evadne an, dass sie merkwürdigerweise überhaupt nichts empfand, worauf hin diese vorschlug, Hetty solle doch mal mit ihrem Hausarzt reden. Das tat sie im Laufe der Woche, und Dr. Mahoney diagnostizierte verzögerten Schock. Er erklärte Hetty, dass man Trauer nicht für ewig unterdrücken könne und dass sie auf jeden Fall in die Praxis kommen sollte, wenn sie irgendwelche Hilfe brauchte. Schließlich warnte er sie, dass Trauer einen im unerwartetsten Moment überfallen kann.

Aber das passierte nie.

Es gab viele Dinge, die Barnaby an seiner Arbeit nicht gefielen, aber zum Glück gab es noch mehr Dinge, die ihm gefielen. Eines der Dinge, die er besonders verabscheute, was ihn manchmal fast in den Wahnsinn trieb, war warten. Warten auf irgendwelche Reaktionen und auf Berichte, die durchgearbeitet werden mussten. Warten auf Ergebnisse von der Spurensicherung und aus der Pathologie. Auf ein Treffen mit Leuten warten, die möglicherweise Informationen zu einem Fall hatten, an dem man gerade arbeitete, die aber erst Freitag in einer Woche Zeit hatten. Auf Faxe warten, die eine Antwort auf die eigenen Faxe gaben, aber nie ankamen. Und auf Fotos warten, die entwickelt werden mussten. Darauf warten, dass der Drucker die nächste Ladung perforiertes Papier ausspuckte. Warten, dass irgendein schmieriger Windhund, der einem gerade an dem Resopaltisch im Vernehmungsraum gegenübersaß, endlich den Mund aufmachte und irgendwas sagte, und sei es auch nur »Verpiss dich«.

Im Augenblick wartete Barnaby auf das Ergebnis des Vergleichs der Fingerabdrücke, die man in Carlottas Wohnung in Stepney gefunden hatte, mit denen aus dem Mansardenzimmer im alten Pfarrhaus. Vermutlich waren sie identisch, aber man musste sich stets vergewissern. Außerdem hatte man die Fingerabdrücke von zwei weiteren Personen in dem Mansardenzimmer gefunden. Vermutlich stammten sie von Ann und Lionel Lawrence, denn Hetty Leathers hatte geschworen, sie hätte keinen Fuß mehr in das Zimmer gesetzt, seit Carlotta dort wohnte. Lawrence hatte sich mürrisch bereit erklärt, irgendwann auf die Wache zu kommen, um sich die Fingerabdrücke abnehmen zu lassen, damit man diese außer Betracht lassen konnte. (Noch mehr Warterei.) Jacksons Abdrücke, die bereits gespeichert waren, waren verglichen worden – mit negativem Ergebnis.

Die Vergrößerungen von dem Film aus der Überwachungskamera lagen auf Barnabys Schreibtisch und schienen ihn zu verhöhnen. Ein Mann in Schwarz, der auf ein Peugeot-Fahrrad stieg, das seitdem verschwunden war. Wo konnte es bloß versteckt worden sein? Wenn du ein Buch verstecken willst, stell's in eine Bibliothek. Aber ein Fahrrad? In Ferne Basset gab es keinen Fahrradladen, wo man ein Rad einfach zwischen Dutzende von anderen schieben konnte. Und noch wichtiger waren die Klamotten. Wenn sie doch nur diese Lycrashorts finden und beweisen konnten, dass der Faden im Kofferraum des Humber davon stammte, und die Shorts dann auch noch mit Jackson in Verbindung bringen konnten. Aber wenn sie das nicht konnten – und je mehr Zeit verstrich, desto unwahrscheinlicher wurde das –, musste eine andere Möglichkeit gefunden werden.

Während er sich den Kopf darüber zerbrach, wie diese andere Möglichkeit aussehen könnte, befiel Barnaby die quälende Ahnung, dass es irgendwo eine bestimmte Frage gab, die – der richtigen Person gestellt und wahrheitsgemäß beantwortet – ihm das lose Ende in dem riesigen Netz von Informationen in die Hand geben würde, in dem er sich verheddert hatte. Dann könnte er an diesem Faden ziehen und allmählich das ganze Geheimnis entwirren. Vielleicht hatte er diese Frage bereits gestellt, aber der falschen Person. Doch höchstwahrscheinlich wusste er selbst noch nicht, wie die Frage lautete.

Und wie viel klarer würde alles sein, wenn er wüsste, was er als unwichtig abhaken könnte. Die Erfahrung hatte ihn gelehrt, dass nur ein Bruchteil der Informationen, die hereinkamen, von Nutzen war. Dennoch konnte man nur einen kleinen Prozentsatz mit gutem Gewissen gänzlich unberücksichtigt lassen. Irgendwann (bitte, lieber Gott) würde er die Wahrheit kennen und verstehen, dass er im Grunde immer nur dieses eine simple Faktum aus der Pathologie gebraucht hatte oder jenen Versprecher in einer Vernehmung, einem bewusst irreführenden Gespräch, das erst jetzt so richtig verstanden werden konnte.

Doch im Augenblick konnte er nichts weiter tun als warten. Das hieß aktiv warten, denn er konnte es nicht ertragen, untätig zu sein. Er beschloss, sämtliche Informationen zu dem Fall von Anfang an durchzulesen. Bisher hatte er dazu keine Zeit gehabt, und wenn man die Sachen nur einzeln las, so wie sie hereinkamen, konnte man niemals Zusammenhänge erkennen. Er würde langsam lesen, unvoreingenommen, aber mit wachem Auge. Er warf einen Blick auf den Kalender. Donnerstag, der 27. August. Mehr als zehn Tage, seit Carlotta fortgelaufen war. Acht Tage seit dem Tod von Charlie Leathers. Vielleicht war ja heute sein Glückstag.

Detective Sergeant Alec Bennet begann sich zu langweilen. Eigentlich hatte er sich bereits gelangweilt, als er mit dieser Überwachung angefangen hatte, denn es gibt nichts Langweiligeres, als zu wissen, dass man stundenlang in einem Auto sitzen und auf ein Haus starren wird, in der vergeblichen Hoffnung, dass das Opfer plötzlich herausgerannt kommt und an einen unglaublich interessanten Ort fahren und dort viele aufregende Dinge tun wird, die gegen das Gesetz verstoßen.

In neunundneunzig von hundert Fällen war es nämlich so, dass das Opfer entweder gar nicht herauskam, oder falls doch, dann nur, um rasch zum Laden an der Ecke zu flitzen und Zigaretten, einen Sechserpack Bier oder einen Stapel Fertiggerichte zu kaufen, und dann sofort wieder im Haus zu verschwinden.

Bennet kam der ketzerische Gedanke, dass das alte Pfarrhaus irgendwie ungünstig lag. In seinem linken Außenspiegel konnte er den Hof vor dem Red Lion sehen, und er hätte eine Menge dafür gegeben, diese Überwachung von einem Fensterplatz in der Lounge aus durchführen zu können, während er sich ein Käsebrot mit eingelegten Zwiebeln und ein halbes Pint Lager einverleibte. Aber das sollte nicht sein.

Sein Magen verkündete ihm, dass es ein Uhr sei. Er packte seine Sandwiches mit Corned Beef und Branston Pickles aus, legte die separat in Wachspapier eingepackte Apfeltasche beiseite und breitete eine hübsche geblümte Papierserviette auf seinen Knien aus. Julie war überaus gründlich mit allen ihren Pflichten als Ehefrau – nun ja, mit fast allen.

Stets den Blick auf das Haus gerichtet, während er seine Thermoskanne aufschraubte, wurde dem Polizist plötzlich bewusst, dass er selbst beobachtet wurde. Er hatte ein kribbelndes Gefühl auf Gesicht und Hals, und seine Hände wurden unangenehm feucht. Er sah sich jedoch nicht um, sondern trank einfach seinen Tee und aß sein Sandwich.

Dann bemerkte er zwei kreisrunde helle Lichtflecke, die auf der Mauer um das Pfarrhaus herumtanzten. Ein Fernglas. Er stieg aus dem Auto, tat so, als würde er Arme und Beine strecken, und schlenderte dann zum Dorfanger hinüber.

Der Beobachter saß an einem Fenster im Obergeschoss jenes außergewöhnliches Hauses, das aussah, als sollte es keine Menschen, sondern einen kleinen Regenwald beherbergen. Er war völlig reglos, den Blick starr auf das Pfarrhaus geheftet. Also, dachte Bennet, während er zurückging und wieder ins Auto stieg, damit wären wir zu zweit. Er überlegte, ob er dieses Detail durchgeben sollte, doch da der Mann ziemlich weit weg und so reglos war, dass er mehr tot als lebendig wirkte, beschloss Bennet, sich die Mühe zu sparen.

Allerdings würde er auf die andere Seite des Dorfangers fahren. Von dort aus konnte er immer noch das Tor zum Pfarrhaus und den schicken silbernen Wagen vor dem Glashaus sehen, aber Vierauge würde ihn nicht mehr sehen können. Doch er hatte kaum die Plastiktasse auf seine karierte Thermoskanne gestülpt, als ein sehr altes, großes, schwarzes

Auto rasch durch das Tor fuhr, nach links bog und sich auf den Weg nach Causton machte.

DS Bennet fegte Serviette, Apfeltasche und Thermoskanne mit einer Hand auf den Boden und drehte mit der anderen den Zündschlüssel. Man hatte ihm eingeschärft: Sollte ein Auto auftauchen, würde es in jedem Fall sein Mann sein, weil niemand sonst im Haus fahren konnte. Sein Blick war so konzentriert auf die Straße gerichtet, dass er zunächst gar nicht bemerkte, dass sich, nur wenige Sekunden nachdem er losgefahren war, der blitzblanke Alvis an seine Stoßstange heftete.

Barnaby, der sich über eine Stunde in all die Befragungen vertieft hatte, die im Zusammenhang mit dem Fall durchgeführt worden waren, starrte gerade an die Wand, als Sergeant Troy den Kopf ins Zimmer steckte.

»Meine Güte, ist schon Mittag?«

»Jackson ist los.«

»Ausgezeichnet.« Barnaby sprach einen leisen Dank aus, während er nach seiner Jacke griff. Noch vier Stunden, und man hätte ihm den Beobachtungsposten gestrichen. »Hoffentlich fährt er nicht bloß nach Causton, um sich ein Mittelchen zu kaufen, mit dem er seinen Haaransatz nachfärben kann.«

»Bennet sagt, er ist auf der Straße nach Beaconsfield.«

»Klingt vielversprechend.« Mit raschen Schritten gingen sie zum Aufzug. »Ist Bennet entdeckt worden?«

»Er meint nein. Im Augenblick ist er drei oder vier Fahrzeuge hinter Jackson. Und Fainlights Alvis ist auch in der Schlange.«

»Tatsächlich?«

»O ja. Der hat blitzschnell reagiert. Hat offenbar alles von seinem Haus aus beobachtet. Sein Wagen ist noch weiter zurück. Bennet hat den Eindruck, dass er auf keinen Fall gesehen werden will.«

»Wenn wir eine längere Strecke fahren müssen, brauchen wir Benzin. Am besten halten Sie an der Tankstelle von Fall End.«

Innerhalb der nächsten halben Stunde schien es beinahe sicher, dass der Humber auf dem Weg nach London war. Jackson hatte Causton links liegen gelassen, war gleich nach Beaconsfield gefahren und dann auf die M40. Ihn in Sichtweite zu behalten war nach den Worten von DS Bennet »Pipifax«.

»Mit diesem komischen Leichenwagen könnte der keinen Fünfjährigen auf Rollschuhen überholen, Sir. Wir fahren die ganze Zeit sechzig. Und da muss er schon voll aufdrehen.«

»Wo ist Fainlight?«

»Wie bitte?«

»Der Alvis.«

»Immer noch hinter mir. Versucht, sich unauffällig zu verhalten. Sofern man das überhaupt kann mit 'ner Kiste wie aus einem Bond-Film.«

Darauf stimmte Bennet »Live and Let Die« an, und Barnaby schaltete sofort sein Handy aus. Doch die Verstimmung hielt kaum eine Sekunde an. Stattdessen dachte er zufrieden darüber nach, wie gut es das Schicksal zur Abwechslung mal mit ihm meinte. Denn wenn man jemanden im Auto verfolgen musste, gab es kaum eine sicherere und diskretere Möglichkeit, ihn im Auge zu behalten, als hinter ihm über eine Autobahn zu tuckern.

»Wir haben keine Londoner Adresse für Jackson, oder, Chef?«

»Nein. Er ist praktisch gleich aus dem Gefängnis zu den Lawrences gezogen. War vielleicht ein oder zwei Wochen in einem Wohnheim, um seinen Kram zu regeln. Davor war er mal hier, mal dort. Ohne festen Wohnsitz, wie man so schön sagt.«

»Wär nichts für mich.«

»Wie gesagt, er ist nicht besonders clever.«
»Also könnte er sonstwo hinwollen?«
»Könnte er. Aber das glaube ich nicht.«

Irgendwo zwischen Paddington und Regent's Park überholte der silberne Alvis Bennets Escort. Bennet bekam das gar nicht mit. Der Alvis war während der letzten halben Stunde mehrere Fahrzeuge hinter ihm gewesen und hatte sich praktisch unsichtbar gemacht, so dass Bennet ihn fast vergessen hatte. Er hatte noch nicht mal bemerkt, wie er die Fahrspur wechselte.

Aber er machte sich auch gar keine Gedanken über diesen Wagen. Solange er die Leichenkutsche, wie er den Humber getauft hatte, in Sichtweite behielt, spielte es keine Rolle, wer sonst noch mit von der Partie war. Er brauchte noch nicht mal besonderen Abstand zu dem Alvis zu halten, weil – wie der Chef bei ihrem letzten Gespräch bemerkt hatte – der dunkelblaue Escort Fainlight kaum auffallen würde. Und selbst wenn er ihn bemerkte, wäre er für ihn einfach nur ein weiteres Fahrzeug auf der Straße.

Während die drei Autos über die Blackfriars Bridge fuhren, umkreiste Troy den Hyde Park.

»Sind Sie sicher, dass Sie den Stadtplan im Kopf haben, Sergeant? Und erzählen Sie mir bloß nicht, wir würden die Touristenstrecke nehmen. Ich hab schließlich Augen im Kopf.«

»Ja, Sir.« Troy erinnerte sich, wie er sich vor ein paar Tagen noch darauf gefreut hatte, nach London fahren zu können. Wie er es als eine Herausforderung gesehen hatte, die es auch tatsächlich war. Er schaffte das schon, keine Frage, bloß wenn er nicht bald auf die linke Spur kam, würde er immer weiter um Marble Arch herumfahren, bis ihm ganz schwindlig war, und Gott steh ihm bei, wenn sie dann schließlich anhielten. Er blinkte, scherte aus und wurde von hinten mit einem nebelhornartigen Hupen bedacht, das seine Innereien in wilden Aufruhr versetzte.

»Abkürzung, Chef. Um die Blackfriars Bridge zu umgehen. Die ist um diese Zeit völlig verstopft.«

Das nachfolgende Schweigen war schlimmer als jeder Vorwurf.

»So sind wir halt schnell über die Waterloo Bridge gefegt, und schon sind wir in Shoreditch.«

»Für mich sieht das hier schwer nach Oxford Street aus.«

Und so war es auch. Sie fuhren im Schneckentempo die Straße entlang, überholten ganz langsam große rote Doppeldeckerbusse, von denen einige hinten ein Schild hatten, auf dem sie sich dafür bedankten, dass man sie vorließ. Troy stellte sich kurz, aber lebhaft vor, was passieren würde, wenn sie losfuhren und man sie nicht reinließ, und kam zu dem Schluss, dass es wohl besser wäre, sich nicht mit denen anzulegen.

Selbst er konnte nicht übersehen, dass die Fahrer der schwarzen Taxis, von denen ungeheuer viele unterwegs waren, sich ihm gegenüber extrem feindselig verhielten. Sie hupten ihn an, hinderten ihn am Überholen und versuchten ständig, ihn zu schneiden. Ein Mann tippte mit dem Zeigefinger an seine Stirn und brüllte: »Wichser!«

»Ich hab ja schon einiges über Londoner Taxis gehört«, sagte Troy, »aber ich wusste nicht, dass sie so schlimm sind.«

»Wir dürfen hier gar nicht fahren.«

»Was?«

»Nur für Busse und Taxis.«

»Warum sagen die einem das denn nicht?«

»Wir sind eben an einem Schild vorbeigefahren.«

Sie krochen um den Piccadilly Circus. Die Stufen, die die Eros-Statue in der Mitte umgaben, verschwanden unter der Masse von jungen Leuten, die dort herumhingen, aßen und tranken. Zwei schienen gerade dabei, das oberste Prinzip des Gottes voll und ganz in die Tat umzusetzen.

Stockend fuhren sie den Haymarket hinunter und um den

Trafalgar Square, wo sich Scharen von Touristen drängten, von denen die meisten großzügig die Tauben fütterten. Die revanchierten sich ohne Rücksicht auf Verluste, und Barnaby betrachtete mit säuerlicher Miene die gesprenkelte Motorhaube seines Wagens, als sie endlich nach Shoreditch gelangten. DS Bennet rief auf Barnabys Handy an und gab seine Position durch. Genau auf Höhe der U-Bahn-Station Whitechapel.

»Er wird vermutlich jeden Augenblick links abbiegen, Bennet. Zur Lomax Road, Nummer siebzehn. Wenn er ins Haus geht, fein. Bleiben Sie einfach in der Nähe. Wenn er wieder gehen will, halten Sie ihn auf. Wir sind in etwa fünf Minuten da.«

»In Ordnung, Sir.«

Als DS Bennet das Telefon ausschaltete, fuhr der Humber gerade an der Ampel los, gefolgt von etwa einem Dutzend Autos, einschließlich des Alvis. Der Escort musste zwar bei Rot anhalten, aber es war kein Problem, das wieder aufzuholen. Der Verkehr lief ziemlich glatt, und Bennet konnte weit nach vorne schauen. Er beobachtete, wie der Humber links abbog und der Alvis wenige Sekunden später das Gleiche tat.

Als er selbst in die Straße einbog, stellte Bennet fest, dass sie sich in der Tat am oberen Ende der Lomax Road befanden. Doch dann ging irgendetwas schief. Der Verkehr bewegte sich immer langsamer und kam schließlich ganz zum Erliegen. Ein wahnsinniges Hupkonzert setzte ein. Autofahrer steckten ihre Köpfe aus den Fenstern ihrer Fahrzeuge und schimpften auf nichts und niemanden im Besonderen. DS Bennet stieg aus seinem Auto und ging ein Stück vor, um festzustellen, was den Stau verursachte. Entdeckte es. Und fing an zu laufen.

Der Alvis stand mitten auf der Straße. Der Fahrer hatte einfach angehalten, war ausgestiegen und weggegangen. Ein Stück weiter sah Bennet den Humber, der in eine viel zu kleine Parklücke gequetscht worden war, so dass das hintere Ende in die Straße ragte.

Er hastete den Bürgersteig entlang. Der DCI hatte Nummer siebzehn genannt. Er konnte das Geschrei in dem Haus bereits hören, als er noch mehrere Häuser entfernt war. Wo er wohnte, wären längst die Nachbarn aufgeregt zusammengelaufen, doch hier gingen die Leute gleichgültig vorbei.

Die Haustür war nur angelehnt. Bennet zögerte. Man hatte ihm gesagt, er solle das Haus nur beobachten, aber hier handelte es sich eindeutig um Ruhestörung. Und da der Alvis den ganzen Verkehr aufhielt, wer konnte da schon sagen, wie lange der DCI brauchen würde, um herzukommen? Die Stimmen im Haus, beide männlich, wurden immer lauter. Eine überschlug sich vor Zorn, während zugleich verzweifelte Schmerzensschreie zu hören waren, die sich in ein Ächzen, Keuchen und Röcheln verwandelten.

Da die Auseinandersetzung offenbar nicht mehr nur rein verbal war, beschloss Bennet einzugreifen. Er überlegte kurz, ob er den DCI verständigen sollte, bevor er hineinging, entschied sich jedoch dagegen. Dieses kurze Zögern sollte sich als fatal erweisen. Als er die Haustür aufstieß und nach oben blickte, sah er zwei Gestalten, die auf dem Treppenabsatz miteinander kämpften. Eine fiel fast im gleichen Augenblick rückwärts gegen ein Treppengeländer. Das Holz gab splitternd unter dem Gewicht des Mannes nach, dann brach das ganze Geländer krachend auseinander. Bennet beobachtete entsetzt, wie der Mann durch die Luft flog und mit ungeheurer Wucht direkt vor ihm auf dem Steinboden aufschlug.

Es verging eine Menge Zeit, bevor Barnaby die Möglichkeit bekam, den Überlebenden dieser furchtbaren Auseinandersetzung zu befragen. Die Londoner Kollegen waren seit einer guten halben Stunde an Ort und Stelle, bevor der Chief Inspector, der seinen Sergeant gegenüber dem White Hart im Stau hatte stehen lassen und im Laufschritt zu dem Haus in der Lomax Road geeilt war, dort ankam. Sie hatten bereits ihren Pathologen verständigt, den Alvis weggefahren und versuchten nun, die immer noch wild hupende Meute zu beruhigen und das Verkehrschaos zu beseitigen.

Außerdem waren Vorkehrungen getroffen worden, den Mann auf dem Boden des Hausflurs, dessen Schädel durch den Sturz zertrümmert worden war, in die pathologische Abteilung des London Hospital zu bringen, sobald ein Fahrzeug von dort durchkommen würde. Derweil hatte man eine Decke über ihn gelegt, die man von oben aus der Wohnung geholt hatte, in der der Streit begonnen hatte.

DS Bennet saß völlig niedergeschmettert auf der Treppe und wäre vor Scham am liebsten im Erdboden versunken. Als er den DCI sah, sprang er auf.

»Sir, o Gott, es tut mir ja so Leid. Ich weiß nicht, was ich sagen soll. Ich hab die beiden gehört – wie das Ganze immer heftiger wurde. Ich hätte schon früher reingehen sollen. Ich wusste bloß nicht, ob – was … es tut mir ja so Leid.«

Barnaby bückte sich, hob die Decke leicht an und legte sie sorgsam wieder hin. Im Vorbeigehen berührte er Bennet leicht an der Schulter.

»Das braucht Ihnen nicht Leid zu tun, Sergeant.«

Mehrere Stunden später, nach intensiven Verhandlungen zwischen der Thames Valley und der Metropolitan Police, wurde Valentine Fainlight, nachdem formell gegen ihn Anklage erhoben worden war, der Obhut zweier Beamter von der Kriminalpolizei Causton übergeben.

Auf der Wache hatte er sich gewaschen und ein sauberes Hemd und eine Jeans angezogen, die seine Schwester vorbeigebracht hatte. Sie hatte sich geweigert, wieder nach Hause zu fahren, und wartete nun seit fast zwei Stunden im Empfangsraum.

Barnaby und Troy hatten etwa halb so lange in einem Zimmer im Erdgeschoss im hinteren Teil des Polizeigebäudes gesessen und versucht, irgendeine vernünftige Äußerung aus Fainlight herauszubekommen, ohne jeden Erfolg. In London war er von einem Arzt untersucht worden, der seine Verletzungen versorgt und ihn für fit genug erklärt hatte, Fragen zu beantworten. Doch er hatte auch dort kein Wort gesagt.

Physisch fit sollte das wohl heißen. Denn was alles andere betraf, da war sich Barnaby nicht so sicher. Schwere Körperverletzung war ein Begriff, über den man sich in Polizeikreisen einig war. Aber wie lautete die Definition für eine schwere seelische Verletzung? Denn das war es mit Sicherheit, was das Ende von Fainlights äußerst destruktiver Beziehung bei ihm ausgelöst hatte.

Er saß da, den Kopf in die Hände gestützt, die Schultern gebeugt. Man hatte ihm etwas zu essen angeboten sowie Tee und Wasser, doch er hatte alles abgelehnt, immer wieder wortlos den Kopf geschüttelt. Barnaby hatte aufgeben, das Tonband an und aus zu schalten. Jetzt versuchte er es ein letztes Mal.

»Mr. Fainlight ...?« Barnaby konnte erkennen, dass der Mann nicht einfach stur war. Er hatte eher den Verdacht, dass er, trotz der Zeit, die inzwischen vergangen war, ihn und Sergeant Troy kaum registriert hatte. Fainlight wurde völlig von einem stillen Schmerz verzehrt, den nichts zu durchdringen vermochte.

Barnaby stand auf, machte Troy ein Zeichen dazubleiben, und verließ den Raum. Ihr Gefangener war nicht der Typ, der sich aus Prinzip weigerte, mit der Polizei zu reden. Wenn er sich von dem Schock erholt hatte, würde er ihnen schon sagen, was passiert war. Aber wann würde das sein?

Soweit der Chief Inspector hatte feststellen können, gab es bis zu dem Moment, als Jackson heruntergestürzt war, keine Zeugen für den Streit, was bedeutete, dass nur Fainlight ihnen sagen konnte, was tatsächlich passiert war. Und es war nicht nur in Barnabys, sondern auch in seinem eigenen Interesse, dass er möglichst bald redete. Er würde doch wohl kaum bis zum Prozess, der möglicherweise erst in einigen Monaten stattfinden konnte, in einer Zelle sitzen wollen.

Das alles erklärte Barnaby Louise Fainlight im Empfangsraum. Sie war aufgesprungen, sobald sie ihn erkannt hatte. Sie wirkte sehr verändert. Er hatte sie noch nie ohne Make-up gesehen, und ihr nacktes Gesicht, das von verzweifelter Sorge gezeichnet war, sah grau und faltig aus. Wenn er jetzt ihr Alter hätte raten sollen, hätte er sie um die Fünfzig geschätzt.

»Wann kann ich meinen Bruder sehen?«
»Ich hatte gehofft ...«
»Ist jemand bei ihm? Wie sieht's mit einem Anwalt aus? Darauf hat er doch wohl ein Recht, oder?«
»Ja. Haben Sie einen Anwalt?«
»Eine Anwältin in London. Wann kann ich Val sehen?«
»Setzen wir uns doch einen Augenblick, Miss Fainlight.«

Barnaby nahm sie am Arm, und sie gingen zu einer unbequem aussehenden Holzbank. Louise setzte sich widerwillig auf den Rand und begann, an ihrem Pullover zu zupfen.

»Ich bin überzeugt, dass Sie Ihrem Bruder helfen wollen ...«
»Natürlich will ich das!«
»Und wir hoffen, dass Sie ihn dazu bringen können, mit uns zu reden.«
»Was, *jetzt*?«
»Je eher er antwortet ...«
»Sie haben ihn doch da hinten schon stundenlang bearbeitet. Er braucht Ruhe.«
»Wir können ihn nicht freilassen ...«
»Dann ist es also wahr, das mit Jax?«
»Ja.«
»Oh, der arme Val.« Sie fing lautlos an zu weinen.

Es war völlig ausgeschlossen, Louise und ihren Bruder miteinander allein zu lassen. Aber Barnaby sorgte dafür, dass die Polizeipräsenz so diskret und so wenig bedrohlich wie möglich war. Sergeant Brierley saß nicht am Tisch, sondern auf der anderen Seite des Raumes auf einem Stuhl. Barnaby war sicher, dass Fainlight und seine Schwester innerhalb weniger Minuten vergessen hatten, dass sie überhaupt da war. Und so kam es auch. Louise hatte die Zusicherung verlangt, dass das Gespräch zwischen ihr und ihrem Bruder nicht aufgenommen wurde. Auch wenn sie sich danach sehnte, bei ihm zu sein, wollte sie auf keinen Fall – und sei es nur unbeabsichtigt – dazu beitragen, die Anklageseite zu stärken.

Barnaby saß im Nebenzimmer. In der Wand war ein kleines Drahtglasfenster, durch das er Louise und ihren Bruder sehen und hören konnte. Sie saßen nebeneinander auf harten Metallstühlen. Louise hielt Valentine verlegen und ziemlich unbeholfen in den Armen und wiegte ihn hin und her wie ein Baby. Das ging etwa zwanzig Minuten ohne Unterbrechung so. Barnaby wollte gerade aufgeben, da warf Fainlight den Kopf zurück und stieß einen furchtbaren Schrei aus. Dann brach er in ein lang anhaltendes heftiges Schluchzen aus.

»Wir haben jetzt erst mal Pause«, sagte Sergeant Troy, der gerade hereingekommen war. »Ich hab Tee für uns bestellt. Möchten Sie auch ein Mars?«

»Als ich sah, dass die Tür offen stand, hab ich geglaubt, das sei unser Signal. Du kannst dir vorstellen, Lou, wie ich mich gefühlt habe.« Tränen der Verzweiflung rannen über Valentines Gesicht. Er wischte sie mit dem Ärmel weg. Auf dem Tisch und auf dem Boden lagen überall zusammengeknüllte Papiertaschentücher. Louise nahm die Hand ihres Bruders und drückte sie an ihre Lippen.

»Ich bin rübergelaufen, wäre fast auf der Treppe gestürzt, so schnell bin ich gerast, aber es war niemand da. Mir wurde klar, dass er die Tür versehentlich offen gelassen haben musste.«

Er umklammerte ihre Finger so fest, dass sie beinahe aufgeschrien hätte.

»O Gott, Lou, wäre ich doch nur in dem Moment wieder gegangen. Warum bin ich nicht einfach weggegangen? Wenn ich das getan hätte, wäre er noch am Leben.«

Louise versuchte mit aller Kraft, sich ihre Freude nicht anmerken zu lassen. Verdrängte das Strahlen aus ihren Augen. »Ich weiß, mein Lieber, ich weiß.«

»Dann war da so ein Klicken im Telefon, als ob jemand den Hörer von einem Nebenanschluss abnimmt, und ich glaubte, dass er es sein könnte. Und dass er versuchen würde, mich anzurufen. Ich schwöre, das war alles, Lou. Ich wollte ihm nicht nachspionieren oder so. Und als ich seine Stimme hörte, konnte ich es nicht glauben! So sanft, so liebevoll und zärtlich … er sagte Dinge, die ich mir niemals zu erträumen gewagt habe. Dass sie die Einzige wäre, die ihm je etwas bedeutet hätte, auf immer und ewig die Nummer eins in seinem Herzen, sie solle sich keinerlei Sorgen machen, er würde zu ihr kommen, sobald er hier wegkäme, alles würde wieder gut werden …«

Louise ging vor Mitleid das Herz über. Sie zog noch mehr Papiertaschentücher hervor und trocknete ihm noch einmal geduldig das Gesicht. Sie würde in den kommenden Wochen und Monaten sehr geduldig sein müssen. Geduldig und unaufrichtig. Sanft, liebevoll und zärtlich.

»Und dann wollte ich es natürlich wissen. Ich musste sie sehen. Nicht um ihr wehzutun, obwohl ich blind vor Eifersucht war. Ich wollte einfach sehen, was für ein Mensch ein solches Wunder auslösen konnte. Also setzte ich mich hin und beobachtete das Haus. Und als Jax herauskam, bin ich ihm gefolgt.

Er fuhr zu diesem Haus in East End. Ich hab einfach angehalten, das Auto stehen lassen und bin hinter ihm hergelaufen. Sie waren in einem Zimmer am Ende der Treppe. Die Tür stand offen und ich konnte sehen, wie sie sich lachend umarmten. Man hätte meinen können, sie hätten sich seit Jahren nicht gesehen. Und dann sah er mich – auf dem Treppenabsatz. Und alles wurde schlagartig anders.

Ich habe noch nie eine solche Wut bei einem Menschen erlebt. Er brüllte mich an, und je mehr ich versuchte, mich zu entschuldigen, desto ausfallender wurde er. Wie ich es wagen könnte, meinen … meinen Schmutz, meinen Dreck zu ihr nach Hause zu bringen. Ich wäre ein krankes Arschloch. Ein Haufen Scheiße. Ich hätte es nicht verdient zu leben. Ich glaube, er war fast von Sinnen. Und die ganze Zeit redete sie ruhig auf ihn ein, versuchte ihn zu beruhigen. Und dann hat er mich geschlagen.

Ich bin hingefallen, und als ich aufstand, hörte ich, wie sie rief, Terry, Terry, tu's nicht. Dann sah ich sein Gesicht, und noch nie im Leben hab ich eine solche Angst gehabt. Ich glaubte, er würde mich umbringen. Also hab ich angefangen, mich zu wehren, ich konnte nicht anders, und wir waren auf dem Treppenabsatz, als er …«

Louise legte sanft ihre Hand auf seinen Arm. Eine zarte, tröstende Geste, doch er zuckte zurück, als wäre er geschlagen worden. »Val, es war ein Unfall …«

»Es war meine Schuld!«

»Sie müssen das verstehen. Du kannst nicht den Rest deines Lebens im Gefängnis verbringen.«

»Es ist mir egal, wo ich den Rest meines Lebens verbringe. Bei Gott ich hoffe nur, dass es verdammt kurz sein wird.« Er verstummte einen Augenblick, dann sagte er: »Die Ironie bei der Sache ist, Lou, die verdammte tragische Ironie, dass ich bereit gewesen wäre, für ihn zu sterben.«

Im Nebenzimmer trank Troy seinen lauwarm gewordenen Tee aus, und Barnaby warf einen verstohlenen Blick in sein drittes Sandwich (ziemlich fettiger Schinken mit bleichen Tomatenscheiben und Mayonnaise) und legte es zurück auf den Teller. Troy stellte gerade klappernd beide Tassen und Unterteller auf das Tablett, als Fainlight erneut zu sprechen begann.

Barnaby packte seinen Sergeant am Arm und ermahnte ihn zischend zur Ruhe.

»Das Merkwürdige war, dass ich dieses Mädchen schon mal gesehen habe.«

»Tatsächlich?« Louise klang skeptisch. »Wie kann das denn sein?«

»Im alten Pfarrhaus. Es war Carlotta.«

»Aber ... das ist ja wunderbar, Val! Alle haben geglaubt, sie wäre ertrunken. Das muss ich Ann ...« Und dann verstummte sie, weil ihr alles wieder einfiel.

»Ihre Haare waren anders, irgendein merkwürdiges Orange, und ganz kurz und stachelig. Aber es war eindeutig Carlotta.«

12

Letztlich fassten sie sie dann sehr schnell. Barnaby hatte schon befürchtet, sie würde untertauchen, ein weiteres Mal ihr Aussehen verändern und einfach in der Unterwelt der Stadt verschwinden. Und wenn nicht in London, dann in Birmingham, Manchester oder Edinburgh. Und da sie kein Foto hatten, das sie in Umlauf bringen konnten, wären die Chancen, sie zu erwischen, praktisch gleich Null gewesen.

Doch um alle Fluchtmöglichkeiten abzudecken, wurden beide Namen, die sie benutzt hatte, rasch an sämtliche Flug- und Seehäfen und an alle großen Bahnhöfe weitergeleitet. Entdeckt wurde sie dann auf dem Bahnsteig des Eurostar in Waterloo. Sie reiste unter einem Namen, den Barnaby sofort erkannte. Der Name, mit dem sie sich ihm bei ihrer ersten Begegnung vorgestellt hatte: Tanya Walker.

Einen traurigeren Anblick, dachte Barnaby, als sie in den Vernehmungsraum gebracht wurde, hatte er selten gesehen.

Als er noch als Constable Streife ging, wurde er manchmal in Kaufhäuser gerufen, wo man ein kleines Kind gefunden hatte, das von seiner Mutter getrennt worden war. Die gleiche Verwirrung und Panik in den Augen, der gleiche Ausdruck furchtbaren Verlusts. Was hatte dieser brutale Schweinehund Jackson nur an sich gehabt, dass dieses Mädchen und Fainlight gleichermaßen in tiefe Trauer um ihn versanken?

Das Tonband lief. Und anders als bei der Vernehmung vor zwei Tagen hatte er diesmal überhaupt keine Schwierigkeiten, seinem Opfer Informationen zu entlocken. Ohne zu zögern, ja ohne auch nur einmal innezuhalten, um nachzudenken, beantwortete sie all seine Fragen mit matter, tonloser Stimme. Es war ihr egal. Sie hatte nichts mehr zu verlieren. Und Gott sei Dank, dass es so war, dachte der Chief Inspector, denn wie sollte er sonst, nun da Jackson tot war, dieses Durcheinander entwirren, das seit zwei Wochen sein ganzes Denken beherrschte.

Obwohl Barnaby mehrere Stunden Zeit gehabt hatte, sich auf das Gespräch vorzubereiten, hatte der Fall so viele verschiedene Aspekte, dass er sich immer noch nicht ganz entschieden hatte, womit er anfangen sollte. Er ging in Gedanken die Kernpunkte noch einmal durch, und zwar in umgekehrter Reihenfolge ihrer Wichtigkeit. Da kam als erstes der am wenigsten interessante Aspekt – die Beziehung des Mädchens zu Jackson. Sie war eindeutig in ihn verliebt, er hatte Macht über sie gehabt, und sie hatte alles getan, nur um ihm zu gefallen – die uralte Geschichte. Als Nächstes ihre Version dessen, was in der Lomax Road passiert war. Dann ihre Verbindung zu Carlotta Ryan, dem Mädchen, das in dem Zimmer neben ihr gewohnt hatte. Schließlich ihre genaue Rolle in der ausgeklügelten Intrige im alten Pfarrhaus, die in dem Mord an Charlie Leathers gegipfelt hatte. Obwohl dieser letzte Punkt der bei weitem wichtigste und interessanteste war, beschloss Barnaby merkwürdigerweise, mit dem dritten zu beginnen.

»Was wissen Sie über Carlotta, Tanya?«

»Das hab ich Ihnen doch schon erzählt. Als Sie in ihre Wohnung wollten.«

»Was ist mit ihr passiert?«

Sie sah ihn verständnislos an.

»Ist sie noch am Leben?«

»Natürlich ist sie noch am Leben. Was soll das?«

»Wo ist sie denn dann?«, fragte Sergeant Troy.

»Sie wird sich amüsieren, was das Zeug hält, nehm ich an. Auf einem Kreuzfahrtschiff um die halbe Welt.«

»Und wie ist es dazu gekommen?«

»Über eine Anzeige in dieser Theaterzeitung. Etwa zehn Tage, bevor sie ins Pfarrhaus ziehen sollte, hat sie sich vorgestellt. Sie haben ihr den Job angeboten, Oben-ohne-Tanzen. Ein Vertrag für ein Jahr. Sie hat sofort zugegriffen.« Tanya sah zu Sergeant Troy, und zum ersten Mal schien sie ein wenig aufzuleben. Sie sagte: »Hätten Sie das nicht?«

Troy antwortete nicht. Es wäre ohnehin unpassend gewesen, aber er wollte auch gar nicht antworten. Er erinnerte sich an seine erste Begegnung mit diesem Mädchen, wie sehr ihn ihr Aussehen und ihr fröhliches Geplapper angerührt hatten – und die traurige Tatsache, dass sie nicht wusste, wer ihr Vater war. Vermutlich nur eine weitere Lüge. Er kniff die Lippen zusammen, um bloß nicht zu lächeln, ohne allerdings zu ahnen, wie scheinheilig ihn das aussehen ließ.

»Und wessen Idee war es, dass Sie an ihrer Stelle zu den Lawrences gehen sollten?«, fragte Barnaby, der froh war, dass er nun wenigstens wusste, weshalb die Wohnung ausgeräumt worden war. »Ihre oder Carlottas?«

»Terrys. Er fand es gut, dass er dadurch ein Auge auf mich haben konnte. Allerdings kam er auch immer nach London, wenn er konnte. Er war gerade da, als Sie kamen. Hat sich im Schlafzimmer versteckt.«

Barnaby fluchte leise vor sich hin. Doch seine Stimme klang

ganz ruhig, als er fragte: »Dann sind Sie also schon länger mit ihm zusammen?«

»Schon ewig. Mal mehr, mal weniger.«

»Muss ja meistens eher weniger gewesen sein«, sagte Sergeant Troy. »So oft wie er gesessen hat.«

»Yeah, meistens.« Tanya sah Troy mit abgrundtiefer Verachtung an. Troy wurde rot vor Wut und fand, dass sie ziemlich unverschämt war. Trotzdem war er derjenige, der als erster den Blick abwandte.

»Aber Sie haben beide so getan, als würden Sie sich nicht kennen?«, sagte Barnaby.

»Das stimmt. Er wollte nicht, dass die Verbindung rauskam.«

»Wegen des großen Plans?«

»Zum Teil. Aber er verheimlichte einfach gern Dinge. Nur so fühlte er sich sicher.«

»Und wie sollte das Ganze funktionieren?«

»Es war genial. Wir hatten zwei Pläne, einen für den Tag und einen für die Nacht, je nach dem, wann Mrs. L mich zur Rede stellen würde. Ich hatte ein bisschen Schmuck geklaut, irgendwelches altmodische Zeug, auf das sie ganz versessen war.«

»Es hatte ihrer Mutter gehört.«

»Yeah, wie auch immer.«

Barnaby streckte eine Hand aus. »Sie haben nicht zufällig ….«

Tanya zögerte.

»Na kommen Sie schon, Tanya. Sie haben bereits zugegeben, dass Sie den Schmuck gestohlen haben. Wenn Sie ihn zurückgeben, macht sich das gut in Ihrer Akte.«

Tanya öffnete ihre Handtasche und legte die Ohrringe auf Barnabys Hand. Sie wirkten sehr klein. Klein, aber schön.

»Jetzt werden Sie sie verscherbeln, was?«

»Genau«, sagte Sergeant Troy.

Barnaby fragte, wie die Sache dann weitergegangen sei.

»Als sie deswegen in mein Zimmer kam, bin ich ausgeflippt, hab mit Sachen um mich geschmissen und gebrüllt, mein Leben wär im Eimer. Dann bin ich weggelaufen. Wir wussten, dass sie hinter mir herlaufen würde, so war sie halt.«

»Fürsorglich«, ergänzte Barnaby.

»Es hat perfekt geklappt. Falls nicht, dann hätte Terry noch viele andere Ideen auf Lager gehabt.«

»Sie hat geglaubt, sie hätte Sie ins Wasser gestoßen«, sagte Barnaby. »Sie war völlig verzweifelt.«

»Das war ja der Sinn der Sache«, erklärte Tanya geduldig. »Wenn ich gesprungen wär, hätte sie ja wohl kaum gezahlt, was?«

»Warum sollte sie überhaupt zahlen?«, fragte Sergeant Troy unwirsch.

»Weil sie es sich leisten kann. Weil sie ein verdammt großes Haus hat und jemanden der es für sie putzt, und jemand anderen, der den scheiß Garten macht. Und weil sie in ihrem ganzen Leben keinen einzigen Handschlag getan hat!«

»Sie mochten sie also nicht«, sagte Barnaby.

»Ach ...« Tanya seufzte. »So schlimm war sie gar nicht. Wen ich nicht ausstehen konnte, das war der heilige Joe. Hat einen ständig begrapscht. Ganz zufällig natürlich – wissen Sie, was ich meine? Hände wie feuchte Spüllappen.«

»Und wo sind Sie aus dem Fluss geklettert?«

»An der gleichen Stelle, wo ich rein bin. Terry hatte schon vor Tagen einen alten Autoreifen dorthin gebracht und ihn mit einem Seil an einem Haken unter der Brücke befestigt. Daran hab ich mich festgehalten, bis sie weggelaufen ist, und dann hin ich rausgeklettert.«

Von dem Reifen hab ich gewusst. Barnaby vergegenwärtigte sich den Bericht über die Suche am Flussufer. Ein Stück dornigen Gestrüpps – leere Chipspackungen, das Gestell eines Kinderwagens und ein alter Autoreifen. Der mal als

Schaukel benutzt worden war, hatte es in der Beschreibung geheißen, weil noch ein Seil daran hing. Und bei mir hat's nicht geklingelt. Vielleicht hatte Joyce ja Recht, und es wurde Zeit, Schluss zu machen.

»Wo sind Sie dann hingegangen?« Gegen seinen Willen stellte Sergeant Troy sich vor, wie sie klatschnass und zitternd vor Kälte im Dunklen stand.

»Zum Haus zurück. Hab mich im Garten versteckt, bis Terry kam. Hab bei ihm geschlafen. Am nächsten Tag bin ich per Anhalter nach Causton und dann mit dem Zug nach London.«

Barnaby versuchte ganz bewusst zu atmen, um seine aufkommende Wut im Zaum zu halten. Er wollte nicht über die vielen Stunden, ja Tage verschwendeter Zeit (einschließlich seiner eigenen) nachdenken, in denen man Berge von Papieren mit sinnlosen Befragungen bezüglich der betreffenden Nacht durchgearbeitet hatte, oder über die ausgiebigen Erkundigungen bei zahlreichen Gesundheits- und Polizeibehörden nach einem möglichen Ertrunkenen. Kurz gesagt, über die gewaltige Verschwendung äußerst knapper Polizeiressourcen.

»Und was ist dann schief gegangen?«, fragte Sergeant Troy. Er hatte den grimmigen Zug um den Mund seines Chefs bemerkt und die Zornesröte auf seinen Wangen und glaubte, dass die nächste Frage besser von ihm kommen sollte.

»Dieser schielende Schwachkopf Charlie Leathers. Wegen dem ist alles schief gegangen. Terry hatte seinen Erpresserbrief geschrieben und an sie persönlich adressiert. Ich hab ihn per Express bei der Hauptpost in Causton aufgegeben. Da kommt die Post dann fast immer innerhalb von vierundzwanzig Stunden an. Er passt das Postauto ab und geht unter irgendeinem Vorwand ins Haus, um zu sehen, ob sie ihn bekommen hat.«

»Wie sollte er das denn wissen?«, fragte Sergeant Troy.

»Na hören Sie mal«, sagte Tanya. »Sie wird doch wohl kaum

durch die Gegend hüpfen und singen: ›Oh what a perfect day, I wanna spend it with you‹, wenn ihr dieses Ding ein Loch in die Tasche brennt, oder?«

»Vermutlich nicht«, sagte Barnaby. Er dachte an Ann Lawrence. Gutmütig, ein wenig lebensuntüchtig, arglos. Wie sie geruhsam ihren täglichen Pflichten nachging. Ihre Post öffnete.

»Jedenfalls hatte sie ihn bekommen. Er fand sie halb tot vor Angst vor, und der Brief lag auf dem Boden. Das Problem war nur, es war nicht sein Brief. Es waren zwar ebenfalls aufgeklebte Buchstaben, aber weniger Worte. Und anders angeordnet. Sie können sich vorstellen, wie er sich gefühlt hat.«

»Muss ein ziemlicher Schlag gewesen sein«, sagte Barnaby.

»Yeah. Aber Terry ist am besten, wenn er in die Enge getrieben wird. Also denkt er sich, ein Erpresserbrief, das bedeutet Zahlung, und beobachtet sie die ganze Zeit. Er nahm an, dass sie das Geld wahrscheinlich nachts abliefern sollte, und so war's auch. Also folgt er ihr, um das Geld selber einzusammeln. Denn wir hatten es uns ja schließlich verdient. *Aber er wollte niemanden umbringen.*«

Barnaby war versucht zu sagen: »Dann ist ja alles in Ordnung«, verkniff es sich jedoch.

»Aber Charlie war schon vor ihm da. Terry entdeckte ihn, als er sich gerade das Geld nehmen wollte.«

»Na so was«, murmelte Sergeant Troy.

»Wie gut, dass Terry zufällig ein Stück Draht in der Tasche hatte«, sagte Barnaby.

»Man muss halt heutzutage immer irgendwas dabei haben, um sich zu schützen«, erklärte Tanya, die allmählich etwas ungehalten wurde. Sie schien der Meinung zu sein, dass doch gerade Barnaby wissen müsse, wie schlecht die Welt da draußen war. »Und es war auch gut, dass er das hatte, so wie die Sache dann lief.«

»Wie meinen Sie das?«

»Charlie ging mit einem Messer auf ihn los. Es gab einen furchtbaren Kampf.«

Die beiden Polizisten sahen sich an. Beide erinnerten sich, dass am Ort des Verbrechens keinerlei Kampfspuren zu sehen gewesen waren.

»Also war es eindeutig Notwehr!« Tanya die den Blick bemerkt und richtig gedeutet hatte, wurde ziemlich heftig.

»Und was ist mit dem Hund?«, fragte Sergeant Troy. »War das auch ›Notwehr‹?«

»Was reden Sie da? Was für ein Hund?«

Barnaby legte seinem Sergeant rasch eine Hand auf den Arm, um eine leidenschaftliche Anklage zu verhindern, wie grausam Jackson zu dem Tier gewesen war. Emotionale Ablenkungen konnte er jetzt auf gar keinen Fall gebrauchen.

»Was ist denn mit Terrys Brief passiert, Tanya?«

»Der kam am nächsten Tag. Terry hat den Postboten abgefangen, gesagt, er würde die Post selbst ins Haus bringen, und sich den Brief rausgefischt. Dann hat er einen neuen verfasst, ihn diesmal wie Charlie gleich dort eingeworfen und fünf Riesen verlangt.«

»Und beim dritten Mal wäre es ganz bestimmt noch mehr gewesen.«

»Warum auch nicht? Terry schätzte, dass das Haus bestimmt eine Viertelmillion wert ist. Jedenfalls hat er gesagt, wir sollten ihr erst mal eine Verschnaufpause gönnen – sozusagen ein falsches Gefühl der Sicherheit. Vielleicht einen Monat. Wir wollten für ein paar Tage nach Paris. Er hatte ja die fünf Riesen ...«

»Und jetzt haben Sie die, Tanya. Richtig?«

»Nein. Er hat sie nicht mit nach Hause genommen.«

»Und das sollen wir Ihnen glauben?«, sagte Troy.

»Es ist wahr. Er hat das Geld versteckt, weil er glaubte, Sie würden mit einem Durchsuchungsbefehl für die Wohnung ankommen. Und dann konnte er's nicht holen, weil dieser dreckige schwule Sack ihm die ganze Zeit nachspionierte. Mit einem Fernglas.«

Das stimmte mit dem überein, was Bennet ihm später noch über Fainlight erzählt hatte, dachte Barnaby. Das Geld war vermutlich zusammen mit den Klamotten in dem Rucksack verstaut. Wenn man den fand, hatte man den Jackpot geknackt.

»Wissen Sie, wie er an die zweite Ladung Geld gekommen ist?« Sergeant Troy versuchte sich in ironischer Geduld, scheiterte jedoch wie immer. Selbst in seinen eigenen Ohren hörte er sich nur gereizt an.

»Genauso wie beim ersten Mal. Wie viele Möglichkeiten gibt' s schon, einen Umschlag einzusammeln?«

»Indem man das Opfer verfolgt, es mit dem Kopf auf die Motorhaube knallt und sich das Geld einfach nimmt.«

Tanya starrte Barnaby an, der zuletzt gesprochen hatte, dann sah sie zu Sergeant Troy und dann wieder zu Barnaby.

»Ihr gemeinen Schweine. Ihr würdet niemals solche Lügen erzählen, wenn er hier wäre und sich verteidigen könnte. Sie hat es wie beim ersten Mal im Carter's Wood deponiert.«

»Mrs. Lawrence hat das Geld nirgendwo deponiert. Sie hatte beschlossen, nicht zu zahlen und es zur Bank zurückzubringen.«

»Yeah, mag schon sein, dass sie das behauptet ...«

»Sie behauptet gar nichts«, sagte Troy. »Sie liegt seit drei Tagen auf der Intensivstation. Es ist noch nicht sicher, ob sie durchkommt.«

Barnaby betrachtete das Mädchen genau. Sie sah plötzlich furchtbar unsicher aus, und sein Blick war nicht ohne Mitgefühl.

»Er ist doch schon früher gewalttätig gewesen, Tanya.«

»Ist er nicht.« Dann widersprach sie sich sofort. »Dafür gab es Gründe.«

»Mit einem Messer auf jemanden ...«

»Das hat er nicht getan. Terry war der jüngste in der Gruppe. Er hat die Schuld auf sich genommen, um dazugehören zu dürfen. Der Typ, der's tatsächlich getan hat, hätte lebenslänglich bekommen. Auf der Straße musst du akzeptiert werden. Wenn nicht, bist du erledigt.«

Troy wollte nach dem alten Mann fragen, der im Rinnstein liegen gelassen worden war, war aber merkwürdig gehemmt. Das lag daran, dass er ebenfalls gegen ein gewisses Mitgefühl ankämpfen musste. Nicht für Jackson, natürlich nicht, aber für dieses Mädchen. Sie war jetzt ganz offenkundig verzweifelt und bemühte sich so sehr, nicht zu weinen. Barnaby hatte solche Skrupel nicht.

»Es gab einen weiteren Vorfall. Ein alter Mann ...«
»Billy Wiseman. Der hat noch Glück gehabt.«
»*Glück?*«
»Ich kenn da ein paar Leute – da wär der nie wieder aufgestanden.«
»Wie meinen Sie das, Tanya?«
»Ich war zehn, als ich zu ihnen in Pflege kam – zu ihm und seiner Frau. Was er getan hat – ich mag's einfach nicht aussprechen. Immer wieder. Manchmal wurde ich mitten in der Nacht wach, und er war ... Dann, als ich vierzehn war, traf ich Terry unten am Limehouse Walk. Ich fing einfach an zu reden, und da kam alles raus. Er sagte kein Wort. Aber sein Gesicht war furchtbar.« Tany stieß einen kurzen Schrei aus. Ein wilder Klagelaut, wie von einem verängstigten Vogel.

»Das tut mir Leid«, sagte Barnaby.

Und Troy dachte: O Gott, ich kann es nicht mehr ertragen.

»Ich hatte ihn seit ewigen Zeiten nicht gesehen. Er war bei zwei oder drei Familien gewesen und dann im Waisenhaus gelandet. Ich war ebenfalls rumgereicht worden – einmal hatten wir uns völlig aus den Augen verloren. Wussten nicht, wo der andere war. Das war das Schlimmste. Als ob die ganze Welt plötzlich stehen blieb.« Die Tränen flossen in Strömen. »Er war der einzige Mensch, der mich je geliebt hat.«

Troy versuchte unbeholfen, sie zu trösten. »Sie werden jemand anderen kennen lernen, Tanya.«

»Was?« Sie starrte ihn verständnislos an. »Sie sind jung. Hübsch ...«

»Sie dummes Arschloch.« Sie wich vor ihnen zurück und starrte mit ungeheurer Verachtung von einem zum anderen. »Terry war nicht mein Freund. Er war mein Bruder.«

Wie sich herausstellte, hätten sie den Fall in den nächsten Tagen ohnehin gelöst. Als nämlich klar war, dass die Fingerabdrücke in Tanyas Zimmer in Stepney genau mit denen im Mansardenzimmer des alten Pfarrhauses übereinstimmten.

Oder als Barnaby sich daran erinnerte, dass Vivienne Calthrop gesagt hatte, Carlotta wäre viel zu klein, um als Model zu arbeiten. Wieso musste sie dann den Kopf einziehen, um im alten Pfarrhaus nicht gegen den Türrahmen zu stoßen? Oder als man das Fahrrad, mit dem Jackson von Causton zurückgefahren war, zwischen einem halben Dutzend anderer in Fainlights Garage gegen die Wand gelehnt fand. Das Geld war immer noch in der Satteltasche. Der Rucksack und die Klamotten wurden nie gefunden. Die allgemeine Meinung im Ermittlungsraum war, dass Jackson die Sachen in die Mülltonne der Fainlights geworfen hatte, bevor diese am nächsten Tag abgeholt wurde.

Bei einer weiteren Befragung gab Fainlight zu, dass er Jackson einmal im Haus und im Garten herumgeführt hatte, als seine Schwester nicht da war. Und dass der Mann den Gartenschlüssel an sich genommen haben könnte, als er gerade mal nicht hinschaute. Doch was zum Teufel spielte das noch für eine Rolle und wann würde man ihn endlich in Ruhe lassen?

»Und was meinen Sie, wie er's gemacht hat, Chef?«, fragte Sergeant Troy, als sie zum letzten Mal den atemberaubenden Glasbau verließen.

»Vermutlich ist er dahinten übers Feld gefahren, durch das

Tor in den Garten, am Haus vorbei und in die Garage. Dann könnte er sich hinter den Alvis geduckt, sich umgezogen und seine Sachen versteckt haben, um sich später darum zu kümmern.«

»Was glauben Sie, wieviel er kriegt? Fainlight, meine ich.«

»Kommt drauf an. Mord ist eine schwerwiegende Anklage.«

»Es war ein Unfall. Sie haben doch gehört, was er zu seiner Schwester gesagt hat.«

»Ich hab ihn auch sagen hören, dass er blind vor Eifersucht war. Er kannte den Mann, Troy. Sie hatten eine Beziehung miteinander. Was bedeutet, dass Mord nicht auszuschließen ist. Die Met hatte recht, ihn unter Anklage zu stellen.«

»Aber er wurde auf Kaution freigelassen.« Troy regte sich ziemlich auf. »Das muss doch was zu bedeuten haben.«

»Es bedeutet, dass er nicht als Gefahr für die Öffentlichkeit angesehen wird. Nicht, dass er kein Verbrechen begangen hat.«

»Also könnte er für schuldig befunden werden?«

»Kommt drauf an.«

»Worauf?«

»Beispielsweise ob man den Geschworenen ihre Vorurteile gegen Homosexuelle austreiben kann. Oder inwieweit sie sich von Fainlights Ansehen als Autor beeindrucken lassen. Wie entsetzt sie sind, wenn Jacksons Vorstrafenregister verlesen wird. Wie sie auf die Aussage von Tanya Walker reagieren, die – gelinde gesagt – feindselig sein wird.«

Am Ende ihres Gesprächs hatte Tanya den Kampf beschrieben, der zum Tod ihres Bruders führte. Laut ihrer Darstellung war Valentine hereingeplatzt, hatte Terry angegriffen, ihn zum Treppenabsatz gezerrt und durch das Geländer gestoßen. Sie selbst wäre aus Angst um ihr Leben über die Feuertreppe geflüchtet.

»Es gibt noch einen Zeugen, Chef. DS Bennet.«

»Er hat Jackson nur fallen sehen. Sie kann sagen, wie es dazu kam.«

»Und lügen.«

»Wahrscheinlich. Vermutlich. Das Herz des Mädchens ist gebrochen, und sie wird sich rächen wollen. Und wer könnte ihr einen Meineid nachweisen?«

»Schlecht für seine Bücher, was?«

»Da er für Kinder schreibt, würde ich sagen ja.«

Barnaby war schockiert über Fainlights Aussehen gewesen. Er wirkte wie ein Zombie. In seinen Augen war alles Leben und alle Hoffnung erloschen. Da war noch nicht einmal Verzweiflung zu sehen gewesen. Er hatte deutlich abgenommen, und sein Körper war vor Erschöpfung in sich zusammengesunken. Er schien nicht nur etliche Pfund leichter, sondern auch einige Zentimeter kleiner.

Barnaby beneidete Louise nicht. Doch er war sicher, dass sie es schaffen würde, Fainlight durch aufopfernde Pflege von seinen Seelenqualen zu befreien. Sie besaß die Liebe, die Geduld und – zumindest im Augenblick noch – die Energie. Alles an ihr hatte gestrahlt. Ihre Augen, ihre Haut und ihre Haare. Ihr Wangen waren rosig, und das nicht durch geschickt aufgetragenes Make-up, sondern vor Gesundheit und Glück.

Und sie hatte die Zeit auf ihrer Seite. Der Mann, der ihrem Bruder soviel Schmerz zugefügt hatte, existierte nicht mehr. Zumindest nicht als fleischliches Wesen. Wie es in Fainlights Herzen aussah, das war eine andere Sache. Oder in seinem Kopf, wo alle Probleme anfangen und enden. Von Schuld und Einsamkeit zerfressen, der Gesellschaft des einzigen Menschen beraubt, nach dem seine unglückliche Seele sich sehnte, wie sollte er da überleben, ob im Gefängnis oder in Freiheit?

»Wenn doch nur«, murmelte Barnaby vor sich hin. »Manchmal glaube ich, das sind die traurigsten Worte in der englischen Sprache.«

»Ich würde eher sagen die sinnlosesten«, meinte Sergeant Troy.

»Ist mir schon klar«, entgegnete der Chief Inspector. Er war an die phlegmatische Haltung seines Sergeants gewöhnt und manchmal sogar froh darüber. Sozusagen als Ausgleich für seine ausschweifende Phantasie.

»Was passiert ist, ist passiert«, fuhr Troy unbeirrt fort. Und fügte dann, damit auch wirklich kein Missverständnis möglich war, hinzu: »Je nä regrätte riejän.«

Sie gingen mittlerweile über den Dorfanger, vorbei an dem Schild mit dem recht phallischen Dachs, den Weizengarben, Kricketschlägern und gelbgrünen Chrysanthemen.

Barnaby bemerkte mehrere Hunde mit hellem, flauschigem Fell, die fröhlich umhersprangen, zum Glück weit genug entfernt, um jeglichen Austausch von Höflichkeiten mit ihrer Besitzerin unmöglich zu machen. Ein kleiner Terrier versuchte mitzuspielen und schlug sich ganz wacker. Die Besitzerinnen der Hunde gingen Arm in Arm, die Köpfe dicht beisammen, und unterhielten sich.

»Gucken Sie mal, wer da ist«, sagte Sergeant Troy.

»Ich hab gesehen, wer da ist«, erwiderte der Chief Inspector und beschleunigte seine Schritte. »Vielen Dank.«

Kurz darauf kamen sie an den Fluss. Barnaby blieb an der niedrigen Brücke stehen, um auf das rasch dahinfließende Wasser zu schauen. Er fragte sich, wie es im Mondschein der Nacht ausgesehen haben mochte, in der Tanya fortgelaufen war. Der Mond musste nämlich geschienen haben, damit Charlie Leathers die Gesichter der beiden Frauen hatte erkennen können, die auf der Brücke einen Kampf ausfochten, der mit einem fürchterlichen Platschen endete. Und er hatte das, was er sah, für wirklich gehalten, wie wir das alle tun. Wer stellt schon das Zeugnis seiner eigenen Augen in Frage?

»Ich hab gerade nachgedacht, Sir. Diese Tanya ...«

»Armes Mädchen«, sagte Barnaby zu seiner eigenen Verblüffung.

»Ganz genau«, erwiderte Troy eifrig. »Wenn es jemanden gibt, der einen Freund braucht ...«

»Denken Sie nicht mal im Traum daran.«
»Da wäre doch nichts dabei ...«
»Doch, das wäre es. Irgendwann.«
»Aber was soll aus ihr werden?«
»Sie wird es überleben«, sagte Barnaby mit einer Zuversicht, die er nicht wirklich empfand. »Schließlich ist es ihr auch gelungen, uns reinzulegen.«
»Vermutlich.«
»Nicht ertrunken Troy, sondern nur gewunken. Genau umgekehrt wie in dem Gedicht.«

Troy schluckte seine Verärgerung herunter. So etwas passierte immer wieder. Der Chef sagte etwas, das ein bisschen schwierig, leicht obskur war. Irgendein Zitat aus irgendwas, von dem kein vernünftiger Mensch je gehört hatte. Wenn man dann um eine Erklärung bat, winkte er ab.

Sein gutes Recht, könnte man sagen. Aber dann soll er doch nicht ständig auf einem rumhacken, weil man keine Ahnung von Oper und Theater, von ernster Musik und schwierigen Büchern und so Zeug hat. Troy hatte neulich abends, als er nach Hause gekommen war, »Philister« in Talisa Leannes Wörterbuch nachgeschlagen und war nicht sonderlich erfreut gewesen. War es denn ein Wunder, dass er »eine Person mit mangelnder geistiger Bildung« war, wenn ihm jedesmal, wenn er eine Frage stellte, irgend so ein Alleswisser in seiner Umgebung über den Mund fuhr?

»Wie wär's mit einem Mittagessen im Red Lion?«
»Hört sich gut an, Chef.«
»Worauf haben Sie denn Appetit? Ich bezahle.«
»Fleischpastete mit Fritten wär schön. Und eine Portion von dieser Himbeer-Pawlowa.«
»Ausgezeichnet«, sagte Barnaby, während sie über den Platz vor dem Pub schritten. »Das dürfte Sie auf den Beinen halten.«

Wie sich herausstellte, pflegte Louise ihren Bruder doch nicht persönlich gesund. Valentine kehrte nur für wenige Tage nach Fainlights zurück, um seine Sachen zu packen, seinen Computer, persönliche Unterlagen und einige Bücher. Er hatte vor, sich bis zum Prozess in einigen Monaten stattfinden würde, irgendwo in London etwas zu mieten.

Während er nach einer Bleibe suchte, wurde ihm die Dachgeschosswohnung im Haus seines Verlegers in Hampstead angeboten. Der reguläre Bewohner, der Sohn des Verlegers, studierte im dritten Jahr in Oxford und war selten zu Hause. Obwohl alles ziemlich beengt war, richtete sich Valentine dort ein und gab allmählich den Gedanken auf, sich etwas anderes zu suchen, bevor geklärt war, wie die Zukunft aussehen würde. Nicht, dass er es so ausgedrückt hätte. Er dachte kaum noch über den Tag hinaus, meist noch nicht mal über den Augenblick, sondern ließ sich in dumpfer Einsamkeit von Stunde zu Stunde treiben.

Louise rief ständig an. Schließlich begann er den Stecker rauszuziehen und ließ ihn manchmal tagelang draußen. Ein-, zweimal trafen sie sich auf ihren beharrlichen Wunsch hin zum Mittagessen, aber das war eher ein Misserfolg. Val hatte keinen Hunger, und ihr fürsorgliches Drängen, er müsse etwas essen, ging ihm auf die Nerven. Als sie sich nach dem zweiten Mal voneinander verabschiedeten, hatte Louise Mühe, nicht zu weinen, und Val versicherte ihr mit schlechtem Gewissen, dass es alles seine Schuld sei, bevor er sie unbeholfen umarmte und sagte: »Meld dich mal wieder.«

Im Zug zurück nach Great Missenden gewann Louises unverwüstlicher Optimismus wieder die Oberhand. Es war normal, dass diese Dinge ihre Zeit brauchten. Ihr war nur nicht klar gewesen, wie lange. Alles würde irgendwann wieder gut werden. Dennoch war sie ganz froh, als sie am Bahnhof in ihr kleines Auto stieg, dass sie nicht in ein leeres Haus zurückkehren musste.

Als Ann schließlich in der Lage war, das Krankenhaus zu verlassen, um – wie man sie vorgewarnt hatte – eine längere Genesungsphase anzutreten, wusste sie nicht so recht, wo sie hin sollte. Ihr tiefstes Inneres revoltierte bei der Vorstellung, in das alte Pfarrhaus zurückzukehren. Das Haus, in dem sie seit ihrer Kindheit gelebt hatte, war ihr so zuwider geworden, dass sie beinahe das Gefühl hatte, sie wolle es nie mehr wiedersehen. Aber die einzige Verwandte, die sie noch hatte, war eine ältliche Tante in Northumberland, die Ann seit fast zwanzig Jahren nicht mehr gesehen hatte, und in dieser Zeit hatten sie sich nur ab und zu der Form halber geschrieben. Außerdem musste sie zur Nachbehandlung in der Nähe des Krankenhauses bleiben. Als dann der Tag näher rückte, an dem sie entlassen werden sollte, schlug Louise vor, Ann solle doch einfach eine Weile in Fainlights wohnen.

Louise war fast jeden Tag in Stoke Mandeville gewesen, und obwohl sehr wenig geredet wurde, war das Schweigen niemals unangenehm gewesen. Und nachdem sie sich allmählich immer näher gekommen waren, hatten beide Frauen das Gefühl, dass das eine gute Lösung wäre.

Dennoch gab es zwangsläufig gewisse Probleme, nachdem Ann eingezogen war. Sie mussten sich erst an das Zusammenleben gewöhnen. Aus lauter Dankbarkeit wollte Ann mehr tun, als sie eigentlich konnte. Louise lehnte ihrerseits jede Hilfe ab und war überzeugt, sie könne alles allein schaffen, obwohl sie das seit Jahren nicht mehr versucht hatte. Und die Vermittlungsagentur für Hausangestellte hatte, als sie von Valentines Tat und seiner anschließenden Verhaftung erfuhr, den Namen Fainlight prompt aus ihrer Kundenliste gestrichen.

Schließlich begann Hetty, die ohnehin häufiger vorbeikam, um nach Ann zu sehen, im Haushalt zu helfen. Damit waren dann alle zufrieden. Louise, weil sie keine Hausarbeit mehr machen musste, was sie hasste. Ann, weil sie sich freute, Hetty zu sehen, beinahe die einzige Konstante in ihrem Leben seit ihrer Geburt. Und Hetty, weil sie das Geld für den Umzug brauchte. Sie hatte nämlich im Austausch über das Sozialamt ein Haus zugewiesen bekommen, das näher bei Pauline und ihrer Familie lag. Den Umzug würde Alan zwar mit seinen Kumpels regeln, so dass sie eigentlich nur einen Lieferwagen mieten und einen Kasten Bier sowie Fish and Chips für alle spendieren musste, aber Hetty ließ sich nicht gern etwas schenken.

Nachdem sich herumgesprochen hatte, dass Mrs. Lawrence wieder soweit gesund war, um Leute empfangen zu können, begann das Dorf mit kleinen Geschenken anzurücken, Bücher, Blumen, selbstgebackene Kuchen und Süßigkeiten. Jemand schenkte ihr ein Taschentuch, das kunstvoll mit ihrem Namen bestickt war. Ann war häufig zu Tränen gerührt über soviel Freundlichkeit. Louise, die zunächst ein wenig ungehalten über den nicht enden wollenden Strom von Besuchern war, gewöhnte sich allmählich daran und freute sich sogar über die Gesellschaft. Sie setzte den Kessel auf, stellte Kuchen auf den Tisch und sorgte dafür, dass die Leute sich wohl fühlten. Auch diverse Hunde kamen und gingen. Louise, die sich früher nie etwas aus Tieren gemacht hatte, war schließlich so begeistert von Candy, dass sie ernsthaft in Erwägung zog, sich selbst ein Haustier anzuschaffen.

Doch all das spielte sich tagsüber ab. Nach Einbruch der Dunkelheit wurden die Dinge etwas schwieriger. Dies war für beide Frauen die schmerzlichste Zeit, die Zeit, in der ihre Freundschaft, die für den Rest ihres Leben halten sollte, fest geschmiedet wurde.

Louise hatte die Sozialarbeiterin im Krankenhaus um Rat gefragt, bevor sie ihre Freundin abholte. Man hatte ihr gesagt, sie müsse mit schlaflosen Nächten rechnen, und ihr erklärt, wie sie mit Albträumen und sogenanntem posttraumatischem Stress umgehen sollte. Aber zu ihrer ungeheuren Erleichterung konnte sich Ann überhaupt nicht an den Überfall erinnern noch nicht mal an die Fahrt nach Causton. Das Letzte, woran sie sich erinnerte, war, dass sie an die Tür von Lionels Arbeitszimmer geklopft hatte, um ihm zu sagen, das Mittagessen sei fertig. Womit Louise allerdings nicht gerechnet hatte und was sie nur schwer verstehen konnte, waren Anns überwältigende Schuldgefühle.

Ann war einfach nicht von der Überzeugung abzubringen, sie hätte die ganze Tragödie verhindern können, wenn sie die Willenskraft gehabt hätte, sich ihrem Mann gegenüber in bezug auf Terry Jackson durchzusetzen. Sie hatte von Anfang an gespürt, dass er etwas Gefährliches an sich hatte. Diese Angst hatte sie dazu veranlasst, dem Mann das Haus zu verbieten, aber sie hatte nicht den Mut gehabt zu verlangen, dass man ihn ganz fortschickte. Wenn sie doch nur ... So hatte Ann geweint und sich Vorwürfe gemacht, und Louise hatte sie getröstet und ihr versichert, dass sie keine Schuld träfe.

Dieses jammervolle Szenario wiederholte sich Tag für Tag. Zunächst hörte Louise teilnahmsvoll zu, obwohl sie derartige Schuldbeteuerungen für unbegründet hielt. Dann kamen sie ihr allmählich neurotisch vor. Schließlich, da ihre endlosen Beschwichtigungen offenbar kaum Beachtung fanden, wurde sie wütend. Erst verbarg sie ihren Zorn, dann konnte sie ihn nicht mehr verbergen. Als sie ihn zeigte, wurde Ann noch verzweifelter. Dann wurde Ann wütend.

Schließlich vertrauten sie sich unter Tränen und mit Hilfe von furchtbar viel Wein ihre tiefsten und geheimsten Ängste und Sehnsüchte an. Ann weinte über die in Einsamkeit verstrichenen Jahre und aus Trauer über das sterile Halbleben, das sie geführt hatte, Louise weinte über das Scheitern einer Ehe, von der sie geglaubt hatte, sie sei im Himmel geschlossen worden, um den Verlust des Bruders, so wie sie ihn gekannt hatte, und über das traurige, verwirrte Wesen, das seinen Platz eingenommen hatte. Für beide, sowohl für die nüchterne, abgeklärte und zynische Louise als auch für die unterdrückte, schüchterne und ängstliche Ann, war dieses Offenlegen von Gefühlen eine neue und ziemlich beunruhigende Erfahrung.

Danach gingen sie reserviert, ja sogar ein bisschen kühl miteinander um. So vergingen einige Tage, doch die Erinnerung an die frühere Nähe war immer da, wie eine unterschwellige Wärme, und allmählich entwickelte sich wieder ein vertrauteres Verhältnis zwischen ihnen.

Sie sprachen auch über Geld. Keine von beiden musste sich ernsthaft Sorgen machen, allerdings würde Louise bei weitem besser gestellt sein. Goshawk Freres hatte sich schließlich über die Höhe ihrer Abfindung geeinigt. Obwohl sich diese durch die Prozesskosten um einiges verringerte, war sie immer noch ganz ansehnlich. Ihr Anteil an dem Haus in Holland Park, das mittlerweile verkauft worden war, betrug über zweihunderttausend Pfund. Außerdem würde sie so bald wie möglich wieder arbeiten.

Ann wusste nicht, ob sie überhaupt jemals arbeiten würde. Das starke Verlangen nach einem neuen Leben, die Tagträume, die ihr so aufregend und realistisch erschienen waren, als sie im Sonnenschein nach Causton gefahren war und »Penny Lane« gesungen hatte, waren durch den Schlag auf den Kopf aus ihrer Erinnerung gelöscht worden. Doch die bissigen Bemerkungen ihres Mannes hatte sie nicht vergessen. Ob sie denn nicht wüsste, dass die Leute heutzutage mit vierzig pensioniert würden? Da sie sich nie dem wirklichen Leben hatte stellen müssen, wie sie da erwarten könne, jemals eine richtige Arbeit zu bekommen?

Louise wurde wütend, als sie das hörte. Ann war gerade mal in mittlerem Alter, sehr intelligent und hübsch anzusehen (das heißt, das würde sie sein, nachdem Louise sie ein wenig umgemodelt hatte), und sie könnte tun, was auch immer sie wollte. Kein Grund zur Sorge. Ann lächelte und sagte, sie müsse halt abwarten, wie sich die Dinge entwickelten.

Das alte Pfarrhaus, so hatte der Immobilienmakler versprochen, würde einen sehr guten Preis erzielen, besonders da es eine sogenannte »Einliegerwohnung« hatte. Der Ertrag aus ihrem Treuhandvermögen würde nun, da er nur noch eine Person anstatt zwei Erwachsene plus einen ständigen Strom von Schmarotzern sowie ein altes marodes Auto unterhalten musste, mehr als ausreichend für ihre bescheidenen Bedürfnisse sein.

Wegen des furchtbaren Unglücks, das Lionel durch sein Handeln über sie selbst und über Louise gebracht hatte, ließ Ann sich relativ leicht von ihrem Vorhaben abbringen, ihm irgendwo eine Wohnung zu kaufen und finanzielle Unterstützung anzubieten. Zunächst hatte sie vehement behauptet, es ginge doch wohl nicht, dass sie ihm gar nichts gäbe. Woraufhin Louise erklärt hatte, selbst wenn sie ihm nichts gäbe, wäre das noch zehnmal mehr, als er ihr je gegeben hatte. Und als Louise dann erfuhr, dass Ann außerdem beschlossen hatte, eine angemessene, inflationssichere Rente für Hetty einzurichten, erklärte sie, dass beides und dazu noch ein neues Haus für Ann selbst absolut nicht machbar seien.

Ann ging nur noch einmal ins alte Pfarrhaus, und das in Begleitung ihres Anwalts. Sie wählte einige wenige Möbelstücke und persönliche Dinge aus, die sie behalten wollte. Der Anwalt sorgte dafür, dass die Sachen irgendwo gelagert und alles andere verkauft wurde. Die ganze Angelegenheit nahm nicht mehr als eine Stunde in Anspruch, doch sie konnte es kaum erwarten, wieder von dort wegzukommen. Sie sprachen auch kurz über ihr Testament, das in seiner Kanzlei hinterlegt war. Sie hatte vor, ein neues zu machen, und sie vereinbarten einen Termin für Anfang nächsten Monats.

Wie es sich ergab, sah Ann Lionel nie wieder. Als er sich endlich durchgerungen hatte, sie im Krankenhaus zu besuchen, war Ann bereits wieder soweit hergestellt, dass sie dem Arzt erklären konnte, sie könne die Gegenwart dieses Mannes keinen Augenblick ertragen, und ihm der Zutritt verweigert wurde. Er ließ sich kein zweites Mal blicken.

Ein Brief von Lucy and Breakbean, Caustons einziger Anwaltskanzlei, die bedürftigen Personen kostenlose Rechtshilfe gewährte, in dem behauptet wurde, dass Lionel die Hälfte am alten Pfarrhaus zustünde, wurde von Anns Anwalt Taylor Reading mit eindeutigen Worten beantwortet. Eine Drohung, dass Lionel weitere Schritte unternehmen würde, verlief im Sande. Im Dezember erhielt Ann dann eine ziemlich jämmerliche Weihnachtskarte mit einer Adresse in Slough, auf die sie nicht antwortete. Und das war's dann auch.

Einige Jahre später erzählten Leute, die Lionel gekannt hatten, Ann, sie hätten ihn gesehen, als sie nach einer Abendvorstellung aus dem National Theatre kamen. Er trüge wieder seinen Priesterkragen und hätte geholfen, Suppe und Sandwiches an die Obdachlosen auf dem Embankment zu verteilen. Doch sie hätten ihn nur kurz gesehen und könnten sich genauso gut getäuscht haben.

13

Eigentlich fiel die silberne Hochzeit von Tom und Joyce Barnaby auf Sonntag, den zwölften September. Doch da sie, wie so viele Leute, an einem Samstag geheiratet hatten, beschlossen sie, lieber an dem Tag selbst zu feiern. Und außerdem würde sich, wie Cully erklärt hatte, jede anständige Feier ohnehin über beide Tage erstrecken.

Der Tag begann ziemlich kühl mit nur ein bisschen bleichem Sonnenschein. Es wurde ein seltsamer Morgen und ein verkrampfter Nachmittag. Die Zeit schleppte sich förmlich dahin. Nach dem Frühstück stellte Barnaby das Geschirr in die Spülmaschine, und Joyce ging zum Friseur, um sich die

Haare machen zu lassen. Als sie zurückkam, tranken sie Kaffee und arbeiteten sich durch die Samstagszeitungen. Und dann war es immer noch nicht an der Zeit, endlich zu Mittag zu essen.

»Gefallen dir meine Haare so? »
»Sie sind prima.«
»Ich dachte, da heute ein besonderer Tag ist, sollte ich mal was anderes haben.«
»Es sieht sehr schön aus. »
»Mir gefällt es nicht.«
»Es ist ganz in Ordnung.«
»Mir gefiel die alte Frisur besser.« Joyce stöhnte auf, trat die Zeitungen vom Sofa und legte die Füße hoch. Dann nahm sie sie wieder runter.

»Ich wünschte, es wäre schon acht Uhr«, sagte Barnaby.
»Es ist aber noch nicht acht. Wir haben zwanzig vor zwölf.«
»Wann wollten wir uns noch gleich die Geschenke geben?«
»Um sieben, wenn die Kinder kommen und wir den Champagner aufmachen.«
»Kann ich meins jetzt schon haben?«
»Nein.«

Barnaby faltete seufzend den Kulturteil des *Independent* zusammen, ging in den Flur, zog seine alte Jacke und einen Schal an und ging nach draußen. Er holte eine Harke aus dem Geräteschuppen und fing an, die Erde um die Pflanzen in der Rabatte zu lockern. Dann nahm er den Eimer mit dem Schwarzwurzsud und goss die faulig riechende Flüssigkeit um die Wurzeln der Pflanzen.

Das Problem mit dem heutigen Tag war, überlegte er, dass er auf sentimentale Weise mit romantischen Erwartungen überfrachtet war, die er nicht erfüllen konnte. Natürlich *war* es ein besonderer Tag, aber es war außerdem ein ganz normaler Tag, den man einfach locker und gemütlich verbringen sollte.

Das Frühstück im Bett, für ihn etwas vollkommen Ungewöhnliches, war kein Erfolg gewesen. Joyce hatte ihm ein Tablett mit einer wunderschönen Rose in einer Kristallvase gebracht, und er saß stocksteif mit einem Kissen gegen das Kopfende gelehnt da und versuchte, sein Croissant mit Margarine zu bestreichen, ohne den Kaffee zu verschütten.

Joyce saß mit ihrem Tablett neben ihm und aß eine Grapefruit, die sie mit einer Hand so abschirmte, dass der Saft nicht überall hinspritzte, und sagte mehr als einmal: »Ist das nicht schön?« Als sie dann über das Bett griff, um das Radio anzuschalten, hatte sie die Rose umgeworfen.

Und so war es weitergegangen. Barnaby verstand plötzlich, wie seine Tochter sich an den Tagen fühlte, an denen sie eine Premiere hatte. Cully hatte es ihm einmal beschrieben. Man versucht, so lange wie möglich zu schlafen, trödelt beim Frühstück, schlendert gegen Mittag zum Theater, obwohl man dort nichts tun kann und nur im Weg ist. Sucht sich jemanden, mit dem man zu Mittag essen kann, geht vielleicht ins Kino, und wenn man rauskommt, hat man immer noch drei Stunden totzuschlagen. Man versucht, sich auszuruhen, und geht seine Zeilen noch einmal durch. Die letzte Stunde vergeht dann wie im Flug.

Irgendwie waren er und Joyce auch in diesen Schwebezustand geraten. Es war lächerlich. Warum konnte es nicht einfach wie an jedem normalen Samstag sein? Barnaby sah seine Frau durch das Küchenfenster gucken. Er winkte ihr zu, und sie antwortete mit einem ziemlich hölzernen Lächeln und betastete ihr Haar. Barnaby trug den Eimer zum Schwarzwurzbeet zurück und fing an zu singen: »What a difference a day makes ...«

Die Kiste in der Garage war verschwunden. Er war deswegen ganz aufgeregt gewesen. Als er Joyce darauf ansprach, hatte sie ihm erklärt, es habe sich um einen Sessel gehandelt, der jemandem aus ihrer Theatergruppe gehörte, der gerade umziehen würde und keinen Platz mehr dafür hatte. Gestern sei der Mann, dem er den Sessel geschenkt hatte, gekommen und hatte ihn abgeholt. Damit war das wohl erledigt.

Barnaby stopfte noch mehr Schwarzwurz in seinen Eimer und füllte ihn mit Wasser. Dann begann er, eine Zwergmispel, die viel zu hoch geworden war, zurückzuschneiden. Der restliche Vormittag verstrich so angenehm, dass er gar nicht wusste, wo die Zeit geblieben war, als Joyce ihn zum Mittagessen rief.

Nach dem Essen sagte sie, sie müsse noch einmal weg. Also döste Barnaby ein wenig, sah sich ein bisschen Sport im Fernsehen an, döste noch ein bisschen und machte sich zur Teestunde eine Tasse Tee. Joyce kam erst kurz vor sechs zurück. Sie sei im Kino gewesen, sagte sie, in *Wag the Dog*. Der wär so brillant, sie müssten sich unbedingt das Video besorgen.

Barnaby fragte nicht, warum sie ihn nicht mit ins Kino genommen hatte. Sie versuchten halt jeder auf seine Weise diesen merkwürdigen und recht ungewöhnlichen Tag hinter sich zu bringen; er, indem er das machte, was er normalerweise an seinen freien Tagen immer tat, nur unter mehr Seufzen, und Joyce, indem sie ein bisschen durch die Gegend lief.

Um sechs Uhr waren beide im Schlafzimmer und zogen sich um. Barnaby hatte ein weißes Hemd und einen dunkelblauen Anzug mit Weste an. Während er seine blankgeputzten schwarzen Halbschuhe anzog, beobachtete er, wie Joyce vor einem Vergrößerungsspiegel, der hell von einer Architektenlampe beleuchtet wurde, ihr Make-up auflegte. Sie trug einen mokkafarbenen Unterrock mit Wiener Spitze, den Cully vor langer Zeit Mums Freudsche Fehlleistung getauft hatte.

Plötzlich überfiel Barnaby der Gedanke, dass sein Geschenk, so sorgsam ausgesucht, so kunstvoll gearbeitet und so schick verpackt, im Grunde ein reiner Ziergegenstand war. Luxuriös, aber vollkommen überflüssig. Welche Frau, abgesehen auf Illustrationen in alten Märchenbüchern und in Filmen aus den dreißiger Jahren, setzte sich schon hin und hielt sich mit einer Hand einen Spiegel vors Gesicht, während sie mit der anderen ihr Haar kämmte? Dazu brauchte man beide Hände und ausgezeichnetes Licht. Er seufzte.

»Du lieber Himmel«, sagte Joyce.

Sie hatte sich für den Anlass ein neues Kostüm gekauft. Alpenveilchenfarben und mit einer schwarzen Borte abgesetzt. Im Chanel-Stil. Die Farbe wirkte härter, als sie im Geschäft ausgesehen hatte, und ihr Lippenstift passte nicht dazu. Ihre Ohrringe drückten bereits, aber es waren die einzigen, die dazu gut aussahen. Da das Make-up den ganzen Abend halten sollte, hatte sie mehr aufgelegt als gewöhnlich, und jetzt fragte sie sich, ob sie es nicht abwaschen und noch einmal anfangen sollte. Es hieß doch immer, je älter man wäre, desto weniger brauchte man. Sie konnte gerade noch ein Seufzen unterdrücken. Das fehlte noch, dass sie beide den ganzen Abend herumseufzten.

Barnaby, der in den letzten zwanzig Minuten immer mal wieder aus dem Fenster geschaut hatte, sagte: »Sie sind da.«

Die erste Flasche Mumm Cordon Rouge '90 wurde geöffnet, und alle tranken ein Glas. Cully und Nicolas riefen: »Herzlichen Glückwunsch« und überreichten ihre Geschenke. Joyce erhielt ein silbernes Medaillon, auf dessen Rückseite das Datum ihrer Hochzeit eingraviert war. Drinnen steckte ein winziges Bild von ihr und Tom. Es wirkte ziemlich fremd und war wohl aus einem Urlaubsfoto ausgeschnitten worden, das Cully vor Jahren gemacht hatte. Barnaby bekam schlichte viereckige Manschettenknöpfe aus Silber, die ebenfalls graviert waren und in einer blauen Lederschachtel steckten.

Joyce schenkte ihrem Mann ein ledernes Filofax mit einer dünnen Silberplatte, die auf den speziell verstärkten vorderen Einband geschraubt war. Darauf stand sein Name in schönen lateinischen Buchstaben, sowie die Daten 1973–1998. Barnaby sagte, es sei sehr schön, und jetzt könne er endlich sein Leben mal so richtig organisieren. Cully meinte, das würde aber auch Zeit. Sie tranken ihre Gläser aus, schenkten nach, und Joyce packte ihr Geschenk aus.

»Tom! Das ist das ... Schönste ... was ich je ... jemals ...«

Sie küsste ihn. Barnaby lächelte und umarmte seine Frau. Dann beobachtete er, wie sie den Spiegel auf Armeslänge von sich hielt, genau wie er es sich vorgestellt hatte. Doch das harte Neonlicht in der Küche war nicht schmeichelhaft. Joyces Miene verdüsterte sich. Sie hatte zuviel Make-up aufgelegt. Sie sah in dem Spiegel nicht so aus, wie sie in ihrer Vorstellung aussah. Sie wirkte älter und hart. Ja sogar verhärmt. Sie wandte sich an ihre Tochter.

»Ich glaube, der Lippenstift steht mir nicht.«

»Mum, bei diesem furchtbaren Licht steht niemandem etwas. Ich sehe mindestens wie hundert aus.«

»Und ich«, sagte Nicolas galant, »seh aus wie das Ungeheuer aus der schwarzen Lagune.«

»Apropos Licht, sollten wir nicht die Gartenbeleuchtung anmachen, Dad? Zur Sicherheit und so?«

»Sollten wir wohl.« Er hatte insgesamt sieben Lampen unter Blattwerk verborgen aufgestellt. Sie waren mit einem Dimmerschalter verbunden, den er jetzt langsam voll aufdrehte. Die Wirkung war dramatisch. Als würde man auf einen Wald außerhalb von Athen schauen, wo Oberon und Titania in den Kulissen warteten. Als er zurück in die Küche kam, klingelte es an der Tür. Cully hatte den Augenblick genutzt, um kurz zu telefonieren.

Sie fuhren mit dem Taxi zur U-Bahn-Station Uxbridge und von dort mit der U-Bahn in die Stadt. Zurück würden sie den ganzen Weg mit dem Taxi fahren. Die günstigste Haltestelle zur Monmouth Street war Tottenham Court Road, und um acht Uhr an einem Samstagabend waren die U-Bahn-Station und die Bürgersteige voller lärmender Menschen, die alle wild entschlossen waren, ihren Spaß zu haben. Bis zum Mon Plaisir waren es nur zehn Minuten zu Fuß, es schien aber länger.

Sie wurden sehr freundlich begrüßt, an ihren Tisch geführt und bekamen die Speisekarte. Barnaby schaute sich um. Er hatte nicht erwartet, dass das Lokal noch genauso aussah wie damals – das wäre nach fünfundzwanzig Jahren ja wohl ziemlich töricht –, doch er war überrascht, wie klein es wirkte. Er konnte sich nicht erinnern, wo sie gesessen hatten, doch er wusste noch, dass er ab und zu aus dem Fenster geschaut und die Vorbeigehenden bedauert hatte, weil sie niemals im Leben, selbst wenn sie hundert Jahre alt wurden, so glücklich sein würden wie er.

Er sah zu Joyce hinüber, doch sie las die Speisekarte. Er studierte seine eigene und stellte leicht verärgert fest, dass es weder Boeuf bourguignon noch Himbeertorte gab. Das waren doch klassische französische Gerichte. Die durfte man doch wohl in einem französischen Bistro erwarten.

»Sie haben kein Steak au poivre, Tom.« Joyce lächelte ihn über den Tisch an. Sie hatte ihre hochhackigen Schuhe abgestreift und rieb sich die Füße an den Waden, um sie zu wärmen.

»Wie bitte?«

»Das haben wir damals gegessen«, erklärte Joyce den anderen. »Und Aprikosentorte.«

»Die gibt's immer noch«, sagte Cully.

Barnaby schwieg. Ihm wurde klar, dass die Idee mit diesem Restaurant, die von Nicolas stammte und die er so begeistert aufgegriffen hatte, ein Fehler gewesen war. Joyce hatte Recht gehabt zu zögern und er Unrecht, sie trotzdem zu überreden. In der Vergangenheit hatte man eben alles mit anderen Augen gesehen.

Er bestellte Zwiebelkuchen mit grünem Salat, Seebarbe in Fenchel gewickelt mit kleinen Kartoffeln und Erbsenschoten und als Nachtisch Apfel in Calvados. Joyce nahm das Gleiche.

Cully und Nicolas aßen Champignons à la grecque, Schweinsfüße in Senfsauce mit Haricots verts und Pommes frites und als Nachtisch Birnen mit Créme Chantilly. Dazu tranken sie Muscadet und Bordeaux von Sandeman.

Erst als sie mit dem Hauptgericht fast fertig waren und das Gespräch praktisch zum Erliegen gekommen war, merkte Barnaby, warum. Cully und Nicolas redeten nicht über sich. Abgesehen von einigen artigen Bemerkungen über das Essen, der mehrmaligen Versicherung, wie sehr sie das alles genießen würden, und einigen höflichen Fragen von Cully an ihren Vater, wie es denn im Garten ginge, hatten sie fast nichts gesagt. Barnaby beschloss, die Dinge ein wenig anzutreiben.

»Also, Nicolas. Hast du schon was über mögliche Rollen erfahren?«

»Ja!«, rief Nicolas. »Ich werde den Dolabella in *Anthony and Cleo* spielen. Ziemlich mickrig. Ich komm erst im ...«

»Nico.« Cully starrte ihn wütend an.

»Mhm? Ach so ... tut mir Leid.«

»Was?«, sagte Barnaby und blickte von einem zum anderen. »Was geht hier vor?«

»Wir reden heute nicht über uns«, sagte Cully.

»Warum denn nicht?« Joyce starrte ihre Tochter verblüfft an.

»Weil heute euer besonderer Abend ist, von dir und von Dad.«

»Ganz genau«, sagte Nicolas etwas weniger bestimmt.

»Ihr seid doch verrückt«, sagte Joyce. »Wenn ich den ganzen Abend nur mit deinem Vater reden wollte, dann hätten wir doch gleich zu Hause bleiben können.«

»Hast du das gehört, Nicolas?«, fragte Barnaby. »Also leg mal los mit Dolabella.«

»Er studiert außerdem den Lepidus als zweite Besetzung ein.« Cullys Stimme wurde ganz lebhaft vor Begeisterung. »Eine viel größere Rolle mit einigen großartigen Zeilen.«

»Weißt du, was meine Lieblingszeile ist, Tom? Passt vielleicht ganz gut: ›Es ist nicht die Zeit für Zwist der einzelnen.‹«

Dieser etwas weit hergeholte Scherz kam trotzdem gut an. Cully lachte, Nicolas lachte. Joyce, die beim dritten großen Glas Muscadet war, lachte so sehr, dass sie einen Schluckauf bekam. Barnaby sah unter seiner ordentlich gebügelten Serviette diskret auf die Uhr.

Als sie ziemlich stark angeheitert mit dem Taxi nach Hause fuhren, dachte Barnaby darüber nach, warum der Tag so enttäuschend verlaufen war. Nicht dass der Tag etwas dafür könnte. Armer Tag. Hier war einfach eine stinknormale Zeitspanne mit völlig unrealistischen Erwartungen ausgestattet worden. Kein Wunder, dass diese nicht erfüllt werden konnten.

Barnaby seufzte und hörte seine holde Angetraute leise grummeln. Als er mit den Fingern um seinen steifen Kragen fuhr, um ihn ein wenig zu lockern, bemerkte er, dass Joyce ihre Schuhe ausgezogen hatte. Am liebsten hätte er ebenfalls die Schuhe ausgezogen. Und alles andere auch. Und dann hinein in die alte Gartenhose und einen bequemen Pullover. Doch es gab etwas, worauf er sich freuen konnte. Bald würde Sonntagmorgen sein, und da waren ihm Eier mit Speck zum Frühstück gestattet. Die anderen drei plauderten noch fröhlich miteinander.

Barnaby war erfreut, aber auch überrascht gewesen, als Joyce ihm eröffnete, Cully und Nicolas würden bei ihnen übernachten. Das hatten sie schon seit ein paar Jahren nicht mehr getan – das letzte Mal, als sie gerade ihre Wohnung gekündigt und ihre ganzen Sachen eingelagert hatten und sechs Wochen darauf warten mussten, dass die neue Wohnung frei wurde. Es war bereits nach Mitternacht, als das Taxi vor ihrem Haus anhielt. Zwölf Uhr fünfzehn am Sonntag, dem zwölften September. Das eigentliche Datum. Sozusagen eine zweite Chance, das Normale ins Außergewöhnliche umzuwandeln. Vielleicht lag es am Wein, vielleicht an einer plötzlich aufkommenden Erinnerung, jedenfalls wurde Barnaby von dem starken Verlangen ergriffen, diesem Moment eine besondere Bedeutung zu geben. Er streckte die Hand aus und berührte seine Frau am Arm.

»Ich wollte nur sagen ...«

Doch sie redete mit Nicolas. Er bezahlte gerade den Taxifahrer, brauchte aber noch ein paar Münzen für das Trinkgeld. Barnaby fummelte in seiner Tasche und sagte: »Ich hab was.«

»Schon erledigt, Darling.«

Joyce hatte dem Fahrer fünf Pfund gegeben und stieg nun aus dem Taxi. Um sie herum herrschte Stille. Die fünf anderen Häuser in der halbmondförmig verlaufenden Straße waren dunkel; offenbar waren Barnabys Nachbarn bereits schlafen gegangen. Als er den Schlüssel in die Haustür steckte, fasste Barnaby einen endgültigen Entschluss. Er würde den Tag auf sich beruhen lassen. Er war ein Mann von achtundfünfzig Jahren, kein Kind mehr, das Magie und Feuerwerk erwartete, bloß weil heute ein besonderer Tag war. War nicht letztlich jeder Tag seines Lebens irgendwie etwas Besonderes? Und das völlig Normale daran war allein schon Grund genug zum Feiern. Er hatte alles, was ein Mensch sich wünschen konnte. Bestell deinen Garten, ermahnte er sich streng. Werd erwachsen. Sei dankbar für das, was du hast.

In der Küche standen immer noch die schmutzigen Gläser und die Champagnerflaschen auf dem Tisch. Alle zogen ihre Mäntel aus. Joyce fragte, ob jemand einen Tee wolle. Cully sagte gähnend, wenn sie sich nicht bald hinlegte, würde sie umkippen, und Nicolas meinte, es wäre ein wunderbarer Abend gewesen, und bedankte sich dafür bei Tom und Joyce. Barnaby ging wie magisch angezogen zum Küchenfenster und schaute in seinen Garten, freute sich an den wunderschön beleuchteten Pflanzen und ließ die geheimnisvollen Schatten auf sich wirken.

Plötzlich blinzelte er und sah noch einmal genauer hin. Irgendetwas stand mitten auf dem Rasen. Etwas ziemlich Großes, das betörend glänzte. Er ging mit dem Gesicht näher an die Scheibe und kniff die Augen zusammen. Ohne so richtig zu merken, was er tat, öffnete er die Küchentür und schlenderte nach draußen.

Es war ein Rasenmäher. Ein silberner Rasenmäher. Jedes einzelne Teil war silbern angestrichen: die Griffe, die Räder, der Grasauffangkorb – einfach alles. An der Querstange zwischen den Griffen waren an glänzenden Seidenbändern viele silberne Luftballons befestigt.

Barnaby legte den Kopf in den Nacken und beobachtete, wie sie sich vor dem dunklen Sternenhimmel sanft auf und ab bewegten. Auf den herzförmigen Ballons stand etwas, das er im Augenblick nicht so richtig lesen konnte.

Und dann kam Musik aus den offenen Fenstern des Wohnzimmers, aus denen seine Tochter und ihr Mann sich lächelnd lehnten. Die Hollies: »The Air That I Breathe«.

»Ich glaub, ich krieg eine Erkältung«, sagte Barnaby zu seiner Frau, die langsam über den Rasen auf ihn zukam. Er zog ein großes Taschentuch hervor und schnäuzte kräftig hinein.

Joyce nahm seine Hand und flüsterte sanft: »If I could make a wish, I think I'd pass ... can't think of anything I need ... no cigarettes, no sleep, no ... Ach Tom! Ich hab's vergessen.«

»No light ...«

»Genau. No light, no sound, nothing to eat, no books to read ...«

»Making love with you ...«

Er legte die Arme um sie, und sie schmiegte sich an ihn und drückte den Kopf an seine Schulter. Sie standen still da, während immer mehr Sterne über ihnen aufleuchteten, und versuchten, den erbarmungslosen Lauf der Zeit, die alles verändert, aufzuhalten. Und dann fingen sie an zu tanzen.

PATRICIA CORNWELL

Kay Scarpetta steht vor einem Rätsel:
Ein verschwundenes Manuskript ist der einzige
Anhaltspunkt für die Suche nach dem Täter...

»Patricia Cornwell versetzt uns
mit ihrer Kultfigur Kay Scarpetta in Entsetzen
und hypnotische Spannung.«
Cosmopolitan

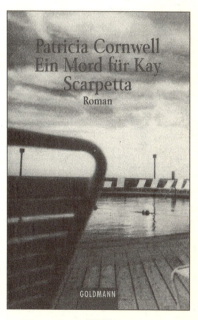

GOLDMANN

BATYA GUR

Inspektor Ochajon untersucht einen Mord im Kibbuz und stellt fest, daß hinter der Fassade von Harmonie und Solidarität tödliche Konflikte lauern...

»Ein hervorragender Roman, packend erzählt, ans Gefühl gehend, fesselnd!«
Facts

GOLDMANN

DEBORAH CROMBIE

Brillante Unterhaltung für alle Fans von Elizabeth George und Martha Grimes

42618

43229

43209

44091

GOLDMANN

ANNE PERRY

»Dieser Roman verdient höchstes Lob für seine exzellente Handlungsführung, lebensnahen Figuren und außergewöhnliche historisch Authentizität!«
Booklist

44372

GOLDMANN

MINETTE WALTERS

»Minette Walters ist Meisterklasse!«
Daily Telegraph
»Diese Autorin erzeugt Spannung auf höchstem Niveau,
sie ist die Senkrechtstarterin ihrer Zunft.«
Brigitte

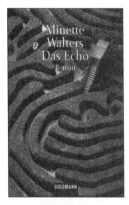

44554

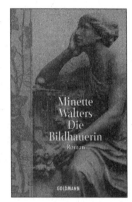

42462

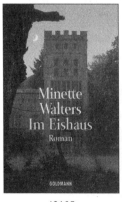

42135

43973

GOLDMANN

ANN BENSON

Die Archäologin Janie Crowe findet bei ihren Nachforschungen über Alejandro Chances ein ungewöhnliches Tuch aus dem Mittelalter. Sie ahnt dabei nicht, daß ihre Entdeckung eine tödliche Bedrohung für die Menschheit birgt ...

44077

GOLDMANN

THE NOBLE LADIES OF CRIME

Diese Autorinnen wissen bestens Bescheid über die dunklen Labyrinthe der menschlichen Seele...

43700

43551

42597

43209

GOLDMANN

JANET EVANOVICH

Stephanie Plum ist jung, nicht auf den Mund gefallen, und sie hat einen ungewöhnlichen Job: sie jagt entflohenen Ganoven nach...

»Witzig, abgebrüht und politisch völlig unkorrekt – Stephanie Plum ist die beste amerikanische Serienheldin.«
Booklist

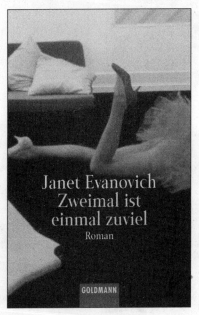

42878

GOLDMANN

PATRICIA CORNWELL

Im New Yorker Central Park wird die Leiche einer Frau gefunden. Bald wird klar, daß der Serienmörder Gault der Täter ist.
Und er hat es eigentlich nur auf ein Opfer abgesehen: Kay Scarpetta ...

43536

GOLDMANN

GOLDMANN

*Das Gesamtverzeichnis aller lieferbaren Titel erhalten Sie
im Buchhandel oder direkt beim Verlag.
Nähere Informationen über unser Programm erhalten Sie auch im Internet unter:*
www.goldmann-verlag.de

★

Taschenbuch-Bestseller zu Taschenbuchpreisen
– Monat für Monat interessante und fesselnde Titel –

★

Literatur deutschsprachiger und internationaler Autoren

★

Unterhaltung, Kriminalromane, Thriller
und Historische Romane

★

Aktuelle Sachbücher, Ratgeber, Handbücher und
Nachschlagewerke

★

Bücher zu Politik, Gesellschaft, Naturwissenschaft und Umwelt

★

Das Neueste aus den Bereichen
Esoterik, Persönliches Wachstum und Ganzheitliches Heilen

★

Klassiker mit Anmerkungen, Anthologien und Lesebücher

★

Kalender und Popbiographien

★

Die ganze Welt des Taschenbuchs

★

Goldmann Verlag • Neumarkter Str. 18 • 81673 München

Bitte senden Sie mir das neue kostenlose Gesamtverzeichnis

Name: _____

Straße: _____

PLZ / Ort: _____